Karen Kingsbury

DER TRAUM VOM HAPPY END

Karen Kingsbury

Der Traum vom Happy End

Mission Hollywood – Band 4

francke

Über die Autorin:
Karen Kingsbury war Journalistin bei der Los Angeles Times. Seit einiger Zeit widmet sie sich ganz dem Schreiben christlicher Romane. Sie lebt mit ihrem Mann, drei eigenen und drei adoptierten Kindern in Washington.

Bibliografische Information Der Deutschen Bibliothek
Die Deutsche Bibliothek verzeichnet diese Publikation in der Deutschen Nationalbibliografie; detaillierte bibliografische Daten sind im Internet über http://dnb.ddb.de abrufbar.

ISBN 978-3-86827-562-9

Originally published in the U.S.A. under the title: Take Four

Published in association with the literary agency of Alive Communications, Inc., 7680 Goddard Street, Suite 200, Colorado Springs, CO 80920
www.alivecommunications.com

Deutsch von Silvia Lutz
Umschlagbild: © dreamstime.com / Brett Critchley
Umschlaggestaltung: Verlag der Francke-Buchhandlung GmbH / Christian Heinritz
Satz: Verlag der Francke-Buchhandlung GmbH
Printed in Czech Republic

www.francke-buch.de

Kapitel 1

Bailey Flanigans Beine zitterten und ihre Arme fühlten sich wie weich gekochte Nudeln an. Im Herzen von New York City waren die Hitze und Luftfeuchtigkeit so erdrückend, wie Bailey sie im ganzen Sommer noch nicht erlebt hatte. Falls das Tanzstudio eine Klimaanlage hatte, war sie nicht eingeschaltet. Das Gemisch aus schweißtriefenden Körpern und abgestandener Luft machte es Bailey und den anderen Tänzern fast unmöglich, genügend Sauerstoff zu bekommen.

„Und noch einmal!", rief Sebastian, der Castingdirektor der *West Side Story*. „Fünf, sechs, sieben, acht ..."

Die Musik setzte ein und Bailey holte schnell Luft. *Beweg dich weiter!*, trieb sie sich selbst an. *Gib nicht auf!* Sie konnte nicht aufhören, obwohl ihr der Castingdirektor alles abverlangte. Das war ihr Traum: ein Vortanzen in einem New Yorker Studio am Broadway. Sie würde alles geben, selbst wenn sie zusammenbräche.

Sie hatte mit Katy Hart Matthews an ihrer Schauspiel- und Bühnenpräsenz gearbeitet; falls sie das Casting bestand, kämen ihr diese Stunden sehr zugute. Aber das Vortanzen brachte sie an ihre Grenzen. Wenn sie gewusst hätte, wie viele Stunden sie tanzen mussten und dass von ihnen erwartet wurde zu singen, ohne eine Spur von Erschöpfung zu zeigen, hätte sie mehr geübt. Sie war nicht sicher, ob es ihrem Exfreund, Tim Reed, genauso ging wie ihr. Er hatte fast den ganzen Sommer mit einem privaten Tanz- und Sprachlehrer gearbeitet und soweit Bailey sehen konnte, zahlten sich seine Bemühungen aus.

Eines war sicher: Sebastian hatte nicht übertrieben. Er hatte ihnen gesagt, dass Hunderte talentierte Tänzer versuchen würden, eine der wenigen freien Stellen im Ensemble zu ergattern. Bailey erinnerte sich an die Szene vor einigen Stunden. Mindestens tausend Tänzer hatten auf der Straße angestanden, um eine Chance zum Vortanzen zu bekommen. Die einzige, winzige Hoffnung war, dass bei dem Vortanzen nicht nur Talente für die *West Side Story*, sondern auch für *Wicked* und *Mary Poppins* gesucht wurden. In jeder Show gab es mindestens zwei Stellen, die besetzt werden sollten.

Bailey hatte Blasen an den Füßen und konnte die Arme kaum noch heben, als sie den Tanz noch einmal vorführte. Aber sie achtete nicht darauf. Sie wäre von einer Rolle in jeder dieser Shows begeistert.

„Okay, fünf Minuten Pause!“ Der Castingdirektor winkte mit der Hand. „Danach geht es weiter.“

Bailey trat an die Seite und wischte sich mit einem Handtuch die Stirn ab. Jede Aufführung des christlichen Kindertheaters, jede Tanz- und Stimmprobe, das viele Üben, Beten und Träumen – das alles hatte zu diesem Moment geführt. Ihre Lunge brannte, als sie eine Wasserflasche aus ihrem Rucksack holte und sie mit drei großen Schlucken leerte. Ihre Mutter war mit ihr und Tim am Tag zuvor nach New York geflogen. Heute Morgen hatte sie beiden mehrere Wasserflaschen gegeben, wofür Bailey sehr dankbar war. Das Vortanzen dauerte schon fünf Stunden. Nach jeder Stunde wurden Bewerber nach Hause geschickt. Bis jetzt waren sie und Tim noch im Rennen.

Im ganzen Studio verteilt standen die Tänzer zu zweit oder dritt zusammen, tranken Wasser und versuchten, wieder Luft zu bekommen. Bailey wollte mit Tim sprechen, aber sie musste ihrer Mutter Bescheid geben, wie es lief. Sie schaltete ihr Smartphone ein und trat auf den Flur hinaus. Ihre Mutter meldete sich sofort. „Schön, dass du dich meldest. Bist du noch dort?“

„Es geht noch weiter.“ Sie bemühte sich, sich ihre Müdigkeit nicht anhören zu lassen, aber das war unmöglich. Sie hatte kaum noch Kraft, um sich das Smartphone ans Ohr zu halten. „Es dauert noch mindestens eine Stunde.“

„Wie läuft es?“

„Die Castingdirektoren sind streng. Aber sie mögen uns. Glaube ich wenigstens. Die Konkurrenz ist so groß. Das ist unglaublich.“

Ihre Mutter hatte sich für diesen Tag ein Mietauto genommen. Nachdem sie Bailey und Tim früh am Morgen abgesetzt hatte, wollte sie einen Einkaufsbummel in der Fifth Avenue machen, um sich abzulenken, bis das Vortanzen vorbei wäre. „Okay.“ Ihre Mutter klang aufgeregt und ihre Begeisterung war ansteckend. „Gib dein Bestes, Schatz. Ich bete für dich.“

Baileys Herz schlug bei den Worten ihrer Mutter höher. In den letzten Jahren hatte ihre Mutter nur ganz selten angedeutet, dass es ihr schwerfallen würde, wenn Bailey vielleicht nach New York City zog. Bailey hatte auch mit Cody darüber gesprochen. Sie hatte ihm versprechen müssen, dass sie nicht an ihre Beziehung oder ihre Zukunft mit ihm denken würde. Wenigstens nicht an diesem Wochenende, da es im Moment um die Verwirklichung ihres Traums ging. Trotzdem kreisten ihre Gedanken ständig um Cody. Wenn sie eine Rolle bekäme, würden sie sich nur selten sehen. Wäre sie ein halbes Jahr oder ein ganzes Jahr in New York City? Vielleicht sogar länger? Sie hatte zu viele Fragen und zu wenige Antworten. Baileys Entschlossenheit wuchs. Zuerst musste sie die Rolle bekommen. Die Antworten kamen danach.

Die Pause ging viel zu schnell zu Ende, ohne dass Bailey mit Tim sprechen konnte. Als Nächstes tanzten nur die Männer. Es waren ungefähr hundert Tänzer übrig und Sebastian stellte Tim in die vorderste Reihe. „Folgen Sie mir und passen Sie gut auf. Ich sage es nicht zweimal. In ein paar Minuten gehe ich durch die Reihen. Wenn ich Ihnen auf die Schulter tippe, können Sie gehen. Danke für Ihr Kommen. Wenn ich Sie nicht antippe, bleiben Sie hier. Dann sind Sie in der nächsten Runde."

Sebastian begann eine schwierige Folge aus acht Schritten, die alle in einem irrsinnig schnellen Tempo getanzt werden sollten. Bailey war nicht sicher, aus welcher Show dieser Tanz stammte, aber sie bezweifelte, dass er in dieser Geschwindigkeit aufgeführt wurde. Vielleicht war das nur eine weitere Möglichkeit für den Castingdirektor, seine Auswahl zu treffen. Tänzer, die nicht mithalten konnten, wurden nach Hause geschickt. Ganz einfach.

Der Übungsteil dauerte nur zehn Minuten. Dann tanzten die Männer die Schrittfolge immer wieder, während Sebastian und drei seiner Assistenten zwischen den Reihen durchgingen und dem einen oder anderen auf die Schulter tippten. Als sie an allen Männern im Raum vorbeigegangen waren, blieben nur acht Tänzer übrig.

Tim war einer von ihnen.

Bailey wollte aufstehen und klatschen, aber dafür war jetzt nicht der richtige Zeitpunkt. Sie hoffte, er konnte merken, wie stolz sie auf ihn war. Sein Traum wurde vor ihren Augen wahr. Seit sie Schluss gemacht hatten, war so viel Zeit vergangen, dass sie jetzt wieder gute Freunde sein konnten. Es war eine lockere Freundschaft ohne tiefere Gespräche oder Telefonanrufe oder den Wunsch nach mehr. Sie war sehr froh, dass es keine negativen Gefühle zwischen ihnen gab.

Sebastian gab den Männern zehn Minuten Pause und forderte sie auf, danach zurückzukommen, um den Frauen zuzusehen. Dann erteilte er den Tänzerinnen Anweisungen und stellte sie ähnlich wie die Männer in Reihen auf. „Bei Ihnen läuft es genauso, meine Damen. Ich zeige Ihnen den Tanz und Sie führen ihn dann so lange vor, bis ich an jeder von Ihnen vorbeigegangen bin. Das gleiche Verfahren wie bei den Männern: Wenn ich Ihnen auf die Schulter tippe, dann danke für Ihr Kommen. Wenn nicht, bleiben Sie bitte für die nächste Runde."

Bailey nahm ihren Platz ein. *Jetzt wird es ernst,* dachte sie. *Bitte, Gott, gib mir Kraft. Hilf mir, für dich zu glänzen. Ich wünsche mir das so sehr, Herr, bitte.* Ihre Beine zitterten, als sie sich in der mittleren Reihe aufstellte. Vielleicht hätte sie sich nach vorne drängen oder sich um einen Platz am Ende bemühen sollen, damit man sie besser sehen konnte. *Bitte, Gott! Du hast mich dafür geschaffen. Das weiß ich.* Bailey dehnte noch einmal ihre Beine und wünschte wieder, sie hätte sich besser vorbereitet. Sie war so müde, dass sie nicht sicher war, ob sie jetzt eine komplizierte Achter-Schrittfolge lernen, geschweige denn, eine ganze Reihe tanzen konnte.

Sebastian klatschte schnell und kräftig in die Hände. „Es geht los, meine Damen! Passen Sie gut auf."

Er zeigte ihnen einen Tanz, der schwerer war als alles, was Bailey je vorgeführt hatte. Ihr ganzes Leben lang hatte sie gedacht, sie wäre für ein solches Vortanzen bereit; sie wäre bereit, über eine Broadway-Bühne zu springen, zu tanzen und zu schweben. Schließlich hatte sie das jahrelang im christlichen Kindertheater gemacht und hatte erst vor wenigen Monaten auf der Bühne der Universität gestanden. Aber es kostete sie ihre ganze körperliche und mentale Energie, in der kurzen Zeit, die sie bekamen, den Tanz zu lernen. Nur einen kurzen Moment später erklärte Sebastian das Einüben als beendet. „Sind Sie bereit, meine Damen?", rief er. „Fünf, sechs, sieben, acht ..."

Damit begann die rhythmische Musik erneut und die Tänzerreihen setzten sich in Bewegung und tanzten, als hinge ihr Leben von ihren Schritten ab. Bailey überwand die Schmerzen und die Erschöpfung und drang zu einer anderen Ebene durch – zu Tanzfähigkeiten, die sie sich nicht zugetraut hätte. *Danke, Gott. Ich schaffe es. Ich tanze besser als je zuvor in meinem Leben! Ich kann das. Ich weiß, dass ich es kann. Danke.*

Sebastian schien genau zu wissen, was er suchte. Er ging durch die

Reihen und tippte fast jedem Mädchen, an dem er vorbeiging, auf die Schulter. Bailey stellte sich vor, dass er an ihr vorbeiging und sie nicht antippte. So gut wie jetzt hatte sie noch nie getanzt. Sie musste doch eine Rolle bekommen, oder? Bailey wollte wieder beten, aber sie konnte nur tanzen.

Schließlich war sie an der Reihe. Wieder konnte sie sich den Sieg fast vorstellen, konnte sie fühlen, wie Sebastian an ihr vorbeiging, ohne ihr auf die Schulter zu tippen, und sie in die nächste Runde kommen ließ. Irgendwie kannten sie sich sogar. Sie hatten sich im letzten Jahr kennengelernt, als ihre Mutter mit ihnen in New York City gewesen war. Vielleicht hatte er Mitleid mit ihr und …

Sie tanzte weiter, ging an ihre Grenzen, doch in diesem Moment zögerte Sebastian neben ihr. Er schaute sie bedauernd an und zog kurz die Braue hoch, als wollte er sagen, sie hätte mehr üben sollen. Ohne ihr noch mehr Zeit zu geben, um sich zu beweisen, tippte er auf ihre Schulter.

Es war vorbei.

Als die Musik endete, hatte Bailey große Mühe, nicht zu weinen. Ihre Glieder schmerzten und jeder Schritt tat weh. Sie fühlte die Blasen an ihren Füßen, während sie zu ihrem Rucksack ging. Ihre Lunge verlangte dringend Sauerstoff, um ihren erschöpften Körper zu versorgen. Was war gerade passiert? Hatte sie wirklich den ganzen Tag durchgehalten, um ganz am Ende doch auszuscheiden? Sie ging wie in Trance und fand ihre Sachen an der Wand. *Gott, warum?* Ihr Gebet kam sofort und stumm. *Ist das wirklich dein Wille für mich, die Pläne, die du für mich hast? Ich habe alles gegeben, was ich hatte, und ich dachte … ich dachte, du würdest mich für dich hier in New York City glänzen lassen. Ich dachte, das wäre dein Wille, Vater. Warum also? Warum?*

Aber noch während ihr Gebet aus ihrem verletzten Herzen strömte, wurde ihr etwas bewusst: Es war nicht das letzte Mal, dass sie für eine Broadway-Show vortanzte. Sie würde nach Hause fliegen und sich noch mehr anstrengen, intensiver üben. Beim nächsten Mal würden die Castingdirektoren keinen Zweifel an ihren Fähigkeiten haben. Doch trotz dieser Pläne, nicht aufzugeben, sank Bailey enttäuscht an die Wand. Sie rutschte auf den Boden und schlug die Hände vors Gesicht. Wie sollte sie das ihrer Mutter, ihrem Vater und ihren Brüdern sagen? Und was war mit Cody? Er war so sicher gewesen, dass sie eine

Rolle bekäme. Er glaubte an sie und jetzt … jetzt musste sie ihnen allen sagen, was passiert war. Sie hatte sie alle enttäuscht – sich selbst und Gott und alle, die sie liebten.

Sie hatte Cody beim Freizeitwochenende von *Campus für Christus* am Lake Monroe gesagt, dass sie nicht sicher sei, ob sie in New York City wohnen wolle. Aber jetzt wollte sie es. Sie war dafür bereit. Sie war bereit, den nächsten Schritt in ihre Zukunft zu gehen. Stattdessen musste sie nach Hause zurückkehren und sich bemühen, besser zu werden. Sie würde den Rest des Sommers in Bloomington verbringen und Cody Coleman so oft sehen, wie sie wollte. Statt tausendfünfhundert Kilometer von ihm getrennt zu sein, war sie für ein weiteres Jahr am College und konnte bei jedem Football-Spiel der Clear Creek High School im Herbst auf der Tribüne sitzen. Aber das alles konnte ihre Niedergeschlagenheit in diesem Moment nicht mildern. Je länger sie daran dachte, dass Gott ihr diese Tür geöffnet hatte, und sie so sicher gewesen war, dass sie eine Rolle bekäme, umso mehr wuchs ihre Entschlossenheit. Beim nächsten Mal würde es anders ausgehen.

Tim nahm für den nächsten Tanz seinen Platz auf der Bühne ein. Bailey zog ihre letzte Wasserflasche aus dem Rucksack und schraubte den Deckel ab, ohne den Blick von Tim abzuwenden. Die anderen Tänzerinnen waren gegangen und sie war nicht sicher, ob sie bleiben durfte. Aber solange sie nicht aufgefordert wurde zu gehen, nahm sie an, dass sie zusehen könnte. Sie war sowieso zu müde, um aufzustehen. Und sie wollte hierbleiben, denn was wäre, wenn … wenn Tim genommen würde? Wäre es für ihn komisch, ohne Bailey hier zu leben und am Broadway zu arbeiten? Ihr Herz hämmerte, weil Tims Zukunft in den nächsten Minuten von Fremden in einem überhitzten Tanzstudio in New York City entschieden werden würde. Sie wischte sich mit dem Handtuch über die Stirn und nippte an ihrem Wasser. *Dein Wille geschehe, Gott. Dein Wille geschehe mit Tim.*

Sebastian stellte die acht übrigen Frauen mit den acht übrigen Männern zusammen. Dieses Mal hatte Bailey keinen Zweifel, aus welchem Stück der Tanz stammte. Es war die Ensemblenummer *„Dancing through Life"*, eines der größten Stücke im Musical *Wicked.* Diesen Tanz würde jeder Musical-Tänzer gern lernen.

Wieder verlor Sebastian keine Zeit. Er zeigte ihnen den halben Tanz und zählte dann ab, bevor die Musik einsetzte. Tim tanzte mit einer kleinen Asiatin, einer schönen Tänzerin mit einer unglaublichen Ausstrahlung. Bailey schaute ihnen zu und konnte den Blick nicht von den beiden abwenden. Seit wann hatte Tim eine so unglaubliche Bühnenpräsenz?

Die Entscheidung, welche vier Paare bleiben sollten, wurde schnell getroffen. „Wenn ich Sie aufrufe, können Sie sich setzen. Wenn nicht, dann holen Sie bitte Ihre Sachen und gehen. Auch Ihnen vielen Dank für Ihr Kommen.“ Er las ohne Pathos Namen von einer Liste vor. Eine Minute später verließ die Hälfte der Tänzer den Raum, die andere Hälfte – darunter Tim – setzte sich auf den Boden und schaute Sebastian erwartungsvoll an.

„Herzlichen Glückwunsch. Wir haben heute über zwölfhundert Tänzer gesehen – und Sie haben die freien Rollen bekommen. Jeder von Ihnen bekommt einen Arbeitsvertrag für mindestens sechs Monate und …“

Der Direktor sprach weiter und gab ihnen letzte Informationen, was sie zu tun hatten und wie viel sie wöchentlich verdienen würden. Bailey konnte sich nicht mehr auf seine Worte konzentrieren. Für Tim wurde der Traum wirklich wahr. Es war fast nicht zu glauben. Tim Reed? Der Junge, für den sie als Mädchen geschwärmt hatte, ihr langjähriger Freund vom christlichen Kindertheater, war jetzt Schauspieler und Tänzer am Broadway? Er bekam die Rolle, die sie sich immer erträumt hatte. *Guter Gott, warum kann ich nicht mit ihm hier sein? Es wäre herrlich gewesen, jemand in New York zu kennen, einen Freund zu haben. Es wäre perfekt gewesen.*

Tim wagte es erst, sich umzudrehen, als Sebastian sie entließ, doch dann stürmte er auf Bailey zu. „Ich habe es geschafft!“ Er zog sie auf die Beine, nahm sie in die Arme und wirbelte sie zweimal um sich herum. „Ich kann es noch gar nicht glauben, Bailey! Ich werde tatsächlich in einer echten Broadway-Show auftreten!“

„Ich weiß!“ Sie lächelte, als er sie wieder auf den Boden stellte, und bemühte sich um eine fröhliche Miene, aber diese wollte nicht kommen. Hör auf, di*r leidzutun, Bailey! Das ist lächerlich. Hilf mir, mich für ihn zu freuen, Herr.* Sie hatte das Gefühl, eine furchtbare Freundin zu sein, weil sie sich über seinen Erfolg nicht richtig freuen konnte.

„Wow!“ Er atmete schwer und hatte unübersehbar Mühe zu fassen, was gerade passiert war, seinen Erfolg ganz zu begreifen. Dann blinzelte er zweimal, weil ihm plötzlich einzufallen schien, dass Bailey keinen Grund zu feiern hat. Sie hatte es nicht geschafft. Er legte die Hände auf ihre Schultern und sein Lächeln verblasste. „Sie hätten dich auch nehmen sollen, Bailey. Du warst großartig."

Sie blinzelte die Tränen zurück und lächelte jetzt. „Ich werde es wieder probieren." Sie streckte sich zu ihm hinauf und küsste ihn auf die Wange. „Ich gratuliere dir. Ich bin so stolz auf dich. Wann erfährst du, in welcher Show du mitspielst?"

„Hast du das nicht gehört? Am Ende hat er auf jeden von uns gedeutet und gesagt, wo wir arbeiten werden." Sein Gesicht strahlte wieder auf. „Ich bin in *Wicked.* Ich kann es immer noch nicht ganz glauben."

Bailey stockte der Atem. *Wicked?* Die größte Show am Broadway? „Das ist ja perfekt!" Sie wollte sich für Tim freuen und verdrängte ihre eigene Enttäuschung. Wenn er im Ensemble für diese Show eine Rolle bekommen hatte, war dieser erste Halbjahresvertrag erst der Anfang. Sie war dankbar, dass sie vor fast zwei Monaten mit ihm Schluss gemacht hatte. Sonst hätte dieser Abschied sie vielleicht verwirrt. Aber Bailey hatte Tim schon lange vor dem eigentlichen Schlussstrich losgelassen. Jetzt konnte sie sich ehrlich für ihn und seine Zukunft hier in New York City freuen.

„Du wirst eines Tages auch hier sein, das weiß ich." Er umarmte sie kurz, da sie beide schweißgebadet waren. „Gib nicht auf, Bailey. Versuche es weiter."

Eine spürbare Zärtlichkeit trat in ihr Lächeln. Sie hatte in Sachen Liebe nicht aufgegeben. Deshalb war sie jetzt – oder besser: sicher bald – mit Cody Coleman zusammen. Und sie würde auch ihren Traum, auf der Bühne zu stehen, nicht aufgeben. „Danke. Ich gebe nicht auf."

„Versprochen?"

„Versprochen." Bailey zog ihr Smartphone aus der Tasche. „Ich muss meine Mutter anrufen." Ihr graute vor diesem Gespräch, aber es war unausweichlich. Sie bemühte sich um einen unbeschwerten Tonfall und bat ihre Mutter nur, sie an der Tür abzuholen. Mehr sagte sie ihr noch nicht. Fünf Minuten später fuhr das Auto vor. Ihre Mutter sprang heraus und umarmte sie schnell. „Wie ist es ausgegangen?"

Bailey wartete, bis sie im Auto saßen, dann atmete sie tief ein. „Sie haben mich nicht genommen." Sie lächelte, obwohl neue Tränen in ihre Augen traten. Sie zitterte nicht mehr so sehr wie vorher, aber sie war müde und von der körperlichen und emotionalen Anstrengung ziemlich ausgelaugt. Sie schaute ihre Mutter nicht direkt an, da sie sonst zusammenbrechen würde. Das wollte sie auf keinen Fall. Sie würde ihre Gefühle erst zulassen, wenn sie und ihre Mutter allein waren. „Aber weißt du was?“ Ihre Stimme zitterte ein wenig, aber sie bemühte sich um Selbstbeherrschung. „Tim hat eine Rolle in *Wicked* bekommen! Ist das nicht unglaublich! Er gehört zu den vier Männern, die genommen wurden. Du hättest ihn sehen sollen. Er war wirklich der Beste.“

Ihre Mutter gratulierte Tim sofort, aber gleichzeitig drückte sie Baileys Knie, um zu signalisieren, dass sie mit ihr litt. Ihre Mutter liebte sie sehr und wusste natürlich, dass Bailey sehr enttäuscht war. Aber sie kannte sie gut genug, um zu wissen, dass jetzt nicht der richtige Zeitpunkt für Traurigkeit war. Tim hatte es geschafft und er verdiente es, dass sie sich mit ihm freuten.

Erst später, als die Tür ihres Hotelzimmers zu war und sie allein waren, sank Bailey ihrer Mutter in die Arme und ließ ihren Tränen freien Lauf. „Ich habe es mir so sehr gewünscht, Mama. Ich habe mir in meinem ganzen Leben noch nie etwas so sehr gewünscht.“ Das Schluchzen schlug über Bailey zusammen und einen langen Moment hielt ihre Mutter sie einfach fest.

„Schatz, es ist okay zu weinen. Ich weiß, dass du enttäuscht bist.“

Nach einer Weile zog Bailey den Kopf zurück und schaute ihre Mutter an. Eine tiefe Traurigkeit schwang in ihren Worten mit. „Ich dachte, es wäre Gottes Wille. Ich bete seit Monaten dafür, und … und ich dachte, ich würde es schaffen. Ich hätte Tim hier – es wäre einfach perfekt gewesen.“ Sie schluchzte wieder und drückte die Finger unter ihre Augen.

„Du kannst es wieder versuchen.“

„Ich weiß.“ Bailey nickte schniefend. Aber die Tränen ließen sich nicht verdrängen. Sie wischte sie weg und trat ans Fenster ihres Hotelzimmers, um auf die Stadt hinabzuschauen. „Das werde ich auch tun.“ Sie schaute ihre Mutter an. „Das nächste Mal strenge ich mich noch mehr an. Das will Gott bestimmt von mir.“

„Ja.“ Die Miene ihrer Mutter verriet, wie sehr sie mit Bailey litt.

Sie aßen an diesem Abend in ihrem Zimmer Pizza und Tim ging früh schlafen. Bailey und ihre Mutter schauten auf dem Sportkanal eine Sondersendung über die Indianapolis Colts an. Baileys Vater, der Trainer der Colts, gehörte zu den begehrtesten Trainern in der NFL. Nach der Sendung riefen sie ihren Vater an und gratulierten ihm. „Nach dieser Sendung wird sich jede Mannschaft im Profifootball um dich reißen." Bailey lehnte sich auf dem Sofa neben dem Fenster zurück. „Ich bin so stolz auf dich, Papa."

Er wusste, wie ihr Vortanzen ausgegangen war. „Ich bin auch stolz auf dich, Schatz. Beim nächsten Mal nehmen sie dich ganz bestimmt." Seine Stimme war zärtlich. „Ich kenne dich. Diese Erfahrung macht dich nur stärker."

Während sie sich unterhielten, klingelte das Smartphone ihrer Mutter. Sie ging ins Schlafzimmer, um ungestört zu telefonieren. Als sie nach einer Weile ins Wohnzimmer zurückkam, funkelten ihre Augen und ein Lächeln spielte um ihre Lippen. „Das war Katy Matthews." Sie lachte kurz. „Gottes Timing ist wie immer unglaublich."

„Warum?" Bailey setzte sich ein wenig höher auf. „Was hat sie gesagt?"

„Anscheinend hat die Castingdirektorin für *Der Löwenzahnjunge* deine kleine Rolle in *Der letzte Brief* gesehen. Sie war von dir begeistert, Bailey." Ihre Mutter nahm ihr gegenüber Platz. „Sie sagte, Dayne solle dich fragen, ob du zum Casting kommen möchtest." Sie wischte Bailey eine Strähne ihrer langen braunen Haare aus dem Gesicht. „Gott hat einen Plan für dich, Liebes. Auch wenn wir ihn nicht immer gleich erkennen."

„Ich weiß. Davon bin ich auch fest überzeugt." Bailey dachte an die Möglichkeit, in *Der Löwenzahnjunge* eine Statistenrolle zu übernehmen. Der Film würde ganz groß herauskommen. Das Buch stand in der Bestsellerliste der *New York Times* weit oben. Jeder, der es gelesen hatte, war begeistert. Jetzt wurde der Film von *Jeremiah Productions* produziert, von Dayne Matthews und Keith Ellison, dem Vater von Baileys Freundin Andi. „In einem solchen Film eine Statistenrolle zu spielen wäre nicht schlecht. Das macht sich in meinem Lebenslauf bestimmt ganz gut."

„Hm." Ihre Mutter legte den Kopf schief. „Vielleicht sollst du ja auch für eine größere Rolle vorsprechen. Das wäre immerhin möglich, nicht wahr?"

Bailey lächelte. „Für eine größere Rolle habe ich keine Erfahrung." Sie zuckte die Achseln und versuchte, optimistisch zu bleiben. „Es macht bestimmt Spaß. Wenn mich die Castingdirektorin sehen will, komme ich auf jeden Fall."

„Das finde ich sehr gut." Aus den Augen ihrer Mutter sprach eine Unterstützung, von der viele Töchter nur träumen konnten. „Jetzt sollten wir schlafen gehen, einverstanden?"

Sie gingen ins Bett und Bailey merkte, wie erschöpft sie immer noch war. Sie könnte problemlos zehn Stunden durchschlafen. Aber bevor sie einschlief, wanderten ihre Gedanken zu Cody und Bloomington und den nächsten Monaten. Sie würde jede Minute genießen und die Zeit mit den Menschen, die sie liebte, auskosten. Aber sie würde sich auch mehr als je zuvor anstrengen. Denn mit Gottes Hilfe und viel Entschlossenheit würde sie im nächsten Jahr nach einem Vortanzen in New York City nicht wieder mit leeren Händen nach Hause fahren.

Stattdessen würde sie sich in New York City eine Wohnung suchen.

Kapitel 2

Keith Ellison war die Aufmerksamkeit immer noch nicht gewohnt, die Dayne überall, wo er auftauchte, auf sich zog. Seit Dayne anstelle von Chase Ryan als Co-Produzent bei *Jeremiah Productions* eingestiegen war, hatte Keith schnell vergessen, dass Dayne Matthews früher ein berühmter Hollywoodstar gewesen war. Er war ein Freund, ein Vertrauter und ein sehr talentierter Partner in ihrer Produktionsfirma geworden. Doch wenn sie unterwegs waren, wurden sie ständig an Daynes Vergangenheit erinnert.

Das war auch heute nicht anders, als sie am späten Freitagnachmittag vom Flughafen in Los Angeles mit einer Maschine der United Airlines nach Indianapolis fliegen wollten. Es spielte keine Rolle, dass diese Fluggesellschaft berühmte Persönlichkeiten an ihren Ticketschaltern gewohnt war. Auch nach mehreren Jahren, in denen er relativ zurückgezogen gelebt hatte, erregte Dayne Matthews immer noch so viel Aufsehen, dass besondere Maßnahmen nötig waren.

„Los geht's!", sagte Dayne grinsend, als sie am Flughafen vorfuhren. Er hielt den Kopf gesenkt, als er aus dem schwarzen Wagen stieg, der sie die ganze Woche zu den verschiedensten Besprechungen wegen der ersten zwei Filme von *Jeremiah Productions*, *Der letzte Brief* und *Der Löwenzahnjunge*, gefahren hatte.

Keith regelte das Geschäftliche mit dem Fahrer und trat dann zu Dayne. Der Fahrer stellte ihr Gepäck neben sie auf den Gehweg und sie steuerten auf die Gepäckaufgabe zu.

„Dieser Weg hier ist kürzer." Dayne richtete weiterhin den Kopf nach unten, als hätte er plötzlich ein starkes Interesse am Reißverschluss seines Rollkoffers entwickelt. „Hier ist die Wahrscheinlichkeit geringer, erkannt zu werden."

Sie waren im letzten Monat oft gemeinsam unterwegs gewesen und hatten sich für solche Situationen eine Routine angewöhnt. Keith verwickelte Dayne in ein scheinbar angeregtes Gespräch, bis sie ihre Boardingpässe hatten und zur Sicherheitskontrolle gingen. Dayne hatte aus seiner Zeit als Schauspieler so viele Bonuspunkte angesammelt, dass sie jedes Mal erster Klasse fliegen konnten. Das half ihnen etwas, die Privatsphäre zu wahren.

Trotzdem kam kurz vor der Gepäckaufgabe eine junge Frau, Mitte zwanzig, auf sie zugelaufen und berührte Dayne am Arm. „Dayne Matthews!“, kreischte sie und schaute sich um, als suche sie jemanden, der ihr bestätigte, dass sie nicht träumte. „Das ist ja unglaublich! Schaut, Leute! Das ist Dayne Matthews!“

Keiths Adrenalin schoss durch seine Adern. Sie hatten für solche Situationen einen Plan. „Ma'am, bitte sehr.“ Keith zog eine Autogrammkarte von Dayne aus der Tasche und reichte sie ihr.

„Ich habe mich die ganze Zeit gefragt, was nach diesem schrecklichen Verkehrsunfall aus Ihnen geworden ist.“ Die Frau baute sich sehr nahe vor Dayne auf und plapperte so schnell, dass man sie kaum verstehen konnte. „Sie waren ja so lang im Krankenhaus und viele Fans haben sich gefragt, ob Sie je wieder laufen können. Haben Sie sich dann nicht in eine Frau aus dem Mittleren Westen verliebt? Das habe ich in der Zeitung gelesen und …“

„Upps, Entschuldigung.“ Dayne hob lächelnd den Zeigefinger, zog sein Smartphone aus der Hosentasche und drückte die Nummer seiner Frau. Das alles geschah in einer einzigen, fließenden Bewegung. „Ein Anruf“, flüsterte Dayne. „Es ist wichtig!“

Katy hatte den Anruf offenbar entgegengenommen, denn Dayne senkte den Kopf und hielt die Hand übers Telefon, während er zu sprechen begann.

Keith stand zwischen Dayne und der Frau. „Er hat zu tun, Ma'am. Danke für Ihr Interesse.“ Er deutete zur Tür auf der anderen Seite. „Es wäre nett, wenn Sie weitergehen könnten.“

Die Frau wirkte verwirrt, tat aber, worum er sie bat, und bedankte sich für das Autogramm. Sobald sie fort war, beendete Dayne das kurze Gespräch mit seiner Frau und steckte das Smartphone mit einem Augenzwinkern ein. „Es hat wieder geklappt.“

„Wirklich erstaunlich.“ Keith staunte, wie geübt Dayne darin war, solche Momente zu bewältigen. „Wie geht es Katy?“

„Großartig. Sophie hat im Hintergrund ‚Pa-pa‘ gesagt.“ Daynes Augen leuchteten. „Ich kann es nicht erwarten, nach Hause zu kommen.“

Sie gaben ihr Gepäck auf, doch bei der Sicherheitskontrolle schaute der Mann, der die Personalausweise kontrollierte, Dayne durchdringend an. „Sie haben sehr viel Ähnlichkeit mit einem anderen Dayne Matthews. Der Mann war vor einigen Jahren ein berühmter Schauspieler."

„Hm", grinste Dayne. „Das habe ich schon einmal gehört."

Der Mann kontrollierte Keiths Ausweis und ging nicht weiter darauf ein. Als sie die Sicherheitskontrolle hinter sich ließen, lachte Keith. „Es ist wirklich nicht so, dass du plötzlich einen langen Bart hättest und völlig anders aussehen würdest." Er nahm seine Laptoptasche und eilte neben Dayne weiter.

„So ist es mir ganz recht. Es würde mir gerade noch fehlen, dem Mann bei der Passkontrolle ein Autogramm zu geben." Dayne schmunzelte. „Dann würde die ganze Schlange hinter uns neugierig werden."

Sie hatten nur wenig Zeit, bevor sie an Bord gingen. Erst als das Flugzeug in der Luft war, kam eine ältere Stewardess mit einem Zettel und einem diskreten Lächeln auf sie zu. „Bitte, Mr Matthews, könnte ich ein Autogramm für meine Tochter haben? Sie ist ein großer Fan von Ihnen."

Dayne saß am Fenster und kam ihrer Bitte gern nach. Er behandelte die Sache unauffällig und legte den Zettel auf seinen Schoß, damit niemand sehen konnte, was er tat. Danach ließ man sie in Ruhe. Dayne wandte sich seufzend an Keith: „Was für eine Woche!"

„Das kannst du laut sagen." Keith war von allem, was sie in den letzten Tagen erreicht hatten, immer noch ein wenig schwindelig. „Jetzt haben wir endlich ein Datum für den Filmstart."

„Ich bin froh, dass wir bei der Festlegung dieses Termins mitreden konnten. Einige Termine können der Tod eines Films sein." Dayne erzählte ihm von einem Vorfall vor einigen Jahren, als ein großes Filmstudio einen Weihnachtsfilm Anfang November startete, da man dachte, dadurch mehr Wochenenden zu haben, an denen die Leute den Film sehen könnten. Doch die Kinogänger ignorierten den Film, weil sie dachten, dass man so etwas nur in der Weihnachtszeit sehen würde. Nur wenige Tage nach Halloween interessierte sich noch niemand für eine Weihnachtsgeschichte. Dayne drehte sich halb herum, drückte die Schulter in seine Sitzlehne und schaute Keith an. „Der Film hätte drei Wochen später, an Thanksgiving, in die Kinos kommen sollen. Aber bis Thanksgiving lief er schon so schlecht, dass er bald danach abgesetzt wurde."

„Du hast recht. Das Datum für den Filmstart ist perfekt. Ich war so froh, dass du dich dafür eingesetzt hast. Deine Erfahrung ist wirklich unbezahlbar, Dayne. Ehrlich."

Sie hatten sich auf den 26. Dezember für den Kinostart von *Der letzte Brief* geeinigt, was bedeutete, dass der Film zusammen mit einigen großen Filmen der Weihnachtssaison starten würde. Normalerweise kamen Weihnachtsfilme ab Thanksgiving in die Kinos und direkt nach Weihnachten starteten mehrere Familienfilme, um den Leuten an den freien Tagen nach Weihnachten einen neuen Anreiz zu geben, ins Kino zu gehen.

„Wenn du mir vor einem Jahr gesagt hättest, dass der Film direkt nach Weihnachten ins Kino kommt, hätte ich gedacht, ich träume." Keith zog eine Mappe mit Notizen aus seiner Reisetasche und überflog eine Liste mit den verschiedenen Gesprächen, die sie geführt hatten. „Dadurch, dass wir dich im Team haben, begegnet man uns mit viel mehr Respekt." Er schaute ihn an. „Du hast ein gutes Gefühl dabei, hoffe ich?"

„Es ist perfekt." Dayne wirkte nicht im Mindesten besorgt. „*Der letzte Brief* ist ein großartiger Film, der nach dem Erfolg bei den Filmfestivals gut ankommen wird. Deshalb sollte der Filmstart auch an einem Wochenende sein, damit ihn jeder sehen kann."

Keith wollte glauben, dass er recht hatte. Das Risiko war groß, denn wenn sich die Kinobesucher am ersten Wochenende für einen anderen Film entschieden, würde es für *Der letzte Brief* wahrscheinlich kein zweites Wochenende geben. Und falls das passieren sollte, wenn der Film an den Kinokassen durchfiel, würden sie viel Geld verlieren und könnten den Investoren ihr Geld nicht zurückzahlen – das wäre der Todesstoß für *Jeremiah Productions* und alles, was sie damit zu erreichen hofften.

„Ich weiß, was du denkst." Daynes Augen funkelten zuversichtlich. „Der Film wird kein Flop. Er wird alle begeistern."

Keith war nicht ganz so zuversichtlich wie Dayne, aber ihm tat der Optimismus seines neuen Co-Produzenten gut. Und von den Verhandlungsergebnissen, die sie diese Woche erzielt hatten, war Keith restlos begeistert. Gottes Wirken war wunderbar. Das wollte er genauso glauben wie Dayne. Sie hatten den Termin für den Kinostart und *American Pictures* hatte Wort gehalten: zehn Millionen Dollar Vorschuss für Werbung und Marketing. Dank Daynes Beziehungen hatten sie die anderen zehn Millionen Dollar zusammengebracht. Als Keith und Chase als Produzenten angefangen hatten, waren das unvorstellbare Summen gewesen. Aber mit einem Budget von zwanzig Millionen Dollar würde jeder im Land den Trailer sehen. Und vielleicht hatte Dayne recht. Vielleicht war *Der letzte Brief* tatsächlich der Film, zu dem alle nach Weihnachten in die Kinos strömten.

Keith würde jeden Tag dafür beten.

Die Stewardess brachte ihnen zusammengerollte warme Handtücher, damit sie sich vor dem Essen die Hände waschen konnten. Keith lachte leise, als er sein Tuch entgegennahm. „Nur gut, dass die Passagiere in der Economy Class das nicht sehen können. Es ist irgendwie lächerlich."

„Das stimmt." Dayne wischte sich die Hände ab, bevor die Stewardess zurückkam und die benutzten Tücher wieder einsammelte. „Aber sie geben sich wirklich sehr viel Mühe, um die Fluggäste zufriedenzustellen."

„Das stimmt." Keith klappte seinen Tisch auf, als die Stewardess erneut kam und für jeden kleine Stofftischdecken ausbreitete. Obwohl sie Daynes Vielfliegermeilen schon oft genutzt hatten, um erster Klasse zu fliegen, empfand Keith dieses Erlebnis immer noch nicht als normal. Er überflog wieder seine Notizen. „Was sagst du zu den Drehterminen für *Der Löwenzahnjunge?* Bist du damit zufrieden?"

„Ja. Sie sind sehr früh, aber es müsste eigentlich klappen."

„Was ist mit der Kälte und dem Schnee?"

„Ich denke, wir könnten es schaffen, dem Schnee zu entgehen, aber wenn nicht, macht das auch nichts." Dayne legte den Kopf schief. „Wenn ein Junge im Winter mit Autismus kämpft und im Frühling und Sommer aus seinem inneren Gefängnis befreit wird, steckt darin sehr viel Symbolkraft. Wir können die späteren Szenen zuerst drehen, solange es noch nicht schneit."

Keith nickte nachdenklich. „Das sollte klappen."

„Es klappt bestimmt." Dayne schien sehr zuversichtlich zu sein. „Letztes Jahr fiel der erste Schnee erst Ende November."

„Wirklich?" Keith war überrascht. „Ich habe mir Indiana immer kälter vorgestellt."

„Oh, es wird schon ziemlich kalt." Dayne verdrehte die Augen. „Du solltest mich im Schnee Auto fahren sehen."

„Macht das keinen Spaß?“

„Von Spaß kann keine Rede sein. Ich lasse immer am ersten November die Winterreifen aufziehen. Aber bis zum Ende des Monats bin ich normalerweise der Einzige, der damit fährt.“

Sie wollten am 25. Oktober mit den Dreharbeiten beginnen und hofften, sechs Wochen später fertig zu sein. Dann blieben ihnen noch zwei Wochen bis Weihnachten und damit genug Zeit für eine kurze Verschnaufpause vor der Kinopremiere von *Der letzte Brief*. Wenn alles gut lief, könnte *Der Löwenzahnjunge* ein Jahr später nach Weihnachten in die Kinos kommen.

Ein Mann auf der anderen Seite des Ganges beugte sich herüber und tippte Keith auf die Schulter. Wie immer saß Keith auf dem Platz am Gang und Dayne am Fenster. „Entschuldigen Sie.“ Der Mann deutete an Keith vorbei auf Dayne. „Ich müsste Ihrem Freund etwas sagen.“

Als der Mann sich herüberbeugte, schien Dayne von dem faszinierenden Ausblick durch das Fenster wie gebannt zu sein. Keith blieb nichts anderes übrig, als ihm auf die Schulter zu tippen. „Eine kurze Frage.“

„Was?“ Dayne drehte sich überrascht um und schaute zuerst Keith und dann den anderen Mann an. Er lächelte. „Entschuldigung. Was ist?“

„Ich störe Sie nur ungern.“ Der Mann schaute Dayne an. „Ich soll Ihnen von meiner Frau nur sagen, dass Sie viel Ähnlichkeit mit Dayne Matthews, dem Schauspieler, haben.“

Dayne schüttelte den Kopf, als wäre er ganz erstaunt. „Früher habe ich das öfter gehört. Aber in letzter Zeit nicht mehr so oft.“

„Ja.“ Der Mann nickte und lehnte sich wieder zurück. „Ich dachte nur, das interessiert Sie vielleicht.“

Dayne nickte dem Mann und auch seiner Frau freundlich zu. Es kostete Keith einige Mühe, keine Miene zu verziehen. Er hatte mittlerweile oft genug miterlebt, wie Dayne auf diese Weise mit unerwünschter Aufmerksamkeit umging, sodass es ihm inzwischen wie eine einstudierte Szene erschien. Dayne leugnete die Ähnlichkeit nicht, aber er bestätigte sie auch nicht. Fast niemand stellte die naheliegende Frage: Ob er tatsächlich der Schauspieler sei. Die meisten schlossen aus seiner Antwort, dass er dem berühmten Hollywood-Star nur ähnlich sah.

Dayne schaute erneut aus dem Fenster. Nachdem ihnen die Stewardess wenige Minuten später ihr Essen gebracht hatte, schaute er auf seinen Teller und murmelte: „Weißt du, was wirklich komisch ist? Warum sagt dir niemand, dass du viel Ähnlichkeit mit Keith Ellison hast?“

Dieses Mal konnte sich Keith ein kurzes Lachen nicht verkneifen. Er wandte den Blick aber ebenfalls nicht von seinem Essen ab und sie gingen nicht weiter auf die Sache ein. Während des restlichen Fluges unterhielten sie sich über ihre Familien und alles, was im nächsten Jahr auf sie zukommen würde. Daynes Tochter Sophie konnte inzwischen laufen und einige Worte plappern und seine Frau Katy freute sich, dass sie Dayne und Keith bei den Produktionsarbeiten begleiten konnte.

Beim Gespräch über Daynes Familie erinnerte sich Keith wehmütig an die ersten Jahre mit seiner eigenen Tochter Andi, als sie noch ein unschuldiges Kind gewesen war. Das Leben in Indonesien, wo sie damals gelebt hatten, hatte völlig andere Gefahren mit sich gebracht als die, die sie hier in den Staaten erlebten. Keith sehnte sich nach der Zeit vor den Problemen und Herausforderungen des letzten Jahres.

„Wie geht es Andi?“ Dayne schaute seinen Partner mitfühlend an. Er wusste von Andis Schwangerschaft und ihrer Entscheidung, das Baby zur Adoption freizugeben.

„Wir kommen uns wieder näher. Das ist das Wichtigste.“ Keith hatte immer noch Mühe zu glauben, dass seine geliebte Andi im fünften Monat schwanger war. Sie war erst neunzehn und nicht verheiratet. Ihr „Freund“ hatte sie sitzen lassen, noch bevor sie erfahren hatte, dass sie schwanger war. Eine solche Situation hatte sich Keith für seine einzige Tochter nie vorstellen können. Er seufzte. „Der Entbindungstermin ist Ende Januar.“

„Und sie will das Baby immer noch weggeben?“

„Sie sagt es jedenfalls.“ Keith erlaubte sich nicht, zu viel über die Adoption nachzudenken. Es war die richtige Entscheidung, davon waren er und seine Frau Lisa überzeugt. Aber es war ihr erstes Enkelkind, Andis erstes Kind. Das Baby wegzugeben würde für sie alle schmerzvoll sein, egal, wie die nächsten Monate verliefen. „Sie spricht in letzter Zeit von einer Familie, die sie im Katalog der Adoptionsagentur gesehen hat. Es ist noch ein wenig früh, aber sie ist ziemlich sicher, dass diese Familie das Baby haben soll.“

„Wow.“ Dayne lehnte den Kopf langsam wieder an die Kopfstütze zurück. „Das ist sehr reif für ein Mädchen in ihrem Alter.“

„Ich bin sehr froh, dass sie zu Hause ist. Sie ist ein anderer Mensch als im letzten Frühling. Sie ist uns und auch Gott wieder nähergekommen. Wenn das alles nötig war, um sie zurückzuholen, werden wir für diese ganzen Probleme wahrscheinlich auch immer dankbar sein."

„Das, was in Römer 8,28 steht, trifft also wieder zu."

„Genau." Keith wiederholte den Bibelvers in Gedanken. *„Wer Gott liebt, dem dient alles, was geschieht, zum Guten."* Über diesen Vers hatte er oft nachgedacht, seit er von Andis Schwangerschaft erfahren hatte. Egal, welche Folgen eine falsche Entscheidung hatte, egal, ob die Träume, die ein Vater für seine Tochter hatte, wahr wurden oder nicht – Gottes Möglichkeiten waren unbegrenzt. Er hatte immer noch Pläne für Andi und für sie alle. Das war die wunderbare Wahrheit, wenn man Jesus nachfolgte.

Der Rest des Fluges verlief ohne besondere Vorkommnisse. Schließlich trat Keith kurz vor Mitternacht durch die Garagentür in sein neu gemietetes Haus in Bloomington. Die Lichter waren ausgeschaltet, also nahm er an, dass alle schon schliefen. Er bemühte sich, leise zu sein, stellte seine Tasche in der Küche ab und beleuchtete mit dem Licht seines Smartphones den Weg in Andis Zimmer.

Er stand an der Tür und betrachtete seine Tochter, die unter der Patchworkdecke schlief, die ihr Lisa zum zehnten Geburtstag genäht hatte. Diese Decke war seitdem Andis Lieblingsdecke. Hier, in dem dunklen Zimmer, konnte Keith im Geiste problemlos die Zeit zurückdrehen: Andi als Viertklässlerin, die Decke ihr einziges Geburtstagsgeschenk, das Lisa wochenlang heimlich genäht hatte.

Wenn Lisa und Keith damals gewusst hätten, was sie jetzt wussten, wären sie vielleicht nie vom Missionsfeld zurückgekehrt, um in der Filmindustrie zu arbeiten. Der Preis dafür war viel höher, als es sich Keith je hätte vorstellen können – damals, als er und Chase davon geträumt hatten, Filme mit einer christlichen Botschaft zu drehen und die Welt damit zu verändern.

Keith lehnte sich an den Türrahmen und ließ seinen Blick zu den dunklen Schatten vor Andis Fenster wandern. Ja, der Preis war hoch und sie waren immer noch nicht am Ziel ihrer Träume. Chase war inzwischen aus *Jeremiah Productions* ausgestiegen und arbeitete in einer Gemeinde in San José, Kalifornien. Sie hatten bei Weitem nicht so viel Kontakt, wie Keith erwartet hatte. Chases Leben war weitergegangen.

Er liebte es, Jugendpastor seiner Gemeinde zu sein, und er und seine Frau Kelly führten wieder eine gute Ehe. Kellys Unsicherheit und Minderwertigkeitskomplexe waren verschwunden, seit sie ihre Beziehung zu Gott erneuert hatte und Chase zu Hause war.

Ein Gespräch, das er vor wenigen Tagen mit Chase geführt hatte, fiel ihm ein. Keith hatte dabei erkannt, dass sich sein langjähriger Freund sehr verändert hatte. Er hatte ausführlich von den Programmen in der Gemeinde erzählt, von neuen Familien, die in die Stadt zogen, und von seinen Kindern. Keith war nicht sicher, ob Chase nach den Filmen gefragt hätte, wenn er nicht von selbst etwas erzählt hätte. Und plötzlich erinnerte er sich an ein Gespräch mit Chase in den ersten Monaten ihrer gemeinsamen Zeit als Missionare in Indonesien.

„Es ist, als hätte es das Leben von früher nie gegeben", hatte er zu Keith gesagt. Jetzt sah Chase seine Zeit in Hollywood mit Keith anscheinend ähnlich. Als hätte es diese Zeit nie gegeben.

Natürlich war Chases Entscheidung auch eine Gebetserhörung für sie beide gewesen, denn dadurch war Dayne Matthews die Tür geöffnet worden. Seit Dayne in der Produktionsfirma war, hatte sich vieles zum Positiven verändert. Trotzdem tat es weh, dass Keith die enge Freundschaft zu Chase verloren hatte. Das war ein weiteres Opfer auf dem Weg, Filme zu drehen, die zur Ehre Gottes diente. Ein weiterer Preis waren Ben und Kendall Adams, das Vater-Tochter-Gespann, das eigentlich jahrelang Teil ihrer Produktionsfirma hätte sein sollen. Aber Ben kämpfte um sein Leben, da der Krebs inzwischen seine Leber befallen hatte. Kendall kümmerte sich um ihn und hatte kaum Zeit für ihre Arbeit als Managerin seiner Firma.

Ben war natürlich nicht wegen der Filmproduktionen krank geworden, aber trotzdem war es ein großer Verlust, dass er und Kendall nicht mehr dabei waren. Wieder schaute Keith auf Andi. Die Unschuld seiner Tochter war der schmerzlichste Preis, den sie gezahlt hatten. Er und Lisa hatten gehofft, dass ihre christliche Erziehung Andi an der Universität von Indiana vor großen Dummheiten bewahren würde. Viele junge Menschen blieben auch, wenn sie ihr christliches Elternhaus verließen, auf einem guten Weg, aber Andi leider nicht. Keith und Lisa hatten sie nach Bloomington gehen lassen und dann ihre ganze Zeit und Aufmerksamkeit in die Filmproduktion gesteckt. Lisa hatte zu Hause alles geregelt – Telefongespräche und E-Mail-Korrespondenz, die Informationen an die Investoren und die Planungsdaten. Keith war mit allen anderen Aufgaben der Filmproduktion beschäftigt gewesen.

Dabei hatten sie, ohne es zu merken, ihre Tochter immer mehr verloren.

Keith trat leise neben sie und setzte sich auf ihre Bettkante. Sanft strich er ihr die Haare aus dem Gesicht und beugte sich nach unten, um ihr einen Kuss auf die Stirn zu geben. Seine geliebte Tochter, seine Andi. Wenn er und Lisa damals gewusst hätten, was sie jetzt wussten, wären sie schon vor einem Jahr nach Bloomington gezogen, hätten Andi bei sich wohnen lassen und alles getan, um ihr den nötigen Halt zu geben. Dann würden er und Dayne vielleicht jetzt davon sprechen, dass Andi – und nicht ihre Freundin Bailey Flanigan – für die weibliche Hauptrolle in dem Film mit Brandon Paul vorsprechen sollte. Bailey würde es wunderbar machen, davon waren Keith und Dayne überzeugt. Sie brachte keine Erfahrung für eine große Rolle mit, aber sie wollten jemand, der neu, unschuldig und unverdorben war. Bailey musste nur sich selbst spielen, dann wäre sie umwerfend. Andi wusste nicht, dass sie vorhatten, Bailey für die weibliche Hauptrolle vorsprechen zu lassen. Selbst Bailey wusste noch nicht, welche große Rolle für sie vorgesehen war. Aber trotzdem …

Ein trauriger Seufzer kam über Keiths Lippen und unterbrach die Stille im Zimmer. *Gott, du hast immer noch einen Plan für meine Tochter. Das weiß ich. Bitte sei in den nächsten Monaten bei ihr. Hilf ihr, deine Stimme zu hören. Hilf ihr zu glauben, dass das Beste noch kommt, dass sie nicht ihre ganze Zukunft verloren hat, nur weil sie diesen einen Fehler begangen hat.*

Es kam keine Antwort. Niemand, der laut in seine Gedanken hineinsprach oder an den Fenstern seiner Seele rüttelte. Keiths Blick wanderte zu einem kleinen Bilderrahmen in Andis Bücherregal. Darin stand ihr Lieblingsbibelvers, an den sie fest geglaubt hatte, als sie ein kleines Mädchen gewesen war: *„Denn ich allein weiß, was ich mit euch vorhabe: Ich, der Herr, werde euch Frieden schenken und euch aus dem Leid befreien. Ich gebe euch wieder Zukunft und Hoffnung."*

Tränen brannten in Keiths Augen. Er blinzelte sie zurück. Gott hatte mit ihnen allen etwas Gutes vor. Gemeinsam mit Dayne würde er Filme zu den Menschen bringen und etwas verändern, weil sie beteten und den festen Glauben hatten, dass Gott, der sie so weit gebracht hatte, ihnen auch jetzt die Kraft und den Segen schenken würde, um diesen Auftrag zu vollenden. Während er neben seiner schwangeren Tochter saß, betete Keith wie seit Wochen, vielleicht sogar seit Monaten nicht mehr. Er betete, dass Gott in Hollywood ein Wunder vollbringen und ihrer Mission zum Erfolg verhelfen würde. Falls es so geschehen sollte, musste die Veränderung im nächsten Jahr kommen. Und genau dafür betete Keith.

Als er sein Gebet beendet hatte, warf er einen letzten Blick auf seine Tochter und berührte zärtlich ihre Wange. Beim Gedanken an den schweren Weg, der vor ihr lag, brach ihm fast das Herz. Nur zu bald würden die Leute ihre Schwangerschaft bemerken. Sie würden sie anstarren und über sie flüstern und sie als schlechtes Vorbild nennen. Seine geliebte Andi. Dazu kam die emotionale Belastung. Die zweite Hälfte ihrer Schwangerschaft durchzustehen, in der sie die Bewegungen ihres Babys fühlen würde, in der sie eine Beziehung zu einem Kind aufbaute, das sie nie kennen durfte, das sie nie in den Armen halten und aufziehen würde.

Nur eine einzige Erkenntnis gab ihm Hoffnung, dass Andi alles durchstehen würde, dass sie als ganze Familie diese schwere Zeit durchstehen würden: Andi klammerte sich immer noch an Gottes Wort. Sonst hätte sie den Bibelvers längst aus ihrem Bücherregal genommen. Aber sie hatte ihn bewusst in ihr Zimmer gestellt. Dieser Vers verkündete der ganzen Welt, dass Andi Ellison immer noch an Gottes Pläne für ihre Zukunft glaubte. Deshalb wollte auch Keith daran glauben.

Auch wenn ihn das seine ganze Kraft kostete.

Kapitel 3

Die Football-Saison stand kurz bevor. Cody konnte das erste Spiel kaum erwarten. Aber das war nicht der Grund, warum es der beste August seines Lebens war. Der Grund dafür war Bailey Flanigan.

Die letzten zwanzig Trainingsminuten waren angebrochen und Cody musste ununterbrochen an Bailey denken. Sechs Wochen waren seit dem 4. Juli vergangen, an dem sich alles verändert hatte. Erst an diesem Tag hatte er erfahren, dass sich Bailey und Tim Reed getrennt hatten, und erst seitdem wusste er, was er bis zu jenem Tag nicht einmal zu hoffen gewagt hatte: Bailey hatte genauso Gefühle für ihn wie er für sie.

Aber sie ließen die Sache langsam angehen. Bailey war zwei Jahre mit Tim befreundet gewesen und keiner von ihnen wollte etwas überstürzen. Trotzdem verbrachte Cody einen großen Teil seiner Freizeit bei den Flanigans und jeder Tag erschien ihm noch unglaublicher als der Tag zuvor. Mit Bailey zusammen zu sein, den Gedanken zuzulassen, dass dies der Anfang einer dauerhaften Beziehung sein könnte, ließ sogar die Probleme mit seiner Mutter in den Hintergrund treten. Bailey verbrachte jeden Tag mehrere Stunden mit Tanzen und Schauspielunterricht, um sich auf ihr nächstes Casting am Broadway vorzubereiten. Cody ermutigte sie dazu. Ihre Freundschaft war so tief, dass sie auch ein wenig Abstand nicht auseinanderbringen würde.

Cody zwang sich, sich auf die Trainingsarbeit zu konzentrieren, und stellte die Quarterbacks an der Zehn-Yard-Linie auf. Baileys jüngerer Bruder Connor hatte eigentlich nie gedacht, dass er ein guter Quarterback sein könnte, aber seine Kraft und Ausdauer überraschten das gesamte Trainerteam. Die Trainer planten Connor als ersten Ersatzmann ein, falls ihr Quarterback ausfallen sollte. Cody stellte seine Spieler in einer Reihe auf und rief: „Beinarbeit! Alle in die Hocke!"

Die Jungs reagierten sofort und gingen in die Hocke.

„Links!" Cody behielt Connor im Auge und deutete, wohin sich die Quarterbacks bewegen sollten. „Noch einmal links! Rechts … links."

Connor war fast noch besser als ihr Stammspieler. In einem Jahr würde er den Stammplatz sicher haben. Bis dahin waren Cody und Bailey vielleicht … vielleicht was? In einer engeren Beziehung auf jeden Fall, selbst wenn sie in New York leben sollte. Bailey war in ihrem Herzen kein Großstadtmensch. Falls sie eine Stelle am Broadway bekäme, würde sie trotzdem nicht auf Dauer dort leben wollen. Wenigstens konnte Cody sich das nicht vorstellen. Und wenn doch, würde er ihr folgen. Sie war seine Welt, sein Grund, an Gott und die Hoffnung und das Leben und Träume zu glauben. Er liebte sie jeden Tag mehr.

Cody zwang seine Gedanken, in die Gegenwart zurückzukehren. Er durfte nicht zu lang an Bailey denken, denn sonst würde sein Wunsch, sie wären drei Jahre weiter und hätten Ringe an den Fingern und alle Antworten auf ihre Fragen wären geklärt, alle seine Gedanken beherrschen.

Die Sonne brannte glühend heiß auf das Spielfeld herab und die Feuchtigkeit verstärkte die Spätnachmittagshitze noch mehr. Nach einer Trinkpause für die Spieler folgte noch eine Übungseinheit, bevor das Training vorbei war. Die Flanigan-Jungs kamen gemeinsam aus der Umkleidekabine und suchten Cody, der auf sie wartete. Sie wollten nach Hause fahren und eine Weile schwimmen. Connor wischte sich grinsend den Schweiß von der Stirn. „Ich kann das kühle Wasser im Pool schon fast fühlen."

„Ich auch." Justin hatte seine Trainingstasche über die Schulter geworfen. „Das war heute ein langes Training." Er stieß Connor mit dem Ellbogen. „Du warst heute echt gut. Vielleicht kommst du sogar in die erste Mannschaft."

Cody stimmte ihm im Stillen zu, konnte aber nicht darüber sprechen. Die Entscheidung lag bei ihrem Cheftrainer Ryan Taylor. Sie stiegen ins Auto. Shawn wartete, bis sie aus dem Parkplatz bogen, bevor er sich vorbeugte und Cody eine Hand auf die Schulter legte. „Was läuft eigentlich zwischen dir und Bailey? Hast du vor, sie zu fragen, ob sie deine Freundin sein will?"

„Hey!" Justin saß neben Shawn auf dem Rücksitz. Er versetzte seinem Bruder einen freundschaftlichen Stoß gegen den Arm. „So etwas kannst du nicht fragen."

Connor, der auf dem Beifahrersitz saß, schwieg. Er stand Bailey näher als seine Brüder. Statt sich in das Gespräch einzuschalten, wandte er sich mit einem halben Lächeln an Cody, als wollte er sagen: „Ja, welche Absichten hast du?"

Cody lachte leise. „Sorry, Leute, wenn ich euch enttäusche." Er wandte den Blick nicht von der Straße ab. „Ich weiß es selbst noch nicht genau. Es ist nicht gut, bei Mädchen etwas zu überstürzen."

„Aber du magst sie doch, oder? Ich meine, mehr als nur einen Kumpel?" Shawn ließ nicht locker.

Wieder stieß ihn Justin in die Seite. „Er hat gesagt, dass er es nicht weiß."

Inzwischen lachten alle. Cody warf einen Blick in den Rückspiegel und schaute Shawn mit hochgezogener Braue an. „Falls es zwischen Bailey und mir ernster werden sollte, gehörst du sicher zu den Ersten, die es erfahren."

„Wahrscheinlich nicht." Shawn lehnte sich mit einem übertriebenen Seufzen zurück. „Sie erzählt immer alles zuerst Connor und Mama."

„Okay, dann bist du der Zweite."

„Wahrscheinlich eher der Dritte."

Cody genoss diese unbeschwerten Gespräche. Die Flanigan-Jungs waren seit der Zeit, als er bei ihrer Familie gelebt hatte, wie Brüder für ihn. Er kannte sie alle schon von klein auf und liebte die ungezwungene Art, wie sie miteinander umgingen. Er drehte die Musik lauter. Fünf Minuten später bogen sie in die Einfahrt der Flanigans.

Alle stiegen aus und Cody ging mit seiner Tasche ins Haus. Das Gästezimmer im Souterrain stand ihm immer noch jederzeit zur Verfügung. Bevor er duschte, schnallte er noch seine wasserdichte Prothese an, die er zum Schwimmen benutzte. Er war sehr dankbar, dass die Ärzte so viel von seinem linken Bein hatten retten können. Er hatte noch sein Knie und ein Stück seines Unterschenkels. Seine Prothese sah fast wie echt aus und er konnte immer noch gut Sport treiben. Die meisten merkten überhaupt nicht, dass Cody einen künstlichen Unterschenkel und Fuß hatte.

Er ging in den Garten hinaus und streckte sich auf einer Liege aus. Cody war sich nicht ganz sicher, wie er diese neue Beziehung zu Bailey handhaben sollte. Ja, sie hatten sich geküsst, aber nur einmal. Seitdem war ihm erneut bewusst geworden, wie kostbar sie war, wie viel sie ihm bedeutete – was sie ihm schon immer bedeutet hatte, schon vor Jahren, als er für sie nichts weiter als ein großer Bruder gewesen war; damals, als er hier gewohnt hatte.

Bailey war ein kostbares Mädchen, ein Geschenk von Gott. Er hatte nicht vor, sie gedankenlos zu küssen. Vielleicht würde er sie auch überhaupt nicht mehr küssen, bis sie ihre Beziehung geklärt hatten. Cody schaute zu der weißen Wolke hinauf, die über den Himmel zog, wobei er das Gefühl hatte, dass tausend Schmetterlinge durch seinen Bauch flatterten. Er wollte bald mit Bailey sprechen, damit er sie ganz offiziell als seine Freundin bezeichnen könnte. Aber er wollte sie nicht bedrängen. Nach der zwei Jahre dauernden Beziehung, die sie mit Tim Reed gehabt hatte, brauchte sie wahrscheinlich Zeit, um die Trennung zu verarbeiten, auch wenn Bailey diejenige gewesen war, die Schluss gemacht hatte.

Seit dem 4. Juli hatten sie die meiste Zeit mit Baileys Familie verbracht und nicht allein. Das half Cody dabei, den richtigen Blick zu behalten und mit dem Kopf und nicht mit seinem Herzen zu denken. Bailey war ein Mädchen für immer; es war also nicht nötig, etwas zu überstürzen.

Er hörte, wie die Tür aufging, und setzte sich ein wenig höher auf. Bailey und Ricky kamen in den Garten, gefolgt von ihren anderen Brüdern. Sie unterhielten sich über das Training, und Shawn und Justin prahlten, dass Connor bald der beste Quarterback der Clear Creek High sein würde.

„Im Ernst?" Bailey trug Shorts und ein T-Shirt und ein Handtuch über dem Arm. Cody konnte ihr Lächeln richtig fühlen. Bailey legte den Arm um Connors Taille. „Das ist ja spitze, Connor. Ich wusste, dass dir das Footballspielen Spaß machen würde.

„Ich vermisse das christliche Kindertheater", erklärte Connor grinsend und legte den Arm um ihre Schultern. „Aber ich muss zugeben, dass ich Football auch nicht schlecht finde."

Die Jungs hatten bereits ihre Badehosen angezogen. Sie stellten sich in einer Reihe auf und sprangen alle gleichzeitig mit Anlauf in den Pool. Bailey schaute zu Cody auf der anderen Seite der Terrasse. Ihre Blicke begegneten sich, als sie auf ihn zuging, und Cody fühlte, wie sein Herz gegen seine Rippen hämmerte. Er konnte den Blick nicht von ihren Augen abwenden und vergaß alles andere um sich herum. Unglaublich, was für eine Wirkung sie auf ihn hatte.

Bailey setzte sich auf den Liegestuhl neben ihm. „Hi." Ihre Augen wurden weicher und ein wenig scheu – nicht weil sie sich ihm gegenüber nicht öffnen wollte, sondern weil sie beide so tiefe Gefühle füreinander hatten. Und weil sie sich diese Gefühle jetzt endlich eingestanden hatten. Das war alles ein bisschen mehr, als sich beide hätten vorstellen können. Bailey legte den Kopf schief und ihre blauen Augen glänzten in der Sonne. Ihre langen kastanienbraunen Haare lockten sich weich um ihr Gesicht. „Wie war das Training?"

„Deine Brüder haben recht", lachte er und deutete mit dem Kopf zu Connor im Pool. „Er steht kurz davor, den Stammspieler von seinem Platz zu verdrängen." Er legte den Finger an seine Lippen. „Aber verrate noch nichts. Diese Entscheidung liegt natürlich bei Coach Taylor."

Bailey lachte. „Hast du Lust, nach dem Schwimmen ein wenig Rad zu fahren? Mein Vater grillt zum Abendessen Spareribs. Vielleicht danach?"

Sie hätte ihn auffordern können, auf Kohlen zu gehen, und er hätte zugestimmt. Selbst an einem so heißen Tag wie heute. Er hielt ein paar Sekunden ihre Finger fest. „Du willst ein Wettrennen veranstalten?" Er zog sie auf, wie er es schon immer machte, seit sie ein kleines Mädchen gewesen war.

„Ja, ein Wettrennen." Bailey zeigte ihre Muskeln. „Du kennst mich. Ich bin Miss Triathlon." Sie lachte wieder. „Wenn du mich besiegt hast, können wir vielleicht noch eine langsamere Radtour anhängen, bei der wir uns sogar ein paar Minuten unterhalten können." Sie warf einen Blick hinter sich. „Ohne dass meine Brüder überlegen …" Wieder wurde ihr Blick scheu. „Du weißt schon."

„Ja, ich weiß." Cody erzählte von der Heimfahrt, bei der Shawn hatte wissen wollen, was zwischen ihnen lief. „Aber Justin hat sich für uns eingesetzt. Er sagte, dass das niemanden etwas angehe."

Ihr Gespräch blieb ungezwungen und vertraut. Von der Unsicherheit, die viele Paare am Anfang ihrer Beziehung erleben, war bei ihnen nichts zu spüren. Während des Schwimmens und später nach dem Essen, als sie sich zwei Fahrräder aus der Garage holten und losfuhren, ließ Cody ein Gedanke nicht los: Vielleicht konnte er bald fragen, ob sie seine Freundin sein wollte. Sie trauerte ihrer Beziehung mit Tim nicht nach. Zwischen ihnen war es praktisch schon seit Monaten aus gewesen. Das hatte Bailey gesagt.

„Woran denkst du?" Bailey fuhr neben ihm her und der warme Wind wehte ihnen ins Gesicht.

„An dich." Cody lächelte sie an. Die Sonne ging unter und der Himmel war rosa und hellblau durchzogen.

Sie bogen aus der Einfahrt und fuhren einen Berg hinab auf eine Sackgasse zu.

„Wirklich?“ Baileys Augen funkelten. „Was an mir ist so interessant?“

„Du solltest wirklich Triathletin werden. Deine Kraft beim Radfahren ist beeindruckend.“

„Hör auf.“ Sie lachte, dann übernahm sie die Führung, beugte ihren Oberkörper über den Lenker und raste den Hang hinab. Unten angekommen, blieb sie mit quietschenden Bremsen stehen und deutete auf ihn. Sie lächelte übers ganze Gesicht. „Siehst du? Ich kann Fahrrad fahren.“

„Ich weiß.“ Er war außer Atem, aber eher, weil es ihm den Atem nahm, mit ihr zusammen zu sein, als vor Anstrengung. „Vielleicht könntest du mich trainieren.“

Sie standen am Ende der asphaltierten Straße, von wo aus ein Schotterweg durch einen Waldabschnitt führte. Bailey lachte immer noch, als sie von ihrem Rad stieg und sich die Hand als Schirm an die Augen hielt. „Der Sonnenuntergang ist wunderschön.“

„Ja, das ist ein weiterer Grund, warum ich gern hier lebe.“ Cody stieg auch vom Rad. Er ahnte, dass Bailey spazieren gehen wollte. Er genoss es, mit ihr allein zu sein. Ein kurzer Spaziergang durch den Wald wäre schön. Ganz in der Nähe gab es einen Bach, in dem sich eine Schildkrötenfamilie ein Zuhause gebaut hatte, wahrscheinlich um sich auf den kommenden Winter vorzubereiten. „Komm, wir suchen die Schildkröten.“

„Meinst du die Schildkröten, von denen Ricky erzählt hat, dass sie hier irgendwo sein müssen?“ Bailey ging ein paar Schritte auf den Schotterweg zu. „Meinetwegen. Solange wir uns von Schlangen fernhalten.“

Vor einiger Zeit waren Baileys Brüder auf eine Kupferkopfschlange gestoßen und das hatte Bailey nicht vergessen. Cody lachte. „Sie haben sich bestimmt schon für die Nacht verkrochen.“

„Vielleicht noch nicht.“ Sie schlenderte neben ihm her.

Solche Momente hatten sie in diesem Sommer kaum gehabt. Cody hätte sich mehr darum bemühen können, aber er wollte einfach, dass Bailey sich vorher ganz sicher fühlte. Er ergriff ihre Hand und schob seine Finger zärtlich zwischen ihre.

„Ich kann es immer noch nicht glauben.“ Sie ging so nahe neben ihm her, dass sich ihre Arme streiften.

Cody wusste ganz genau, was sie meinte. „Ich auch nicht."

„Erzähl mir etwas." Sie schaute ihn an und ihre Schritte verlangsamten sich. Bis zum Schatten der Bäume war es immer noch ein Stück. Die Sonne schien immer noch ungehindert auf ihr Gesicht.

„Gerne, was willst du hören?" Er wandte den Blick nicht von ihr ab, da er nichts anderes wollte, als in ihren Augen zu versinken.

„Warum hast du mir gesagt, dass ich mit Tim zusammenbleiben soll, als du aus dem Irak nach Hause kamst?" Ein leichter Schatten legte sich über diesen herrlichen Moment. „Ich dachte, du würdest mich nicht ...", sie hob ihre und seine Hand, „... *so* sehen. Verstehst du?"

Was sollte er ihr antworten? Es war zu früh, um seine Gefühle in Worte zu fassen. Diese Gefühle waren so stark, dass er Bailey vielleicht verschrecken könnte, selbst jetzt, da sie sich nähergekommen waren. Er schluckte schwer und schaute geradeaus. „Ich habe dir gesagt, warum."

„Du hast gesagt, er wäre besser für mich."

„Das dachte ich damals wirklich." Cody schaute sie an. „Er hat keine so komplizierte Vergangenheit wie ich. Ich kam mir alt vor, als hätte ich viel zu viel gesehen. Wahrscheinlich wollte ich dich vor dem allen beschützen."

„Mich interessiert deine Vergangenheit." Ihre Stimme war freundlich, aber trotzdem ein wenig verletzt. „Das, was im Irak passiert ist, war nicht deine Schuld."

„Ich spreche nicht nur vom Irak." Er dachte an seine Alkoholprobleme und dic Schwierigkeiten mit seiner Mutter. „Ich bringe schweres Gepäck mit, Bailey. Das weißt du."

„Das spielt keine Rolle." Sie lächelte, aber aus ihren Augen sprach eine tiefe Traurigkeit. „Weißt du, was ich damals zu dir sagen wollte? An dem Tag, an dem du aus dem Irak nach Hause kamst?"

„Was?" Er sehnte sich danach, sie in die Arme zu nehmen, unterließ es aber. Er konzentrierte sich auf ihre Augen und ihre Worte.

„Ich wollte, dass du mir sagst, ich soll mit Tim Schluss machen. Ich habe mir gewünscht, du würdest sagen, dass du die ganze Zeit, als du im Krieg warst, an mich gedacht hast."

Wieder war Cody nicht sicher, wie viel er ihr verraten sollte. Sie schlenderten weiter und steuerten auf die dichten Sträucher am Anfang des Waldes zu. Ein Stück vor sich konnten sie den Bach hören. „Ich hätte dir nie gesagt, dass du mit ihm Schluss machen sollst." Seine

Stimme blieb sanft und leise. „Auf diese Idee musstest du selbst kommen."

„Das hättest du mir sagen können." Sie wollte nicht mit ihm streiten, das sah er ihr deutlich an. „Aber so habe ich seit damals jeden Tag gedacht, du würdest dich nicht für mich interessieren."

Das entlockte Cody ein kurzes Lachen. „Oh doch, Bailey, ich habe mich für dich interessiert. Schon immer."

Er fühlte ihr Lächeln. „Wirklich?" Sie drückte leicht seine Hand. „Schon immer?"

Cody blieb stehen und berührte zärtlich ihre Wange. „Schon immer, Bailey." Darüber hatten sie noch nie gesprochen, auch nicht seit dem 4. Juli. Es war fast, als genügte es ihnen, dass sie etwas Besonderes gefunden hatten. Als müssten sie es nicht definieren oder analysieren oder sich fragen, warum es nicht früher dazu gekommen war, sondern erst jetzt. „Jeden Moment. Jeden Tag."

Sie lächelte und für einen Moment sah es so aus, als wollten sie sich wieder küssen. Die Anziehungskraft zwischen ihnen war so stark, dass Cody der Atem stockte. Es wurde allmählich kühler. Je tiefer sie in den Wald gingen, umso weniger beleuchtete die schwächer werdende Sonne ihnen den Weg. Er wollte ihr mehr sagen, aber nicht hier, da es immer dunkler wurde. Vielleicht gab es hier wirklich Schlangen. Für ihn war das kein Problem, aber falls ihr etwas zustoßen sollte, würde er sich das nie vergeben. „Ich glaube, die Schildkröten sind gleich da vorne."

Der Bach floss rechts neben ihnen. Cody führte Bailey zum Wasser. Er legte den Arm um ihre Taille, als sie nebeneinander stehen blieben. „Sei ganz leise. Vielleicht können wir sie hören."

Bailey schmiegte sich an ihn und wartete. Die Luft um sie herum war still, bis auf ein leises Rascheln der Blätter in den Bäumen. Plötzlich hörten sie ein Stück weiter vorne, dass etwas ins Wasser platschte. Bailey keuchte. „War das eine Schildkröte oder eine Schlange?"

„So laut sind Schlangen nicht." Cody verkniff sich ein Lachen, da er wusste, dass sie diese Frage ernst meinte. „Das müssen die Schildkröten sein. Vielleicht sind es sogar zwei." Sie gingen leise weiter und sahen im letzten Licht der untergehenden Sonne zwei Schildkröten im Bach schwimmen.

„Oh!", flüsterte Bailey. „Sie sind ja so süß."

„Deshalb gibt es nicht mehr viele in der freien Natur. Die Leute nehmen sie als Haustiere mit heim."

„Es gefällt ihnen aber hier." Bailey lehnte den Kopf an Codys Schulter. „Sie sehen glücklich aus."

Er schmunzelte. „Fast so, als würden sie lächeln."

„Genau." Sie kicherte leise.

Sie blieben ein paar Minuten stehen und schauten den Schildkröten beim Schwimmen zu. Dann gingen die Tiere auf der anderen Seite des Baches an Land. Als die Schildkröten nicht mehr zu sehen waren, führte Cody Bailey auf den Weg zurück. Er hätte sie so gern geküsst, hier im Wald im Zauber der Schildkröten und der Abgeschiedenheit zwischen den Bäumen. Aber irgendwie hatte er das Gefühl, dass das nicht richtig wäre. Besonders angesichts der Fragen, die Bailey hatte. Sie verdiente zuerst eine Antwort.

Sie waren schon am Waldrand und konnten ihre Fahrräder auf der anderen Seite der Lichtung sehen, als Cody einen umgestürzten Baumstamm entdeckte. Er deutete darauf. „Komm, setzen wir uns."

Sie setzten sich nebeneinander und hielten sich an den Händen. Die schwüle Hitze hatte ein wenig nachgelassen und eine leichte Kühle erfüllte die Luft, der erste Hinweis auf den bevorstehenden Herbst. Cody genoss Baileys Wärme neben sich. Er atmete tief ein und schaute sie an. Sein Blick reichte bis in ihr Herz. „Du hast vom Irak gesprochen. Dass du hofftest, ich hätte dort an dich gedacht."

„Ja. Wahrscheinlich war das nur Wunschdenken." Trotz der Schatten, die auf ihr Gesicht fielen, strahlte eine faszinierende Tiefe aus ihren Augen. „Bevor du gingst, dachte ich, du und ich, wir hätten etwas Besonderes gefunden."

„Das war auch so." Cody war nicht bereit, ihr zu sagen, dass er auf dem ganzen Weg zum Flughafen im Stillen geweint hatte, aber es war Zeit, dass sie einiges über jene Zeit aus seinem Leben erfuhr. „Ich habe ständig an dich gedacht. Damals, als wir uns geschrieben haben."

„Ich erinnere mich daran." Ihr Blick wanderte in die Ferne. „Ich habe mir so große Sorgen gemacht, ich habe jeden Tag für dich gebetet." Sie erschauderte leicht. „Ich werde nie vergessen, wie es war, als ich hörte, dass du vermisst wirst. Nach einer Weile dachte ich …" Sie senkte den Blick und sprach lange kein Wort. Als sie ihn wieder anschaute, standen Tränen in ihren Augen. „Ich dachte, ich würde dich nie wiedersehen."

Sie musste es nicht aussprechen, aber es ließ sich nicht leugnen: Nach dieser Zeit, nachdem er dem Leben als Kriegsgefangener entflohen war, waren Codys Briefe immer seltener geworden und sein Tonfall immer distanzierter. Schließlich hatte Bailey angefangen, mehr Zeit mit Tim zu verbringen. Als Cody nach Bloomington zurückgekehrt war, hatte Bailey einen Freund gehabt. Aber das alles spielte jetzt keine Rolle mehr, weil sie sich endlich gefunden hatten. Trotzdem fiel es Cody schwer, ihr zu erklären, warum er sich zurückgezogen hatte. Er hatte gedacht, Bailey würde etwas Besseres als ihn verdienen. Er war verletzt gewesen und seine Vergangenheit und Familienherkunft waren kein leichtes Gepäck.

Er seufzte. „Als ich in Kriegsgefangenschaft geriet, war ich jeden Tag davon überzeugt, dass ich einen Ausweg finden würde." Leidenschaft und Schmerz bei der Erinnerung an jene Zeit schwangen in seiner Stimme mit. „Ich konnte mich in meiner Zelle nicht aufrichten, ich konnte meine Beine nicht ausstrecken und meine Arme nicht heben. Man hat uns jeden Tag geschlagen. Wir bekamen irgendeinen wässrigen Brei und schimmeliges Brot."

Bailey legte ihre Hand auf seinen Arm. „Das ist so furchtbar. Ich will mir gar nicht vorstellen, dass du das durchmachen musstest."

„Nachts kamen die Ratten." Cody schaute in die Ferne und dachte an jene einsamen, schrecklichen Wochen. „Man konnte sie in der Dunkelheit hören, wenn sie über den Boden liefen. Einige Männer wollten aufgeben. Ich sah es als meine Aufgabe an, ihnen zu helfen, die Hoffnung nicht zu verlieren." Er ersparte Bailey die hässlichen Einzelheiten, da diese Zeit hinter ihm lag. Falls sie zusammenblieben, würde er ihr eines Tages alles erzählen. Aber jetzt musste sie nur eines wissen. Er drehte sich so, dass er sie besser sehen konnte. Dann legte er die Hand auf ihre Wange. „Gott war bei mir, das war meine Hoffnung. Jeden Tag, jede lange Nacht glaubte ich keinen Moment, dass ich dort sterben würde. Ich betete und glaubte immer, dass ich heil herauskommen würde." Er hob ihr Kinn mit dem Finger hoch. Ihre Blicke begegneten sich und nach ein paar Sekunden konnte er sehen, wie ihre Angst allmählich nachließ. „Weißt du warum?"

Sie schüttelte den Kopf.

„Deinetwegen." Es war nicht Codys Absicht gewesen, dass ihr Gespräch so intensiv werden würde, aber sie musste es wissen. Sie hatte recht: Er hatte ihr seine Gefühle sehr lange verschwiegen. Er glaubte jetzt nicht mehr, dass er für Bailey Flanigan nicht gut genug wäre. Nichts und niemand konnte ihn jetzt mehr dazu bewegen, sie wieder zu verlassen. Hatte Gott selbst sie nicht zusammengeführt? Cody würde um sie kämpfen, bei ihr bleiben und … er würde ihr sagen, was er fühlte, da er sie so sehr liebte.

„Meinetwegen?" Baileys Stimme war kaum mehr als ein Flüstern. Sie schaute ihn fragend an. „Du hast an mich gedacht?"

„Ich war nicht sicher, ob wir je so weit kommen würden." Er hob ihre Hand an seine Lippen und küsste ihre Finger. „Aber damit ich dich noch einmal wiedersehen könnte, noch einmal einen Nachmittag mit dir verbringen könnte, deshalb wollte ich freikommen."

„Cody." Tränen lagen in ihrer Stimme. „Warum hast du mir das nicht gesagt?"

Am Himmel zog die Abenddämmerung auf und die Rosa- und Blautöne gingen in ein dunkles Grau über. Die Abendschatten schufen eine Intimität, die sie seit dem 4. Juli nicht mehr erlebt hatten. „Du bist nach Hause gekommen und ich dachte … ich dachte, du hättest dich verändert. Ich dachte, ich würde dir nicht mehr so viel bedeuten wie vorher. Ich war nicht sicher, ob ich dir überhaupt je etwas bedeutet habe."

„Du hast mir sehr viel bedeutet." Cody wollte ihr zeigen, was er damals empfunden hatte und was er jetzt für sie empfand. Er beugte sich näher zu ihr hinab, bis seine Lippen ihren Mund berührten. Der Kuss war von einer Leidenschaft und Sehnsucht begleitet und von einer spürbaren Verzweiflung, denn was wäre gewesen, wenn er nicht nach Hause gekommen wäre? Er zog den Kopf zurück und versank wieder in ihren Augen. „Du hast mir immer viel bedeutet."

Sie erwiderte seinen Kuss, legte die Hand an sein Gesicht und schob die Finger in seine Haare. Der Kuss war langsam und leidenschaftlich. Alle Jahre des Fragens wurden in diesem einen Moment beantwortet. Sie schaute ihn an und ihre Augen waren leuchtend blau und voll Liebe. „Immer?" Sie küsste ihn wieder, dann lachte sie leise. „Wirklich?"

„Wirklich." Cody widerstand dem Wunsch, sie länger zu küssen. Ihre Berührung erinnerte ihn daran, dass er immer noch sehr vorsichtig sein musste. Auch wenn er glaubte, dass er sich unter Kontrolle hatte, durfte er sich von seiner Leidenschaft nicht überrollen lassen. Er küsste sie ein letztes Mal und ließ die Finger auf ihrem schönen Gesicht liegen. Er schaute sie lange an. „Manchmal kann ich gar nicht glauben, dass das wirklich passiert."

„Ich auch nicht." Ihre Tränen waren verschwunden und ihre Augen funkelten.

Cody merkte, wie sein Widerstand immer schwächer wurde. Deshalb stand er schnell auf und half ihr auf die Beine, bevor ihm ein Grund einfiel, noch länger zu bleiben. „Wir müssen zurück."

„Okay." Aber statt zu ihren Fahrrädern zu gehen, drehte sie sich noch einmal zu ihm um und umarmte ihn. Dann legte sie den Kopf an seine Brust. „Danke." Sie schaute ihn erneut an. „Danke, dass du mir das gesagt hast."

„Das war noch nicht alles." Er merkte, wie er die Selbstbeherrschung zurückgewann, während sie langsam über den Schotterweg zurückgingen. Er lächelte sie an. „Aber wir haben Zeit."

„Das stimmt." Sie grinste ihn an. Nach einem kurzen Zögern drehte sie sich um und rannte los. „Wer zuerst zu Hause ist, ist ein Triathlet."

Cody lachte, was ihn einige Sekunden kostete. Als er bei seinem Fahrrad ankam, radelte Bailey schon den Berg hinauf, beugte sich noch tiefer über den Lenker und spannte ihre ganze Kraft an, um nach Hause zu kommen. Er hatte es nicht eilig, da er alles, was soeben geschehen war, genießen wollte. Das Gespräch, die Nähe zu ihr. Ihren Kuss. Sie hatten in den letzten Monaten etwas Seltenes und Besonderes gefunden. Lachen und Sehnsucht und einen Glauben, der sie auch in Zukunft führen würde. Und etwas, das alles noch besser machte.

Sie hatten Zeit und mussten nichts überstürzen.

Kapitel 4

Seit sie die Adoptionsagentur das erste Mal betreten hatte, hatte Andi Ellison kein einziges Mal an ihrer Entscheidung gezweifelt, ihr Baby wegzugeben. Doch der heutige Besuch würde schwer werden. Das ließ sich leider nicht vermeiden. Heute fuhr Andi gemeinsam mit ihrer Mutter zu ihrer zweiten Ultraschalluntersuchung. Bei der ersten Untersuchung hatte sie den Herzschlag ihres Babys gesehen.

Heute würde sie erfahren, ob sie einen Jungen oder ein Mädchen bekam.

„Wie fühlst du dich?" Ihre Mutter saß am Steuer. Sie waren schon auf halbem Weg nach Indianapolis.

„Es ist komisch." Andi legte die Hand auf ihren Bauch. „Heute bewegt sich das Baby ziemlich viel." Sie schaute ihre Mutter an. „Das macht mich irgendwie nachdenklich." Sie war im fünften Monat und ihr Bauch war inzwischen so sehr gewachsen, dass sich ihre Leggings spannten und sie keine Jeans mehr tragen konnte.

„Bist du dir immer noch sicher?" Diese Frage stellten Andis Eltern sonst nie. Obwohl diese Frage bestimmt alle beschäftigte, sprach sie niemand laut aus. Aber jetzt, auf dem Weg zu diesem wichtigen Untersuchungstermin, musste sie gestellt werden. Wenn ihre Mutter diese Frage nicht stellte, wer dann?

Nicht einmal Andi würde sie laut aussprechen.

„Ich glaube schon." Sie breitete die Finger über ihrem Bauch aus und dachte an das kleine Leben, das in ihr heranwuchs. Und sie dachte an Taz, den Vater des Kindes. Sie hatte keinen Kontakt mehr zu ihm gehabt, seit er sie sitzen lassen hatte, und auch jetzt war es ihm völlig gleichgültig, dass sie schwanger war. Er fragte nicht einmal, wie es ihr ging. Sie wusste, dass sie es schaffen würde, Taz' Baby in eine gute Familie zu geben. Sie hatte die Adoptivfamilie schon ausgesucht: den Mann und die Frau, die so viel Ähnlichkeit mit Katy und Dayne Matthews hatten – Luke und Reagan und ihre Kinder Tommy und Malin. Ihren Nachnamen kannte Andi noch nicht und sie hatte auch ihren Eltern die Fotos von der Familie noch nicht gezeigt. Aber sie waren die Familie, die ihr Baby bekommen sollte.

Wenigstens glaubte sie das.

„Schatz …" Lisa Ellisons Stimme war leise, da sie ihre Tochter nicht bedrängen wollte. „Hast du Zweifel? An der Adoption?"

„Ich weiß es nicht." Andi seufzte. Bis vor wenigen Wochen – bis sie angefangen hatte, die Bewegungen des Babys zu fühlen – hatte sie sich einer Tatsache nicht stellen wollen. Doch jetzt ließ sich diese Wahrheit nicht mehr verdrängen: Es war auch ihr Baby. Ihr erstgeborenes Kind. Sie streichelte mit den Daumen über ihren festen Bauch. Ihre Mutter wartete immer noch auf eine Antwort. Andi drehte sich auf ihrem Sitz leicht herum, um sie besser sehen zu können. „Es ist schwerer als am Anfang. Wenn ich die Bewegungen des Babys fühle, wird mir bewusst, dass meine Tochter oder mein Sohn in mir heranwächst."

„Das ist wirklich ein unglaubliches Gefühl." Ihre Mutter ergriff ihre Hand. „Ich erinnere mich noch gut daran, als du so klein warst. An diese leichten Bewegungen, die mir bewusst machten, dass ich endlich Mutter werden würde."

„Denkst du oft an die Kinder, die du verloren hast?" Andi hatte in letzter Zeit oft an ihre Geschwister gedacht, die sie nie gehabt hatte – die Kinder, die ihre Mutter durch Fehlgeburten verloren hatte.

„Natürlich." Ihre Mutter wandte den Blick nicht von der Straße ab, aber Andi konnte ein feuchtes Schimmern in ihren Augen sehen. „Wir wollten vier oder fünf Kinder. Aber nach drei Fehlgeburten, die alle sehr spät in der Schwangerschaft passierten, wurde es uns dann bewusst." Sie sah traurig aus, als trauere sie immer noch um ihre verlorenen Kinder. „Der Arzt sagte uns, dass es vorbei sei." Ihr Kinn zitterte ein wenig und sie zuckte mit einer Schulter. „Damit war unsere Familienplanung abgeschlossen."

Andi hatte nie darüber gesprochen. Sie hatte von den Fehlgeburten ihrer Mutter erst in ihrem letzten Jahr in Indonesien erfahren. Andi war fünfzehn gewesen und ihre Eltern hatten damals nichts Genaueres gesagt. „Es waren alles Jungs, richtig?"

„Ja." Lisa lächelte, aber ihre Augen waren immer noch traurig. „Ich tröste mich mit dem Gedanken, dass du sie eines Tages alle kennenlernen wirst. Deine kleinen Brüder."

Sie schwiegen eine Weile. Andi dachte über die drei Jungs nach, die ihre Eltern verloren hatten. Wenn sie am Leben geblieben wären, wäre Andis Leben völlig anders gewesen. Vielleicht wäre sie nie an die Universität von Indiana gegangen, sondern zu Hause geblieben, um an ihrem Leben teilhaben zu können. Dann hätte sie Taz nie kennengelernt. Sie wäre nie in diese Situation geraten. Sie spürte erst jetzt, was sie verloren hatte. Sie drückte die Hand ihrer Mutter und sagte ihr damit ohne Worte, wie leid ihr der Verlust tat, mit dem ihre Familie leben musste.

„Ich erinnere mich daran, wie du mir erzählt hast, dass du die Babys verloren hast und dass sie alle Jungs waren." Andi schaute vor sich auf die Straße, aber in Gedanken sah sie sich selbst, wie sie damals gewesen war: so selbstbewusst und überzeugt, dass sie jedes Problem bewältigen könnte. „Ich dachte, dass ich eines Tages ein ganzes Haus voller Söhne haben würde. Die Jungs, die du nie aufziehen konntest, die Brüder, die ich nie gehabt hatte. Und dass das irgendwie den Verlust wettmachen würde."

„Du kannst meinen Verlust nicht wettmachen." Ihre Mutter wandte den Blick nicht von der Straße ab, aber sie drückte leicht Andis Hand.

„Wahrscheinlich." Andi lächelte bei der Erinnerung daran, wie unschuldig und vertrauensvoll sie damals gewesen war. „Weißt du, was?"

„Was, Schatz?" Ihre Mutter legte wieder beide Hände aufs Lenkrad.

„Ich hätte immer noch gern ein Haus voller Jungs." Sie betrachtete ihren Bauch und wusste plötzlich ganz sicher, dass dieses Baby, egal ob es ein Mädchen oder ein Junge war, in ihrer Zukunft keine Rolle spielen würde. „Wenn der richtige Zeitpunkt gekommen ist, meine ich natürlich."

Im Lächeln ihrer Mutter schwang immer noch Traurigkeit mit, da sie ihre Tochter sehr gut verstand. „Und dein Vater und ich werden nebenan wohnen."

Während der restlichen Fahrt unterhielten sie sich über die Filme ihres Vaters, über die bevorstehenden Dreharbeiten zu *Der Löwenzahnjunge* und den Kinostart für *Der letzte Brief*. Ihr Vater wollte sich heute Nachmittag mit Dayne Matthews treffen und mit ihm Details zu dem Film ausarbeiten, während er gespannt wartete, wie Andis Untersuchung ausfallen würde. Bald hatten Lisa und Andi die Praxis erreicht.

Die Adoptionsagentur hatte mit einer benachbarten Frauenarztpraxis eine Vereinbarung getroffen, sodass die Kosten für Andis Vorsorgeuntersuchungen von der Agentur übernommen wurden. Deshalb fuhr sie zu ihren Untersuchungen nach Indianapolis. Bis jetzt war das Personal sehr mitfühlend und einfühlsam gewesen. Sie sprachen regelmäßig über Andis Entscheidung, ihr Baby zur Adoption freizugeben, und versicherten ihr, dass sie ihr Baby immer noch behalten könne, falls sie sich dafür entscheiden sollte.

„Andi?" Oksana, eine junge Mitarbeiterin der Arztpraxis, trat wenige Sekunden, nachdem sie angekommen waren, ins Wartezimmer. Sie hatte schon bei Andis früheren Besuchen mit ihr gesprochen und ihr Lächeln war freundlich und verständnisvoll. „Sie und Ihre Mutter können schon mitkommen."

Andi nickte. *Ich tue das Richtige. Nicht wahr, Gott? Du allein konntest mich davon abhalten, das Leben des Babys zu beenden. Ich tue also das, was du von mir willst, nicht wahr? Es ist richtig, das Baby wegzugeben? Aber warum fühle ich mich dann so?*

Tochter, ich bin bei dir. Immer.

Ich muss das glauben. Gott ist bei mir. Er ist jetzt und hier bei mir. Andi atmete tief durch und stand auf. Als sie sich dazu in der Lage fühlte, folgte sie Oksana. Sie traf die richtige Entscheidung. Es musste die richtige Entscheidung sein. Dieses Wissen gab jedem Arzttermin, zu dem sie hierherkam, einen Sinn. Ganz besonders heute.

Während sie sich auf den Ultraschall vorbereitete, während sie in ein Untersuchungshemd schlüpfte und sich auf die Liege legte, erinnerte sich Andi an den Tag vor drei Monaten, als sie zu ihrer ersten Ultraschalluntersuchung ins Schwangerschaftsberatungs-Zentrum in Bloomington gegangen war. Seit Andi wieder zu ihren Eltern gezogen war, hatte sie häufiger mit Ashley Baxter-Blake gesprochen und sich ein wenig mit ihr angefreundet. Andi hatte sich bedankt, dass Ashley ihren Eltern von ihrer Schwangerschaft erzählt hatte. Sie und Ashley hatten sogar überlegt, wie Andi anderen jungen Frauen helfen könnte, besser zu verstehen, wie wichtig es war, vor der Ehe mit keinem Mann zu schlafen.

Andi streckte sich auf der Liege aus und bemerkte wieder, wie fest sich ihr Bauch anfühlte, wie er sich um ihren Nabel herum nach vorne wölbte. In dieser Lage konnte sie die leichten Bewegungen, von denen ihre Mutter im Auto gesprochen hatte, gut fühlen.

Oksana betrat das Zimmer, bereitete die Maschine vor und betätigte mehrere Tasten und Schalter. „Wie fühlen Sie sich?"

„Gut." Andis Antwort kam schnell. „Mir ist nicht mehr übel."

„Das zweite Drittel der Schwangerschaft ist normalerweise das leichteste." Oksana war Mitte zwanzig. Sie grinste Andi und dann ihre Mutter an, die neben ihr saß. „Außerdem beten wir alle für Sie."

Andi lächelte. Wie die meisten Mitarbeiter in dieser Praxis schien Oksana einen starken Glauben an Gott zu haben und sprach offen und ungezwungen darüber. „Sie werden gleich sehen, wozu dieses Ultraschallgerät in der Lage ist." Oksana drückte die nächsten Tasten. „In einer Minute sehen Sie das Gesicht Ihres Kindes."

„Die Technik hat große Fortschritte gemacht." Andis Mutter konzentrierte sich auf den Bildschirm. „Als ich mit Andi schwanger war, konnte man den Kopf kaum von den Füßen unterscheiden."

„Dann schauen wir jetzt einmal." Oksana bewegte den Ultraschallkopf über Andis Bauch.

Vor Aufregung schlug Andis Herz höher und sie vergaß fast zu atmen. Nach und nach tauchten Bilder auf dem Bildschirm auf. Vollständig ausgebildete kleine Arme und Schultern, Füße und Beine. Dann wandte sich Oksana an Andi. „Wollen Sie das Geschlecht des Babys wissen?"

Andi hielt den Atem an. Irgendwie wollte sie ihr Herz vor diesen ganzen Informationen abschirmen. Denn sobald sie es wüsste, würde sich die Existenz des Babys viel realer anfühlen, der Verlust, den die Adoption bedeutete, drohte viel schmerzlicher zu werden. Obwohl sich ihre Kehle wie ausgetrocknet anfühlte, nickte sie. „Ja, bitte. Ich würde es gern wissen."

„Man kann es nicht immer genau sagen, aber so wie Ihr Baby liegt, ist es einfach." Oksanas Lächeln war zärtlich und verriet, dass sie wusste, wie bittersüß diese Nachricht für Andi sein musste. „Sie bekommen einen Jungen, Andi."

Einen Jungen.

Andi hatte schon erwartet, dass dieser Tag der schwerste werden würde, seit sie beschlossen hatte, ihr Baby wegzugeben. Aber mit den Gefühlen, die sie jetzt überrollten, hatte sie nicht gerechnet. Sie bekam einen Sohn, genau wie sie es sich seit jenem längst vergangenen Gespräch mit ihrer Mutter erträumt hatte. Sie hatte immer gehofft, dass ihr erstes Kind ein Junge wäre. Sie merkte erst, dass sie weinte, als die Tränen von ihrem Gesicht auf die Liege tropften. „Sind … sind Sie sicher?"

„Diese Ultraschallaufnahmen sind viel zuverlässiger als früher." Oksana bewegte den Ultraschallkopf, sodass sie das Bild noch deutlicher erkannten. „Das hier ist ein Junge."

Andi schaute ihre Mutter an und sah die Tränen auf ihren Wangen. Diese Nachricht schien sie genauso zu berühren wie Andi. Beide hatten nicht damit gerechnet, dass diese Information sie so aufwühlen würde. Andi griff nach der Hand ihrer Mutter. Sie konzentrierte ihre Aufmerksamkeit wieder auf den Bildschirm, als Oksana den Ultraschallkopf bewegte, und plötzlich sah sie das Gesicht ihres kleinen Sohnes. Seine Augen waren geschlossen und er hatte eine kleine Faust friedlich an seine Wange gedrückt. Andi entfuhr ein leises Keuchen, denn das Bild war so deutlich, als schaue ihr kleiner Sohn sie durch ein Fenster an.

„Er ist schön", flüsterte sie. Neue Tränen liefen heiß und nass über ihr Gesicht. „Mama, ist er nicht schön?"

Ihre Mutter drückte sich die freie Hand an die Lippen, um ein leises Schluchzen zu unterdrücken. Sie konnte nicht sprechen und nickte deshalb nur, ohne den Blick vom Gesicht des Babys abzuwenden.

Andi schaute wieder das Bild ihres kleinen Jungen an und sah, wie er seine Hand bewegte, als strecke er sich. Es konnte nicht sein, aber sie hatte das Gefühl, dass er sie anlächelte und ihr dankte, dass sie ihn am Leben gelassen hatte – als könne er es nicht abwarten herauszukommen und sie zu sehen. Natürlich war diese Vorstellung lächerlich. Aber als sie in das Gesicht ihres Kindes blickte, hatte Andi dieses Gefühl. Sie blinzelte ihre Tränen zurück, damit sie mehr erkennen konnte. Ihr Sohn hatte nicht die geringste Ähnlichkeit mit Taz, wenigstens nicht aus dieser Perspektive. Er hatte ihre Wangenknochen und ihre Nase, seine Finger sahen rundlich und kräftig aus und nicht schlank und dünn wie Taz' Finger. Vielleicht würde er groß und sportlich werden wie Andis Vater.

Oksana ließ ihnen Zeit, damit Andi und ihre Mutter das Kind so lange betrachten konnten, wie sie wollten. Sie sprach nichts, da ihr bewusst war, dass dieser Moment sehr persönlich war.

„Er … er sieht aus wie ich." Andi warf wieder einen Blick auf ihre Mutter. „Findest du nicht auch?"

„Auf jeden Fall." Lisa drückte die Finger an ihre Augen und hustete einige Male, bevor sie die Stimme wiederfand. „Er sieht aus wie deine kleinen Brüder. Wie sie alle. Als sie viel zu früh bei den Fehlgeburten zur Welt kamen, hatten sie alle die gleiche Nase."

Andi war sich so sicher, dass sie das Baby zur Adoption freigeben wollte, dass sie sich keine Muttergefühle zugestehen wollte. Sie war weniger eine künftige Mutter als vielmehr eine Studentin, die einen folgenschweren Fehler gemacht hatte. Sie hatte ihre Unschuld verschenkt und würde für den Rest ihres Lebens den Preis dafür zahlen. Besonders jetzt, wenn die Menschen sie anstarrten. Bis jetzt trug ihr Körper nur dieses Baby aus, damit es danach jemand als sein Kind bei sich aufnehmen könnte.

Aber als sie jetzt sah, wie sich ihr Baby in ihr bewegte, als sie seine sanften Wangen und die Linien seines Gesichts sah, sehnte sich Andi schmerzlich danach, es in den Armen zu halten. Dieses Gefühl war stärker als alles, was sie je erlebt hatte, eine Sehnsucht und eine Liebe, die man nicht lernen und nicht wegargumentieren konnte. Sie war einfach da.

Oksana drückte eine andere Taste an dem Gerät, um mehrere Fotos von dem Baby zu machen, von seinem Gesicht und seiner Wirbelsäule, seinen Zehen und seinem Bauch. Sie druckte die Bilder aus, legte sie in eine Mappe und sagte Andi, dass der Arzt in ein paar Minuten bei ihr wäre. Bevor sie ging, trat sie neben Andi, reichte ihr ein Papiertaschentuch und schaute sie mitfühlend an. „Haben Sie sich schon eine Familie ausgesucht?"

„Ja." Andi schniefte und schnäuzte sich. „Die Adoptionsagentur informiert sie diese Woche."

„Ich möchte Sie ermutigen, an dieser Stelle noch einmal mit Ihren Eltern zu sprechen und wirklich über Ihre Entscheidung zu beten." Oksana schaute Andis Mutter und dann wieder Andi an. „Wenn man das Baby so sieht, wird alles viel realer." Sie zögerte, und als sie wieder sprach, war ihre Stimme heiser und unsicher. „Ich wurde adoptiert. Meine leibliche Mutter war noch sehr jung. Zu jung, um ein Kind aufzuziehen. Ich werde ihr ewig dankbar sein, dass sie den Mut hatte, mich am Leben zu lassen. Und den Mut, mich wegzugeben." Sie schluckte, um ihre Gefühle zu beherrschen. „Aber es ist eine sehr schwere Entscheidung. Diese Entscheidung kann einem niemand abnehmen, denn wenn Sie sich entscheiden und die Papiere unterschreiben, gibt es kein Zurück."

Andi drückte die Augen zu und versuchte, ihre Tränen zurückzuhalten. Sie war noch nicht bereit, Mutter zu sein. Das würde sie in den nächsten Jahren noch nicht sein. Wenn es so weit wäre, wollte sie mit einem Mann wie ihrem Vater oder wie Dayne Matthews verheiratet sein. Sie wollte sich jetzt wegen ihrer Entscheidung genauso sicher sein wie vor drei Monaten, als sie die Adoptionsagentur betreten hatte.

Aber sie konnte nichts anderes sehen als das Gesicht ihres Kindes.

Andi nickte und atmete einige Male schnell ein, um sich wieder zu fassen. „Da-danke."

Oksana drückte sanft ihre Hand und verließ das Zimmer. Andi schaute ihre Mutter an, die sich immer noch die Augen wischte. Die Bilder hatten bei ihnen beiden eine sehr starke Wirkung hinterlassen. Ihre Mutter ließ ihre Hand los, stand auf und holte neue Taschentücher. Sie reichte Andi ein paar und half ihr, sich aufzusetzen. „Er ist perfekt. Absolut perfekt."

„Ich weiß." Eine starke Verwirrung erfasste Andi, als viele Fragen auf sie einstürmten. Was bedeutete das? Was bedeuteten diese Gefühle in ihr? Sollte sie ihr Kind trotzdem behalten? Wollten ihre Eltern, dass sie es behielt? Ihr blieb keine Zeit, um eine einzige Frage laut auszusprechen, denn es klopfte an der Tür und Dr. Wilmington trat ein.

„Andi!" Er lächelte. „Wie geht es Ihnen?"

Sie wollte ihm antworten, doch dann kam ein Ton, der eher ein Weinen als ein Lachen war, über ihre Lippen. Sie musste mit ihren roten geschwollenen Augen furchtbar aussehen. „Mir geht es gut." Sie tupfte mit dem Taschentuch wieder an ihre Augen und Nase. „Ich hatte nicht damit gerechnet, dass ich das Kind so deutlich sehen würde."

„Es ist erstaunlich." Der Arzt war jung, vielleicht Mitte dreißig. „An diesem Punkt hinterfragen viele schwangere Frauen noch einmal ihre Entscheidung, das Baby zur Adoption freizugeben."

„Revidieren viele ihre Entscheidung?" Auch Andis Mutter hatte immer noch rote Wangen und geschwollene Augen, aber sie hatte sich jetzt wieder gefangen. „Dass wir das Baby so deutlich sehen konnten, hat uns beide überrumpelt."

„Ja." Dr. Wilmington lehnte sich an die Wand und ließ sich mit seiner Antwort Zeit. „Viele Mütter überlegen es sich an dieser Stelle anders. Wir halten die Ultraschallaufnahmen für ein hilfreiches Mittel, um einer Frau bei ihrer Entscheidung zu helfen. Damit sie die beste Entscheidung für sich selbst und ihre Familie und für das Baby treffen kann."

„Bereuen manche Frauen, die ihre Kinder weggeben, diese Entscheidung später?“ Diese Frage hatte sich Andi bis jetzt nie gestellt.

„Ich möchte ehrlich sein, Andi. Eine solche Entscheidung ist immer schwer. Sie wird Sie Ihr Leben lang begleiten, egal, wofür Sie sich entscheiden.“ Er verschränkte die Arme vor sich und schaute sie nachdenklich an. „Junge Frauen mit Familienunterstützung und einem starken Glauben können mit ihrer Entscheidung besser umgehen, egal, wie sie ausfällt.“

Andi war für seine Antwort dankbar, aber sie genügte ihr nicht. „Glauben Sie, es ist möglich, ein Baby wegzugeben und trotzdem Frieden zu finden? Das Gefühl zu haben, dass es die richtige Entscheidung war?“

„Unbedingt.“ Der Arzt lächelte. „Wir haben im Laufe der Jahre viele schöne Adoptionen gesehen. Es ist wirklich eine der mutigsten Entscheidungen, die eine junge Frau treffen kann, die noch nicht bereit ist, ein Kind aufzuziehen.“

Plötzlich drehte sich alles in Andis Kopf. Vielleicht war sie doch schon bereit, ein Kind aufzuziehen? Sie war fast zwanzig und damit alt genug, oder? Nur weil sie nicht verheiratet war und der Zeitpunkt ungünstig war, bedeutete das nicht, dass sie diese Verantwortung nicht tragen könnte. „Es ist sehr viel, worüber ich nachdenken muss.“

„Das stimmt.“ Der Arzt nahm ihre Karteikarte. „Deshalb raten wir unseren Patientinnen, die Adoptivfamilie erst zu einem späteren Zeitpunkt der Schwangerschaft zu informieren. Wenn die Entscheidung getroffen ist und die leibliche Mutter schon eine Weile damit lebt.“

Andi ließ diesen Gedanken auf sich wirken, während Dr. Wilmington sie untersuchte und sich die Ultraschallaufnahmen ansah. Vielleicht sollte sie die Adoptionsagentur anrufen und sie bitten, Luke und Reagan erst später Bescheid zu geben. Vielleicht sollte sie noch ein paar Wochen warten. Der Arzt war mit der Untersuchung fertig und lächelte sie an. „Sie und das Baby sind gesund. Alles läuft nach Plan.“

„Schön.“ Andi lächelte, aber sie merkte, dass sich in der letzten Stunde etwas verändert hatte. Der innere Friede, den sie angesichts ihrer Entscheidung, das Baby wegzugeben, gehabt hatte, war nicht mehr selbstverständlich. Die Bilder von ihrem kleinen Sohn hatten ihre Welt erschüttert und sie wusste nicht, wie sie sie wieder ins Lot bringen sollte.

Andi hatte eigentlich geplant, auf dem Heimweg mit ihrer Mutter zur Adoptionsagentur zu fahren. Sie wollte ihr die Bilder von der Familie zeigen, die sie bei ihrem ersten Besuch ausgewählt hatte. Aber als sie sich der Agentur näherten, schaute ihre Mutter sie fragend an. „Willst du immer noch zur Agentur fahren?"

Andi legte die Hand auf ihren Bauch. Das Baby bewegte sich wieder und stieß sanft an ihre Bauchdecke. „Nein, heute nicht." Sie konnte ihrer Mutter nicht in die Augen sehen, denn sonst würde sie sie durchschauen und wissen, wie schwer die Entscheidung plötzlich geworden war. Ihre Mutter bedrängte sie nicht und fragte nicht, ob Andi sich sicher sei oder ob sie ihre Meinung geändert habe. Die einzige Antwort, die im Moment nötig war, hielt Andi während der restlichen Heimfahrt nach Bloomington in der Hand.

Die Ultraschallaufnahmen von ihrem Sohn.

Kapitel 5

Bailey konnte sich an diesem Septembermorgen kaum auf ihre Vorlesungen konzentrieren, denn heute war der große Tag. Ihr Casting für *Jeremiah Productions* war für heute Nachmittag angesetzt. Dass sie am Broadway nicht genommen worden war, tat ihr immer noch weh, aber in den letzten Wochen war ihre Begeisterung für diese neue Gelegenheit gewachsen. Ihre Mutter hatte vor, sie zu begleiten. Bailey erwartete nicht mehr als eine kleine Statistenrolle. Aber das war nicht so wichtig. Das Casting würde sie der Verwirklichung ihres Traums, Schauspielerin zu werden, einen Schritt näher bringen. Wenn sie sich Schritt für Schritt weiterentwickelte, wenn sie weiter Tanzen und Gesang übte und kleine Schauspielrollen fand, würde sie es eines Tages bestimmt schaffen, am Broadway aufzutreten. Daran wollte sie fest glauben.

Das Sonnenlicht fiel durch die Bäume, als Bailey vom Parkplatz der Universität bog und in Richtung Westen zu *Starbucks* fuhr. Dienstags traf sie sich oft mit Andi, da sie beide an diesem Tag nachmittags keine Vorlesungen hatten. In den letzten Wochen hatte Bailey sich angewöhnt, zwei Becher koffeinfreien Latte macchiato zu kaufen und damit zu Andi zu fahren. Sie wollte Andi zeigen, dass sie ihr immer noch sehr wichtig war.

Andi hatte ihr gestern Abend erzählt, dass sie nicht mehr ganz sicher sei, ob sie ihr Baby tatsächlich zur Adoption freigeben sollte. Deshalb wollte sich Bailey trotz ihres Castings heute unbedingt Zeit für sie nehmen. Auf diese Weise hatte Andi noch jemand anderen als ihre Eltern, der ihr zuhörte und Ratschläge geben konnte. Allerdings hatte Bailey keine klare Meinung, weder in die eine noch in die andere Richtung. Wenn sie den gleichen Fehler wie Andi gemacht hätte und schwanger geworden wäre, würde sie ihr Baby bestimmt nicht weggeben können. Aber sie kannte einige Menschen, deren Leben eine gute Wende genommen hatte, weil ihre leibliche Mutter die mutige Entscheidung getroffen hatte, ihr Baby wegzugeben. Vor Kurzem hatte Bailey sogar gehört, wie sich ein bekannter christlicher Sänger, der zu seiner Lebensgeschichte befragt worden war, bei seiner leiblichen Mutter dafür bedankt hatte, dass sie ihn zur Adoption freigegeben hatte.

Bailey konnte Andi also keine Antwort geben, aber sie liebte ihre Freundin und konnte ihr wenigstens zuhören. Hoffentlich würde das für heute genügen. Sie eilte ins Café und kaufte sich einen Latte macchiato, änderte aber in letzter Minute die Bestellung für Andi und kaufte ihr einen koffeinfreien Grüntee Frappuccino. Andi trank den süßen Tee nicht oft, aber er war ihr Lieblingsgetränk. Fünf Kilometer weiter bog Bailey in die Einfahrt zu dem Haus, in dem Andi mit ihren Eltern wohnte.

Als Bailey das Auto abstellte, erinnerte sie sich an das erste Mal, als sie wieder mit ihrer Freundin gesprochen hatte. Andis Mutter hatte zuerst Bailey angerufen und ihr erzählt, was passiert war: dass Andi tatsächlich schwanger war und das Kind beinahe hätte abtreiben lassen, wenn Gott nicht eingegriffen hätte. Die Geschichte war ein klarer Beweis für Gottes Eingreifen, um Andi daran zu hindern, etwas zu tun, das sie ihr Leben lang bereuen würde. Einen Tag später war Andi mit ihren Eltern aus Indianapolis zurückgekommen. Bailey hatte sie besucht und war mit ihr spazieren gegangen.

„Ich bin selbst schuld an allem“, hatte Andi ihr damals gesagt. „Ich hätte auf dich hören sollen. Du hast mich vor Taz und den Partys gewarnt, zu denen ich ging.“ Andi hatte sie traurig angesehen. „Ich komme mir so dumm vor.“

„Jeder von uns macht hin und wieder Dummheiten.“ Bailey dachte an ihre Entscheidung, mit Tim eine Beziehung anzufangen, an die Monate, die sie mit ihm zusammengeblieben war, obwohl sie die Beziehung schon längst hätte beenden sollen. „Deshalb brauchen wir einen Erlöser.“

„Ich weiß.“ Andi hatte sie mit schmerzerfüllter Miene angesehen. „Ich habe Jesus im letzten Jahr so sehr vermisst. Es war, als ob … ich weiß auch nicht, als hätte ich alles auf meine Art machen wollen. Ich wollte mir von niemandem sagen lassen, was ich tun soll. Nicht einmal von Gott.“

Bailey hatte diese Worte einige Sekunden auf sich wirken lassen, während sie langsam weitergegangen waren. „Und jetzt?“

„Jetzt?“ Andi richtete sich höher auf und schaute sie entschlossen an. „Jetzt will ich für den Rest meines Lebens jeden Tag seinem Plan folgen.“ Sie verschränkte die Arme fest vor ihrem Bauch. „Als ich es allein versuchte, habe ich ziemlich viel kaputt gemacht.“

„Du bist nicht die Einzige, der es so geht, Andi. Jesus vergibt uns."
Andi lächelte. „Daran klammere ich mich."

Sie unterhielten sich noch eine Weile über Andis Fahrt zu der Abtreibungsklinik und wie sie „zufällig" bei der christlichen Adoptionsagentur gelandet war. Dann sprachen sie darüber, dass ihre Freundschaft im letzten Semester sehr gelitten hatte. „Taz mochte dich nicht." Andi verzog leicht das Gesicht. Das hatte sie bis jetzt nicht zugegeben.

„Das überrascht mich nicht." Bailey dachte an den Filmstudenten, der ihrem Blick immer ausgewichen war und es immer eilig gehabt hatte wegzukommen, sobald Bailey aufgetaucht war. „Ihm hat nicht gefallen, welche Werte ich vertrete."

„Genau." Andi senkte einen langen Moment den Blick. „Bailey, es tut mir leid. Du warst mir eine gute Freundin und ich … ich habe das als selbstverständlich hingenommen. Ich habe gegen alles, was gut und richtig und wahr ist, rebelliert. Sogar gegen Rachel und dich."

Rachel Baugher war Andis beste Freundin an der Highschool gewesen und kurz nach ihrem Schulabschluss bei einem tragischen Verkehrsunfall gestorben. Bailey vermutete, dass Rachels Tod einer der Hauptgründe gewesen war, warum Andi rebelliert hatte, aber es war nie der richtige Zeitpunkt gewesen, um das anzusprechen. In den Wochen seit diesem Gespräch hatte Andi, wenn sie sich dienstags mit Bailey getroffen hatte, Rachel nicht mehr erwähnt.

Bailey nahm die Getränke von der Konsole, schloss ihr Auto ab und eilte den Gehweg zur Haustür hinauf. Die Mutter ihrer Freundin öffnete ihr und schaute sie dankbar an. „Hallo, Bailey."

„Hallo, Mrs Ellison." Bailey trat ein. An diesem frühen Nachmittag waren es knapp zwanzig Grad, es war also zu warm für eine Jacke. Trotzdem war die Luft kühl und Bailey war für ihren heißen Kaffee dankbar.

„Danke, dass du hier bist. Andi freut sich immer sehr auf dich." Lisa deutete hinter sich. „Sie ist schon von der Uni zurück und sitzt in ihrem Zimmer."

Andi war fest entschlossen, dieses Semester mit guten Noten in jedem ihrer fünf Kurse abzuschließen. Aber manchmal war sie, wenn sie nach Hause kam, sehr müde und erschöpft. Häufig legte sie sich hin und schlief eine halbe Stunde, bevor Bailey kam.

Mit einem Becher in jeder Hand ging Bailey leise durch den Flur und steckte den Kopf in Andis Zimmer. Die Sonne fiel ins Zimmer, aber Andi hatte die Augen geschlossen.

„Soll ich lieber wieder gehen?", flüsterte Bailey.

„Geh nicht." Andi dehnte sich und setzte sich langsam auf. „Ich kann später schlafen." Sie lächelte Bailey an und deutete neben sich aufs Bett.

„Hier." Bailey reichte ihrer Freundin das kalte Getränk.

„Du musst mir nicht jedes Mal etwas zu trinken kaufen." Andi nahm den Frappuccino. „Aber danke. Das ist sehr lieb von dir."

„Das tue ich gern." Bailey hob ihren Pappbecher und stieß damit leicht an den Plastikbecher in Andis Händen. „Auf einen schönen Dienstagnachmittag."

„Weil Gott mich weiterhin durchträgt."

„Genau." Bailey schlüpfte aus ihren Schuhen und setzte sich auf die Bettkante.

Einen Moment nippten sie an ihren Getränken und keine von ihnen sagte ein Wort. Etwas an Andis Haltung war anders als sonst. Sie betrachtete Bailey einen Moment. „Eine schöne Jeans." In Andis Kompliment schwang noch etwas anderes mit. Sie war nicht bitter oder gar ablehnend, vielleicht nur ein wenig eifersüchtig, weil ihr ihre eigene Situation immer deutlicher bewusst wurde. Vielleicht, weil man ihren Bauch inzwischen sah. Trotzdem lächelte sie, bemüht, die Stimmung wieder aufzulockern, aber das Lächeln erreichte nicht ihre Augen. „Ist die neu?"

Bailey nickte. „Ich habe sie gestern gekauft." Sie versuchte, das richtige Lächeln zu finden. „Wenn der Januar vorbei ist, kannst du dir auch eine kaufen. Sie ist super bequem." Wieder war das Schweigen zwischen ihnen angespannter als sonst. Bailey rutschte unruhig zurück. „Wie geht es dir?"

„Ich weiß es nicht." Andis Blick wanderte in die Ferne. Sie schwieg wieder eine Weile. „Denkst du je darüber nach? Deine Situation und meine sind völlig verschieden." Sie ließ ihren Becher sinken. „Ich habe im Moment andere Sorgen als Jeans."

Diese Bemerkung traf Bailey. Ihr erster Reflex war, sich zu verteidigen. Sie wollte nicht oberflächlich sein. Sie hätte die Jeans nicht erwähnt, wenn Andi nichts gesagt hätte. „Tut mir leid." Bailey nippte an ihrem Kaffee. Manchmal war es anstrengend, mit Andi zusammen zu sein. Sie hatte recht: Sie befanden sich in völlig unterschiedlichen Situationen. „Ich wollte dich nicht frustrieren."

Andi schaute aus dem Fenster und zuckte mit einer Schulter. „Ich weiß", seufzte sie. „Das hat nichts mit dir zu tun. Mir geht viel durch den Kopf." Sie schaute Bailey an und wieder lag eine tiefe Traurigkeit in ihren Augen. „Ich habe die Ultraschallbilder."

Bailey bereute sofort, dass sie Andis Worte persönlich genommen hatte. Natürlich hatte sie andere Sorgen als neue Jeans. „Darf ich sie sehen?"

Andi nahm eine Mappe von ihrem Nachttisch. „Es ist unglaublich, wie deutlich die Bilder sind." Ihre Stimme klang jetzt fröhlicher. „Es ist, als gäbe es ein Fenster, durch das ich in meinen Bauch sehen kann."

Als sie sich gestern Abend unterhalten hatten, hatte Andi erwähnt, dass die Ultraschallaufnahmen ihre Schwangerschaft viel realer machten. Soweit Bailey verstanden hatte, zweifelte ihre Freundin an ihrer Entscheidung, das Baby wegzugeben. Bailey schlug die Mappe auf und ihre Augen wurden ganz groß.

„Wow." Sie schaute Andi an „Das ist ja wie ein Foto! Ich war acht, als Ricky geboren wurde, und ich erinnere mich an die Ultraschallbilder meiner Mutter." Sie schaute das erste Foto wieder an, auf dem man das Gesicht des Babys sah. „Aber sie waren ganz anders." Schon auf den ersten Blick ließ sich nicht leugnen, dass es Andis Baby war. „Es sieht genauso aus wie du."

„Meine Mutter sagt, dass ich auf meinen Babybildern genauso aussehe." Andis Stimme klang weicher und mütterlicher als vorher. „Und wie meine drei Brüder, die vor der Geburt starben."

Bailey betrachtete das Foto, die klaren Linien und die Gesichtsform und konnte verstehen, warum Andi hin- und hergerissen war. Mit solchen Bildern musste das Baby viel realer für sie sein. Was für ein Gefühl war es wohl, zu wissen, dass das Kind, das in ihr heranwuchs, so viel Ähnlichkeit mit ihr hatte? Bailey betrachtete die anderen Fotos und gab Andi schließlich die Mappe zurück. „Du denkst also daran, das Kind zu behalten?"

„Ich bin mir nicht sicher." Andi legte die Mappe wieder weg und zog ein Knie an ihre Brust heran. „*Das* ist es weniger, aber ich kann mir plötzlich nicht vorstellen, ihn wegzugeben. In ein paar Monaten wird er geboren und statt ein paar Bildern ist dann das Kind da. Ein kleiner Junge, der genauso aussieht wie ich. Sie werden ihn mir in die Arme legen und ich werde mich ihm ganz nahe fühlen." Ihre Stimme wurde leiser, aber sie wandte den Blick nicht ab. „Wie soll ich es danach schaffen, ihn wegzugeben?"

Darauf hatte Bailey keine Antwort. Andis Probleme waren für sie viel zu weit weg, als dass sie ihr wirklich einen Rat geben könnte. „Wissen deine Eltern, wie es dir geht?"

„Ich glaube, sie würden sich wünschen, dass ich ihn behalte." Andi legte nachdenklich den Kopf schief. „Sie haben es nicht direkt gesagt, aber … meine Mutter war bei der Ultraschalluntersuchung dabei. Wir haben beide geweint." Andi legte die Hand auf ihren Bauch. „Allein schon beim Gedanken, mich von ihm verabschieden zu müssen, ist mir nach Weinen zumute."

„Was ist mit der Adoptivfamilie?" Bailey wollte Andi auf keinen Fall unter Druck setzen, da sie deutlich sah, wie sehr ihre Freundin litt. „Weiß die Familie schon Bescheid?"

„Ich habe der Adoptionsagentur meine Entscheidung mitgeteilt, aber wir haben noch kein Treffen vereinbart. Ich habe noch nichts unterschrieben. Die Familie wird es jedoch bald erfahren."

„Hmm." Bailey litt mit ihrer Freundin. Sie trank einen Schluck von ihrem Kaffee. „Es gibt keine leichte Lösung."

Sie unterhielten sich eine Weile über die körperlichen Veränderungen, die Andi durchmachte, wie aufregend es war, die Bewegungen des Babys in ihrem Bauch zu fühlen, und wie es war zu wissen, dass Gott das Kind jeden Tag ein wenig mehr formte. Dann sprachen sie über die Kurse, die sie belegten. Andi wollte soziale Arbeit oder Rhetorik belegen und ihre eigene Geschichte nutzen, um anderen Mädchen bewusst zu machen, wie wichtig es war, vor der Ehe mit keinem Jungen zu schlafen.

„Ich habe das Gefühl, dass ich mein Studium in Los Angeles beenden werde." Das hatte Andi bis jetzt nicht erwähnt. Sie trank einen kräftigen Schluck aus ihren Becher. „Meine Eltern sprechen davon, dass sie nach diesem Film dorthin umziehen wollen. Ich halte das für eine gute Idee. Ein Tapetenwechsel. Egal, ob ich das Baby zur Adoption freigebe oder nicht."

Ihr Gespräch dauerte noch eine halbe Stunde, doch dann wurde es für Bailey Zeit zu gehen.

„Du hast heute die Probeaufnahme, nicht wahr?" Andi stand auf und umarmte Bailey, aber ihre Stimme klang wieder angespannt. „Mein Vater hat es heute Morgen erwähnt."

„Ja, das stimmt." Der Blick, mit dem sie sich ansahen, verriet ihr Bedauern, weil Andi heute nicht zu den Probeaufnahmen gehen konnte. „Wahrscheinlich handelt es sich um eine Statistenrolle, aber trotzdem ..."

„Vielleicht könnte es auch mehr sein." Andi biss sich auf die Lippe und schien einen langen Moment mit sich zu ringen. Etwas quälte sie. Bailey wusste nicht, ob es Eifersucht oder Bedauern war. Doch schließlich grinste sie und ihre Augen funkelten zum ersten Mal an diesem Mittag fröhlich. Sie umarmte Bailey noch einmal. „Zeig ihnen, was du kannst, Bailey Flanigan! Ich bete für dich."

„Danke." Bailey hatte immer noch dieses bittersüße Gefühl wegen der unterschiedlichen Richtungen, in die ihre beiden Leben verliefen. Sie lächelte angespannt und ging zur Tür. „Und ich bete für dich, für deine Entscheidung."

„Danke." Andis Lächeln verblasste. „Wenn Gott mir nur eine SMS schicken und sagen würde, was ich tun soll."

„Ja." Bailey legte den Kopf schief und versuchte, sich in Andis Situation zu versetzen. „Wenn es nur so leicht wäre."

Auf dem Weg zur Tür verabschiedete sich Bailey von Andis Mutter und fuhr nach Hause, um ihre Bücher aufzuräumen, sich umzuziehen und etwas zu essen. Sie war in ihrem Zimmer und machte sich fertig, als Cody anrief. „Meine Vorlesungen waren heute früher aus. Deshalb musste ich dich unbedingt anrufen." Bei seiner Stimme wurden ihre Knie immer noch weich. „Ich bete für dich."

„Danke." Sie setzte sich auf die Kante ihrer Matratze und erzählte ihm kurz von Andi. „Es war komisch. Fast, als wären wir Fremde."

„Ihr geht viel durch den Kopf."

„Das sage ich mir auch." Sie hatte immer noch leichte Schuldgefühle wegen ihres Gesprächs, auch wenn sie nicht genau sagen konnte, warum. „Es lässt sich wahrscheinlich nicht verhindern, dass unsere Gespräche hin und wieder unangenehm sind."

Sie unterhielten sich noch ein paar Minuten über seine Vorlesungen und dass er sich darauf freute, bald mit dem Studium fertig zu sein. Er hatte in den letzten Semestern noch mehr Kurse belegt und plante, in einem Jahr sein Lehrerstudium abzuschließen. Danach würde er weitere Kurse belegen, um wie ihr Vater als Trainer und Lehrer arbeiten zu können. Bald begann Codys erste komplette Saison als Co-Trainer an der Clear Creek High und er liebte jede Minute dieser Arbeit. Er hatte Bailey bereits anvertraut, dass er sich gut vorstellen könne, sein Leben lang als Football-Trainer zu arbeiten.

„Ich vermisse dich." Bailey hätte ihn gern gesehen, aber sie hatten heute beide sehr viel zu tun. „Ich wünsche dir ein gutes Training. Ich denke an dich."

„Ich vermisse dich auch. Ruf mich an, wenn du etwas weißt." Sie konnte das Lächeln in seiner Stimme hören.

Die nächste Viertelstunde verging wie im Flug. Bailey saß angespannt auf dem Beifahrersitz des Minivans ihrer Mutter, während sie zu dem Produktionsbüro unterwegs waren, wo Andis Vater und Dayne Matthews auf sie warteten.

„Bist du nervös?" Ihre Mutter hatte vor, bei ihr zu bleiben, falls das möglich war.

„Sehr." Bailey lachte. Sie dachte an das Vortanzen in New York und daran, wie groß ihre Enttäuschung danach gewesen war. Doch dann setzte sie sich höher auf und schüttelte diese Erinnerungen ab. Heute war ein neuer Tag, eine neue Gelegenheit. Sie wollte für Gott alles geben, egal, wie die Sache ausging. Aber genauso schnell kehrten die Zweifel zurück. „Was ist, wenn Gott nicht will, dass ich Schauspielerin werde?" Sie schaute ihre Mutter an. „Vielleicht hat er etwas anderes mit mir vor. Vielleicht soll ich Krankenschwester oder so etwas werden."

Ihre Mutter berührte lächelnd Baileys Arm. „Mein Schatz, Absagen sind in dieser Branche ganz normal. Vielleicht brauchst du hundert Versuche, bevor sich eine Tür öffnet." Sie schaute sie an. „Aber das heißt nicht, dass es nicht Gottes Wille wäre."

„Das stimmt." Bailey wusste das natürlich auch. Sie hatte es von ihren Professoren und von Katy Hart-Matthews und von vielen anderen gehört. Aber sie konnte sich nicht vorstellen, hundertmal anzuklopfen und Absagen zu bekommen. Irgendwann würde sie heiraten und eine Familie haben wollen. Dann wäre die Schauspielerei nichts weiter als ein Traum, den sie als Mädchen gehabt hatte.

Doch heute war der Traum sehr lebendig, die Möglichkeit war sehr real. Das behielt Bailey im Hinterkopf, als sie das Büro von *Jeremiah*

Productions erreichten und ihre Mutter das Auto abstellte. Bevor sie hineingingen, hielt ihre Mutter ihre Hand und betete für Bailey, dass Gott sich durch sie verherrlichen würde und dass sie sich in der nächsten Stunde auf seine Stärke verlassen könnte, um ihr Bestes zu geben.

Sie betraten das Gebäude und sahen eine Frau, die an einem Schreibtisch saß. „Sie sind zu Probeaufnahmen für Dayne und Keith gekommen?"

Bailey nahm ihren ganzen Mut zusammen. „Ja, Ma'am. Ich bin Bailey Flanigan." Sie wandte sich an ihre Mutter. „Kann meine Mutter hier warten?"

„Natürlich." Die Frau deutete mit dem Kopf zu einer Stuhlreihe an der Wand. „Es wird nicht zu lang dauern. Vielleicht eine halbe Stunde." Die Frau überflog eine Liste. Als sie Baileys Namen fand, hakte sie ihn lächelnd ab. Dann reichte sie Bailey ein Klemmbrett mit mehreren Formularen, die sie ausfüllen sollte. „Wir brauchen auch die Daten Ihres Agenten. Auf der letzten Seite."

„Meines Agenten?" Bailey nahm das Klemmbrett und blinzelte. Sie schaute ihre Mutter und dann wieder die Frau hinter dem Schreibtisch an. „Ich habe keinen Agenten."

„Wirklich nicht?" Die Frau überflog mit einem Stirnrunzeln die Namensliste vor sich. „Sie kommen zu einer Probeaufnahme für eine Hauptrolle. Die meisten Schauspielerinnen für solche Rollen haben Agenten."

Eine Hauptrolle? Baileys Herz überschlug sich fast. „Hier muss ein Irrtum vorliegen." Sie starrte auf das Klemmbrett der Frau und versuchte zu sehen, ob ihr Name tatsächlich dort stand. „Niemand hat etwas von einer Hauptrolle gesagt."

„Hmm. Bailey Flanigan?" Die Frau suchte wieder ihren Namen. „Das sind Sie doch?"

„Ja, Ma'am." Bailey wurde schwindelig. Sie wagte es nicht, ihre Mutter anzusehen, da sie sonst vor Aufregung laut kreischen würde. Eine Hauptrolle? Konnte das wirklich wahr sein?

Die Frau lächelte wieder. „Laut den Produzenten sind Sie zu einer Probeaufnahme für eine Hauptrolle hier."

Bailey ließ fast das Klemmbrett fallen. Doch sie erinnerte sich, dass sie lächeln sollte, und nickte kurz. „Okay, danke. Ich fülle das Formular aus, aber ich habe keinen Agenten. Ich hoffe, das ist kein Problem?"

„Ganz bestimmt nicht." Die Frau zuckte die Achseln. „Das können Sie ja mit den Produzenten klären. Sie wollen Sie in ein paar Minuten sehen." Sie führte Bailey und ihre Mutter zu den Stühlen.

Als sie Platz genommen hatten, verschwand die Frau auf einem Flur. Bailey packte ihre Mutter am Arm. „Hast du das gehört?"

„Eine Hauptrolle!", konnte ihre Mutter nur flüstern. „Das hat uns niemand gesagt."

„Ich weiß. Jetzt flippe ich völlig aus." Bailey stand auf, ging zur Tür und wieder zurück, schüttelte ihre Arme aus und atmete hastig ein und aus. „Eine Hauptrolle? Im Ernst, Mama? Das muss ein Irrtum sein, oder?"

„Bailey." Ihre Mutter lachte leise. „Beruhige dich wieder, Schatz. Setz dich und füll das Formular aus."

„Okay, okay." Bailey hätte immer noch am liebsten laut gekreischt, aber sie tat, was ihre Mutter sagte. Doch sie konnte kaum richtig atmen, geschweige denn, sich an ihre Adresse erinnern. Sie war zum Casting für eine Hauptrolle eingeladen worden? Konnte das wirklich sein? Hatte Gott deshalb die Tür zu ihren Broadway-Träumen geschlossen? Doch dann kam ihr ein anderer Gedanke: Vielleicht irrte sich die Frau am Schreibtisch und verwechselte Bailey mit einer anderen Schauspielerin.

Guter Gott, wenn das wirklich wahr ist, dann gib mir die nötigen Gaben. So etwas Großes kann ich ohne deine Hilfe nicht schaffen. Bitte, Gott, sei mit mir.

Ich bin immer bei dir, Tochter. Hab keine Angst und fürchte dich nicht, denn ich bin bei dir.

Diese Worte hallten in Baileys Kopf wider und erfüllten sie mit Frieden und Gewissheit. Gott führte sie nicht in eine Situation, ohne ihr zu helfen. Er war beim Vortanzen am Broadway bei ihr gewesen, aber offenbar hatte er andere Pläne für sie. Wenigstens im Moment. Vielleicht wollte er sie hier haben. Sie füllte die Formulare aus und gab sie der Frau zurück, die an ihren Schreibtisch zurückgekehrt war. Nach einem stillen Gebet, das immer noch ihre Verwirrung zum Ausdruck brachte, trat Dayne Matthews in den Wartebereich und grinste sie an. „Hallo, Bailey, hallo, Jenny. Kommt bitte mit nach hinten."

„Ich auch?“ Baileys Mutter wirkte überrascht.

„Natürlich.“ Daynes Lächeln erhellte den Raum. Es war leicht, sich vorzustellen, warum er so viele Jahre Amerikas bekanntester Schauspieler gewesen war. „Du störst nicht.“

Bailey und ihre Mutter standen auf und Dayne führte sie durch den Flur in einen länglichen Raum. Andis Vater und eine Frau mittleren Alters saßen an einem langen Tisch und hatten Fotos und Notizen vor sich ausgebreitet. Sie standen auf, als Bailey und ihre Mutter eintraten. „Hallo, Bailey. Danke für dein Kommen.“

„Danke für die Einladung.“ Bailey war nicht sicher, was sie tun oder wohin sie gehen sollte. Sie schüttelte Keith Ellison die Hand und dann auch Dayne.

Mr Ellison erklärte, dass die Frau, die bei ihnen war, Eleanor Ainsworth war, die Castingdirektorin für *Der Löwenzahnjunge*. Er zählte mehrere Filme auf, für die Mrs Ainsworth in letzter Zeit gearbeitet hatte. Alle waren Kassenschlager gewesen. „Wir sind froh, dass Sie hier sind“, sagte sie mit einem höflichen Nicken zu Bailey.

Bailey dankte ihr und wandte sich dann wieder an Mr Ellison. „Ich habe Andi heute besucht. Es geht ihr gut.“

„Das stimmt. Danke, Bailey.“ Mr Ellisons Lächeln war freundlich. „Deine Freundschaft ist eine Gebetserhöhung für uns. Besonders jetzt.“

Bailey fragte sich, ob die Castingdirektorin Christin war. Falls nicht, schien sie Mr Ellisons Bemerkung nicht zu stören. Baileys Mutter setzte sich unauffällig auf einen Stuhl in der Ecke. Bailey bemerkte eine Kamera, die auf die leere Hälfte des Raumes gerichtet war. Sie schluckte und versuchte, ihre Nervosität zu bekämpfen.

Dayne reichte ihr ein Drehbuch. „Schlag bitte Seite fünfundvierzig auf, Bailey.“

„Gerne.“ Sie tat, was er sagte. Mit einem schnellen Blick sah sie, dass es sich um einen längeren Monolog einer Person namens Ella handelte. Bailey hatte das Buch *Der Löwenzahnjunge* gelesen und war davon begeistert. Sie wusste sofort, dass Ella die Schülerin war, die sich mit Henry Harris, der seit seiner Kindheit in seiner autistischen Welt gefangen war, anfreundete. Es handelte sich wirklich um eine Hauptrolle, eine der wichtigsten Rollen in der ganzen Geschichte.

„Lass dir eine Minute Zeit und lies dir Ellas Monolog leise durch.“

Dayne setzte sich auf die Kante des langen Tisches. „Dann möchten wir dich aufnehmen, während du den Text vorträgst. Ich spiele den Regisseur, damit du dich auf jemanden konzentrieren kannst."

In Baileys Kopf drehte sich alles. Sie ließ das Drehbuch sinken und schaute Dayne und dann Mr Ellison an. „Ich …ich dachte, ich würde für eine Statistenrolle vorsprechen."

Andis Vater lachte und rieb sich die Schläfen. Dann schaute er Dayne an. „Hast du es ihr nicht gesagt?"

„Ich dachte, das hättest du gemacht." Dayne schaute Bailey grinsend an. „Das tut mir leid." Er zuckte die Achseln. „Aber jetzt weißt du es. Wir sehen uns ungefähr hundert neue Gesichter an, weniger bekannte Schauspielerinnen, die die Rolle der Ella spielen könnten. Wir sehen uns zehn Mädchen von der Schauspielfakultät der Universität an und Keith und ich wollten dich auch dabeihaben."

„Oh." In Baileys Kopf drehte sich wieder alles, da diese Vorstellung so verrückt war. Hundert Mädchen? Alle mit Schauspielerfahrung? Dann hatte sie keinen Grund, nervös zu sein. Die Wahrscheinlichkeit, dass man sie nehmen würde, war sehr gering. „Wie viele haben Sie schon gesehen?"

„Wir haben uns schon ungefähr neunzig angesehen und in L.A. Probeaufnahmen mit ihnen gemacht." Mrs Ainsworth blieb sachlich und verriet nicht, ob sie ihre Ella schon gefunden hatten oder nicht. „Da wir hier drehen, wollten wir uns auch Mädchen vor Ort ansehen. Heute und morgen machen wir mit ihnen Probeaufnahmen."

„Okay." Baileys Knie wurden weich. Plötzlich kam ihr ein Gedanke. Wenn Andi nicht schwanger wäre, würde vielleicht sie für diese Rolle vorsprechen. Kein Wunder, dass sie heute nicht sie selbst gewesen war. Sie starrte das Drehbuch an. *Konzentrier dich, Bailey. Du musst dich konzentrieren.*

Dayne deutete in ihre Richtung. „Lass dir Zeit. Wir geben dir zwei Minuten."

Bailey nickte und konzentrierte sich wieder auf das Drehbuch. Ihr wurde bewusst, wie gering ihre Chancen waren. Andere Schauspielerinnen hatten Agenten und interessante Lebensläufe, jahrelange Erfahrung und vielleicht schon als kleine Kinder vor der Kamera gestanden. Welche Erfahrung konnte Bailey vorweisen? Ein paar Bühnenstücke? Sie gehörte nicht hierher. Wahrscheinlich gab man ihr nur diese Chance, weil sie Andis Freundin war oder weil sie in *Der letzte Brief* eine winzige Rolle gespielt hatte.

Trotzdem erfüllte sie ein unerwarteter Friede, als sie den Monolog durchlas.

Warum man sie zu einer Probeaufnahme eingeladen hatte, war unwichtig.

Gott hatte sie hierher geführt und sie würde ihr Bestes geben. Wenigstens würde sie sich dann keine Vorwürfe machen, auch wenn sie für eine so große Rolle noch lange nicht bereit war.

Der Monolog war voller Leidenschaft und Bailey konnte sich sofort damit identifizieren. Da sie das Buch mit Begeisterung gelesen hatte, wusste sie, aus welchem Teil der Geschichte Ellas Monolog stammte. Ella war in der letzten Klasse der Highschool und flehte ihren Schauspiellehrer leidenschaftlich an, Henry zu erlauben, für das Schulmusical vorzusingen. In diesem Kapitel des Romans erklärte Ella, dass das Gefängnis des Autismus durch die Macht der Musik aufgebrochen werden könne.

In den wenigen Augenblicken, in denen sie diese Stelle las, vergaß Bailey alle anderen im Raum. Als sie den Kopf hob, stand Dayne auf und kam zu ihr. „Bist du so weit?"

„Ja, Sir."

Dayne lächelte und zwinkerte ihr unauffällig zu, als wollte er ihr sagen, dass *Sir* ein wenig zu formell war. Aber da Eleanor Ainsworth im Raum war, wollte Bailey in diesem Moment so professionell wie möglich sein. Dayne ging zur Kamera. „Ich setze mich hierhin, ein wenig zur Seite und mit dem Rücken zur Kamera." Er setzte sich auf einen Barhocker. Wie er gesagt hatte, war er nur hier, damit sie sich auf einen Punkt konzentrieren konnte, damit sie ein Gegenüber hatte, auf das sie ihre Leidenschaft richten konnte. „Kamera ab."

Mrs Ainsworth stand auf, ging zur Kamera und drückte eine Taste. „Kamera läuft."

Dayne schaute Bailey mit einer freundlichen Herzlichkeit an, die ihr guttat. Er gab ihr das Gefühl, vor ihrer Familie vorzulesen, was ja irgendwie auch der Fall war. „Sag deinen Namen und dein Alter und die Stelle, aus der du liest."

Bailey nickte. Dann legte sie das Drehbuch neben Dayne auf den Boden und kehrte zu ihrem Platz vor der Kamera zurück. Ein aufgeklebtes X auf dem Boden verriet ihr, wo sie stehen sollte. Sie schaute direkt in die Kamera – das einzige Mal, dass sie das tun sollte – und machte die Angaben, um die er sie gebeten hatte. Als sie fertig war, deutete Mrs Ainsworth mit dem Finger auf sie, um sie aufzufordern zu beginnen. Einen kurzen Moment lang konnte sich Bailey an nichts von dem, was sie gerade gelesen hatte, erinnern oder daran, welche Rolle sie spielen sollte, oder auch nur, warum sie hier war. Aber die kurze Panik verschwand genauso schnell, wie sie gekommen war. Plötzlich war sie nicht mehr in einem kleinen Raum und stand vor einer kalten Kamera, vor dem Vater ihrer besten Freundin und zwei der einflussreichsten Menschen Hollywoods. Alles, was Katy Hart-Matthews sie über die Schauspielerei gelehrt hatte, fiel ihr plötzlich wieder ein. Im nächsten Moment war sie nicht mehr Bailey Flanigan. Sie war Schülerin einer Highschool und leidenschaftlich davon überzeugt, dass Henry einen Weg aus seinem Autismus finden könnte, wenn sie den Lehrer, der vor ihr stand, nur von ihrer Meinung überzeugen könnte.

Bailey ging ein paar Schritte weg und dann zurück und ließ ihre Frustration und ihre Leidenschaft auflodern. „Vielleicht ist Ihnen nicht wirklich klar, was für eine große Macht in der Musik steckt, Mr Hawkins." Sie blieb stehen und seufzte frustriert. „Die Musik ist nicht irgendwo da draußen, sie ist nicht etwas, mit dem die Leute nur unterhalten werden." Sie drückte ihre Finger an ihr Herz und schaute Dayne durchdringend an. „Sie ist hier drinnen, wo die Liebe wohnt und das Leben beginnt. Die Musik ist für die Seele wie … wie Sauerstoff für die Lunge. So erlebt Henry die Musik. Das weiß ich ganz genau."

Bailey drehte sich um, als könne sie Henry neben sich stehen sehen, leicht schaukelnd und in seiner eigenen Welt eingeschlossen. „Ich habe gesehen, wie er auf Musik reagiert, auch wenn das seine Therapeuten nicht glauben wollen. Er fühlt die Musik. Deshalb müssen Sie ihm eine Chance geben. Ich glaube … ich glaube wirklich von ganzem Herzen, dass die Musik zu ihm durchdringt wie nichts anderes. Wie niemand anderes, seit er drei Jahre war."

Der Monolog ging weiter, aber Bailey fühlte nichts anderes als die Person, die sie spielte. Sie merkte nicht, wie die Zeit verging, sie sah die Blicke von Dayne und Mr Ellison und der Castingdirektorin nicht. Jede mögliche Ablenkung verblasste neben ihrer Leidenschaft und ihrem Eifer, um Mr Hawkins zu überzeugen. Sie erschrak fast, als Mrs Ainsworth schließlich die Hand hob.

„Das genügt, Bailey. Danke."

Bailey atmete aus und schaute sich um. Plötzlich war sie unsicher. Die Castingdirektorin und Mr Ellison steckten die Köpfe zusammen, machten sich Notizen und flüsterten miteinander.

Dayne stand auf und kam auf sie zu. „Wow." Sein Blick verriet ihr, dass er ehrlich bewegt war. „Woher kam das?"

Wieder war sie leicht verlegen. Sie hatte kein einziges Mal überlegt, wie sie wirkte oder klang. Sie hatte sich voll und ganz darauf konzentriert, in die Rolle dieser Person zu schlüpfen. „Keine Ahnung." Sie bewegte die Zehenspitze in kleinen Kreisen auf dem Boden, da das Adrenalin immer noch durch ihren Körper schoss. „Ich liebe *Der Löwenzahnjunge*. Es gehört zu den besten Büchern, die ich je gelesen habe."

„Das kannst du laut sagen." Er hob das Drehbuch vom Boden auf und ging mit ihr zum Tisch zurück. Dann bedankten sich alle drei bei Bailey und sagten, dass sie sich melden würden. Ihre Mutter wartete, bis sie im Freien waren, bevor sie einen leisen Begeisterungsschrei ausstieß. „Bailey! Ich konnte kaum glauben, dass das wirklich du warst!"

„Im Ernst?" Die Aufregung, die durch Baileys Adern floss, war so groß, dass sie das Gefühl hatte, den ganzen Weg nach Hause laufen zu können und immer noch genug Energie zu haben, um wieder zurückzulaufen. „Ich weiß nicht, ob es *so* gut war. Ich habe für eine solche Rolle nicht genug Erfahrung." Sie legte den Arm um die Taille ihrer Mutter, während sie zum Auto gingen. „Deshalb habe ich versucht, ganz in diese Person zu schlüpfen. Ich habe versucht, ihr nicht im Weg zu stehen. So hat es mir Katy erklärt."

Während der gesamten Heimfahrt staunte ihre Mutter, wie echt sie gewirkt hatte, wie perfekt und wie natürlich sie vor der Kamera ausgesehen hatte. „Du wärst die perfekte Ella. Wer hätte das gedacht!"

„Schön, dass du das so siehst", lachte Bailey, die sich keine zu großen Hoffnungen machen wollte. „Es ist nur schade, dass du nicht diese Entscheidung triffst."

Die Begeisterung ihrer Mutter legte sich ein wenig. Doch als sie ins Haus traten, ergriff sie Baileys Hände. „Schatz, das, was ich dort gesehen habe … Du hast ein so großes Talent. Ich habe es schon früher beim Kindertheater gesehen und natürlich, wenn du mit Katy übst. Aber trotzdem ... Du warst unglaublich, Schatz."

Dieses Kompliment begleitete sie den ganzen Nachmittag. Tief in ihrem Herzen begriff Bailey etwas, das sie vorher nicht gewusst hatte: Auch wenn sie sehr gern eine Rolle am Broadway bekommen hätte, hatte sie ihre Leidenschaft für die Schauspielerei völlig unterschätzt – eine Begeisterung dafür, eine andere Person zum Leben zu erwecken, ob auf der Bühne oder vor einer Kamera. Jetzt wusste sie es besser. Egal, ob sie hundert Versuche oder tausend benötigte, ob sie in New York oder in Los Angeles oder hier in Bloomington zum Casting ging: Sie würde es immer wieder versuchen, sie würde sich immer wieder um eine Rolle bemühen. Während ihre Entschlossenheit wuchs, fühlte sie, wie Gott sie darin bestärkte. Das tat so gut, dass ihre Seele jubelte.

Vielleicht wurden ihre Träume, Schauspielerin zu werden, irgendwann tatsächlich wahr.

Kapitel 6

Keith Ellison wartete, bis Bailey zur Tür hinaus war, bevor er einen leisen Triumphschrei ausstieß und die anderen angrinste. „Habt ihr das gesehen?“

„Das war einfach unglaublich.“ Dayne wischte sich über seine Stirn. „Das Mädchen ist das größte Naturtalent, das ich seit Jahren gesehen habe. Falls ich so etwas überhaupt schon gesehen habe.“ Er nahm Baileys Formulare vom Tisch und überflog sie. „Meine Frau arbeitet regelmäßig mit ihr, aber ich hatte keine Ahnung, dass sie *so* gut ist. Sie hatte eine einzige kurze Sprechrolle in einem Film und bringt *das?* Bei einer Probeaufnahme ohne vorherige Übung?“

Eleanor war eine zurückhaltende, nüchterne Frau. Durch ihre Zusammenarbeit in den letzten Wochen wusste Keith, dass sie sich mit Meinungsäußerungen über Schauspieler oft zurückhielt. Sie blieb lieber im Hintergrund und machte sich ein Bild und wartete, bis sie alle Bewerber gesehen hatte, bevor sie die einzelnen Möglichkeiten gegeneinander abwog und eine Entscheidung traf. Aber heute war Eleanor zum ersten Mal sichtlich begeistert. Sie nahm ihre Brille ab, legte sie auf den Tisch und schüttelte schmunzelnd den Kopf. „Wie viel Erfahrung hat sie, habt ihr gesagt?“

„Praktisch keine.“ Keith reichte ihr Baileys Formulare. „Sie hat nicht einmal einen formellen Lebenslauf. Sie hat mir gesagt, dass sie einen schreiben könnte, falls ich einen brauche.“

„Wenn Katy nicht gewesen wäre, hätte ich sie mir vielleicht nicht einmal angesehen.“ Dayne ging zur Kamera, die über ein Kabel mit einem großen Monitor verbunden war, und drückte die Rücklauftaste. Als er den Anfang von Baileys Aufnahme erreicht hatte, ließ er den Film abspielen.

Keith trat näher, gespannt, ob Bailey auf der Leinwand die gleiche natürliche Unschuld ausstrahlte, die sie bei ihr in der persönlichen Begegnung erlebt hatten. Ihre Szene begann. Tatsächlich zog sie ab der ersten Sekunde alle in ihren Bann. Nach einer Minute war Keith ziemlich sicher, dass die anderen das Gleiche dachten wie er: Sie hatten die perfekte Ella gefunden.

Die Aufnahme endete und Dayne schaltete die Kamera aus. „Und?“ Er war gespannt, was Keith und Eleanor dachten.

„Ich habe noch nie jemanden wie sie gesehen.“ Eleanor beugte sich vor und faltete die Hände vor sich auf dem Tisch. „Sie ist genauso authentisch wie die Landschaft in Indiana und genauso charmant wie ein Schulmädchen. Sie strahlt eine solche Unschuld aus.“ Eleanors Stimme wurde leiser. „So etwas sieht man heutzutage nur noch sehr selten.“

Keith dachte an Andi, die mit ihren Ultraschallaufnahmen zu Hause saß. Eleanor hatte recht. Echte Unschuld war schön und erfrischend und konnte nicht imitiert werden. Trotzdem tat ihm diese Bemerkung weh. Sein kleines Mädchen würde nie wieder so unschuldig sein wie Bailey. Er verdrängte den Schmerz und nickte langsam. „Ella muss unschuldig sein. Ihre Leidenschaft muss fast kindlich sein.“

Keith erinnerte sich, dass sie genau diese Eigenschaften bei Bailey gesehen hatten, als sie die kleine Rolle in *Der letzte Brief* gespielt hatte. „Bailey hat etwas ganz Besonderes.“ Er lehnte sich an die Wand und verschränkte die Arme vor sich. „So etwas kann man nicht spielen.“

„Wir haben die ganze letzte Woche Mädchen gecastet.“ Eleanors Blick wanderte von Keith zu Dayne. „Wir können uns die anderen Schauspielerinnen, die für heute und morgen eingeladen sind, trotzdem ansehen. Und natürlich müssen wir Bailey mit Brandon Paul testen.“ Sie nickte Dayne zu. „Wir sollten fragen, ob er nach Indiana kommen und eine Probeszene mit ihr spielen kann.“ Sie warf einen Blick auf ihren Notizblock und dann wieder auf die Männer. „Ich kann mir nicht vorstellen, dass eine andere Schauspielerin, die so sympathisch und echt ist, durch diese Tür tritt. Das Mädchen ist wirklich erstaunlich.“

Eleanor ging, um eine Pause zu machen, und gab Keith und Dayne damit Gelegenheit, unter vier Augen über eine andere Frage zu sprechen, die ihnen unter den Nägeln brannte: Brandon Pauls häufiges Erscheinen in der Regenbogenpresse in den letzten Wochen.

Dayne räumte die Lebensläufe und Porträts der Schauspielerinnen zur Seite und breitete ein Dutzend Hollywood-Klatschblätter auf dem Tisch aus. „Schau dir diese Schlagzeilen an.“

Keith betrachtete die Bilder und Schlagzeilen. Auf einem Foto stieg Brandon in einen schwarzen Escalade und konnte dabei die Augen kaum offen halten. Er schien Mühe zu haben, das Gleichgewicht nicht zu verlieren. Die Schlagzeile lautete: *„Brandon betrunken – Star feiert* *die ganze Nacht.*" Auf einem anderen Bild saß er zwischen zwei sehr knapp bekleideten Blondinen, die ihn beide auf die Wangen küssten. Die Schlagzeile über diesem Bild lautete: *„Brandon hat doppelten Spaß – er verbringt die Nacht mit zwei wilden Mädchen.*"

„Das hat uns gerade noch gefehlt", murmelte Keith und blätterte in den Zeitschriften. Auf einem anderen Titelblatt lautete die Schlagzeile: *„Brandon Paul mit Kokain erwischt?*" Wieder eine andere fragte: *„Wie lange will er so weitermachen?*"

Wütend blickte Keith auf. „Das muss sofort aufhören!"

„Das würde ich auch sagen." Dayne lehnte an der Wand. Seine Miene war genauso angewidert wie Keiths. „Ich sehe mir diese Blätter häufiger an als du. Bei meiner Vergangenheit fallen sie mir automatisch auf und ich habe Mitleid mit dem nächsten Promi, den die Paparazzi ins Visier nehmen."

„Brandon ist kein Opfer. Er ist selbst daran schuld."

„Es sieht ganz danach aus." Dayne blätterte in den Zeitschriften und schaute sich die Fotos an, auf denen Brandon in unzähligen kompromittierenden Situationen abgebildet war. „Wir haben früher gesagt, dass bei so viel Rauch auch irgendwo ein Feuer sein muss."

„Oder ein ganzer Buschbrand." Keith konnte immer noch nicht begreifen, wie schwierig dieser Klatsch ihre Situation machte. Sie wollten in einem Monat mit den Dreharbeiten beginnen und Brandon benahm sich in seiner Freizeit so verrückt? „Begreift er das denn nicht? *Der Löwenzahnjunge* ist ein christlicher Film."

„In seinen Augen nicht." Dayne runzelte die Stirn. „Ich habe gestern mit seinem Agenten gesprochen. Sie wissen beide, dass *Der Löwenzahnjunge* ein christlicher Roman ist. Der Agent hat mir aber gesagt, dass Brandon diese Rolle nur übernimmt, weil der Roman die Nummer eins auf der Bestsellerliste der *New York Times* war und weil die Geschichte so viel aussagt. Er wollte klarstellen, dass Brandon keine Interviews geben wird, in denen es um den christlichen Glauben der Autorin oder von *Jeremiah Productions* geht. Er hat die Rolle nur übernommen, weil ihn der Film als Schauspieler weiterbringt und weil er an das Buch glaubt."

Keith erinnerte sich an das Gefühl, das er im Sommer gehabt hatte, als Brandon nach Bloomington gekommen war, um über diese Rolle zu sprechen. Er hatte damals schon seine Zweifel an Brandon gehabt, aber er hatte nichts gesagt. Jedes Mal, wenn es um dieses Thema ging, hatte er sich ermahnt, dass er zu streng mit dem jungen Mann sei. Der Film würde sicher von einem Namen wie Brandon Paul profitieren, aber Brandon würde von dem Film auch profitieren. Natürlich, Brandon könnte sich ändern. Falls ein Wunder passierte, konnte der junge Star sogar zum Glauben an Gott finden, wenn er von Menschen mit einem so starken Glauben umgeben war. Aber es gab eine klare Grenze zwischen der Hoffnung, dass sie Brandon helfen konnten, und der sehr realen Gefahr, dass seine Beteiligung der Botschaft des Films schaden würde. Mit diesen Zeitungsartikeln machte es Brandon Keith fast unmöglich, ihn mit reinem Gewissen bei dem Film mitwirken zu lassen. So wie es im Moment stand, mussten sich alle fragen, ob die christlichen Produzenten von *Jeremiah Productions* ihre Botschaft verrieten, wenn sie Brandon die Hauptrolle gaben.

Keith und Dayne sprachen darüber, was falsch gelaufen war und wie sich das Image des Stars geändert hatte. Sie waren sich beide einig, dass Brandon heute in der Presse ganz anders dargestellt wurde als noch vor einem Jahr, als ihn seine Rolle als Teeniestar der NTM-Studios zum Schauspieler mit dem frischen Gesicht und makellosen Image gemacht hatte. NTM hatte Brandon Paul zu einem Megastar aufgebaut. Er war der Schwarm jedes jungen Mädchens in Amerika, doch jetzt wollte er anspruchsvollere Rollen übernehmen. Keith warf einen Blick auf die Zeitschriften. „Was hat sein Agent zu dem allen gesagt? Über seinen Alkoholkonsum und die Mädchen?"

„Er meinte, alles wäre unter Kontrolle." Dayne schaute die Zeitschriften kopfschüttelnd an. „Er hat allen Ernstes gesagt, dass Brandon hin und wieder über die Stränge schlagen müsste, da er sonst als erwachsener Schauspieler nicht ernst genommen werden würde."

„Das hat er erreicht." Keith wurde schwer ums Herz. „Wir müssen ihm klarmachen, dass wir jemand anderen für die Rolle suchen, wenn er mit diesem Wahnsinn nicht aufhört."

„Willst du ihm das sagen oder soll ich das übernehmen?"

„Wenn es von dir kommt, kann er es bestimmt besser annehmen."

Dayne gab ihm recht. Er beschloss, keine Minute länger damit zu warten. Er zog das Smartphone aus seiner Hosentasche und wählte Brandons Nummer. „Hey, Brandon. Ja, hier ist Dayne Matthews. Hast du kurz Zeit?"

Keith konnte nur Daynes Seite des Gesprächs hören, aber sein Co-Produzent kam sehr geschickt zur Sache. Die beiden unterhielten sich über den Film und den Zeitplan und darüber, dass Brandon zu einer Probeaufnahme nach Bloomington kommen sollte. Dann wurde Dayne ernster. „Übrigens, Keith und ich haben mehrere Zeitschriften vor uns liegen. Ich will ehrlich sein, Mann. Das, was wir hier sehen, gefällt uns überhaupt nicht."

Brandons Antworten waren ziemlich kurz, und aus Daynes Erwiderung schloss Keith, dass der junge Star zerknirscht war. „Es ist wirklich ernst. Das verstehst du, ja?" Dayne kam zum Schluss des Gesprächs. „Gut. Wir haben noch ein paar Wochen bis zum Beginn der Dreharbeiten. Wenn du der Boulevardpresse weiterhin solche Bilder lieferst, müssen wir uns nach einem anderen Henry Harris umsehen."

Dayne schwieg und ging auf und ab.

„Gut", sagte er schließlich. „Es ist sehr ernst. Absolut. Bei einem solchen Film musst du alles geben, Mann. Wirklich."

Sie sprachen noch ein paar Minuten, dann steckte Dayne das Smartphone wieder ein. „Er ist beunruhigt. Das konnte ich an seiner Stimme hören."

„Sollten wir seinen Agenten anrufen und ihn wissen lassen, dass seine Rolle nicht mehr sicher ist?"

„Ich denke schon. Diesen Anruf überlasse ich dir."

Diesmal war es Keith, der sein Smartphone aus der Tasche zog. Dayne und Keith waren vor Gott für ihre Arbeit als Produzenten verantwortlich. Wenn das bedeutete, einen so großen Star wie Brandon Paul auszuschließen, würden sie es tun und sich von Gott zeigen lassen, wer dann diese Rolle übernehmen sollte. Keith rief Brandons Agenten an und wies ihn darauf hin, dass in Brandons Vertrag eine Charakterklausel enthalten war.

„Es geht um die Bilder in der Klatschpresse, nicht wahr?" Brandons Agent wirkte nicht überrascht.

„Genau." Keith behielt einen ruhigen Ton bei. „So wie es jetzt aussieht, bricht Brandon diesen Teil des Vertrags. Das bedeutet, dass wir nicht mehr verpflichtet wären, ihn in dem Film zu behalten. Wir wären auch nicht verpflichtet, ihn zu bezahlen."

So deutliche Worte über seinen wichtigsten Mandanten war der Agent offenbar nicht gewöhnt. Er erklärte, dass Brandon im Vergleich zu vielen anderen Hollywoodstars ein Engel sei. Doch am Ende des Gesprächs war sich Keith sicher, dass der Mann ihn verstanden hatte. Er rechnete damit, dass er Brandon umgehend anrufen und ihm klarmachen würde, dass er sich ab sofort in der Öffentlichkeit anders benehmen musste.

„Ich muss immer an den Bibelvers denken, in dem die Frage gestellt wird, was es einem Menschen nützt, wenn er die ganze Welt gewinnt, aber dabei seine Seele verliert." Keith setzte sich wieder an den Tisch und merkte, wie ihn die Last der vergangenen Stunde niederdrückte. „Das gilt für uns alle." Brandons Eskapaden machten ihn müde, aber er lächelte. „Ich bin froh, dass wir diese Anrufe gleich erledigt haben."

„Ich auch." Dayne setzte sich neben ihn. „Ich hätte die ganze Zeit Filme drehen können, bei denen ich Kompromisse eingehen müsste. Als ich Hollywood den Rücken kehrte, gab es nichts anderes. Aber das, was wir bei *Jeremiah Productions* haben, ist etwas Besonderes. Das dürfen wir nicht leichtfertig verspielen. Wir müssen gute Wächter sein."

Ja, das stimmte. Keith nickte. *Gute Wächter.* Gott hatte ihnen ein kleines Gebiet in der Filmindustrie zugeteilt und jetzt mussten sie mit ganzer Kraft und viel Weisheit die Tore bewachen. „Wir sollten beten. Ich habe das Gefühl, dass der Feind uns bedrängt. Wir brauchen Gottes Geist, um zu erkennen, wenn jemand eindringen will."

Dayne nickte und schaute ihn nachdenklich und ernst an. „Unbedingt." Er faltete die Hände und beugte den Kopf.

Keith faltete ebenfalls die Hände und betete so eindringlich wie damals, als die Gewerkschaft versucht hatte, sie an den Dreharbeiten für *Der letzte Brief* zu hindern. In diesem Fall war der Angriff nicht so offensichtlich, aber er war eine noch größere Bedrohung für die Arbeit, die sie für Jesus erreichen wollten. Keith bat Gott, ihnen Weisheit und Erkenntnis bei den Entscheidungen zu geben, die vor ihnen lagen. „Vor allem, Herr, gib uns Mut. Gib uns den Mut, uns von etwas zu trennen, von dem sich die Welt nie trennen würde. Gib uns Ohren, trotz des Lärms von Hollywood deine Stimme zu hören, damit *Der Löwenzahnjunge* ein Film wird, der die Herzen der Menschen zu dir zurückzieht. In Jesu Namen, amen."

Als sie fertig gebetet hatten, war das Lächeln in Daynes Gesicht zurückgekehrt. „Hey, das habe ich dir ja noch gar nicht gesagt: Vorhin in unserer Pause hat mein Bruder angerufen. Er und seine Frau haben gute Nachrichten bekommen: Die Adoptionsagentur hat ein Baby für sie. Einen Jungen!"

„Ein Baby! Das ist ja herrlich." Keith überlegte, wie sehr sich das Leben in Luke Baxters Familie in diesem Moment veränderte. Bestimmt jubelten er und seine Frau und dankten Gott für das neue Leben, das er ihnen anvertraute. Das war so ganz anders als der Schmerz, den er und Lisa mit Andi durchmachten. Und es war wirklich ein interessanter Zufall: Daynes Bruder bereitete sich mit seiner Familie auf ein Baby vor, während sich Keith, Lisa und Andi darauf vorbereiteten, sich von Andis Sohn, ihrem ersten Enkelkind, zu verabschieden. „Haben sie schon mit der leiblichen Mutter gesprochen?"

„Ich nehme es an. Wahrscheinlich hat sie gerade die Papiere unterschrieben." Er zögerte. „Wenigstens glaube ich, dass er das gesagt hat. Ich habe nicht alles verstanden." Dayne grinste. „Das Mobilfunknetz hier ist nicht so gut wie in L.A. Außerdem ist es wahrscheinlich noch ziemlich früh!"

Plötzlich wurde Keith bewusst, dass es sich um keinen Zufall handelte. Wenn Gott wollte, dass Andi ihr Baby weggab, hatte er dieses Timing perfekt geplant. Vielleicht könnte sich Andi in den nächsten Wochen mit Luke und seiner Frau treffen und sehen, was für ein Geschenk eine Adoption für eine Familie sein konnte. Und vielleicht könnten er und Lisa Andi zu diesem Gespräch sogar begleiten. Damit sie alle besser begreifen und verarbeiten könnten, welchen Plan Gott mit Andi hatte. Er lehnte sich zurück. „Wir sollten für Luke beten. Jetzt gleich."

„Sehr gern." Daynes Augen funkelten. „Mein Bruder klang ganz aufgeregt. Er ist für unsere Gebete sicher dankbar."

Wieder begann Keith zu beten. „Herr, du hast diesen kostbaren kleinen Jungen für Luke und Reagan und ihre Familie bereitet. Jetzt bitten wir dich: Beschütze die leibliche Mutter, beschütze das Baby und führe die Situation so, dass deine Pläne verwirklicht werden. Eine Adoption ist ein Wunder, aber sie ist nie leicht. Benutze diese Situation bitte für uns alle. In Jesu Namen, amen."

Gerade als sie das Gebet beendeten, kam Eleanor zurück. Sie setzte sich an den Tisch und schaute die beiden mit leichter Belustigung an. „Ihr betet wieder, Jungs?"

„Immer." Keith lächelte sie an. Eleanor bezeichnete sich zwar auch als Christin, aber sie hatte keinen persönlichen Glauben wie Dayne und Keith. Immerhin störte sie es nicht, dass Keith und Dayne ihren Glauben so offen lebten. Sie lächelte sie an, als wollte sie sagen, dass sie es seltsam hielt, dass sie zwischen den Probeaufnahmen beteten. Als sie sich setzte, klopfte sie Keith auf den Rücken. „Mir war bereits bewusst, dass ihr zwei gebetet habt."

„Wirklich?"

„Natürlich." Sie deutete nach oben. „Wer sonst hätte uns Bailey Flanigan bringen können?"

Keith lächelte über Eleanors Beobachtung und betete im Stillen, dass die weitere Zusammenarbeit bei *Der Löwenzahnjunge* auch Eleanor näher zu Gott bringen und in ihr einen Hunger nach seiner Wahrheit wecken würde, genauso wie er es für alle anderen, die an dem Film mitwirkten, erbat. Besonders für Brandon Paul.

In den nächsten Stunden begrüßten sie vier weitere junge Schauspielerinnen, die alle für die Rolle der Ella vorsprachen. Aber im Vergleich zu Baileys Auftritt wirkten sie alle blass.

Am Ende des Nachmittags schob Eleanor die Lebensläufe, Formulare und Fotos in eine Mappe mit der Aufschrift *Ella*. „Wenn ihr mich fragt, könnten wir den Mädchen, die wir für morgen bestellt haben, sagen, dass sie zu Hause bleiben können, nachdem wir Bailey gesehen haben. Meiner Meinung nach sollte der nächste Schritt sein, Brandon Paul kommen zu lassen, damit er mit ihr eine Szene spielt und wir sehen, ob die Chemie zwischen den beiden stimmt."

Keith war sich ziemlich sicher, dass das kein Problem wäre. Brandon benahm sich zwar in seiner Freizeit völlig daneben, aber vor der Kamera war er ein Profi. Jeder, der ihn in seinen NTM-Teenieserien gesehen hatte, wusste, dass der Junge eines Tages ein wirklich großer Schauspieler sein würde. Die Regisseure hatten seine ganzen Fähigkeiten bei Weitem noch nicht zur Geltung gebracht.

„Die Chemie dürfte für Brandon kein Problem sein." Keith machte sich immer noch um die anderen Punkte Sorgen, die ein Problem darstellen könnten.

„Bist du sicher?" Eleanor was skeptischer als er. „Er ist sehr jung."

„Nur ein einziger Schauspieler hat mehr natürlichen Charme und Charisma auf der Leinwand als Brandon Paul." Keith stieß seinen Co-Produzenten leicht in die Seite. „Aber Dayne ist ein bisschen zu alt, um einen Sechzehnjährigen zu spielen."

Sie lachten alle und nach ein paar Minuten verabschiedete sich Keith von den anderen. Er und Andi hatten vereinbart, heute Nachmittag eine Stunde miteinander zu verbringen. Sie musste eine Hausarbeit für ihren Englischprofessor abgeben und Keith hatte angeboten, sie dabei zu begleiten. Trotz allem, was in der Produktionsfirma zu tun war, dachte Keith ständig an seine Tochter. Er hatte die Bilder von ihrer Ultraschalluntersuchung gesehen; er wusste, wie sehr sie mit sich rang und dass sie nicht mehr sicher war, ob sie das Baby weggeben wollte.

Keith war sich, trotz seiner Erkenntnis an diesem Nachmittag, auch nicht mehr sicher. Eine Adoption war nicht für jeden das Richtige, selbst wenn sich Luke und seine Frau über die Entscheidung einer anderen schwangeren Frau so sehr freuten. Das Baby hatte so viel Ähnlichkeit mit Andi und ihren jüngeren Brüdern, die nie die Chance bekommen hatten zu leben. Sie könnte ihr Baby behalten. Er und Lisa würden ihr helfen und alles würde gut werden. Aber vielleicht dachte das nur sein egoistisches Herz. Denn er konnte sich kaum vorstellen, das Baby auf den Fotos in den Armen zu halten, es an seine Brust zu drücken und zu begreifen, dass er Großvater war.

Und das Baby dann wegzugeben.

Kapitel 7

Andi wartete schon auf Keith, als er nach Hause kam. Sie hatte sich in letzter Zeit angewöhnt, Jogginghosen und weite Pullover zu tragen, um ihren wachsenden Bauch zu verstecken. Trotzdem sah sie so dünn und jung aus, als sie aus dem Haus trat. Sie hatte noch so viel Ähnlichkeit mit dem kleinen Mädchen mit den großen Idealen und festen Überzeugungen.

Sie stieg ins Auto und schnallte sich an. „Hi." Ihre Haare waren immer noch kurz und dunkel. Aber sie waren gewachsen und die natürliche blonde Haarfarbe kam langsam wieder zum Vorschein.

„Hallo, Schatz." Er beugte sich zu ihr herüber und umarmte sie. „Hast du deine Hausarbeit?"

„Ja, hier." Sie zog eine Mappe aus ihrer riesigen Tasche und hielt sie auf dem Schoß. Ihre Stimme klang wehmütig. „Wie lief Baileys Casting?"

Wieder wurde Keith schwer ums Herz. Wenn alles anders gelaufen wäre, wenn Andi das unschuldige Mädchen geblieben wäre, als das sie von der Schule gegangen war, hätte heute vielleicht sie die Probeaufnahme gemacht und nicht Bailey. Das war eine weitere Folge ihrer falschen Entscheidungen. Keith umklammerte das Lenkrad, während er in Richtung Universität fuhr.

„Bailey war erstaunlich." Er lächelte seine Tochter an und hoffte, sie könne in seinen Augen sehen, wie sehr er sie liebte, wie sehr er immer noch an sie glaubte. „Ich könnte mir vorstellen, dass sie die Rolle der Ella bekommt."

„Wirklich?" Andi lehnte sich atemlos zurück. „Das ist ja unglaublich. Weiß sie es schon?"

„Nein, noch nicht. Wir müssen noch eine Weile warten. Es gibt vorher noch viel zu tun."

„Wow." Andis Tonfall bewies, dass sie verblüfft war. „Ich werde ihr nichts verraten, aber ich kann es kaum glauben." Sie schaute ihn wieder an. „Andererseits natürlich schon, denn Bailey ist eine wirklich gute Schauspielerin. Aber das ist für sie ein riesiger Sprung. Wie seid ihr darauf gekommen, sie für eine so große Rolle zum Casting einzuladen?"

„Die Castingdirektorin wollte jemand Neues. Ein frisches Gesicht."

„So wurde auch Katy Matthews entdeckt." Andis Schultern schienen leicht nach unten zu sacken, als ob ihr erneut bewusst wurde, was sie alles verloren hatte, als sie sich auf Taz eingelassen hatte.

„Ja. Seit damals sind die Castingdirektoren für unbekannte Schauspielerinnen offener geworden." Er wandte den Blick nicht von der Straße ab. „Wir haben uns hundert Mädchen angesehen. Genau genommen hat Daynes Frau vorgeschlagen, dass wir Bailey einladen. Sie gibt ihr seit einer Weile Privatunterricht."

„Das stimmt." Andi schaute aus dem Fenster und schwieg. Als sie ihn wieder anschaute, waren ihre Augen feucht. „Ich wünschte ..." Sie schluckte und es fiel ihr nicht leicht weiterzusprechen. „Ich wünschte, ich hätte für die Rolle vorsprechen können."

Eine tiefe Traurigkeit breitete sich in Keiths Herz aus. „Ja, Schatz." Er drückte ihre Hand. „Das wünschte ich auch."

Sie schwiegen eine Weile. Dann sagte Andi noch einmal kopfschüttelnd: „Bailey Flanigan spielt also Ella. Sie dreht mit Brandon Paul einen Film. Das ist wirklich verrückt." Andis Tonfall war jetzt leiser als vorher. „Sie muss sich sehr freuen."

Keith fühlte, wie tief enttäuscht Andi war. Aber er war stolz darauf, wie sie mit der Situation umging. „Wie ich schon sagte, Schatz, es ist noch viel zu tun, bevor wir einen Vertrag mit ihr unterschreiben können. Wir machen uns im Moment mehr Sorgen um Brandon Paul." Keith schaute mit zusammengekniffenen Augen gegen die Sonne, die durch die Windschutzscheibe schien. „Er benimmt sich fast jeden Tag daneben. Die Boulevardblätter lassen sich das natürlich nicht entgehen."

„Hmm." Andi schaute ihn besorgt an. „Das wusste ich nicht."

„Wir haben heute mit ihm und seinem Agenten gesprochen." Keith konzentrierte sich auf den Verkehr. „Wir dürfen auch nicht davor zurückschrecken, uns, wenn nötig, von ihm zu trennen."

„Ich verstehe dich und Dayne." Andi holte eine Sonnenbrille aus ihrer Tasche und setzte sie auf. „Aber was ist, Papa, wenn er diesen Film braucht? Um etwas von Gott zu erfahren?"

„Daran habe ich auch schon gedacht." Keith verstand Andis gemischte Gefühle. Genau wie Lisa und er war sie in ihrem Herzen Missionarin. Daran würde sich nach ihrer Zeit in Indonesien nie etwas ändern. Die Bemerkung seiner Tochter machte ihm erneut bewusst, dass sie wirklich zurückgefunden hatte, dass sie wieder ein klares Ziel vor Augen hatte. „Das Problem ist: Ich kann den guten Ruf von *Jeremiah Productions* und die wichtige Botschaft des Films nicht aufs Spiel setzen, nur weil ich hoffe, Brandon mit dem Evangelium zu erreichen."

Sie fuhren eine Weile schweigend weiter. Als sie bei der Universität ankamen, begleitete Keith Andi zum Englischgebäude und die Treppe hinauf zum Büro ihres Professors. Er wartete, während sie die Hausarbeit abgab. Drei andere Studenten betraten das Büro. Ein paar Minuten später kam Andi zurück. Als sie den Raum verließen, hörte Keith, wie eine der anderen Studentinnen ihren Freunden zuflüsterte: „Schaut! Sie ist schwanger!"

Sie waren schon ein Stück die Treppe hinabgegangen, als Andi stehen blieb und ihren Vater anschaute. „Das ist nicht so schlimm. Das habe ich schon öfter erlebt."

Keith wusste nicht, was er sagen sollte. Wie konnte es sein, dass andere hinter vorgehaltener Hand über seine Tochter sprachen? Er schaute sie an und hoffte, sie könnte sehen, wie sehr er mit ihr litt. „Schatz." Er umarmte sie. „Es tut mir leid. Es tut mir so leid."

Die Vorstellung, dass Andi die Zielscheibe des Klatsches oder Mitleids anderer Studenten war, machte ihn deprimiert und traurig. Sie war sein kleines Mädchen und er wollte nichts mehr, als sie aus dieser Situation zu retten. Wenn er könnte, würde er alles tun, um ihr zu helfen – aber er konnte nicht viel tun. Andi zog sich aus seiner Umarmung zurück. Ihre Miene war fest entschlossen. Das war ihr Schicksal und sie war bereit, sich ihm zu stellen, auch wenn in ihrem Lächeln Traurigkeit und Bedauern mitschwangen. „Gehen wir weiter?"

„Ja." Keith wollte unbedingt in Ruhe mit Andi sprechen. Es gab Dinge, die er noch nicht gesagt hatte, seit sie von ihrer Schwangerschaft erfahren hatten, Dinge, die man nicht so leicht beim Essen oder kurz vor dem Schlafengehen sagte. Gedanken, die ihm keine Ruhe ließen. Wenn er sie jetzt nicht sagte, bekam er vielleicht keine Gelegenheit mehr dazu. Er wartete, bis sie auf dem breiten Weg waren, der über den Campus führte. Um diese Zeit war fast niemand unterwegs, sodass sie ungestört waren.

„Du bist so still." Sie lächelte ihn an. „Woran denkst du?"

Andi und ihr Vater hatten schon immer gut die Gedanken des anderen lesen können. Das war ein weiterer Grund, warum er ihr sagen musste, was er empfand. Denn sonst würde diese Schwangerschaft ihre Beziehung so sehr beeinflussen, dass sie sich nur noch oberflächliche Dinge sagten. Keith verlangsamte seine Schritte ein wenig und schaute sie an. „Du durchschaust mich immer."

„Ich versuche es." Sie schob sich eine Haarsträhne hinters Ohr und betrachtete ihn. „Also, was hast du?"

„Ich habe das Gefühl, mich bei dir entschuldigen zu müssen. Es ist meine Schuld, dass das passiert ist."

„Was?" Andi schaute ihn überrascht an. „Nichts davon war deine Schuld. Du hast mich dazu erzogen, dass ich es hätte besser wissen müssen."

„Ich habe dich richtig erzogen, aber …" Diese Stelle seines Herzens hatte er verschlossen, seit er von der Schwangerschaft seiner Tochter erfahren hatte. Er schluckte schwer und hatte Mühe, mit ruhiger Stimme zu sprechen. „Wir hätten dich nie allein hierher ziehen lassen sollen. Du warst … du warst zu jung." Keith fühlte, wie sein Kinn zitterte, und er holte tief Luft. „Ich habe dich im Stich gelassen, Schatz. Das tut mir so leid."

Andi blieb stehen und schaute ihn an. „Das stimmt nicht." Sie umarmte ihn und klammerte sich an ihn wie früher, als sie ein kleines Mädchen gewesen war. Als sie ihn losließ, schaute sie ihn durchdringend an. „Es war meine Schuld. *Ich* wollte sehen, wie das Leben ist. Ohne Grenzen. Ohne meinen Glauben." In der Nähe stand eine Bank und Keith und Andi setzten sich.

Wut stieg in Keith auf. Wut auf Taz, weil er seine Tochter ausgenutzt hatte. Sogar Wut auf Andi, denn sie gab offen zu, dass sie absichtlich gegen Gottes Willen und alles, was sie sie gelehrt hatten, gehandelt hatte. Er stand wieder auf und ging ein paar Schritte. „Warum wolltest du … warum wolltest du ohne deinen Glauben leben?" Die Intensität in seinem Ton überraschte ihn selbst. Er drehte sich um und schaute sie an. „Hast du das gewollt? Dass die Leute hinter deinem Rücken über dich sprechen? Dass du nicht die Chance hast, für eine Hauptrolle in meinem Filme vorzusprechen?" Seine Wut wuchs, bis er sie nicht mehr zügeln konnte. „Dass du dich selbst und uns in Verlegenheit bringst? Hast du das gewollt?"

Zwei Football-Spieler gingen vorbei und drehten sich neugierig um.

Auch Andis Augen funkelten jetzt wütend. Sie stand auf und drückte die Hand auf ihren Bauch. „Natürlich wollte ich das nicht!“ Tränen traten in ihre Augen. „Ich dachte, ich würde etwas verpassen.“ Sie verschränkte die Arme vor sich und ihre Stimme wurde noch lauter. „Ich musste immer wieder an Rachel Baugher denken. Es hat ihr nichts gebracht, für Gott zu leben!“ Sie trat ein paar Schritte zurück. „Wenn ich euch in Verlegenheit bringe, dann schaffe ich es auch ohne euch!“

„Andi!“ Eine plötzliche Reue regte sich in Keith. Was war mit ihm los, dass er sie anschrie? Dass er ihr die Schuld für seine eigene Angst und seinen Stolz gab? Er wollte nicht mit ihr streiten. „Andi, komm zu mir.“

Tränen liefen ihr übers Gesicht und der Schmerz in ihren Augen war mehr, als er verkraften konnte. „Papa.“ Ihre Stimme zitterte. „Ich wollte dich und Mama nie verletzen. Es tut mir leid.“ Sie ließ den Kopf hängen. „Du hast ja keine Ahnung, wie leid es mir tut.“

Keith kam sich wie der schlimmste Vater der Welt vor. Er seufzte zitternd. „Schatz, so habe ich es nicht gemeint.“ Er ging zu ihr. Als sie in seine Arme sank, dankte er Gott im Stillen. Sie hasste ihn nicht. Selbst nach den unfreundlichen Dingen, die er gerade gesagt hatte, ließ sie sich in seine Arme fallen. „Natürlich tut es dir leid.“

„Ich ka-kann …“ Ein leises Schluchzen erschütterte ihren zierlichen Körper. „Ich kann es jetzt nicht mehr ändern. Es tut mir so leid, dass ihr euch für mich schämen müsst.“

Keith hätte sich am liebsten verkrochen. Wie konnte er sie davon überzeugen, dass er es nicht so gemeint hatte? „Es ist meine Schuld, Schatz. Es ist mein eigener Stolz. Bitte …“ Er hob ihr Kinn, damit sie sich in die Augen schauen konnten. „Ich schäme mich nicht für dich. Ich schäme mich meinetwegen, weil ich nicht hier war, um dir zu helfen.“ Er knirschte mit den Zähnen und wurde von einer überwältigenden Traurigkeit geplagt. „Ich war nicht hier, um diesen … diesen Nichtsnutz von dir fernzuhalten.“

Sie nickte und neue Tränen liefen ihr übers Gesicht.

„Vergib mir, Andi. Es tut mir leid. Deine Mutter und ich sind immer für dich da.“ Er küsste sie auf die Stirn und bat Gott wieder, ihnen zu helfen, diese schwere Zeit zu überstehen. „Du bist so mutig und du willst, dass dein Baby lebt. Deine Mutter und ich …“ Er wartete einen Moment, bis er sich so weit gefangen hatte, dass er weitersprechen konnte. „Deine Mutter und ich sind sehr, sehr stolz auf dich, Schatz." Er umarmte sie wieder und streichelte ihren Rücken. „Wir schaffen das. Ganz bestimmt."

Keith fühlte, wie sie an seiner Brust nickte.

„Vergibst du mir?" Er schaute seiner einzigen Tochter wieder in die Augen.

„Ja." Andi brachte nur ein schwaches Lächeln zustande, aber ihre Augen sagten ihm das, was er wissen musste. Sie bedauerten beide, dass es so weit gekommen war. Aber sie würden es schaffen. Sie würden diese Schwierigkeiten überwinden. Andi löste sich aus seinen Armen, zog ein Taschentuch aus ihrer Tasche und schnäuzte sich. Dann setzte sie sich wieder auf die Bank und deutete auf die Stelle neben sich. „Ich will es dir trotzdem erklären. Okay?"

Keith war nicht sicher, ob er das verkraften würde. Nach seinem Wutausbruch fühlte er sich immer noch schrecklich. Es genügte, dass es ihr leidtat und dass sie ihre Liebe zu Gott wiedergefunden hatte. Sie musste ihm nicht erklären, was sie zu dieser Entscheidung veranlasst hatte. Es war, als hörte er einer fremden jungen Frau zu, was seine Schuldgefühle noch mehr verstärkte. Wenn er hier gewesen wäre, hätte seine Tochter nicht vergessen, wer sie war.

„Es war meine Entscheidung, Papa." Andis Blick wanderte zum Himmel über einer Baumreihe, die den Weg säumte. „Ich wollte nicht schwanger werden." Sie schluchzte wieder und drückte das Taschentuch unter ihre Augen. „Ich wollte wissen, wie andere Menschen leben." Sie schaute ihn wieder an. „Ich dachte an Rachel und daran, dass ihr gutes Leben sie nicht weit gebracht hatte, deshalb wollte ich das Leben ohne irgendwelche Einschränkungen erfahren." Trauer und Beschämung traten in ihre Augen. „Das habe ich gemacht."

Keith rang mit seinen Gefühlen. Er konnte seine Tochter nicht anschauen, er konnte nicht in die Augen des Mädchens blicken, die ihn an ihre unschuldige Kindheit erinnerten. „Wir hätten hier sein sollen. Oder du hättest bei uns sein sollen. In San José. Du hättest dort studieren können, Schatz. Wenn du diesen … diesen Kerl mit nach Hause gebracht hättest, hätte ich ihn sofort durchschaut. Es wäre nie so weit gekommen."

„Papa, tu das nicht."

„Es stimmt aber." Er ließ den Kopf hängen und Tränen traten ihm in die Augen. Er kämpfte schon den ganzen Sommer mit diesen Gefühlen, aber jetzt musste er ehrlich sein. Sein aufgestauter Ärger war nicht gegen sie gerichtet, sondern gegen ihn selbst. „Ich bin dein Vater." Seine Stimme brach. „Meine Aufgabe ist es, dich zu beschützen, für deine Sicherheit zu sorgen." Er fühlte, wie sich sein Gesicht vor Traurigkeit verzerrte, und hob die Hand an seine Augen. Als er sich wieder ein wenig gefasst hatte, schaute er sie an und legte die Hand auf ihre Schulter. „Als du ein Baby warst, stand ich an deiner Wiege und lauschte auf deinen Atem und sorgte dafür, dass dir nie etwas schaden könnte. Als ... als du laufen lerntest, habe ich deine Hand gehalten, damit du nicht fallen würdest."

„Papa ..." Andi berührte seine Hand.

„Ich bin neben dir hergelaufen, als du Fahrrad fahren gelernt hast, weil ich den Gedanken nicht ertragen konnte, dass du stürzt und dir wehtust."

Andi lachte bei dem Bild, das er beschrieb, und Tränen schimmerten in ihren Augen. „Daran erinnere ich mich."

Keith blinzelte. „Als wir die Gelegenheit hatten, nach Indonesien zu gehen, habe ich nur deinetwegen gezögert, Andi. Denn ich wusste nicht, ob ich dich dort beschützen könnte. Aber ich ließ jeden im Dorf wissen, dass dir nichts – absolut nichts – passieren dürfte." Ihm wurde schwer ums Herz. „Ich hätte jederzeit mein Leben für dich gegeben."

„Ich habe mich die ganze Zeit, die wir dort waren, sicher gefühlt."

„Du warst auch in Sicherheit." Er wünschte von ganzem Herzen, sie könnten die Zeit zurückdrehen – ein Jahr zurück, zu Andis Studienbeginn. Er würde sofort dafür sorgen, dass Lisa und er auch nach Bloomington kämen. Aber das war nicht mehr möglich. „Du warst in Sicherheit, weil es meine Aufgabe war, dich zu beschützen, mein Mädchen. Meine Prinzessin."

Sie tupfte die Tränen von ihren Wangen und hörte ihm zu.

„Aber als du mich im letzten Jahr brauchtest, war ich nicht da. Ich war fort." Er deutete in die Ferne. „Und habe Filme gedreht, um die Welt zu retten, obwohl ..." Er nahm ihre Hand. „Obwohl mich meine Tochter gebraucht hätte."

„Du hast das getan, was du für richtig gehalten hast, Papa. Ich habe dir schon gesagt, dass es meine Schuld war."

Keith strich zärtlich über ihr Gesicht und seufzte schwer. „Ich weiß, dass wir die Zeit nicht zurückdrehen können. Aber wenn ich könnte ..." Er legte die Hand auf Andis Wange. „Wenn ich das könnte, wäre ich im letzten Jahr hier gewesen, damit du mit deinen Fragen zu mir und deiner Mutter hättest kommen können. Wir hätten dir geholfen, an deinem Glauben und an deinem Fundament festzuhalten und du wärst ... du wärst jetzt nicht in dieser Situation." Er umarmte sie noch einmal. „Du sollst einfach wissen, wie leid es mir tut."

Andi schaute ihn lange an und Keith sah die verschiedenen Gefühle, die in ihrem Gesicht miteinander rangen. Beschämung und Bedauern und Traurigkeit. Und schließlich Vergebung. „Ich habe eine Frage." Sie wartete, bis sie sah, dass er ihr aufmerksam zuhörte. „Kann ich immer noch deine Prinzessin sein, Papa? Auch jetzt noch, obwohl ich es vermasselt habe?"

Neue Tränen raubten ihm die Sicht, als er sie wieder fest umarmte. Er konnte sie vor den Folgen ihrer Entscheidungen nicht beschützen, aber vielleicht konnte er sie vor dem Schmerz beschützen. Als er sie losließ, half er ihr auf die Beine und hoffte, sie würde ihn verstehen. „Du wirst immer meine Prinzessin sein, Andi. Daran wird sich nie etwas ändern."

Als sie zum Auto zurückgingen, war Keith überzeugt, dass sie einen Durchbruch erreicht hatten. Auch wenn er nicht da gewesen war, um seine Tochter zu beschützen; auch wenn sie wegen ihrer Entscheidungen im letzten Jahr leiden würde; auch wenn er auf sie wütend geworden war, war eines klar geworden: wie sehr er sie liebte und beschützen wollte. Er hatte die Wahrheit gesagt. Sie war immer noch sein kleines Mädchen, seine Prinzessin.

Daran würde sich nie etwas ändern.

Kapitel 8

Cody hatte während des ganzen Sommertrainings gewusst, dass dieser Moment kommen würde – und jetzt war er da. Der erste Quarterback der Clear Creek Highschool fiel im ersten Viertel des Spiels gegen den Stadtrivalen, Bloomington High, mit einer Knieverletzung aus. Und das konnte für die Mannschaft nur eines bedeuten: Connor Flanigan war der neue Stammspieler. Connor hatte bereits zwei Touchdown-Pässe geworfen und jetzt hatte Clear Creek den Ball und lag mit nur sechs Punkten zurück, während noch drei Minuten zu spielen waren. Die Trainer der gegnerischen Mannschaft hatte eine Auszeit gefordert. Connor joggte vom Spielfeld geradewegs auf Cody zu. „Was soll ich machen?" Er schaute ihn mit großen Augen an. Sein Selbstvertrauen war weitaus schwächer als seine Fähigkeiten.

„Zuerst einmal tief durchatmen." Cody legte Connor die Hände auf die Schultern. Der Junge war inzwischen einen Meter achtundachtzig groß, zwei Zentimeter größer als Cody. „Du schaffst das. Du wärest nicht auf dem Feld, wenn du das Spiel nicht für uns gewinnen könntest."

„Aber sie kontern. Sie wissen, dass wir werfen wollen."

Das war ein weiterer Grund, warum Cody Connor so gern trainierte. Er gehörte zu den klügsten Spielern, mit denen er je gearbeitet hatte. „Die Abwehr muss sich um die Konter kümmern. Jeder weiß, wo sein Platz ist."

„Wir greifen also an?"

„Wirf auf die Eins und Zehn." Als Quarterback-Trainer machte es Cody Spaß, Connor bei jedem Spiel mehrere Möglichkeiten aufzuzeigen. Der Receiver-Trainer kam zu ihm, um sich kurz mit ihm zu beraten. Sie setzten auf Angriff. „Das ist dein Spiel, Connor. Dafür hast du trainiert."

Connors Augen verrieten immer noch seine Unsicherheit, aber er nickte und lief ein paar Schritte aufs Feld.

„Bete für mich."

„Das mache ich." Während Cody ihm nachschaute, hielt er Wort und bat Gott im Stillen, Connor Schutz und Weisheit zu geben, wenn er seinen nächsten Angriff startete. Sobald er gebetet hatte, legte er die Hände als Trichter um seinen Mund. „Okay, Leute! Ihr schafft das!"

In den nächsten anderthalb Minuten griff Connor an. Es sah bei ihm ganz leicht aus. Er warf dreiundzwanzig Yards auf der Eins und Zehn und im nächsten Spielzug erneut dreißig. Bei den nächsten acht Würfen verpasste er nur zwei Pässe und fünfzehn Sekunden vor Spielende stand fest: Clear Creek hatte wieder einen Sieg eingefahren – den vierten Sieg in Serie.

Während die Mannschaft feierte und die Spieler Connor jubelnd umringten und auf seinen Helm klopften, tat Cody das, wonach er sich schon den ganzen Abend sehnte. Er warf einen Blick auf die volle Tribüne und suchte Bailey. Sie hielt sich die Hand als Schild gegen die grellen Stadionlichter an die Stirn. Als sie sah, dass er sie suchte, sprang sie einige Male auf und nieder und winkte wie wild. Er winkte zurück und konzentrierte dann seine Aufmerksamkeit wieder auf die Mannschaft. Aber noch während der Cheftrainer den Spielern gratulierte und Connor als den besten Spieler des Tages lobte, dachte Cody schon weiter.

Wenn die Mannschaft morgen die Videoaufnahmen des heutigen Spiels analysiert hatte, wollten Cody und Bailey mit ihren Brüdern ins Kino gehen, um sich einen neuen Football-Film anzuschauen. Am Sonntag fuhren sie nach Indianapolis, um ihrem Vater zuzusehen, der die Colts trainierte. Jim Flanigan hatte Cody eingeladen, als sein Assistent an der Seitenlinie zu stehen. Dass er bei einem NFL-Spiel an der Seitenlinie stehen und die Trainer unterstützen sollte, konnte Cody immer noch nicht fassen. Er hatte die ganze Woche kaum an etwas anderes denken können.

Cody fand es immer noch unglaublich, welche Wendung sein Leben genommen hatte – dass er Baileys Brüder trainierte und fast seine ganze Freizeit bei ihr zu Hause verbrachte. Er hatte sie noch nicht gefragt, ob sie seine Freundin sein wollte, aber das hatte er an diesem Wochenende vor. Er wartete auf den richtigen Augenblick, dann wollte er sie fragen. Er wollte unbedingt daran glauben, dass es jetzt nicht nur ein wunderbarer Sommer und Herbst war, in dem Gott endlich alles gut werden ließ.

Sondern dass es ein Blick in seine Zukunft war, eine Zukunft, von der er bis vor Kurzem nur hatte träumen können.

* * *

Bailey wünschte, sie hätte eine Kamera, aber auch damit hätte sie nicht ihre Gefühle festhalten können, die sie durchströmten, während Cody auf dem Feld stand und der Mannschaft zu einem weiteren Sieg verhalf, in der Connor als Quarterback spielte. Sie erinnerte sich, dass Connor vor dieser Saison gezweifelt hatte, ob er überhaupt Football spielen konnte. Er hätte beim christlichen Kindertheater bleiben und auf der Bühne, wo er sich sicher fühlte, auftreten können. Aber stattdessen hatte er diese Herausforderung angenommen. Bailey freute sich riesig über seinen Erfolg.

Sie saßen fast mit der gesamten Familie Baxter auf der Tribüne. Die Baxters kamen gerne, um Ryan Taylor zu unterstützten, den Cheftrainer der Clear Creek Highschool. Er war mit Kari Baxter verheiratet. Kari und Ashley saßen mit ihren Kindern vor Bailey. Daneben saßen Peter und Brooke mit ihren Töchtern. Der Großvater der Familie, John Baxter, war mit seiner Frau Elaine gekommen, ebenso wie Dayne Matthews, der älteste Sohn der Familie, mit seiner Frau Katy und ihrer kleinen Sophie. Die jüngste Tochter der Baxters, Erin, war nicht hier, weil ihre Familie mit Grippe im Bett lag.

Dayne hatte Bailey begrüßt, als sie gekommen waren. Am liebsten hätte sie sich zu ihm gesetzt und ihn gefragt, ob sie zu einem zweiten Casting kommen durfte. Aber Daynes Aufmerksamkeit galt ganz seiner Frau und seinem Kind. Bailey wollte ihn nicht stören. Seit ihrer Probeaufnahme waren zwar erst vier Tage vergangen, aber trotzdem nahm sie an, dass sie inzwischen etwas gehört hätte, wenn sie in die engere Wahl für die Ella gezogen worden wäre. Schließlich sollten die Dreharbeiten schon in einem Monat beginnen.

In der Halbzeitpause hatte sich ihre Mutter zu ihr herübergebeugt und geflüstert: „Du hast es nicht in der Hand.“ Sie lächelte. „Hör also auf, ständig daran zu denken, Schatz.“

„Du hast recht.“ Bailey beschloss, sich auf das Football-Spiel zu konzentrieren.

„Dayne könnte dir jetzt nichts sagen, selbst wenn es etwas zu sagen gäbe.“

Danach hatte sie ihren Blick auf das Spiel konzentriert, aber auch das konnte nicht verhindern, dass ihre Gedanken ständig um den Film kreisten. Wenn Dayne und Andis Vater ihr wenigstens sagen würden, dass sie nicht infrage kam! Dann könnte sie die Sache abhaken. Aber so gab es Momente, in denen sie an nichts anderes als an das Casting denken konnte. Und an Cody. Sie war so stolz auf ihn, wie er am Spielfeldrand stand und die Spieler anleitete, als arbeite er schon seit Jahren als Trainer.

Als sie später wieder zu Hause waren, konnte Cody nicht aufhören zu grinsen. „Hast du Connor gesehen? Dein Bruder war unglaublich!"

Baileys Vater hätte Connor niemals gezwungen, Football zu spielen. Als sein Sohn beim christlichen Kindertheater gespielt hatte, hatte er ihn genauso unterstützt. Aber trotzdem platzte Jim heute Abend fast vor Stolz auf seinen Sohn, als er die Familie um den Computer versammelte, damit sie sich die Höhepunkte des Spiels ansehen konnten.

„Seht euch das an!" Baileys Vater stieß Connor freundschaftlich in die Seite. „Ich wünschte, mein Eine-Million-Dollar-Quarterback hätte diese Haltung." Er schob die Brust vor und strahlte übers ganze Gesicht. „Jawohl, das ist mein Junge! Er lässt alle anderen alt aussehen."

Sie lachten und genossen den Abend. Diesen Freitagabend würde Bailey nie vergessen. Er war vom Geruch nach warmer Butter und geschmolzenem Käse begleitet, der aus der Küche drang, wo ihre Mutter für die hungrige Meute Unmengen von Käsetortillas backte. Die Menschen, die Bailey in ihrem Leben wichtig waren, waren in diesem Haus versammelt, freuten sich miteinander und feierten gemeinsam ihren Erfolg.

Nur eine Sache hätte den Abend noch perfekter gemacht ... Bailey beobachtete Cody, der an jedem Wort ihres Vaters hing, während sie das Spiel analysierten. Er passte perfekt in die Familie. Das war schon immer so gewesen. Aber warum fragte er sie nicht, ob sie seine Freundin sein wollte? Seit dem 4. Juli musste er doch wissen, was sie für ihn empfand. Worauf wartete er noch?

Sie hatten sich zweimal geküsst. Beide Male waren sie allein gewesen. Aber Cody schien sich wohler zu fühlen, wenn ihre ganze Familie dabei war. Bailey schalt sich, weil sie so ungeduldig war. Cody respektierte sie und wollte ihr das durch sein Verhalten zeigen. Das musste der Grund sein. Außerdem hatte sie erst vor wenigen Monaten mit Tim Schluss gemacht. Es klang logisch, dass Cody noch eine Weile warten wollte. Sie wünschte einfach, dass sie öfter miteinander spazieren gehen oder auf der Veranda sitzen würden. Dann könnten sie darüber sprechen, was sie beide fühlten, wohin alles führen könnte und ob jetzt der Zeitpunkt war, eine ernstere Beziehung zu beginnen.

Bailey saß auf einem Barhocker in der Küche und schaute den Jungs zu. Dabei ertappte sie sich, dass sie für diese neue Beziehung zu Cody betete und Gott bat, dass er sie segnen und alles zu seiner Zeit geschehen lassen würde.

Ihre Mutter kam verschwitzt und mit aufgekrempelten Ärmeln zu ihr. „Ich glaube, ich habe mindestens hundert Käsetortillas gebacken."

„Von den Jungs hat jeder ungefähr zwanzig gegessen." Bailey lachte. Das war ein fester Bestandteil ihrer typischen Freitagabende nach einem Spiel. Sie kamen nach Hause – manchmal mit der halben Mannschaft – und Baileys Mutter holte eine Riesenpackung Tortillas und eine große Tüte geriebenen Käse und Butter. Dann machte sie Käsetortillas, bis alle satt waren.

„Ist dir das nicht manchmal zu viel?" Bailey stützte die Ellbogen auf die Granitplatte. „Freitagabends so viel in der Küche zu stehen?"

„Das ist besser, als in ein Restaurant zu gehen." Ihre Mutter lehnte sich an die Arbeitsplatte und betrachtete ihre Söhne, die immer noch um den Computer herumstanden. „Als wir dieses Haus gekauft haben, haben dein Vater und ich Gott versprochen, es für ihn zu nutzen. Wir wollten viele Leute einladen und jedem, der kommt, etwas zu essen geben und Erinnerungen an Gottes Wort an die Wände hängen." Sie schaute Bailey wieder an. „Nein, Schatz, es ist mir nicht zu viel."

„Gut. Denn ich finde es auch herrlich." Bailey genoss den Geruch und die Stimmen, die sie umgaben. „Du darfst dich nicht wundern, wenn ich im Herbst jeden Freitagabend hier bei meiner Familie auftauche. Ich kann mir nicht vorstellen, irgendwo anders zu sein."

Ihre Mutter schwieg einen Moment. Ihr Blick wanderte zu Cody, der zwischen den Jungs stand. „Er hat dich noch nicht gefragt."

Das war keine Frage. Ihre Mutter wusste, dass Bailey es ihr erzählt hätte, wenn etwas so Aufregendes passiert wäre. Heute Abend war ihre Bemerkung eher eine Beobachtung.

„Ich denke, er will warten." Bailey war nicht frustriert, nur ungeduldig. Wie eine Sechsjährige an Weihnachten. „Auf den richtigen Zeitpunkt oder so etwas."

„Es sieht sogar ein Blinder. Auch wenn er nichts sagt."

Bailey lächelte und ihr war wegen ihrer Gefühle für Cody ganz schwindelig. „Wie meinst du das?“

„Diese Junge ist völlig verrückt nach dir. Er liebt dich schon seit Jahren.“ Die Augen ihrer Mutter funkelten. „Aber das habe ich dir ja schon vor einer ganzen Weile gesagt, nicht wahr?“

„Ja.“ Baileys Wangen begannen zu glühen. „Ich habe es auch gesehen. Und gemerkt. Ich konnte nur einfach nicht glauben, dass er sich etwas aus mir machen würde, weil er nie etwas gesagt hat.“

„Das liegt daran, dass Cody nicht nur dein Freund sein will.“ Der Blick ihrer Mutter verriet, wie gern sie Cody hatte. „Er sucht eine Frau fürs Leben.“ Sie zog eine Braue hoch. „Aber ob es dazu kommt oder nicht, weiß nur Gott.“

Früher hatte es Bailey Angst eingejagt, so weit in die Zukunft zu denken – zu überlegen, wen sie heiraten würde und wann das geschehen würde und wie sie je ihre Familie verlassen und eine eigene Familie gründen könnte. Aber in Bezug auf Cody hatte sie nie Angst gehabt. Sie war nur ungeduldig. Genauso fühlte Bailey sich den ganzen Samstag, als sie und Cody mit ihren Brüdern ins Kino gingen, und am Sonntag, als sie zum Spiel ihres Vaters fuhren. Die Colts gewannen und alle sprachen davon, dass sie die erste Mannschaft seit den Miami Dolphins sein könnten, die eine ganze Saison ungeschlagen blieb.

Aber dieser Tag würde erst perfekt sein, wenn Bailey und Cody Zeit hätten, miteinander zu sprechen.

Ihre Eltern waren mit getrennten Autos zum Spiel gefahren, da ihr Vater viel früher dort sein musste. Bei der Heimfahrt saßen Bailey, Connor, Justin und B.J. bei Baileys Mutter im Auto; die übrigen Jungs und Cody fuhren mit ihrem Vater zurück. Cody hatte den ganzen Tag mit ihrem Vater am Spielfeldrand gestanden. Baileys Mutter hatte ein Fernglas mitgebracht und wenn Bailey es benutzt hatte, hatte sie Cody beobachtet. Jedes Mal hatte sie deutlich gesehen, dass er von dem, was ihr Vater sagte oder tat, völlig fasziniert war.

Als sie schließlich wieder in Bloomington zurück waren, war es nach neun Uhr abends. Bailey konnte es kaum erwarten, endlich mit Cody allein zu sein. Ihre Brüder begannen, die restlichen Käsetortillas aufzuwärmen. Doch bevor Codys Aufmerksamkeit von einem Film oder einem Gespräch über die Höhepunkte des Sportwochenendes gefangen genommen wurde, zupfte Bailey an seinem Ärmel. „Können wir hinausgehen und uns auf die Verandaschaukel setzen?"

So abgelenkt er das ganze Wochenende auch gewesen war, versank er plötzlich in ihren Augen. Er nahm ihre Hand und nickte. „Darauf freue ich mich schon den ganzen Tag."

„Ich auch." Sie gingen hinaus. Sobald sie zusammen auf der Schaukel saßen, fiel Bailey auf, wie kalt ihr war.

„Frierst du? Ich kann dir eine Decke holen."

Sie malte sich aus, wie sie sich zu zweit unter eine Decke kuschelten, zum Sternenhimmel hinaufschauten und sich erzählten, was in den letzten Tagen passiert war. „Das wäre sehr nett."

Cody eilte wieder hinein und kam eine Minute später mit einer weichen, warmen Flanelldecke zurück, die für diesen kühlen Septemberabend perfekt war. „Wow." Cody legte die Decke über sie beide und legte den Arm um ihre Schultern. „Ich habe das Gefühl, als hätten wir das ganze Wochenende nicht miteinander gesprochen."

„Das haben wir auch nicht." Bailey lachte und genoss das Gefühl, neben ihm zu sitzen und von ihm beschützt zu werden. „Wie war es für dich?" Sie drehte den Kopf ein wenig, um ihm in die Augen schauen zu können. „Du hast heute den Trainern einer NFL-Mannschaft assistiert. Hast du das schon ganz realisiert?"

„Noch nicht wirklich." Er sah ein wenig benommen aus. „Es war irgendwie unwirklich, Bailey. Dort unten neben deinem Vater zu stehen, die Zahlen vom Statistikteam zu bekommen und sie deinem Vater zu geben. Ich hatte das ganz sichere Gefühl, dass ich das eines Tages auch machen will. Bei einem NFL-Spiel an der Seitenlinie stehen, den Spielern zuzurufen, was sie zu tun haben, oder irgendwie zu helfen."

„So ging es mir bei meiner Probeaufnahme. Als wäre ich genau dazu auf der Welt."

„Genau." Cody lehnte seinen Kopf an ihren. „Hast du eine Ahnung, wann sie sich bei dir melden?"

„Nein." Bailey verdrängte diese Frage seit Freitagabend ein wenig. „Es kann in ein paar Wochen sein. Vielleicht höre ich auch nie wieder etwas von ihnen. Ich habe die Sache in Gottes Hände gelegt. Sonst mache ich mich verrückt."

„Ich weiß." Er nahm den Arm von ihrer Schulter und legte den Kopf schief, damit er sie besser sehen konnte. Dann ergriff er ihre Hand und schob seine Finger zwischen ihre. „Das ganze Wochenende konnte ich nur an dich denken, egal ob auf dem Spielfeld der Clear Creek oder heute bei den Colts."

„Komm schon! Du hast an Football gedacht", zog sie ihn auf. Sie genoss es, dass sie wieder so miteinander umgehen konnten.

„Nein, wirklich nicht." Er hob ihre Hand an seine Lippen und küsste sie. „Ich verdiene es nicht, hier zu sein. Ich verdiene das alles nicht."

Bailey wand sich ein wenig, da es ihr nicht gefiel, wenn er so sprach. Aus dem gleichen Grund hatte er ihr so lange nicht erzählt, was er für sie empfand – weil er der Meinung gewesen war, sie verdiene einen besseren Mann als ihn. „Niemand verdient das Gute, das wir im Leben haben. Denn alle guten Dinge sind ein Geschenk von Gott."

„Das stimmt." Er berührte mit den Fingern seiner freien Hand ihre Wange. „Und du bist das beste Geschenk, das es geben kann." Sein Blick veränderte sich und aus seiner Miene sprach eine Mischung aus Leidenschaft und Liebe – eine Liebe, die keine Grenzen kannte, da sie so lange auf diesen Moment gewartet hatte.

Bailey ahnte, was gleich kommen würde, sie konnte es fühlen und sie wollte jeden wunderschönen Moment mit ihm festhalten. Er würde sie fragen, ob sie seine Freundin sein wollte, denn welcher Abend könnte dafür perfekter sein als dieser?

Er atmete langsam ein und seine Stimme, die ein wenig zittriger klang als gewöhnlich, verriet seine Nervosität. „Bailey, ich wollte warten, bis …"

Doch bevor er seinen Satz beenden konnte, signalisierte ein kurzer Ton, dass er eine SMS bekommen hatte. Er nahm sein Smartphone, aber bevor er es ausschalten konnte, klingelte es. Er sah aus, als wollte er den Anruf ignorieren oder das Telefon in den Garten werfen, doch als er es aus der Tasche zog, fiel sein Blick auf das Display. Obwohl er den Anruf nicht entgegennahm, verdüsterte sich seine Miene. „Na toll", murmelte er.

„Wer ist es?" Bailey sah diesen Blick selten bei Cody. Er wirkte deprimiert.

Ein tiefer Seufzer kam aus seinem Mund. Er rutschte vor und starrte die SMS an. „Das ist meine Mutter. Sie schreibt, dass sie Probleme hat und dass ich kommen soll."

Baileys Herzschlag beschleunigte sich. „Ist … ist sie krank?" Er hatte in letzter Zeit nicht viel über seine Mutter gesprochen und sie hatte sofort ein schlechtes Gewissen, weil sie nicht nachgefragt hatte.

„Vielleicht." Er schaute sie an. Ein tiefes Bedauern lag in seinen Augen. „Ich sollte lieber gehen. Ich versuche, mich zu beeilen und in einer Stunde zurück zu sein." Er stand auf und half ihr auf die Beine. „Bist du dann noch auf?"

„Auf jeden Fall." Sie versuchte, seine Miene zu deuten und zu erkennen, ob er sich Sorgen machte oder ob er sich über die SMS seiner Mutter eher ärgerte. „Soll ich mitkommen?"

„Nein." Er legte die Hand an ihre Wange und schaute ihr tief in die Augen. „Aber danke für das Angebot."

„Ich mache mir Sorgen um sie, Cody." Als Cami Coleman während Codys Schulzeit eine Gefängnisstrafe verbüßt hatte, hatte Baileys Mutter zu ihren wenigen Freunden gehört. „Gib mir Bescheid, ob alles in Ordnung ist."

„Wird gemacht." Cody küsste sie zärtlich auf die Lippen. In seinem Kuss lag nicht die Leidenschaft und Sehnsucht nach allem, was die Zukunft vielleicht für sie bereithielt, sondern eine traurige Entschuldigung, weil der romantische Moment unsanft gestört worden war. Aber vielleicht ließe er sich später fortsetzen. „Bis bald."

Er lief die Verandastufen hinab, sprang in sein Auto und fuhr eilig los. Bailey schaute ihm nach. Hoffentlich ging es seiner Mutter gut. Vielleicht hatte sie nur ein Problem im Haus oder eine Erkältung. Etwas Harmloses. Wenn mit seiner Mutter alles in Ordnung war, würde Cody sie später bestimmt fragen, ob sie seine Freundin sein wolle. Das wünschte sie sich so sehr.

Bailey wollte gerade ins Haus gehen, als ihr eigenes Smartphone klingelte. Vielleicht wollte Cody ihr sagen, dass er mit seiner Mutter gesprochen habe und sie ihn nur wenige Minuten brauche und er sobald wie möglich zu ihr zurückkommen würde. Aber als Bailey das Gerät aus der Tasche zog, las sie den Namen *Ellison* auf dem Display. Sie konnte sich nicht vorstellen, warum jemand von Andis Familie so spät anrufen sollte. Es sei denn, es war etwas mit Andi …

„Hallo?" Bailey bemühte sich, nicht panisch zu klingen.

„Bailey, hier ist Keith Ellison. Bitte entschuldige, dass ich so spät anrufe."

„Ist mit Andi alles in Ordnung?" Sie blieb vor der Haustür stehen.

„Ja, natürlich." Die Stimme von Andis Vater verriet, dass es ihm leidtat, dass er sie beunruhigt hatte. „Es geht um deine Probeaufnahme. Dayne und ich haben uns die nächsten Kandidatinnen angesehen und wollen jetzt die Rollenbesetzung abschließen." Er schwieg einen Moment. „Bailey, wir waren von deiner Probeaufnahme sehr beeindruckt. Wir glauben, dass du eine großartige Ella abgeben würdest, und wollten fragen, ob du an weiteren Probeaufnahmen interessiert bist."

Ob sie interessiert war? Sie hätte fast laut gekreischt, beherrschte sich aber und gab nur einen leisen Ton von sich. „Ist das Ihr Ernst? Ja, ich bin daran interessiert. Natürlich!"

Keith Ellington lachte. „Damit habe ich fast gerechnet." Er erklärte weiter, dass Anfang nächster Woche Brandon Paul nach Bloomington kommen wollte. „Wir würden gern am Mittwoch eine Probeaufnahme mit dir und Brandon drehen. Kannst du kommen?"

Bailey ging aufgeregt auf der Veranda auf und ab. „Ja, ja, natürlich. Mr Ellison, vielen Dank. Ich kann Ihnen gar nicht sagen, wie viel es mir bedeutet, diese Chance zu bekommen. Das ist ein Geschenk von Gott."

„Dass du das so siehst, ist einer der Gründe, warum du für die Rolle perfekt bist. Bei deiner Probeaufnahme war dein Glaube deutlich spürbar. Eleanor war fasziniert. Sie sagte, dass sie noch nie eine Schauspielerin wie dich gesehen habe."

Wenn sie sich nicht am Verandageländer festhalten würde, wäre Bailey sicher in die Luft geschwebt und nie wieder auf dem Boden gelandet. Sie bedankte sich mehrmals bei Mr Ellison, bevor sie das Gespräch beendeten. Sie stürmte ins Haus, dass ihre Haare hinter ihr herwehten. „Mama! Papa! Ihr werdet es nicht glauben!"

Sie rannte durch die Eingangshalle und den Flur, so schnell ihre Beine sie trugen, bis sie mit ihrem Vater zusammenstieß. „Oh." Sie trat zurück und strich über den Pullover ihres Vaters. „Entschuldige."

Ihre Mutter schaute sie mit großen Augen besorgt an. „Bailey, du kannst doch nicht so schreien! Die ganze Nachbarschaft hat dich wahrscheinlich gehört."

„Ich bekomme vielleicht die Rolle!" Baileys Stimme überschlug sich schon wieder, wenn auch dieses Mal etwas leiser. Ihre Brüder drängten sich um sie und schauten sie verwirrt und lachend an. „Mr Ellison hat gerade angerufen. Er hat mich eingeladen, am Mittwoch wiederzukommen. Sie wollen eine Probeaufnahme von Brandon Paul und mir drehen." Die Worte sprudelten aus ihrem Mund. Bailey musste sich zwingen, langsamer zu sprechen, damit die anderen sie verstehen konnten.

„Wahnsinn!" Connor schlug die Hände zusammen und wurde ein wenig blass. „Das ist ja verrückt!"

„Ich wusste es!" Ihre Mutter umarmte sie und trat dann zurück, um auch Baileys Vater zu umarmen. „Ich wusste, dass sie sich wieder melden würden. Bailey war unglaublich. Ihr wärt alle sehr stolz auf sie gewesen."

„Ich kann es echt nicht glauben." Connor war immer noch fassungslos. „Wisst ihr, was das heißt?"

Shawn klatschte sich mit Justin, B.J. und Ricky ab. „Das heißt, dass alle in der Schule ein Autogramm von Bailey haben wollen." Er grinste breit. „Alle Mädchen werden sich für uns interessieren. Wir werden die beliebtesten Jungs an der Schule sein." Er legte Bailey die Hand auf die Schulter. „Schreib uns zwanzig Autogramme. Wir entscheiden dann, wer sie bekommt."

Ihr Vater legte den Arm um seine Tochter. „Schatz, wir sind eigentlich nicht besonders überrascht. Gott hat dir eine ganz besondere Gabe geschenkt. Das ist erst der Anfang."

„Moment mal! Wo ist Cody?" Shawn schaute hinter Bailey den Flur entlang. „War er nicht bei dir?"

„Er musste los." Eine leichte Enttäuschung regte sich in Bailey. „Seine Mutter hat angerufen. Sie braucht bei irgendetwas seine Hilfe."

„Ich hoffe, es ist nichts Ernstes." Ihre Mutter runzelte die Stirn und ihre Augen schauten plötzlich sehr besorgt. „Ich muss in letzter Zeit oft an sie denken."

„Cody wirkte nicht allzu besorgt." Bailey versuchte, ihre Bedenken abzuschütteln. „Ich denke, es ist nur eine Kleinigkeit. Wenigstens hoffe ich das."

Sie war stolz auf Cody, dass er sofort losfuhr, wenn seine Mutter ihn brauchte. Mrs Coleman meldete sich nicht sehr häufig bei ihrem Sohn. Bailey hoffte, dass es nicht mehr lange dauern würde. Cody sollte hier sein und diese Neuigkeit mit ihr feiern. Als sich alle im Haus beruhigt hatten und er immer noch nicht zurückgekommen war, beschloss Bailey, ihn anzurufen. Auf diese Weise würde sie erfahren, was mit seiner Mutter los war, und konnte ihm von Mr Ellisons Anruf erzählen.

Sie versuchte es in der nächsten halben Stunde dreimal, erreichte aber jedes Mal nur die Mailbox. Bailey begann, sich ernsthaft Sorgen um Codys Mutter zu machen. Offenbar gab es doch größere Probleme, denn sonst würde Cody bei einem Anruf von ihr auf jeden Fall drangehen. Je mehr Zeit verging, umso mehr betete Bailey und umso weniger dachte sie an ihre gute Nachricht oder daran, dass sie in drei Tagen eine Probeaufnahme mit Brandon Paul drehen würde.

Jetzt interessierte sie nur Cody und die Frage, was mit seiner Mutter los war.

Kapitel 9

Die Worte in ihrer SMS waren falsch geschrieben. Das war das erste Anzeichen. Seine Mutter traf sich immer noch mit Benny, dem Biker. Deshalb hatte sie wenig Zeit, die sie mit Cody verbringen konnte. Cody hatte sie mehrmals gewarnt, dass dieser Mann sie nur in Schwierigkeiten bringen würde, aber sie wollte nicht auf ihn hören. Er konnte nur beten, dass sie die Finger von Alkohol und Drogen ließ, besonders nach ihrer Überdosis und der Fahrt ins Krankenhaus vor ein paar Monaten. Seit damals sollte sie dreimal in der Woche zur Drogenklinik gehen und sich Blut abnehmen lassen, damit überprüft werden konnte, ob sie clean blieb. Das war eine Bedingung ihrer Bewährungsauflagen. Seit sie fast an einer Überdosis gestorben wäre, hatte ihr die Polizei gesagt, dass man sie genauer beobachtete.

Jedes Mal, wenn Cody seine Mutter anrief, stellte er ihr dieselbe Frage: „Warst du in der Klinik? Lässt du dir Blut abnehmen? Bist du noch clean?"

Sie lachte jedes Mal nur – dieses seltsame, hohe, nervöse Lachen. „Cody, du machst dir zu viele Sorgen. Ich bin eine erwachsene Frau. Lebe du dein Leben und lass mich meines leben."

Aber das klang nicht nach der Mutter, die er in den vergangenen Monaten endlich kennengelernt hatte. Sie hatte einen so großen Teil seiner Kindheit und Jugend verpasst. Als sie beim letzten Mal aus dem Gefängnis gekommen war, hatte sie den festen Entschluss gehabt, Cody eine bessere Mutter zu sein, mehr Zeit mit ihm zu verbringen und mit ihm über seine Vergangenheit und Zukunftsträume zu sprechen. Als Bailey mit Tim Reed befreundet gewesen war, hatte Cody viel Zeit mit seiner Mutter verbracht. Sie waren miteinander ins Theater oder in Restaurants gegangen und Cody hatte angefangen zu glauben, sie habe es tatsächlich geschafft, von ihrer Drogensucht freizukommen.

Aber als er aus der Einfahrt der Flanigans bog, hörte er die Nachricht seiner Mutter ab und wusste Bescheid. Sie hatte Probleme mit Drogen, davon war er fest überzeugt. Ihre Worte waren lallend und sie weinte hysterisch. „Cody! Cody, komm schnell. Ich stecke in großen Schwierigkeiten. Ich brauche dich. Bitte komm. Sei nicht sauer auf mich, bitte! Sei nicht sauer."

Sie wiederholte diesen Satz immer wieder, bis die Aufnahme endete. Cody schaltete sein Smartphone aus und warf es auf den Beifahrersitz. Warum machte sie das? Wusste sie nicht, wohin das führte und wie ihr Leben verlaufen würde, wenn sie wieder Drogen nahm? Er war viel zu wütend, um zu weinen. Und er hatte zu große Angst, um irgendetwas anderes zu tun, als so schnell wie möglich zu ihr zu fahren. *Guter Gott, sei bei mir. Ich weiß nicht, was ich tun soll. Ich weiß nicht, wie ich ihr helfen soll. Sie ist meine Mutter, Vater. Sie sollte für mich da sein und nicht umgekehrt.* Er seufzte frustriert. *Gib mir die nötige Kraft. Mach, dass es ihr gut geht. Bitte.*

Ich bin bei dir, mein Sohn. Ich bin dein Vater und ich gehe vor dir her. Hab keine Angst. Mein vollkommener Friede wird bei dir sein.

Die stille Antwort beruhigte seine Seele, aber trotzdem schien die Fahrt ewig zu dauern. Schließlich bog er in ihre Straße ein. Sein Herz raste, als er sah, dass vor ihrem Haus zwei Polizeiwagen standen. Ein dritter fuhr gerade vor. Codys Herz überschlug sich, als er ein paar Häuser weiter parkte und aus dem Auto stieg. Nicht schon wieder die Polizei! Was hatte sie getan? Er beherrschte sich mühsam, um nicht zu ihrem Haus zu stürzen, da die Polizisten ihn nicht kannten und nicht wussten, was er hier wollte.

„Entschuldigen Sie?" Er rief die Worte in die Richtung von zwei Polizisten, die neben dem Auto seiner Mutter standen. „Ich bin ihr Sohn. Kann ich Ihnen helfen?"

Einer der Polizisten trat auf ihn zu. Ihm war deutlich anzusehen, dass er zwar verärgert war, aber trotzdem Mitleid mit Cody hatte. „Ihre Mutter steckt in großen Schwierigkeiten." Der Polizist war schon älter. Er hatte einen schwarzgrauen Schnurrbart und ernste Augen. „Sie ist nur auf Bewährung frei. Das wissen Sie bestimmt."

„Ja, Sir." Cody warf einen Blick zum Haus und sah, dass weitere Polizisten im Haus waren und mit seiner Mutter sprachen. „Warum sind Sie …? Ich habe keine Ahnung, was passiert ist."

„Kennen Sie einen gewissen Benny Dirk? Offenbar ist er mit Ihrer Mutter befreundet."

„Ja." Heftige Abneigung gegen diesen Kerl regte sich in Cody, aber sein Herz raste trotzdem. Seine Kehle war wie ausgetrocknet, seine Knie waren weich. Es war noch schlimmer, als er gedacht hatte. „Ich bin ihm schon begegnet."

„Er ist sehr gefährlich." Der Polizist verschränkte die Arme vor sich und schürzte die Lippen. „Wir führen hier in der Gegend verdeckte Ermittlungen durch. Soweit wir herausgefunden haben, steckt er hinter der ganzen Sache. Ihre Mutter hat für ihn gearbeitet. Sie hat Drogen an Leute in der Nachbarschaft und im Park verkauft." Er schaute zum Haus. „Mr Dirk hat sie bedroht, woraufhin sie ihm gesagt hat, dass sie zur Polizei geht. Sie ist bereit, gegen ihn auszusagen, um selbst eine Strafminderung zu bekommen. Aber er ist gefährlich. Sehr gefährlich."

Cody hätte am liebsten laut geschrien. Seine Mutter verkaufte hier in der Straße Drogen? Und im Park? Er zwang sich zu atmen. „Sie ... Sie verhaften sie also? Auch wenn sie bereit ist, gegen Benny auszusagen?"

„Uns bleibt keine andere Wahl. Wir haben in ihrem Auto Drogen und Kundenlisten gefunden." Er verzog das Gesicht und deutete mit dem Kopf zum Haus. „Über Strafminderung können wir später sprechen. Jetzt müssen wir sie erst einmal mitnehmen." Er seufzte. „Ihre Mutter ist in keiner guten Verfassung. Sie hat ganz offensichtlich selbst etwas genommen."

Cody hatte tausend Fragen. Hatte seine Mutter der Polizei genug Informationen gegeben, damit sie Benny Dirk verhaften konnten? War ihr Leben in Gefahr, wenn Benny so gefährlich war? Doch vor allem musste er sie sehen. Sofort, bevor noch mehr Zeit verging. „Kann ich hineingehen? Sie ... sie hat mich angerufen. Sie erwartet mich."

„Ich bringe Sie hinein. Das Haus ist im Moment ein Tatort. Unsere Beamten durchsuchen alles." Während er sprach, fuhren weitere zwei Polizisten vor. Codys Mut sank. Wie konnte das alles passieren? Er war zugleich wütend auf seine Mutter und hatte Angst um sie. Natürlich war Benny schlecht für sie. Hatte Cody das seiner Mutter nicht immer gesagt? Und jetzt hatte sie wieder gedealt! Wie war das überhaupt möglich? Das bedeutete, dass sie ihn die ganze Zeit angelogen hatte, nicht nur in Bezug auf die Drogen und den Alkohol, sondern in Bezug auf alles.

Cody zitterte am ganzen Körper, als er mit dem Polizisten zum Haus ging. Seine Mutter konnte sich kaum auf den Beinen halten und schaffte auch das nur mithilfe eines Polizisten. Der andere Polizist war gerade dabei, ihr Handschellen anzulegen.

„Mama!“ Er konnte nicht zu ihr laufen. Es war, wie der Polizist gesagt hatte: Er befand sich an einem Tatort.

„Lasst ihn zu ihr.“ Der Polizist mit dem Schnurrbart, der ihn ins Haus begleitet hatte, blieb stehen. „Das ist ihr Sohn.“

„Cody!“ Seine Mutter drehte sich um, wobei sie fast stürzte. Ihre Augen waren nur halb offen und sie atmete keuchend, wie damals, als sie ins Krankenhaus gekommen war. Sie streckte die Hände nach ihm aus und verlor wieder beinahe das Gleichgewicht. „Cody! Es tut mir so leid. Es tut mir leid, Schatz. Es tut mir so leid.“

Sie lallte und hatte Tränen in den Augen. Das Bild, das sie abgab, war erschreckend: eine dünne, ausgemergelte Frau mit schmutziger, viel zu weiter Kleidung, die auf ihren Sohn zustürzte und versuchte, sich für die Fehler ihres ganzen Lebens zu entschuldigen. Ein Albtraum aus Drogen und Sucht.

Cody wollte vor den Polizisten eigentlich nicht weinen, aber als er seine Mutter in diesem Zustand sah, konnte er die Tränen nicht zurückhalten. Allmählich begriff er, was hier vor sich ging. Seine Mutter war tatsächlich dabei erwischt worden, wie sie wieder mit Drogen gedealt hatte. Sicherlich bedeutete das, dass sie erneut ins Gefängnis kam. Dieses Mal konnte es viele Jahre dauern, bis sie wieder freigelassen würde, selbst wenn sie eine Strafverkürzung bekäme. Und was war mit Benny Dirk? Wie gefährlich war er?

„Kann ich zu ihr?“ Cody schaute den älteren Polizisten an.

„Einverstanden. Wir warten mit den Handschellen und lassen Ihnen eine Minute mit ihr.“ Er bedeutete seinen beiden Kollegen, Cody einen Moment Zeit mit seiner Mutter zu geben.

Sie stand zu sehr unter Drogen, um sich allein auf den Beinen halten zu können. Deshalb warteten die Beamten, bis Cody neben ihr stand. Als er sie festhielt, ließen sie sie los. Plötzlich war Cody wieder dreizehn, saß vor dem Fernseher und hörte, dass es an der Tür klopfte. Er machte auf und sah zwei Polizisten, die vor dem Haus standen. Er geriet in Panik, denn es ging um seine Mutter. Sie konnten sie doch nicht einfach mitnehmen! Jene Szene war genauso gewesen wie die Szene heute. Nur dass er damals nicht verstanden hatte, was es bedeutete zu dealen oder warum seine Mutter ins Gefängnis musste.

Er blinzelte und erinnerte sich, wie er damals reagiert hatte: Er hatte geschrien, als ihm die Polizei seine Mutter weggenommen hatte, als sie ihr Handschellen angelegt hatten; er hatte die Männer angefleht, sie freizulassen, er hatte mit angesehen, wie sie sie aus dem Haus gebracht und die Stufen hinab zu einem wartenden Polizeiauto geführt hatten. Er war auf den Boden gesunken, er hatte gerufen, dass sie zurückkommen solle, und den Polizisten weggeschoben, der bei ihm geblieben war und versucht hatte, ihm zu helfen. Das war für mehrere Jahre das letzte Mal gewesen, dass er sie in Freiheit gesehen hatte.

Und jetzt begann das alles wieder von vorne.

Cody packte sie an den Schultern und schaute in ihre benommenen Augen. Seine Mutter war so zierlich, sie wog höchstens fünfzig Kilo, schätzte er. Offenbar hatte sie in den letzten Wochen fast nichts gegessen, denn sie sah ausgemergelt aus, wie immer, wenn die Drogen von ihr Besitz ergriffen.

„Mama“, flüsterte er. „Warum? Warum hast du das getan?“

„Ich … brauchte Geld, Cody. Ich konnte dich nicht die ganze Zeit um Geld bitten.“ Ihre Worte kamen immer noch undeutlich und Tränen strömten aus ihren Augen. Aber sie war wenigstens so nüchtern, dass sie versuchte, ihm die Sache zu erklären.

Doch ihre Erklärung machte Cody noch wütender.

„Ich hätte dir alles gegeben. Ich hätte alles, was ich habe, für dich verkauft.“ Er zischte sie an, da er nicht glauben konnte, dass er sie schon wieder verlor. Sie war die einzige Familie, die er hatte. Und jetzt machte sie so etwas? „Du hättest bei mir wohnen können.“

„Das geht nicht.“ Sie schüttelte so kräftig den Kopf, dass sie fast zu Boden fiel. „Benny würde dir etwas antun, Cody.“

„Vergiss Benny.“ Allein schon die Erwähnung dieses widerlichen Kerls machte ihn wütend.

„Nein!“ Sie schüttelte panisch den Kopf. „Er ist gefährlich und …“ Sie konnte ihn kaum ansehen; jedes Wort kostete sie große Mühe. „Ich habe der Polizei von ihm erzählt. Er wollte mich heute töten. Ich will nicht sterben, Cody!“ Tränen liefen ihr übers Gesicht und sie schluchzte laut. „Ich will deine Mama sein“, jammerte sie, aber es klang unsicher und mitleiderregend. „Es tut mir so leid! Nimm dich vor Benny in Acht! Er will uns umbringen!“

Sie schwankte so sehr, dass Cody Mühe hatte, sie auf den Beinen zu halten. „Mama, du brauchst Hilfe.“ Ihre Worte ergaben keinen Sinn. Sie hatte sich bereiterklärt, gegen Benny auszusagen, um eine kürzere Haftstrafe zu bekommen. Und jetzt machte sie sich Sorgen, dass Benny sie beide umbringen würde, wenn sie gegen ihn aussagte? Cody bemühte sich, ruhig zu bleiben. „Du kannst so nicht leben.“

„Lass nicht zu, dass sie mich mitnehmen, Cody! Ich will eine gute Mutter sein. Sie sollen mir noch eine Chance geben.“ Ihre Stimme wurde lauter, bis sie fast kreischte. „Nur noch eine Chance, Cody! Sag ihnen, dass sie mir noch eine Chance geben sollen!“

Cody ließ den Kopf hängen, hielt sie aber immer noch fest, damit sie nicht zu Boden stürzte. „Es ist zu spät.“ Mehr konnte er nicht sagen. Er schüttelte den Kopf und schaute die Polizisten an. „Danke.“

Die Beamten übernahmen seine Mutter. „Ma'am, Sie müssen die Hände auf den Rücken legen. Wir müssen Sie mitnehmen.“

Seine Mutter wollte sich von den Polizisten losreißen und wand sich verzweifelt. Dabei hatte sie die ganze Zeit die Augen, so gut sie konnte, auf Cody gerichtet. „Bitte, Cody, lass nicht zu, dass sie mich verhaften! Ich bessere mich. Ich mache es wieder gut. Bitte, Cody!“

Er drückte die Augen zu. *Gott, ich halte das nicht aus.* Er erinnerte sich an eine Bibelstelle aus einer Predigt, die er vor ein paar Wochen gehört hatte. Der Pastor hatte gesagt, dass Gott einem Menschen nie mehr zumutete, als er ertragen konnte. Er führte ihn nie an einen Ort, an dem er nicht selbst schon gewesen war. Cody hielt sich an der Wand fest und wünschte, seine Mutter würde aufhören zu schreien. *Ich halte das nicht aus, Gott. Das ist mehr, als ich ertragen kann. Bitte, sei bei mir. Sei bei meiner Mutter. Führe uns durch diese Sache hindurch, Gott. Ich brauche dich. Bitte!*

Selbst wenn Cody eine laute Antwort bekommen hätte, hätte er sie nicht hören können. Das Blut rauschte in seinen Ohren, sodass er das Gefühl hatte, er würde gleich das Bewusstsein verlieren. Er schlug die Augen auf und sah, dass sich seine Mutter nicht mehr gegen die Polizisten wehrte. Sie hatte aufgegeben. Ihre Handgelenke lagen jetzt auf ihrem Rücken und steckten in Handschellen. Trotzdem schaute sie ihn die ganze Zeit an und rief weinend immer wieder seinen Namen. „Cody, nimm dich vor Benny in Acht!“ Sie schaute sich um, als könne er jeden Moment durch die Haustür kommen. „Lass nicht zu, dass sie mich mitnehmen. Bitte!“

Aber er musste sie gehen lassen. Die Polizisten führten sie die Stufen hinab. Die ganze Zeit drehte sie sich um und schaute ihn an, obwohl sie sich kaum auf den Beinen halten konnte. „Cody!“

Cody und der andere Polizist folgten ihnen die Treppe hinab und beobachteten die traurige Szene. Die Nachbarn waren aus ihren Häusern gekommen und standen neugierig auf dem Gehweg. Obwohl es schon zehn Uhr am Sonntagabend war, hatten die meisten den Lärm gehört und das Blaulicht gesehen.

Cody ignorierte die neugierigen Blicke und zwang sich, klar zu denken und sich zu überlegen, was als Nächstes passieren würde. Als er dreizehn gewesen war und seine Mutter verhaftet worden war, hatte sich das Sozialamt um alles gekümmert. Sozialarbeiter hatten sogar dafür gesorgt, dass er wenige Stunden später in eine Pflegefamilie gekommen war. Später hatte er dann bei den Flanigans gewohnt, bevor er zur Armee gegangen war.

Aber jetzt war er erwachsen und selber verantwortlich, wenn er auch erst ein zweiundzwanzigjähriger Student war. Die Polizei erwartete bestimmt, dass er sich um die Gerichtsverhandlung seiner Mutter kümmerte, um die ganzen juristischen Fragen und alles andere, was auf sie zukam. Er wandte sich an den Polizisten mit dem Schnurrbart, der neben ihm stand. „Wie geht es jetzt weiter?“

„Wir bringen Ihre Mutter ins Bloomingtoner Gefängnis. Wenn Sie möchten, können Sie eine Kaution zahlen. Man sagt Ihnen dort alles.“ Er warf einen Blick auf seine Uhr. „Sie können uns zur Wache begleiten.“

„Okay.“ Cody konnte sich kaum konzentrieren. „Was ist mit dem Gericht? Und ihrer Bewährung?“ In seinem Kopf drehte sich alles. Wie sollte er sich morgen in der ersten Stunde auf seine Geschichtsklausur konzentrieren können? Hatte er genug Geld, um eine Kaution zu hinterlegen?

„Sie hat in den nächsten Tagen eine Anhörung und ein Richter wird sich die Beweise ansehen. Aufgrund ihrer Vergangenheit wird das Urteil ohne Geschworene gefällt. Sie wird wahrscheinlich ziemlich schnell verurteilt werden.“ Der Beamte schaute ihn mit hochgezogener Augenbraue an. „Ihre Mutter hat wegen Benny Dirk recht. Er hat gedroht, sie und ihre Familie zu töten.“

Cody gefror das Blut in den Adern. Er schaute benommen zu, wie seine Mutter im Polizeiwagen Platz nehmen musste. Dann drehte er sich wieder zu dem Polizisten herum. „Wissen Sie das sicher?"

„Er hat auf ihren Anrufbeantworter gesprochen und sie bedroht." Der Polizist schaute auf seinen Notizblock. „Dirk ist sehr gefährlich. Er ist rachsüchtig. Wenn er sich an Ihrer Mutter rächen könnte, indem er Sie tötet, würde er das tun. Wir glauben, dass er schon in Indianapolis und Columbus, Ohio, Menschen getötet hat." Er runzelte die Stirn. „Er lässt sich nicht erwischen. Aber als Ihre Mutter ihm sagte, dass sie zur Polizei gehen würde, verlor er die Beherrschung. Er hinterließ eine Morddrohung auf ihrem Anrufbeantworter. Mit dieser Aufnahme und der Aussage Ihrer Mutter haben wir genug, um ihn zu verhaften." Er schüttelte den Kopf. „Aber zuerst müssen wir ihn erwischen."

Cody kam sich vor, als wäre er wieder auf dem Schlachtfeld im Krieg. Todesdrohungen? Er sah im Geiste, wie auf ihn und seine Kameraden in der Nähe eines verlassenen Gebäudes in der irakischen Wüste geschossen wurde. Er fühlte die Hitze der Wüste, sah den Sand, der sich nach allen Seiten ausbreitete. Aber dieses Mal war er nicht bewaffnet und hatte seine Kameraden nicht bei sich. Er war allein und hatte es mit einem verrückten Drogendealer zu tun. Dieser Gedanke raubte ihm die Luft. Passierte das alles wirklich? Was war mit Bailey und den Flanigans? Wie sollte er sie anrufen und ihr sagen, dass seine Mutter verhaftet worden war, weil sie mit Drogen gedealt hatte? Die Flanigans würden ihm helfen, wenn er es schaffte, es ihnen zu erzählen. Aber zuerst musste die Polizei Benny Dirk finden.

Wieder klebte seine Armeeuniform heiß auf Codys Haut, er fühlte den drückenden Helm auf seinem verschwitzten Kopf und schmeckte den Wüstenstaub im Mund. Plötzlich kam ihm ein anderer Gedanke: Wenn er in Gefahr war, bedeutete das …

„Bailey." Er flüsterte ihren Namen und warf einen vorsichtigen Blick auf den Polizisten.

Er hatte ihn nicht gehört. Über Funk verständigte er sich mit den Polizisten, die jetzt mit Codys Mutter im Auto saßen. Cody verstand kein Wort von dem, was der Mann sagte, denn plötzlich konnte er diesen furchtbaren Gedanken nicht von sich abschütteln: Falls es eine Gefahr gab, falls auch nur die geringste Möglichkeit bestand, dass er Baileys Leben in Gefahr bringen könnte, wenn er in ihrer Nähe war, dann …

„Sie fahren jetzt los." Der Polizist bedeutete Cody, ihm zu folgen.

„Ja, Sir." Die verschiedensten Szenen schossen Cody durch den Kopf: Sie bekamen Befehle von ihrem Hauptmann, sie brachen zu einem Kommando auf, das schieflief, sie wurden gefangen genommen … Cody blinzelte, um diese Bilder zu vertreiben. Er ging langsam zu seinem Auto zurück und wich den Blicken und dem Flüstern der Nachbarn aus. Trotzdem konnte er es nicht leugnen: Er steckte in Schwierigkeiten. Sein ganzes Leben stand auf der Kippe. Die einzige Familienangehörige, die er hatte, stand unter Drogen und wurde weinend und in Handschellen ins Gefängnis gebracht. Und jetzt war ihr Leben und auch seines in Gefahr. Er war ein ehemaliger Alkoholiker mit einer Kriegsverletzung, die ihn sein Leben lang begleiten würde, und mit einer Mutter, die den Rest ihrer Tage immer wieder im Gefängnis sitzen würde, Drogen nahm, selber dealte und dadurch Cody und das Mädchen, mit dem er irgendwann sein Leben teilen wollte, großen Gefahren aussetzte. Solange Benny Dirk nicht verhaftet war, musste Cody sehr vorsichtig sein.

Er durfte nicht einmal an Bailey Flanigan denken.

Als er in sein Auto stieg, schaute er seine Mutter auf dem Rücksitz des Polizeiautos an. Soweit er sehen konnte, weinte sie nicht mehr. Sie ließ den Kopf so weit nach unten hängen, als hätte sie sich das Genick gebrochen. Als sie wegfuhren, hob sie nicht den Blick, winkte nicht und rührte sich nicht. Das war nicht nötig.

Die Lichter des Polizeiautos sagten alles, was es zu sagen gab.

Kapitel 10

Brandon Paul war ziemlich sicher, dass es ein Fehler gewesen war, die Hauptrolle in *Der Löwenzahnjunge* zu übernehmen. Je näher die Dreharbeiten rückten, umso mehr Leute kamen auf der Straße oder in den Clubs auf ihn zu, eigentlich überall, wo er sich blicken ließ. Sie waren überrascht, dass er eine Rolle in einem christlichen Film angenommen hatte, und machten Witze darüber, dass er wohl kaum ein christlicher Musterknabe sei.

Jetzt, da der Film in wenigen Wochen gedreht werden sollte, hielt Brandon den Druck kaum noch aus. Er hatte nie versprochen, ein Chorknabe zu sein. Warum erwarteten das jetzt alle von ihm? Die ganzen spöttischen Bemerkungen weckten in ihm nur den Wunsch, allen zu beweisen, dass sie sich irrten. Er war ganz bestimmt kein langweiliger Moralapostel. In den letzten Monaten hatte er alles getan, um jeden, der das von ihm dachte, zum Schweigen zu bringen.

Es gab nur ein Problem: Seine Ausschweifungen wurden immer verrückter. Brandon hatte versucht, sich zu mäßigen, aber er wusste nicht mehr wie. Er hielt sich bis spät in die Nacht in Clubs auf, trank Alkohol, nahm Drogen und amüsierte sich mit Mädchen. Er war in einem solchen Rausch, dass er sich am nächsten Morgen kaum erinnern konnte, was er getan hatte. Er war mit mehr Frauen zusammen gewesen, als er zählen konnte, und hatte mehr Drogen genommen, als er zugeben wollte. Jetzt war Montagmorgen und er kam kaum aus dem Bett.

Brandon hatte Magenschmerzen und selbst bei dem schwachen Licht, das durch die Jalousien ins Zimmer fiel, hämmerte sein Kopf. Er stöhnte und nahm ein Kissen von der anderen Bettseite. Erst jetzt merkte er, dass er nicht allein war. Neben ihm lag ein Mädchen. Er stützte sich auf den Ellbogen und schaute sie mit zusammengekniffenen Augen an. Wer war sie und wie kam sie hierher? Er hatte mit seinem Fahrer eine klare Regelung vereinbart, dass er nie eine Frau in sein Haus mitnehmen wollte. Es war eine Sache, im Club mit den Frauen zusammen zu sein und sich in den Privaträumen, die ihm die Clubbesitzer zur Verfügung stellten, mit ihnen zu amüsieren. Aber hier bei ihm zu Hause?

„Hey." Er rüttelte sie. Dann noch einmal. „Hey!" Er beugte sich näher zu ihr hinüber. Der beißende Geruch von Alkohol, vermischt mit Erbrochenem, stieg ihm in die Nase. „Sie hat sich übergeben", flüsterte er.

Brandon hatte Mühe, sich nicht selbst neben ihr zu erbrechen. Er warf die Decke zurück und stolperte in der Dunkelheit zu seiner Kommode. Hier musste doch irgendwo sein Smartphone liegen. Er tastete den Tisch ab, da er das Licht nicht einschalten wollte. Er hatte keine Ahnung, was er in seinem Bett vorfinden würde, aber er wollte es nicht sehen. Schließlich berührte er sein Smartphone. Als das Display aufleuchtete, zogen sich seine Augen schmerzhaft zusammen. Sein Kopf hämmerte. Er merkte, dass er immer noch unter Drogen stand oder betrunken war. Was von beidem, wusste er nicht genau. Sein Körper fühlte sich viel schlimmer an als bei einem normalen Kater. Sein Fahrer wohnte im Hinterhaus und war immer erreichbar. Egal, wozu Brandon ihn brauchte.

Jetzt brauchte er ihn.

Er drückte die entsprechende Taste und wartete, während das Telefon klingelte. „Hey, Brandon. Was gibt's, Mann?"

„Trace", flüsterte er gerade so laut, dass nur sein Fahrer ihn hören konnte. „In meinem Bett liegt ein Mädchen."

„Ich weiß. Du hast darauf bestanden." Trace klang frustriert. „Ich habe dir gesagt, dass du sie nicht mitnehmen sollst, Mann. Erinnerst du dich nicht, was du zu mir gesagt hast?"

„Wie sollte ich mich daran erinnern?" Brandon verzog vor Kopfschmerzen das Gesicht. „Ich kann mich kaum an meinen eigenen Namen erinnern."

„Du hast gesagt, dass du mich hinauswirfst, Mann. Du hast gesagt, dass ich die Kleine mit zu dir nehmen muss, weil du mir sonst fristlos kündigst und ich mir eine neue Arbeit suchen kann."

Brandon sank an seine Schlafzimmerwand zurück. Er stieß einen Schwall Schimpfworte aus. „Hör zu, Mann. Das tut mir leid. Das war nicht ich."

„Das habe ich dir gestern Abend auch gesagt." Trace klang ein wenig erleichtert. „Aber du hast nicht mit dir reden lassen."

„Okay, okay." Er rieb sich die Schläfen und versuchte, sich zu konzentrieren. „Ich weiß nicht, wer sie ist oder wo sie wohnt." Jedes Wort kostete ihn große Mühe. „Aber sie muss von hier verschwinden. Sie … sie hat mein Bett versaut."

„Wie romantisch!"

„Halt die Klappe!" Brandon brauchte Trace. Der Mann war der loyalste Angestellte, den er hatte. Aber er brauchte jetzt keinen Sarkasmus. Dafür fühlte er sich viel zu schlecht. „Schick mir einfach jemanden, ja? Eine von den Frauen. Sie soll sie aufwecken und dafür sorgen, dass sie sich anzieht. Und mein Bett sauber machen."

Wieder kämpfte Brandon mit starker Übelkeit. Wie hatte er nur so tief sinken können? Und wenn diese Frau irgendwelche Krankheiten hatte? Er konnte sich nicht erinnern, wie sie aussah oder wo er sie kennengelernt hatte oder an irgendetwas, das sie miteinander getan hatten.

„Ich kümmere mich darum, Boss. Mach dir keine Sorgen." Trace legte auf. Brandon ließ sein Smartphone auf den Tisch fallen.

Was sollte er jetzt machen? Er merkte plötzlich, dass er nackt war, und zog eine Schublade auf, um sich eine Shorts zu nehmen. Er schlüpfte hinein und schlich aus seinem Schlafzimmer, ging den Flur hinab und verschwand in einem Gästezimmer. Schnell drückte er auf einen Knopf an der Wand, damit die Jalousien das grelle Morgenlicht aussperrten.

Der Weg ins Gästezimmer war so anstrengend gewesen, dass er die Decke zurückzog und ins Bett fiel, sobald es im Zimmer dunkel war. Was war nur mit ihm los? Falls die Paparazzi Wind davon bekämen, dass er eine Frau mit nach Hause genommen hatte – noch dazu eine völlig fremde –, brächten sie es auf den Titelseiten, wie sie in letzter Zeit alles über ihn auf den Titelseiten brachten.

Das erinnerte ihn an den ersten Gedanken, den er heute Morgen beim Aufwachen gehabt hatte. Warum hatte er die Hauptrolle in *Der Löwenzahnjunge* angenommen? Die Produzenten waren jetzt schon sauer auf ihn. Das hatte ihm sein Agent erst gestern gesagt. Brock Baker war der beste Agent in Hollywood und erwartete von seinen Mandanten ein hohes Maß an Professionalität. Sobald Brandon Brocks Tonfall gehört hatte, war ihm klar gewesen, dass er Schwierigkeiten hatte.

„Hör zu, Mann! Ich habe mit dir schon über deine Eskapaden gesprochen. Du darfst dich nicht so gehen lassen." Brock hatte so frustriert geklungen wie noch nie. „Die Produzenten von *Jeremiah Productions* haben angerufen. Sie haben gesagt, dass du die Charakterklausel deines Vertrags gebrochen hast."

„Mir gefällt diese Klausel sowieso nicht."

„Mir schon. Sie zwingt dich, ein gesundes Leben zu führen und zu arbeiten."

„Ich bin gesund und habe mehr Angebote, als ich je annehmen könnte." Es war Brandon egal, ob er wie ein rebellischer Teenager klang. Er wollte sich von niemandem sagen lassen, was er zu tun hatte. Und gegen diese ganze christliche Sache rebellierte er sowieso.

„Das, was ich dir jetzt sagen muss, sage ich nur einmal. Hör mir also gut zu!" In Brocks Stimme lag eine neue Schärfe, die Brandon noch nie zuvor bei ihm gehört hatte. „Du bist nicht unbesiegbar. Viele Schauspieler, die so beliebt sind wie du, verlieren über Nacht alles. Sie nehmen eine Überdosis und ein Hausmädchen findet sie am nächsten Morgen tot im Bett. Sie brechen irgendwo auf dem Gehweg vor einem Club tot zusammen oder sterben vor ihrem dreißigsten Geburtstag bei einem Autounfall. Wenn du so weitermachst, Brandon, steuerst du genau auf ein solches Ende zu. In Hollywood erlöschen die hellsten Flammen am schnellsten." Er schwieg einen Moment, um seine Worte auf Brandon wirken zu lassen. „Hör damit auf, bevor es zu spät ist!"

Diese Worte waren Brandon die ganze Nacht durch den Kopf gegangen, aber er hatte nicht darauf gehört. Er wollte nicht darauf hören. Warum konnte er nicht trinken und sich mit so vielen Mädchen amüsieren, wie er wollte? Er hatte jedes Recht dazu, oder? In seiner Freizeit konnte er tun, was er wollte.

Brandon drehte sich in seinem Gästebett auf die Seite und hörte durch die Wände Frauenstimmen. Er beschäftigte vier Hausangestellte, die das Haus sauber hielten und für ihn kochten. Diese vier Frauen sowie Trace standen ihm für alles, was er brauchte, zur Verfügung. Im Moment beneidete er sie nicht. Das, was sie im Zimmer nebenan in Ordnung bringen mussten, war bestimmt nicht angenehm.

Er verzog das Gesicht und wünschte, ihre Stimmen wären leiser. Er erinnerte sich an den Anruf seines Agenten und dass er nicht darauf gehört hatte. Aber was danach passiert war, wusste er nicht mehr. Das konnte nur eines bedeuten:

Sein Agent hatte recht.

So konnte er nicht weitermachen. Er wollte sich amüsieren, ja, aber er wollte auch in seiner Karriere weiterkommen. Die Vorstellung, wieder neben einer Fremden aufzuwachen, jagte ihm Angst ein. Es hätte genauso gut passieren können, dass er überhaupt nicht mehr aufgewacht wäre. Denn er hatte keine Ahnung, was er getan hatte.

Schlagzeilen und Titelseiten aus früheren Jahren schossen Brandon durch den Kopf. Es war, wie Brock gesagt hatte: Die hellsten Sterne erloschen am schnellsten. Zum ersten Mal war seine Angst kein momentanes Gefühl. Sie war echt und lebendig, als läge statt der fremden Frau plötzlich eine riesengroße Angst in seinem Bett. Jetzt blies ihm die Angst ihren heißen Atem ins Gesicht und lachte ihn aus. Sie verspottete ihn, weil Brandon nichts tun konnte, um sie zu vertreiben. Kein Telefonanruf und kein Angestellter konnte diese Angst aus dem Haus werfen.

Diese starke Angst ging ihm unter die Haut und ließ ihn nicht mehr los. Vielleicht würde sie ihn jetzt für den Rest seines Lebens verfolgen. Brandon versuchte, tief einzuatmen, aber seine Lunge gehorchte ihm nicht. Was war los? Hatte er gestern Nacht etwas genommen, das seine Atmung lähmte? Vielleicht fühlte er sich deshalb auch jetzt, Stunden nach dieser wilden Nacht, so elend.

Plötzlich erinnerte er sich an ein anderes Mal, als diese Panik ihn erfasst hatte. Damals hatte ihn irgendein Mädchen darauf angesprochen, wie überrascht sie sei, dass er die Hauptrolle in einem christlichen Film spiele. Sie hatte spöttisch bemerkt, dass er jetzt wohl Christ geworden sei und sein Image ändern wolle. Aber er hatte sie nur brutal auf den Mund geküsst und gesagt, dass er bestimmt nicht so schnell Christ werden würde. Diese Worte hatte er nicht vergessen. Aber die Panik ließ ihn seitdem nicht mehr los. Er versuchte, wieder einzuatmen. Und wieder. Da er keine Luft in seine Lunge bekam, atmete er schließlich, so kräftig er konnte, aus.

Was sollte das? Was war mit ihm los? Warum hatte er das Gefühl, nicht mehr lange zu leben? Schweiß sammelte sich auf seiner Stirn und er warf die Decke wieder zurück. Er konnte nicht länger liegen bleiben. Er brauchte Wasser. Wasser und eine warme Dusche. Dann würde er sich besser fühlen. Aber trotz einiger Gläser kaltes Wasser und einer langen, heißen Dusche ließ Brandon auch nach einer Stunde diese unerklärliche, erstickende Panik immer noch nicht los. Er zog sich an und warf einen Blick in sein Schlafzimmer. Das Mädchen – wer auch immer sie war – war nicht mehr da. Offenbar hatte Trace herausgefunden, wo sie wohnte. Sein Bett war sauber und frisch bezogen. Auf der

Kommode stand eine brennende Kerze, um den beißenden Gestank aus dem Zimmer zu vertreiben.

Brandon erschauderte. Wie hatte er nur zulassen können, dass alles so außer Kontrolle geraten war? Die Antwort lag auf der Hand: weil er das gewollt hatte, weil er es herausgefordert hatte. Er hatte ein Leben nach seinen Regeln führen wollen, ohne dass ihm irgendjemand sagte, was er zu tun hatte. Aber jetzt hatte er getan, was er wollte, und fühlte sich furchtbar. Bei dem, was gestern Nacht passiert sein musste, wurde ihm übel.

Atme, befahl er sich. *Hör auf zu zittern und atme.*

Sein Körper gehorchte ihm kaum. Vorsichtig öffnete er die Jalousien und ließ sich die Sonne ins Gesicht scheinen. Ein strahlender Sonnenschein lag über Los Angeles. Er war jetzt wieder nüchterner. Alles war also wieder gut, oder? Er musste keine Angst vor der nächsten Nacht haben, vor allem, was sie bringen würde. Egal, wohin er ging oder wie er nach Hause kam, es folgte immer ein neuer Morgen.

Brandon blinzelte und merkte, dass seine Gedanken wild durcheinanderrasten. Vielleicht ging es ihm doch nicht so gut. Vielleicht war sein Hirn von den Drogen und dem Alkohol dauerhaft geschädigt. Er atmete wieder tief ein, ging langsam zum Sofa und setzte sich. Seine Eltern würden ihn nicht wiedererkennen. Sie waren zu Hause in Missouri, zu Hause bei ihrem bedächtigen Lebensstil im Gehorsam gegenüber Gott – alles, wogegen Brandon rebelliert hatte, als er weggegangen war.

Die Stimme seiner Mutter hallte wie schon öfter in den letzten Tagen in seinem Kopf wider: *Was nützt es einem Menschen, wenn er die ganze Welt gewinnt, aber seine Seele verliert?* An diesen Bibelvers hatte sie ihn erinnert, als sie nach vielen Jahren des Schweigens zum ersten Mal endlich wieder miteinander gesprochen hatten. *Sei vorsichtig, Brandon,* hatte sie ihn aufgefordert. *Gott will, dass wir vergeben.*

War das der Grund, warum ihm das alles passierte? Steckte Gott dahinter? War das der Grund für diese unerklärliche Angst, die ihn nicht loslassen wollte, auch jetzt nicht, mitten am Tag? Verfolgte Gott ihn, weil er bei *Der Löwenzahnjunge* mitspielen wollte? Weil er sich bereit erklärt hatte, in einem christlichen Film mitzuwirken? Glaubte er wirklich, dass er Gottes Zorn für immer entkommen könnte? Oder dass es Gott nicht mehr gab, nur weil er nicht mehr an ihn glaubte?

Ein erneutes Schaudern erfasste Brandon. Um sich abzulenken, las er auf dem Smartphone seine E-Mails. Vielleicht sollte er den Produzenten schreiben und einen Rückzieher machen. Vielleicht sollte er von dieser ganzen christlichen Sache die Finger lassen. Falls die Paparazzi tiefer schürften, würden sie Fotos und viele Informationen aus seiner Vergangenheit ausgraben. Er konnte die Schlagzeilen schon vor sich sehen: *„Brandon Paul,* früher ein braver Sonntagsschüler."

Er hatte sich so sehr bemüht. Er hatte eine Person geschaffen, die die Vergangenheit völlig hinter sich gelassen hatte, an einem Ort, an den er nie hatte zurückkehren wollen.

Bis jetzt.

Brandons Hände zitterten, während er seine E-Mails durchsah. Ziemlich weit oben in seinem Posteingang war eine Nachricht von Keith Ellison. Keith machte ihn nervös. Er gab ihm das Gefühl, als könne er ihn ganz genau durchschauen. Mit Dayne war es leichter. Dayne mochte jetzt Christ sein und sich ganz seinem Glauben verschrieben haben, aber vor nicht allzu langer Zeit war er genauso gewesen wie Brandon. Wenigstens lag er mit Dayne auf einer Wellenlänge. Dayne war einer der Gründe, warum Brandon noch keinen Rückzieher gemacht hatte.

Er öffnete die E-Mail und las sie. Offenbar sollte er zu einer Probeaufnahme mit einem frischen Gesicht, einem neuen Talent, nach Bloomington fliegen. Ein Mädchen namens Bailey Flanigan. Keith und Dayne wollten sicherstellen, dass die Chemie zwischen ihnen stimmte. Als Anhang an die E-Mail fand Brandon einen Videolink zu Baileys erster Probeaufnahme und eine kurze Biografie von ihr. Es war auch ein Bild beigefügt. Brandons Interesse war sofort geweckt. Plötzlich vergaß er die Angst, vor der er schon den ganzen Morgen wegzulaufen versuchte.

In wenigen Sekunden hatte er das Foto heruntergeladen, bis es das Display seines Smartphones ausfüllte. Er pfiff leise und betrachtete Baileys schöne blaue Augen. Sie war umwerfend, ganz anders als die Mädchen, die er in Hollywood kannte. Dieses Mädchen würde nie in einen Club gehen; das verrieten ihre leuchtenden Augen. Nach einem kurzen Blick auf sie wusste er, dass es reine Zeitvergeudung war, zu einer Probeaufnahme mit ihr zu fliegen. Die Chemie zwischen ihm und ihr würde stimmen, egal, wo sie drehten und welche Rollen sie spielten.

Bailey sah wie die unschuldigen Filmstars aus längst vergangenen

Zeiten aus, als die Unschuld noch echt gewesen war und Filme – und in mancher Hinsicht auch das Leben an sich – schwarz-weiß gewesen waren. Ihr aristokratisches Gesicht, umrahmt von langen, glänzend braunen Locken, strahlte ihn an. Brandon richtete sich auf. Vielleicht würde er diesen Film doch drehen. Er klickte den Videolink an und wartete ungeduldig, dass der Film ablief. Als es so weit war, wuchs seine Bewunderung für dieses Mädchen noch mehr. Sie hatte zwar keinen ausführlichen Lebenslauf und *Der Löwenzahnjunge* war vermutlich ihre erste Hauptrolle in einem Film, aber sie war ein Naturtalent. Sie hatte Leidenschaft und Energie und strahlte eine Echtheit aus, die Brandon lange nicht mehr gesehen hatte.

Bailey würde für die Rolle der Ella eine natürliche Unschuld mitbringen, die fast jede andere Schauspielerin mühsam vortäuschen müsste. Ella war die Figur in der Geschichte, die am tiefsten im christlichen Glauben verankert war. Sie vertrat die feste Überzeugung, dass Henry Harris durch die Macht des Gebets und der Musik geholfen werden könne. Am Ende trug ihre Entschlossenheit entscheidend dazu bei, dass Henry aus dem Gefängnis des Autismus befreit wurde.

Brandon hatte die Produzenten ganz am Anfang ihrer Zusammenarbeit gefragt, ob sie für die Rolle der Ella ein völlig neues Gesicht finden könnten, ein Mädchen, das seine Rolle als Henry Harris viel glaubwürdiger machen würde.

Diese Bailey Flanigan – wer auch immer sie war – war dafür perfekt.

Brandon schaute das Video fünfmal an, bis er von diesen blauen Augen so fasziniert war, dass er sich wie ein neuer Mensch fühlte. Neu belebt. Die Angst, die ihm fast den ganzen Morgen die Luft abgeschnürt hatte, war völlig verschwunden. *Bailey Flanigan.* Er wiederholte in Gedanken ihren Namen immer wieder. Er brauchte mehr Informationen über sie, mehr Details.

Er stand auf, steckte das Smartphone in die Tasche und ging in sein Büro. Zwei seiner Haushaltsangestellten lächelten ihn an, als er an ihnen vorbeikam. Es war kein lobendes Lächeln und auch kein Lächeln, aus dem der Wunsch nach mehr Zeit und Aufmerksamkeit von ihm sprach. Dieses Lächeln sagte ihm, dass sie ihre Arbeit machten, weil er sie dafür bezahlte, auch wenn ihnen die Arbeit überhaupt nicht gefiel.

Als er in sein Büro trat und die Tür hinter sich schloss, schämte sich Brandon zum ersten Mal, seit er ein Star war. Seine Angestellten sollten nicht fremde Mädchen aus seinem Bett holen und den Dreck wegputzen müssen, den sie heute vorgefunden hatten. Er biss die Zähne zusammen und schüttelte leicht den Kopf. Das würde nicht wieder passieren. Er musste sich ändern. Sein Agent hatte recht.

Er setzte sich an den PC und bewegte die Maus, bis der Bildschirm zum Leben erwachte. Vielleicht war Bailey auf Facebook. Vielleicht hatte sie einen Twitter-Account. Er musste mehr über sie erfahren. Er begann mit einer einfachen Suche nach ihrem Namen auf YouTube. Tatsächlich fand er einen zweiminütigen Videoclip, auf dem sie und irgendein Junge ein Duett sangen. Brandon las den Text unter dem Clip. Der Junge war ihr Bruder? Gut. Vielleicht war sie Single. Er verfolgte ihre Bewegungen, lauschte ihrer Stimme und sein Herz schlug wieder höher. Sie war in jeder Hinsicht atemberaubend. Vielleicht könnte man eine Musiknummer in das Drehbuch aufnehmen. Dann könnte jeder sie singen hören.

Als er auf YouTube nichts mehr über sie fand, suchte er auf Facebook weiter. Nach einer kurzen Suche schlug sein Herz höher. Er hatte sie gefunden. Aus dem Computerbildschirm schauten ihn Baileys blaue Augen direkt an. Brandon öffnete schnell ihr Profil und stellte etwas fest, das ihn riesig freute: Erstens hatte sie ihre Facebook-Seite nicht nur für ihre Freunde geöffnet, denn er konnte alles sehen. Zweitens: Sie befand sich in keiner Beziehung. Die Fotos auf ihrer Seite zeigten sie auf einem Football-Feld, von Spielern einer Schulmannschaft umgeben und neben einem jungen Mann, der offenbar der Trainer war. Er hatte den Arm um ihre Schultern gelegt, was Brandon ein wenig störte.

Aber natürlich war das unwichtig. Brandon machte sich keine Sorgen, wer auch immer dieser Typ war. Bailey Flanigan hatte *ihn* einfach noch nicht kennengelernt. Wenn sie ihn kennenlernte, würde sie nicht wissen, wie ihr geschah. Wenn er wollte, konnte er charmant sein. Er überflog ihr Profil, las ihre Einträge und betrachtete ihre anderen Fotos. Das, was er dort erfuhr, verriet ihm, dass Bailey etwas Besonderes war. Ein Mädchen mit einem starken Glauben und einer großartigen Familie. Plötzlich stach Brandon etwas ins Auge und er startete eine schnelle Suche.

Tatsächlich! Bailey Flanigans Vater war Jim Flanigan, der Offensivtrainer der Indianapolis Colts. Die kleine Miss Bailey war also auch noch reich. Sie verstand es, die schönen Dinge des Lebens zu genießen. Vielleicht waren sie doch nicht so verschieden?

Brandon rief Keith Ellison an und sagte zu, dass er kommen würde. Er würde am frühen Dienstagabend nach Indianapolis fliegen und am Mittwoch die Probeaufnahme machen.

„Haben Sie Baileys Video gesehen?"

„Allerdings." Er bemühte sich, seine Begeisterung nicht zu sehr zu zeigen. „Sie ist beeindruckend."

„Sie werden sie lieben."

Brandon schmunzelte leise. Nachdem er eine Stunde so viel über Bailey auf Facebook gelesen hatte, liebte er sie bereits. Nach dieser Stunde waren die Angst und der Ekel nach der letzten Nacht nur noch eine vage Erinnerung. Er konnte es kaum erwarten, Bailey kennenzulernen und mit ihr die Probeaufnahme zu machen. Danach könnten sie vielleicht in die Stadt gehen und sie könnte ihm zeigen, was es in Bloomington zu sehen gab. „Sie ist … sie ist die Tochter eines Profitrainers, nicht wahr?"

„Das stimmt." Keith klang zögernd, als verstehe er nicht, warum Brandon das fragte.

„Sie ist also wirklich … Sie wissen schon … so unschuldig? Wie sie in dem Video rüberkommt?"

Die Antwort war ein langes Schweigen und als Keith endlich wieder etwas sagte, klang seine Stimme sehr kritisch. „Sie ist auf jeden Fall sehr unschuldig, Brandon. Deshalb denken wir daran, ihr einen Vertrag anzubieten." Er schwieg wieder einen Moment. „Wenn ich mir Ihre jüngsten Eskapaden in der Boulevardpresse ansehe, glaube ich nicht, dass Sie und Bailey viel gemeinsam haben. Deshalb brauchen wir eine Probeaufnahme. Wenn die Chemie zwischen euch nicht stimmt, wollen wir das wissen, bevor wir anfangen zu drehen."

Jetzt konnte sich Brandon sein Lachen nicht mehr verkneifen. „Keine Sorge!" Er versuchte, nicht überheblich zu klingen. „Die Chemie zwischen uns wird stimmen. Auch wenn sie ein braves Kirchenmädchen ist."

Wieder folgte ein vielsagendes Schweigen von Keith. „Brock hat mit Ihnen gesprochen, nicht wahr? Über den Vertrag und die Charakterklausel?"

„Ja." Brandon zwang sich, ernster zu sein. Wenn er nicht aufpasste, würde Keith ihn wirklich feuern. Dann bekäme er keine Gelegenheit, Bailey persönlich kennenzulernen. Plötzlich wünschte er sich das so sehr, wie er sich schon lange nichts mehr in seinem Leben gewollt hatte. Er räusperte sich. „Ich entschuldige mich wegen der letzten Monate. Ich … ich habe es ein wenig übertrieben."

„Das können Sie laut sagen." Ein unüberhörbarer Sarkasmus schwang in den Worten von Keith mit. „Nicht nur ein wenig."

„Das wird nicht wieder vorkommen." Brandon dachte an seine Pläne für diesen Abend. Seine Freunde rechneten mit ihm, aber er würde sie enttäuschen. Er brauchte ein paar Abende zu Hause, um sich auf seinen Flug nach Bloomington vorzubereiten. „Im Ernst, Keith. Ich bleibe heute Abend zu Hause."

„Gut." Keith klang erleichtert. „Ich sage meiner Assistentin, dass sie den Flug buchen und Ihnen die Bestätigung schicken soll."

„Erster Klasse, okay?" Er lachte. „Mein Privatjet wird gerade gewartet. Sonst würde ich damit kommen."

„Natürlich." Keith zögerte. Er klang eindeutig viel weniger freundlich als bei ihrem letzten Gespräch. „Und sorgen Sie bitte dafür, dass Sie nüchtern sind."

Das versprach Brandon, bevor sie ihr Gespräch beendeten. Dann starrte er durch das Fenster auf den dunstigen blauen Himmel hinaus und dachte an die nächsten Tage. Er hatte die Wahrheit gesagt. Sein Privatjet wurde wirklich gerade überprüft, auch wenn Keith wahrscheinlich dachte, dass er nur angeben wollte. Er teilte sich den Jet mit einem bekannten Popstar und sie benutzten ihn abwechselnd, um zu Außenaufnahmen oder Auftritten, Konzerten oder ähnlichen Terminen zu fliegen. Wieder dachte Brandon an Bailey Flanigan. Er öffnete erneut ihr Bild auf Facebook und betrachtete ihre Augen. Was wäre nötig, um ihre Aufmerksamkeit zu bekommen, um sie dazu zu bringen, dass sie sich genauso darauf freute, ihn kennenzulernen, wie er sich auf sie freute? Vielleicht konnte er sie überreden, mit ihm einen Ausflug zu machen, wenn das Flugzeug repariert war. Sie könnten nach New York fliegen und sich eine Broadway-Show ansehen. Davon wäre sie bestimmt begeistert, nicht wahr?

Natürlich genügte bei den meisten Mädchen sein Name. Aber er ahnte, dass Bailey nicht so war wie die meisten Mädchen. Ihm kam eine Idee und er hielt den Atem an. Mit einigen schnellen Klicks auf seinem Smartphone schickte er ihr eine Freundschaftsanfrage. Ein zufriedenes Lächeln zog über sein Gesicht, als er sich Bailey zu Hause bei ihrer Familie vorstellte, wie sie eine E-Mail bekam, in der stand, dass Brandon Paul sich auf Facebook mit ihr befreunden wollte.

Wieder schaute er sie an, betrachtete die Unschuld in ihren Augen und die Leidenschaft in ihrer Miene. „Du bist anders als die anderen, nicht wahr, Bailey? Das sehe ich dir an", sprach er die Frage laut aus. „Was muss ich also tun?"

Er überlegte, wie er sich anziehen und was er zu ihr sagen würde, wie er ihr zeigen würde, dass er ihren Glauben und ihre Werte verstand. Wenn nötig, konnte er in diese Rolle schlüpfen. Deshalb musste er sich bis dahin zurückhalten. Sonst würde sie ihn durchschauen. Er würde eine Möglichkeit finden, sie für sich zu gewinnen, egal, was dazu nötig wäre. Er würde es schaffen, dass sich Bailey Flanigan in ihn verliebte.

Er konnte seinen Erfolg schon fast schmecken.

* * *

Bailey half Ricky bei seinen Mathehausaufgaben und saß mit ihm am Spieltisch in der Ecke des Wohnzimmers, als ihr Smartphone ihr mit einem Piepsen mitteilte, dass sie eine E-Mail bekommen hatte. Sie ignorierte sie zuerst, da Ricky mitten in einer Textaufgabe steckte.

„Verstehst du die Aufgabe? Wenn Susie in einer Stunde zwei Meilen schafft und Bobby in einer Stunde drei Meilen zurücklegt und ihr Schulweg vier Meilen beträgt, kannst du ausrechnen, wie lang jeder von ihnen zur Schule braucht."

„Hm, lass mich überlegen." Ricky kniff die Augen zusammen und trommelte mit seinem Stift auf den Tisch. Dann veränderte sich seine Miene und er grinste breit. „Jetzt weiß ich es! Ich muss einen Dreisatz machen."

„Richtig!" Bailey freute sich, dass sie ihrem kleinen Bruder helfen konnte. Sie hatte sich fast während ihrer gesamten Schulzeit in Mathe schwergetan. Sie war glücklich, dass sie das, was sie gelernt hatte, Ricky weitergeben konnte, damit er die Aufgaben ein wenig schneller kapierte als sie damals. Um sie herum waren alle ihre Brüder in ihre Hausaufgaben vertieft. Shawn und Justin saßen auf dem Fußboden und klebten Fotos und Textausschnitte für ein Projekt am nächsten Tag auf einen

Pappkarton. B.J. saß auf der Couch und las, während Connor nebenan Klavier spielte. Nach einem langen Schultag und dem anschließenden Football-Training saß Connor oft eine Stunde am Klavier, schrieb Lieder und sang. Seine Musik war der Soundtrack in ihrem Haus.

Bailey lächelte, denn das alles würde sie immer in ihrem Herzen tragen. Das Leben und die Liebe und die Musik in ihrem Haus. Wenn sie irgendwann ausziehen würde – wann und wohin auch immer –, würde sie diese Abende nie vergessen. Ihr Vater war noch beim Training, aber er würde bald nach Hause kommen, normalerweise vor der Football-Übertragung am Montagabend. Es war eine Familientradition, das Spiel gemeinsam anzusehen. Das Spiel heute Abend zwischen den Green Bay Packers und den Minnesota Vikings war besonders wichtig, da beide Mannschaften um die Meisterschaft kämpften.

Der Einzige, der heute Abend fehlte, war Cody. Normalerweise brachte er die Jungen nach dem Training nach Hause und blieb zum Football-Spiel. Aber Bailey hatte ihn nicht mehr erreicht, seit er gestern Abend so plötzlich weggefahren war. Sie hatten sich geschrieben, aber nur kurz. Heute gegen Mittag hatte Bailey endlich eine Antwort von ihm bekommen, aber seine Nachricht war knapp und ohne seine üblichen liebevollen Worte gewesen. Er schrieb, dass er sich um seine Mutter kümmern musste und Bailey später alles erklären wollte.

Am Nachmittag hatte Coach Taylor die Jungen nach Hause gebracht. Sofort war Justin zu ihr gekommen und hatte sie gefragt: „Was ist mit Cody los?“

„Wie meinst du das?“ Eine starke Unruhe erfasste Bailey. Alles lief so gut. Warum sagte er es ihr nicht, wenn etwas nicht stimmte?

Shawn trat zu ihnen. „Er war heute wie ausgewechselt. Er hat kaum mit jemandem gesprochen und nur knappe Anweisungen erteilt. Und er ist sofort nach dem Training weggefahren.“

Connor hatte sich ein Glas Wasser eingeschenkt und schaltete sich jetzt achselzuckend in das Gespräch ein. „Es schien ihm gut zu gehen. Er war vielleicht nur in Gedanken woanders.“

Das war vor einer Stunde gewesen. Seitdem hatte Bailey Cody drei SMS geschickt, aber er hatte bis jetzt auf keine geantwortet. Sie versuchte sogar, ihn anzurufen, aber genauso wie gestern Abend nahm er den Anruf nicht an. Warum antwortete er nicht, falls es Probleme mit seiner Mutter gab? Bailey würde immer zu ihm halten. Er konnte ihr doch sagen, was los war. Außerdem hatte sie ihm noch nichts von der Probeaufnahme gesagt. Sie wollte es ihm nicht in einer SMS schreiben, aber sie platzte fast vor Aufregung, weil sie es ihm unbedingt erzählen wollte.

Ricky begann, seine Aufgabe auszurechnen, und Bailey erinnerte sich, dass sie eine E-Mail bekommen hatte. Sie schaute in ihren Posteingang. Als sie sah, welche Mail sie bekommen hatte, sprang sie von ihrem Platz auf. „Was?" Sie kreischte fast. „Das ist ja unglaublich! Meine Güte! Das kann doch nicht sein!" Sie hielt das Smartphone in die Höhe und tanzte um den Tisch herum. „Mama, hör dir das an!"

Ihre Mutter saß im Computerzimmer der Kinder, gleich neben der Küche, und arbeitete an einem Artikel zu dem Thema, wie es war, die Frau eines Trainers zu sein. Der Raum hatte einen offenen Durchgang zum Wohnzimmer, sodass ihre Mutter nur den Stuhl zurückschieben musste, um Bailey sehen zu können. Sie schaute sie fragend an. „Hat sich Cody endlich gemeldet?"

„Nein." Sie verdrängte die Enttäuschung wegen Cody und hielt das Smartphone höher. „Ich habe eine Freundschaftsanfrage von Brandon Paul!" Sie kreischte erneut. „Kannst du dir das vorstellen? Ich soll Brandon Paul adden!"

„Unglaublich!" Ricky legte seinen Stift weg. „Wenn das die anderen an der Schule hören!" Er stand auf und reckte die Faust in die Luft. „Ich brauche unbedingt eine Mathepause."

„Nein, du brauchst keine Mathepause." Seine Mutter lächelte und zog eine Braue hoch. „Hol dir etwas zu trinken und geh wieder an die Arbeit." Sie schüttelte den Kopf und war offenbar eher belustigt als beunruhigt. „Brandon Paul ist ein Mensch wie jeder andere."

„Ich weiß, aber trotzdem ..." Bailey setzte sich wieder und konnte das alles immer noch nicht begreifen. Was passierte hier eigentlich gerade? War sie wirklich in der engeren Wahl für eine Hauptrolle in einem großen Film mit Brandon Paul? Was würde Cody davon halten? Sie wusste die Antwort sofort. Er würde sich für sie freuen, wie er immer alles Schöne, das sie erlebte, mit ihr feierte – so wie sie sich über seine Erfolge als Football-Trainer freute. Sie konnte es kaum erwarten, ihm die großartige Nachricht zu erzählen, und versuchte wieder, ihn anzurufen. Aber wieder meldete er sich nicht. Bailey sagte sich, dass heute ein normaler Vorlesungstag war. Sie hatte Hausaufgaben und

Cody wahrscheinlich auch. Vermutlich war seine Mutter krank und er machte seine Hausaufgaben bei ihr zu Hause. Trotzdem ließ sich nicht leugnen, dass sich ihre ganze Welt bald ändern würde. Vielleicht würden sie und Brandon sich gut verstehen, sogar anfreunden. Vielleicht würde er ihre Familie kennenlernen, wenn sie die Rolle bekäme, und womöglich würde er sogar vom Glauben ihrer Familie angesteckt werden, genau wie es bei Cody vor Jahren war.

Das wäre wunderbar.

Bailey zwang sich, still zu sitzen und nicht vor Aufregung durchs ganze Haus zu tanzen. Während sie mit Ricky noch eine halbe Stunde Matheaufgaben löste, betete sie, dass Gott sie benutzen würde, um in Brandons Leben etwas Positives zu bewirken. Dass sie ein strahlendes Licht wäre und Gott sie führen und stärken würde. Denn sie hatte das Gefühl, dass der Weg, der vor ihr lag, sehr spannend werden würde.

Für sie und für Brandon Paul.

Kapitel 11

Die Szene im Gefängnis wurde immer schlimmer. Seine Mutter übergab sich, dann verlor sie in ihrer Zelle das Bewusstsein und schlug sich beim Sturz den Kopf auf. Man sagte Cody, dass er bis zum Montagabend warten musste, bevor er sie gegen die Bezahlung einer Kaution mitnehmen konnte. Man würde sie erst freilassen, wenn sie nüchtern war. Cody saß fast die ganze Nacht im Wartezimmer des Gefängnisses und konnte sich am Montagmorgen kaum zur Uni schleppen. Nach dem Football-Training eilte er wieder ins Gefängnis, um seine Mutter gegen Kaution mitzunehmen. Cody konnte sich die Kaution nur mit dem Geld, das er als Trainer verdiente, leisten. Die Kaution war mehr, als er in zehn Jahren als Trainer an der Clear Creek High verdienen könnte, aber er musste nur eine kleine Summe zahlen.

Die Fahrt zurück verlief schweigend und angespannt. Unterwegs beschloss Cody, dass sie lieber in seine Wohnung fahren sollten. Dort würde Benny sie nicht suchen. Wenigstens hoffte er das. Die Erinnerungen an den Irak prasselten weiterhin auf ihn ein und er hasste dieses Gefühl. Es war, als würde er ohne Waffe in einen Krieg ziehen müssen. Cody beschloss, ihr Haus zu meiden, um sie beide zu schützen. Wenigstens wollte er das versuchen. Während sie quer durch Bloomington fuhren, wollte Cody seiner Mutter alle Fragen stellen, die ihm durch den Kopf schossen. Aber er wusste, dass sie seine Fragen nur als Vorwürfe verstehen würde. Deshalb hielt er den Mund. Als er vor seinem Apartmentkomplex vorfuhr, schaute er sich nach Bennys rotem Honda um. Nur für alle Fälle.

„Sie haben ihn noch nicht erwischt, nicht wahr?" Seine Mutter wusste offenbar, was Cody suchte und warum er sich so vorsichtig benahm.

„Nein." Cody musterte sie verstohlen. Dunkle Ringe lagen unter ihren Augen und ihre Stimme zitterte. Seine Mutter sah aus, als wäre sie angefahren und auf der Straße liegen gelassen worden. Sie roch auch nicht besonders gut. Er biss die Zähne zusammen. „Sie haben ihn noch nicht gefasst."

„Er weiß es. Ganz bestimmt." Sie erschauderte ein wenig, als sie vor dem Haus parkten, in dem sich Codys Apartment befand. „Er wird herausfinden wo ich bin, dann bringt er mich um.“ Sie schaute ihn mit entsetzten Augen an. „Er macht es, Cody. Das hat er gesagt. Er will auch dich umbringen.“ Voller Panik schlug sie die Hände vors Gesicht.

Cody hätte sie am liebsten angeschrien, aber er beherrschte sich. „Warum?“ Es kostete ihn viel Mühe, seine Stimme zu mäßigen. „Warum hast du dich auf einen solchen Kerl eingelassen?“

Langsam ließ sie die Hände sinken und tiefe Beschämung sprach aus ihrem Blick. Sie schaute ihre Hände und schließlich ihn wieder an. „Kostenloses Dope.“ Sie sah aus, als würde sie sich selbst hassen. „Das war der Grund. Kostenloses Dope.“

Er verdrängte seine Wut, so gut er konnte. „Gehen wir hinein.“

Cody machte Rühreier mit Toast und viel Butter. Seine Mutter musste unbedingt etwas zunehmen, bevor sie wieder ins Gefängnis kam. Das würde ihr nicht erspart bleiben, auch wenn sie gegen Benny Dirk aussagte. Das hatten ihm der Polizist und der Richter, der die Kaution festgelegt hatte, erklärt.

Erst spät am Abend verriet ihm seine Mutter, warum sie rückfällig geworden war. „Er hat gesagt, ich sei hübsch.“ Sie kuschelte sich in die Sofaecke. Ihre Ellbogen und Schultern sahen viel zu dürr aus und ihr ganzer Körper war noch ausgemergelter, als Cody am Anfang gedacht hatte. „Wir hatten einen schönen Abend und ich habe mir gesagt … ich habe mir fest vorgenommen, dass ich nur ein einziges Mal etwas nehmen würde. Eine Nacht mit einem Mann, der mich schön findet.“

Cody sagte nichts. Er musste unentwegt an Bailey denken und wusste nicht, wie er ihr erklären sollte, was passiert war. Nur zu gerne würde er wieder auf der Verandaschaukel ihrer Eltern sitzen, eng neben ihr und bereit, sie zu fragen, ob sie seine Freundin sein wolle. Aber er saß hier und das Problem mit seiner Mutter und die Gefahr durch Benny Dirk ließen sich nicht leugnen.

„Cody, sag doch etwas.“ Sie schaute ihn mit müden Augen an. „Du bist sauer auf mich, nicht wahr?“

„Mama.“ Er stöhnte frustriert. „Was soll diese Frage?“ Cody stand auf, ging zum Fenster und wieder zurück. Er war wütend und verletzt und hatte das Gefühl, von ihr verraten worden zu sein. Er hatte Angst um ihr Leben und um seines. Vielleicht sogar um das Leben der Menschen, die er liebte – Menschen wie Bailey und ihre Familie oder die Schüler an der Clear Creek. Keiner wusste, wozu Benny Dirk fähig war. Cody seufzte. Wenn er seiner Mutter das alles sagen würde, wäre sie am Boden zerstört. Deshalb ging er zu ihr und setzte sich neben sie aufs Sofa. „Wir schaffen das." Er umarmte sie und begriff plötzlich, dass er sie bald nicht mehr umarmen könnte. Wenigstens nicht mehr jederzeit. „Wir stehen das durch."

„Wann ist die Verhandlung?", fragte seine Mutter mit zitternder Stimme.

„Am Mittwoch. In zwei Tagen." Codys Stimme war nüchtern und gefühllos. Er konnte immer noch nicht glauben, dass das alles wirklich passierte, dass seine Mutter für drei oder vier Jahre hinter Gitter käme. Vielleicht auch länger.

„Du glaubst nicht, dass sie mich wieder ins Gefängnis stecken, oder? Wenn ich gegen Benny aussage, muss ich nicht ins Gefängnis, nicht wahr?" Codys Mutter klang wie ein kleines Mädchen, hilflos und verängstigt. „Versprich es mir! Bitte! Lass nicht zu, dass sie mich wieder einsperren."

„Mama ..." Wieder stand Cody auf und ging unruhig hin und her. Er drehte sich um und schaute sie direkt an. „Du kanntest deine Bewährungsauflagen. Ein einziger Gesetzesverstoß und du bist wieder im Gefängnis. Daran kann ich nichts ändern. Du bekommst vielleicht eine mildere Strafe. Aber trotzdem musst du ins Gefängnis."

Einen Moment sah es so aus, als wollte seine Mutter ihm widersprechen. Doch dann schien sie die Realität zu begreifen. Die Erkenntnis trieb ihr Tränen in die Augen. Sie so verzweifelt zu sehen, brach Cody das Herz. Er wollte weglaufen, in sein Auto springen und zu Bailey fahren. Er wollte sie mitnehmen und fahren, so weit er konnte, als könnte er dann vielleicht der bevorstehenden Gerichtsverhandlung und der Bedrohung durch Benny Dirk und allem, was damit zusammenhing, entfliehen.

Aber er konnte nicht fliehen.

Weder an diesem Abend noch zwei Tage später, als er seine Mutter zum Gericht begleitete und in der mittleren Reihe neben ihr Platz nahm. Sie hatte einen Pflichtverteidiger zugewiesen bekommen, mit dem sie bis jetzt aber noch nicht gesprochen hatte. Cody hoffte nur, dass der Mann auftauchen würde, bevor der Richter den Fall seiner Mutter aufrief.

„Ich habe Angst", flüsterte sie Cody ins Ohr. „Ich kann nicht glauben, dass das wirklich alles passiert."

Cody wollte ihr sagen, dass er es auch nicht glauben könne. Doch stattdessen beugte er sich zu ihr herüber. „Bete, Mama. Das ist das Einzige, was dir helfen kann. Bete zu Jesus."

Er beschloss, auch zu beten, während er zusah, wie sich mehrere traurige, gebrochene Menschen ins Gericht schleppten. *Gott, wie geht es weiter? Ich kann sie doch nicht ins Gefängnis nach Indianapolis gehen lassen. Niemand wird sich dort um sie kümmern. Und was ist mit Benny?* Solche Fragen hatte er sich bei ihrer ersten Verhaftung, als er dreizehn gewesen war, nicht gestellt. Aber jetzt war er älter. Er war für seine Mutter verantwortlich, egal, was heute passierte. Cody dachte an Bailey und an das kurze Gespräch, das sie heute geführt hatten. Er hatte ihr immer noch nicht von seiner Mutter erzählt, weil er nicht wusste, wie er das schaffen sollte, besonders da sie solche großartigen Neuigkeiten gehabt hatte. Er hatte ihr nur am Telefon gratulieren können und hoffte, dass sie wusste, wie sehr er sich für sie freute. Heute war ihre große Probeaufnahme. Wenn alles gut lief, würde sie neben Brandon Paul in *Der Löwenzahnjunge* die weibliche Hauptrolle spielen. Heute war der größte Tag ihres Lebens.

Und er saß mit seiner Mutter im Gerichtssaal.

Der Richter hatte einen vollen Terminkalender und hakte alle Fälle schnell ab. Nach einer Stunde hob er den Blick und rief ihren Namen auf. „Cami Coleman. Ich nehme an, Sie sind anwesend."

Codys Mutter stand auf. „Ja, Euer Ehren."

„Und Ihr Anwalt?" In dem Augenblick, in dem der Richter diese Frage stellte, platzte ein untersetzter Mann mit ausgebeulter Aktentasche in den Saal. Der Richter schaute den Mann fragend an und signalisierte ihm damit, dass er ein so unprofessionelles Verhalten missbilligte. „Sind Sie Mrs Cami Colemans Anwalt?"

„Ja, Euer Ehren. Ich habe den Fall erst vor einer Stunde übertragen bekommen."

Na toll, dachte Cody bei sich. *Dann könnte sie genauso gut keinen Anwalt haben!* Der Mann konnte ihr jetzt nicht helfen, auch wenn er vielleicht gut wäre und pünktlich gekommen wäre. Die Beweise und die Vergangenheit seiner Mutter würden schwerer wiegen als alles, was ein Anwalt sagen konnte. Der Mann hob einen Finger. „Euer Ehren, ich bitte um fünf Minuten mit meiner Mandantin, wenn Sie erlauben."

Der Richter starrte den Anwalt finster an. Dann schaute er Codys

Mutter an und seine Miene wurde ein wenig freundlicher. „Meinetwegen." Er klopfte auf sein Pult. „Nach einer Pause von fünf Minuten geht es weiter." Der Richter verschwand in seinem Büro hinter dem Verhandlungssaal.

Codys Mutter beugte sich vor und drückte seine Hand. „Bete für mich."

„Ja." Cody wünschte, er könnte sie weit wegbringen und die letzten Monate und alle Fehler, die seine Mutter begangen hatte, ungeschehen machen. Aber das konnte er nicht. Er schaute zu, wie sie zögernd zu dem Anwalt ging, der die Nase in eine Akte gesteckt hatte. Der Mann wirkte überrascht, dass sie zu ihm kam, und führte sie zu den wenigen Stühlen vor dem Verhandlungsraum. Dorthin, wo die Angeklagten saßen.

Cody schaute ihnen nach, betete für sie und bat Gott um einen Ausweg. *Halte sie, Herr. Bitte. Ich weiß nicht, ob sie oder ich noch eine Gefängnisstrafe verkraften können. Und bitte hilf der Polizei, Benny Dirk zu finden. Zeig uns einen Weg aus diesem Albtraum, bitte. Ohne dich schaffen wir es nicht.* Cody bekam keine Antwort, aber er fühlte Gottes Nähe. Er war nicht allein. So viel stand fest. Cody beobachtete das leise Gespräch zwischen seiner Mutter und dem Anwalt. Fünf Minuten. Wie viel konnte in einer so kurzen Zeit besprochen werden?

Die Pause war vorbei und der Richter marschierte in seiner Robe wieder auf seinen Platz. Er setzte sich und hämmerte erneut auf den Tisch. „Die Verhandlung ist eröffnet. Wir verhandeln den Fall des Bundesstaates Indiana gegen Cami Coleman." Er bedachte den Anwalt mit einem vielsagenden Blick. „Ist die Verteidigung bereit?"

Ein nervöser Blick trat in die Augen des Mannes. Er lächelte Codys Mutter schwach an und nickte dann dem Richter zu. „Ja, Euer Ehren. Wir sind bereit."

Cody hatte ein solches Verfahren noch nie erlebt, aber er war sich einer Sache sicher: Wenn die Flanigans nicht gewesen wären, wenn Gott nicht eingegriffen und ihn damals, als er noch zur Schule gegangen war, vom Alkohol gerettet hätte, hätte er solche Szenen auch schon am eigenen Leib erlebt. Denn dann hätte er bestimmt irgendwann Drogen genommen und wäre ins Gefängnis gekommen wie seine Mutter. Er war schon in diese Richtung unterwegs gewesen und fast daran gestorben, aber Gott hatte sein Leben verschont.

Der Gedanke an die Flanigans erinnerte ihn unweigerlich an Bailey. Wenn seine Mutter nicht rückfällig geworden wäre, würde er heute Abend mit ihr feiern. Er konnte sie förmlich in seinen Armen fühlen, ihre Augen sehen, wenn sie ihn vielsagend ansah. Wie lang musste er warten, bis er wieder mit ihr zusammen sein konnte, ohne sie in Gefahr zu bringen? Dieser Gedanke tat weh und er zwang sich, nicht an Bailey zu denken.

Der Richter las die Anklage gegen Codys Mutter vor. „Mrs Coleman, Sie wurden von Ihrer Gefängnisstrafe wegen Drogenhandels auf Bewährung freigelassen. Das ist Ihnen bewusst?“

Seine Mutter schaute ihren Anwalt an, aber der Mann war wieder in seine Akten vertieft. Sie nickte. „Ja, Euer Ehren.“

„Und Ihnen ist klar, dass ein weiteres Vergehen eine Mindeststrafe von fünf Jahren im Bundesgefängnis und eine Höchststrafe von zwanzig Jahren nach sich zieht?“

Jetzt sah seine Mutter aus, als würde sie gleich ohnmächtig werden. „Ja, Euer Ehren.“ Ihre Stimme war schwach, ihr Gesicht blass.

Cody schob sich auf seine Stuhlkante vor, um sie jederzeit auffangen zu können, falls sie in Ohnmacht fiel. *Mama, halte durch. Gott, bitte hilf ihr. Hilf uns.*

Der Richter überflog die Beweismittel. „Ich gebe zu Protokoll, dass Mrs Coleman am Sonntagabend von der Polizei bei einer Drogenrazzia auf der Suche nach einem gesuchten Drogendealer, Benny Dirk, verhaftet wurde.“ Er las auf dem Blatt weiter. „Die Polizei hat offenbar zweihundert Gramm Kokain und zweihundertfünfzig Gramm Marihuana aus Mrs Colemans Auto beschlagnahmt.“

Cody schloss die Augen und ließ den Kopf hängen. Es war vorbei. Er hatte keine Ahnung gehabt, dass die Polizei so große Mengen gefunden hatte. Ein kleines Tütchen Drogen war eine Sache. Aber zweihundert Gramm Kokain? Ein halbes Pfund Marihuana? Der Richter würde seine Mutter hinter Gitter bringen und sie so schnell nicht wieder freilassen. Die Strafe war unvermeidlich.

„Sie haben sich bereit erklärt, gegen Mr Dirk auszusagen, der weiterhin flüchtig ist. Aber im Moment kann ich nur aufgrund der vorliegenden Beweise ein Urteil fällen.“ Der Richter schaute Codys Mutter stirnrunzelnd an. „Aufgrund der Bewährungsauflagen, Mrs Coleman, muss ich Sie leider zu fünf Jahren Gefängnisstrafe verurteilen. Diese

Strafe könnte sich um ungefähr ein Jahr verkürzen, falls Sie tatsächlich gegen Mr Dirk aussagen. Aber das setzt natürlich seine Verhaftung voraus."

Fünf Jahre? Cody fühlte sich, als hätte er einen Fausthieb in den Bauch bekommen. Fünf Jahre, bis seine Mutter aus dem Gefängnis freikam? Dieses Urteil war schlimmer, als er geahnt hatte. Er bemühte sich immer noch, das Urteil zu verarbeiten, als der Anwalt seiner Mutter aufstand.

„Euer Ehren." Der Anwalt hob die Hand. „Ich möchte zu bedenken geben, dass Mrs Coleman fast drei Jahre alle Bewährungsauflagen erfüllt hat." Er hielt ein Blatt Papier hoch. „Wenn Sie erlauben, würde ich dem Gericht gern eine Krankenakte vorlegen."

„Was bezwecken Sie damit, Herr Anwalt?" Der Richter sah erneut verärgert aus. Auf ihn warteten noch mehr Fälle, noch mehr Arbeit. Ihm gefiel diese Verzögerung nicht.

„Meine Mandantin hat ernsthaft versucht, ein normales Leben zu führen, ohne gegen das Gesetz zu verstoßen. Das Problem ist, wie Sie hier sehen …", er reichte dem Richter das Papier, „… dass Mrs Coleman drogenabhängig ist. Sie braucht Hilfe, keine Gefängnisstrafe. Fünf Jahre sind für meine Mandantin angesichts ihrer Vergangenheit eine sehr gravierende Strafe."

Cody hielt den Atem an. Das war mehr, als er diesem Mann zugetraut hatte. *Bitte, Gott, sei bei uns.*

Der Richter nahm das Papier und las es. „Ein stichhaltiges Argument, Herr Anwalt." Er wirkte überrascht, als hätte auch er diesem Anwalt nicht so viel zugetraut. „Es liegt in meiner Macht, Mrs Colemans Strafe aufgrund der letzten drei Jahre ohne Verstoß gegen ihre Bewährungsauflagen und aufgrund ihres anhaltenden Kampfes mit der Drogensucht zu verkürzen. Trotzdem dürfen wir nicht vergessen, worum es hier geht." Er schaute Codys Mutter an. „Mrs Coleman, wenn Sie nur selbst Drogen genommen hätten, könnte ich vielleicht ein anderes Urteil sprechen. Aber Sie nehmen nicht nur selbst wieder Drogen, sondern dealen auch. Dieses Gericht duldet von niemandem, dass er Drogen verkauft. Ist das klar, Mrs Coleman?"

„Ja." Seine Mutter zitterte am ganzen Körper und konnte kaum sprechen. „Ja, Euer Ehren. Vollkommen klar."

„Gut." Der Richter atmete tief ein und schaute zuerst den Anwalt und dann wieder Codys Mutter an. „Das Gericht erlässt eine verkürzte Strafe von vier Jahren und behält sich, wie bereits gesagt, die Möglichkeit vor, diese Strafe nach einer künftigen Aussage gegen Mr Dirk weiter zu reduzieren. Die Angeklagte wird ihre Strafe im Frauengefängnis von Indiana verbüßen. Das Urteil tritt mit sofortiger Wirkung in Kraft."

Vier Jahre. Cody konnte wieder atmen, auch wenn es ihn sehr viel Mühe kostete. Mit einem einzigen Satz hatte der Richter ihre Strafe um ein Jahr verkürzt. Wenn sie gegen Dirk aussagte, würde er diese Strafe vielleicht halbieren. Natürlich bedeutete das, dass seine Mutter in Gefahr war, vielleicht ihr Leben lang. Dieser Gedanke war so schrecklich, dass ihn Cody im Moment nicht verkraften konnte.

Er schloss die Augen und war plötzlich wieder ein Kriegsgefangener im Irak. Ein fremder Soldat verband ihm die Augen, drehte ihn im Kreis und stieß ihm einen Gewehrkolben in den Bauch. Er rief ihm etwas zu, das Cody nicht verstehen konnte. Cody keuchte schwer und schlug die Augen auf. Die Szene aus dem Irak verschwand. Was war mit ihm los? Warum kamen diese Erinnerungen jetzt auf einmal, obwohl er schon seit zwei Jahren zu Hause war?

Er hielt sich an der Rückenlehne der Bank vor ihm fest, um sich abzustützen. Der Richter sprach weiter. „Mrs Coleman, im Frauengefängnis von Indiana werden Sie in der Wäscherei arbeiten. Ich werde außerdem veranlassen, dass Sie eine Drogentherapie bekommen. Vielleicht haben Sie nach Ihrer nächsten Freilassung mehr Erfolg, sich in einem normalen Leben zurechtzufinden." Er klopfte auf den Tisch. „Das Gericht zieht sich zu fünfzehn Minuten Pause zurück."

Cody schaute dem Richter nach, der eilig den Raum verließ, als wäre die Frau, die vor ihm stand, niemand Besonderes, sondern einfach eine rückfällig gewordene Drogendealerin, die wieder ins Gefängnis kam. Die Menschen im Zuschauerraum unterhielten sich leise mit ihren Anwälten oder Angehörigen. Cody konnte niemand hören. Die einzige Stimme, die er hörte, war das herzzerreißende Schluchzen seiner Mutter. „Cody!"

Sie schaute ihn an und schüttelte hektisch und panisch den Kopf. Ihr Gesicht war grau und wieder sah sie aus, als würde sie gleich in Ohnmacht fallen. „Cody, hilf mir." Ihre Stimme war nur ein leises Murmeln. Aber er sah ihre Lippenbewegungen und wusste, was sie sagte. „Bitte, Cody! Lass nicht zu, dass sie mich einsperren. Bitte!"

Er hatte keine Ahnung, was er tun sollte. In einem Krieg zu kämpfen und die Kriegsgefangenschaft in der Gewalt einer fremden Armee zu überleben war eine Sache. Aber das hier? Wie sollte er damit umgehen? Sollte er um eine zweite Chance bitten oder dem Anwalt sagen, dass er sich um eine noch kürzere Strafe bemühen sollte? Er biss die Zähne zusammen und löste die Hände von der Bank. Er wollte zu ihr gehen, als der Gerichtsdiener mit Handschellen kam.

„Haben wir … Haben wir überhaupt keine Zeit?"

Der Gerichtsdiener schaute ihn verwirrt an, doch nach ein paar Sekunden trat ein gewisses Mitgefühl in seine Augen. „Das geht nicht."

„Ich weiß, aber …" Cody schaute den Anwalt seiner Mutter an. „Wir brauchen ein paar Minuten. Ich muss mich von ihr verabschieden."

„Die Strafe ist bereits wirksam." Der Anwalt drückte seine abgenutzte Aktentasche an seine Seite. „Es tut mir leid. Ich habe getan, was ich konnte."

Cody dankte dem Mann, aber er wollte jetzt nicht mit dem Anwalt sprechen, denn es waren seine letzten Sekunden mit seiner Mutter, bevor sie ins Gefängnis gebracht wurde. Sie zitterte noch mehr, sodass Cody sich wünschte, er hätte ihr eine Jacke oder einen Pullover mitgebracht – irgendetwas, das er ihr über die Schultern legen könnte, damit ihr auf dem Weg ins Gefängnis nicht so kalt wäre.

Der Anwalt verließ ohne ein weiteres Wort den Gerichtssaal. Nur Cody und der Gerichtsdiener blieben bei seiner Mutter. „Kann ich sie nicht morgen ins Gefängnis bringen? Nachdem wir ihre Sachen gepackt haben?"

„Sie hat gegen die Bewährungsauflagen verstoßen." Der Gerichtsdiener schaute ihn verständnislos an. „Sie hätten wissen müssen, dass sie heute ins Gefängnis gebracht wird."

„Es ist o-okay, Cody." Seine Mutter flehte nicht mehr weinend um Hilfe. Es war, wie der Gerichtsdiener sagte: Die Strafe war bereits wirksam. In Kürze würde sie ins Frauengefängnis gebracht werden, bekäme ihren orangen Anzug und eine Pritsche wie alle Insassinnen.

Daran konnte Cody nichts ändern. „Mama." Vor den Augen mehrerer Zuschauer im Gerichtssaal legte der Gerichtsdiener seiner Mutter Handschellen an. Cody brach es das Herz und eine tiefe Traurigkeit quälte ihn. Er wollte allen Anwesenden im Raum befehlen wegzuschauen. Das hier war seine Mutter! Sie verdiente mehr Respekt. Doch stattdessen legte er ihr nur eine Hand auf die Schulter.

„Ich muss sie mitnehmen." Der Gerichtsdiener erledigte seine Pflicht. Er schüttelte den Kopf, um Cody zu verstehen zu geben, dass er kein Recht habe, seine Gefangene zu berühren oder ihn in irgendeiner Weise zu behindern.

Cody zog die Hand zurück. „Ich bringe dir deine Sachen. Ich komme dich besuchen, Mama. Ganz bestimmt."

„Es tut mir leid." Sie begann wieder zu weinen – leise, aber mit einer Intensität, die seine Seele erschütterte. „Es tut mir so leid, Cody. Du ha-hast das nicht verdient." Angst trat in ihre Augen. „Nimm dich vor Benny in Acht. Bitte, Cody! Halte dich von ihm fern!"

„Keine Sorge."

Der Gerichtsdiener führte sie aus dem Saal. „Wir müssen gehen."

„Mama, bete!" Dieses Mal sprach er lauter als vorher. „Bete zu Jesus!" Es war ihm egal, wer ihn hörte oder wie viel Aufsehen sie erregten. Falls dies seine letzte Gelegenheit war, mit seiner Mutter zu sprechen, bevor sie sie einsperrten, musste er ihr das sagen, was am wichtigsten war.

Sie wandte sich um und es kostete sie ihre ganze Kraft, ihn noch einmal anzusehen. Sie weinte nicht und schrie nicht und sagte auch nichts. Aber sie tat das Einzige, das in diesem Moment zählte.

Sie nickte.

Kapitel 12

Bailey war auf dem Weg zu ihrer Probeaufnahme ziemlich still, obwohl ihre Nerven sehr angespannt waren. Sie wollte sich über diese Gelegenheit freuen und Gott danken, dass er ihr diese Chance gab. Aber eine Unruhe, die sie seit Sonntag nicht mehr losließ, quälte sie. Was war mit Cody los?

„Geht es dir gut?“ Jenny saß am Steuer. Bailey war dankbar, dass sich ihre Mutter wieder die Zeit nahm, um sie zur Probeaufnahme zu begleiten und bei ihr zu bleiben, falls Bailey sie brauchte.

„Mir geht es gut.“ Sie schaute aus dem Fenster auf die Ahornbäume, die die Straße säumten. „Ich muss nur an Cody denken.“

„Hast du immer noch nichts von ihm gehört?“

„Wir haben heute ein paar Minuten miteinander telefoniert.“ Bailey drehte sich zu ihrer Mutter herum. „Ich habe ihm von der Probeaufnahme erzählt.“ Sie schwieg einen Moment. „Ich glaube, er hat sich für mich gefreut. Er sagte, er sei müde und habe nicht viel Zeit, um zu telefonieren, weil er für eine Prüfung lernen muss.“

„Na ja.“ Die Miene ihrer Mutter verriet, dass sie Codys Erklärung plausibel fand. „Er belegt viele Kurse. Vielleicht muss er sich wirklich auf die Prüfungen konzentrieren.“

„Vielleicht.“ Bailey lehnte den Kopf zurück. „Aber ich kenne ihn besser. Er ist anders als sonst. Etwas stimmt nicht.“

„Er wird bestimmt später mit dir darüber sprechen und dir erklären, was los ist.“ Ihre Mutter legte die Hand kurz auf Baileys Knie. „Vielleicht will er einfach nicht, dass du dir im Moment Sorgen machst. Meinst du nicht?“

„Doch.“ Bailey schwieg wieder. Vielleicht war es wirklich nur das. Vielleicht machte sich Cody Sorgen wegen ihrer Probeaufnahme und fürchtete, dass sie sich in Brandon Paul verliebte, wenn sie die Rolle bekam. Er hatte schon einmal gedacht, sie verdiene einen besseren Mann, ein anderes Leben, jemand anderen als ihn. Sie erinnerte sich, wie er sie am Sonntagabend angesehen hatte, als er mit ihr auf der Veranda gesessen hatte, bevor seine Mutter angerufen hatte. Sie hatte die tiefe Liebe in seinen Augen gesehen. Nein, er zog sich bestimmt nicht wieder vor ihr zurück. Sie hatten in diesem Sommer so viel Schönes miteinander erlebt. Sie bogen auf den Parkplatz und Bailey ließ ihre Sorgen wegen Cody los. „Bete für mich, ja?"

Ihre Mutter nahm ihre Hand und sprach ein kurzes Gebet, in dem sie Gott bat, durch Bailey zu wirken und ihr zu helfen, heute ihre beste Leistung abzurufen. Sie stiegen aus dem Auto und als sie sich der Tür näherten, rief sich Bailey ins Gedächtnis, was gleich passieren würde. Sie würde eine Probeaufnahme mit Brandon Paul machen! Ein Lächeln zog über ihr Gesicht und sie schaute ihre Mutter mit leuchtenden Augen an. „Kannst du das glauben?"

Jenny lächelte ermutigend, während Bailey die Tür öffnete. Eine Minute später kam Keith Ellison aus einem anderen Zimmer und begrüßte sie. Er erklärte, dass die Probeaufnahme ungefähr eine Stunde dauern würde und dass Baileys Mutter gern bleiben könne, genauso wie das letzte Mal. Dann bat er die beiden mitzukommen.

Bailey zwang sich, sich zu konzentrieren und nicht vor Staunen in Ohnmacht zu fallen. Sie würde gleich Brandon Paul kennenlernen. *Den* Brandon Paul. Atemlos ging sie hinter Mr Ellison her. Plötzlich stand er vor ihr, Amerikas begehrtester junger Schauspieler, der Star der beliebtesten Teenieserien.

Er unterhielt sich mit Dayne und Eleanor Ainsworth. Ein anderer Mann war bei ihnen, den Bailey nicht kannte. Aber bevor sie darüber nachdenken konnte, wer er sein könnte, drehte sich Brandon zu ihnen um und entdeckte sie. Sein Lächeln kam schnell und war echt. „Bailey?"

„Ja." Ihr Mund war plötzlich trocken und sie hatte keine Ahnung, wie sie mit ihm eine Szene für eine Probeaufnahme drehen sollte. Doch gerade als sie nicht sicher war, wie sie die nächste Sekunde überleben sollte, erinnerte sie sich an den Rat ihrer Mutter. Brandon Paul war ein Mensch wie jeder andere. Sie atmete tief durch und hielt ihm die Hand hin, als er auf sie zukam. „Hi." Sie lächelte. „Es freut mich, dich kennenzulernen."

„Die Freude ist ganz meinerseits." Er schaute ihr tief in die Augen und strahlte einen Charme und ein Charisma aus, das den Raum erfüllte. Schließlich wandte er sich an Jenny Flanigan. „Sie müssen Mrs Flanigan sein."

„Ja." Sie gab Brandon die Hand, war aber bei Weitem nicht so aufgeregt wie Bailey. Trotzdem schien sein Charme auch an ihr nicht spurlos vorüberzugehen. „Danke, dass Sie gekommen sind."

Brandon schaute Bailey in die Augen. „Das hätte ich mir auf keinen Fall entgehen lassen."

Baileys Wangen glühten und sie fragte sich, ob eine Probeaufnahme wirklich nötig war. Sie war in Cody verliebt, aber die Chemie zwischen ihr und Brandon war unübersehbar da. Ihre Mutter zog sich wieder auf einen Stuhl in der Ecke zurück, als Keith erklärte, wie sie vorgehen würden. Der Mann am Tisch war der Regisseur: Channing O'Neal, ein erfahrener Profi mit zwei Oscar-Nominierungen in den letzten Jahren.

Als ihr Mr O'Neal vorgestellt wurde, begriff Bailey erst richtig, wie groß dieser Film war, wie viele Menschen ihn sehen und von seiner Botschaft angesprochen werden würden. Die Aussagekraft von *Der Löwenzahnjunge* war so stark, dass er eine ganze Generation verändern konnte. *Beherrsch dich!,* sagte sie sich. Sie befand sich auf einem Missionsfeld. Sie war hier, weil Gott sie genau hier haben wollte. Weil er sie gebrauchen wollte, um ein strahlendes Licht für ihn zu sein. Sie wollte nicht länger Brandon Paul bewundern, auch wenn er wirklich sehr, sehr gut aussah. *Konzentrier dich,* befahl sie sich. Brandon war nicht Cody. Und sie war nicht seinetwegen hier. Der Grund war Gottes Plan für ihr Leben.

Andis Vater erklärte, wozu sie Bailey und Brandon herbestellt hatten. „Henry Harris ist ein ganz besonderer junger Mann."

Brandon zwinkerte ihr zu und erneut begannen Baileys Wangen zu glühen. „Ich bin ein besonderer Mann", flüsterte er ihr zu.

„Brandon!" Mr Ellison fand das überhaupt nicht lustig. „Es wäre nett, wenn Sie mir für fünf Minuten Ihre Aufmerksamkeit schenken könnten."

„Entschuldigung." Brandon wurde sofort ernst. „Ich teste nur die Chemie."

„Die Chemie kommt ganz von selbst." Dayne schaute Brandon mit hochgezogenen Brauen an. „Du musst voll bei der Sache sein."

Brandon nickte und die Albernheit verschwand völlig. Bailey nahm sich vor, ihn vorerst nicht wieder anzusehen. Mr Ellison erklärte, dass nur die reine Liebe von Ella Reynolds und das Wunder des Gesangs Henry aus seinem Gefängnis des Autismus befreien konnten.

„In dieser Szene befinden sich Ella und Henry im Theaterraum auf der Bühne und sind zum ersten Mal allein."

Bailey kannte diese Szene sehr gut. Ella übte und sang ein Solo, als Henry eintrat. Er wurde von ihrer Stimme und dem Lied angezogen und ging langsam auf die Bühne. Statt hin und her zu wippen wie sonst, stellte er sich neben sie und begann mitzusingen. Es war das erste Mal, dass Henry so etwas erlebte. Die Szene war ein Durchbruch und bestätigte Ella in ihrer Überzeugung, dass Henry aus seinem Gefängnis freikommen konnte, dass er ein neues Leben finden konnte.

„Wir haben darüber gesprochen, ob wir dich singen lassen oder nicht. Nachdem wir einige andere Arbeiten von dir gesehen haben, sind wir zu dem Schluss gekommen, dich singen zu lassen – vorausgesetzt, du bekommst die Rolle." Andis Vater setzte sich neben Mr O'Neal, Mrs Ainsworth und Dayne an den Tisch. „Da der Soundtrack für den Film eigens komponiert wird, singst du heute etwas, das du kennst. Du hast doch mal die Belle in *Die Schöne und das Biest* auf der Bühne gespielt, nicht wahr?"

„Ja, Sir." Bailey bemühte sich, nicht laut zu schlucken. „Beim christlichen Kindertheater, aber das ist schon eine Weile her." Sie fühlte Brandons Blick, schaute ihn aber nicht an, um Keith Ellison nicht weiter zu verärgern.

„Wir haben die Musik für das Lied *Home*." Andis Vater lächelte. „Am Anfang der Probeaufnahme singst du das Lied." Er schaute Brandon an. „Dann kommen Sie herein. Wir haben hier natürlich keine Bühne und keine Treppe, aber Sie wissen ja, worum es geht."

Er reichte jedem der beiden ein Drehbuch und bat sie, ins Nebenzimmer zu gehen. „Nehmt euch fünf Minuten Zeit. Lest euren Text und sprecht euch ab. Dann kommt bitte zurück und führt uns die Szene vor."

Brandons Miene war jetzt vollkommen ernst. Er nickte Mr Ellison und den anderen zu. „Danke."

Bailey folgte ihm ins Nebenzimmer. Sobald sie allein waren, schaute er sie grinsend an. „Der kann aber ganz schön streng sein."

Sie wollte eine gemeinsame Ebene mit ihm finden, aber nicht so. Ein Lächeln spielte um ihre Lippen und sie zuckte leicht die Achseln. „Er macht nur seine Arbeit."

„Genau." Brandon setzte eine gespielt ernste Miene auf und salutierte. „Dann sollten wir unsere auch machen."

„Okay." Sie warf einen Blick ins Drehbuch. „Wir lesen unsere Rollen und sprechen uns dann ab."

„Klingt gut." Brandon stieß sie leicht in die Seite. „Wie ein Profi." Er schaute sie an. „Du strahlst etwas Besonderes aus, Bailey Flanigan. Ich habe das Gefühl, dass wir sehr gute Freunde werden."

„Aber vorher …", sie hob das Drehbuch, damit er nicht sehen konnte, wie ihr die Röte ins Gesicht stieg, „… sollten wir unseren Text lesen. Sonst suchen sie sich andere Schauspieler."

Er schmunzelte, als sei das völlig abwegig. Sie vertieften sich in ihren Text, obwohl sich Bailey kaum konzentrieren konnte, da seine Nähe sie ständig ablenkte. Es kostete sie große Mühe, sich auf die Seiten des Drehbuchs zu konzentrieren.

Wieder war Bailey dankbar, dass sie dieses Buch so liebte. Sie hatte es schon mehrere Male gelesen und wusste sofort, worum es ging. Mr Ellison hatte recht: Die Szene war sehr emotional und ein Wendepunkt des ganzen Films. Es war wichtig, dass sie in dieser Szene das Publikum davon überzeugten, dass in der Musik der Schlüssel zu Henrys Gefängnis lag. Sie mussten wirklich ihr Bestes geben.

„Okay." Brandon legte eine Hand auf ihre Schulter. Dann zögerte er und lachte. Es war ein unbeschwertes, fast verlegenes Lachen. „Entschuldige. Du hast faszinierende Augen. Wenn ich dich ansehe, vergesse ich fast alles andere."

„Danke." Bailey wurde schwindelig. Ging er immer so auf seine Kolleginnen in einem Film zu? Oder fühlte er sich tatsächlich zu ihr hingezogen? Sie überlegte, wie sie Cody später diese Szene beschreiben sollte. *Er ist nur ein Mensch wie jeder andere,* sagte sie sich wieder. *Konzentrier dich.*

Brandon schüttelte leicht den Kopf, als habe auch er Mühe, wieder klar zu denken. Ihnen lief die Zeit davon. „Versuchen wir es noch einmal." Er legte wieder die Hand auf ihre Schulter. „Ich sehe dich singen und gehe auf dich zu."

Bailey kicherte. „Ich glaube nicht, dass Henry Ella berührt."

„Das sollte er aber." Brandon schaute wieder tief in ihre Augen. „Wenn er auch nur einen Funken Hirn hat."

„Brandon!" Bailey bemühte sich, ihn streng anzusehen. Er strahlte etwas aus, das alles andere in den Schatten stellte. Kein Wunder, dass ihm die Herzen aller Mädchen zuflogen. Sie würde Cody später erzählen, dass Brandon wie auf Knopfdruck seinen Charme spielen lassen konnte. Sie starrte wieder in das Drehbuch. „Du kommst näher und schaust mich an."

„Das ist leicht."

In diesem Moment öffnete Mr Ellison die Tür und bedeutete ihnen zurückzukommen. „Ihr seid fertig, nehme ich an?"

„Natürlich." Brandons Stimme war wieder ganz ernst. Er war der vollkommene Profi.

Bailey hatte keine Ahnung, wie sie nach so wenig Übung und Absprache eine Probeaufnahme machen sollten. Ihre Figur beherrschte diese Szene. Sie hoffte also, dass Brandon ihr folgen würde. Sie nahm ihren Platz vor der Kamera ein. Wieder markierte ein X auf dem Boden die Stelle, wo sie stehen sollte. Sie ging darauf zu.

Der Regisseur stand auf und trat zu dem iPod und den Lautsprechern auf einem kleinen Tisch an der Seitenwand. „Sobald das Lied läuft, beginnt ihr." Er nickte Dayne zu. „Schalte bitte die Kamera ein."

Dayne betätigte eine Taste an der Kamera. Keith Ellison gab ein Zeichen. „Kamera läuft."

Eleanor stand auf. „Stellen Sie sich bitte beide vor."

Das ließ sich Bailey nicht zweimal sagen. Sie sagte ihren Namen, wie sie ihn das letzte Mal gesagt hatte, dann warf sie einen Blick auf Brandon. Er nannte ebenfalls seinen Namen und sein Alter, obwohl in seinem Tonfall ein belustigter Sarkasmus lag, als wäre er der Meinung, ein Brandon Paul müsse sich doch nicht vorstellen. Seine Haltung gefiel ihr nicht, aber das ließ sie sich nicht anmerken.

„Sind Sie bereit?", fragte Eleanor. Sie wartete nicht auf eine Antwort, sondern deutete auf den Regisseur, der daraufhin die Stereoanlage einschaltete.

Die Musik begann und Bailey spürte, wie alles andere verschwand. *Home* war das perfekte Stück für diesen Augenblick, weil es zur Atmosphäre der Szene passte. Henry konnte nicht einmal zu Hause in seiner Familie eine Beziehung zu den Menschen aufbauen, die ihn liebten. Seit er vor fünfzehn Jahren in den Autismus versunken war, konnte er keine Kontakte zu anderen Menschen aufbauen, auch wenn er sich zu Hause fühlte.

Bailey wandte den Blick von der Kamera ab und schaute nach rechts. Brandon stellte sich mit etwas Abstand links von ihr auf, wo sie ihn erst bemerken würde, wenn er schon fast neben ihr stand. Bailey sang so gefühlvoll, wie sie konnte. Sie war wirklich völlig überrascht, als plötzlich jemand neben ihr stand.

Sie warf einen Blick nach links und entdeckte Brandon. Aber er war nicht mehr der charmante Schauspieler, der in der letzten halben Stunde nichts unversucht gelassen hatte, um mit ihr zu flirten, sie zu necken und sie für sich zu gewinnen.

Brandon *war* Henry Harris.

Sein Gang und seine Kopfhaltung waren anders, sein Blick war leer und seine Augen streiften nur flüchtig ihr Gesicht. Sie sang weiter, bis der Regisseur die Musik ausschaltete.

„Henry!" Sie war nicht länger Bailey Flanigan – sie war Ella. „Ich habe dich nicht hereinkommen sehen."

Brandon schwankte ein wenig und schaute zu der nicht vorhandenen Tür zurück, durch die er eingetreten war. „Die Musik …" Er schaute sie an und dieses Mal war mehr in seinen Augen, als wollte er tatsächlich Kontakt zu ihr aufnehmen. „Du singst sehr … sehr schön."

„Danke." Bailey drehte sich zu ihm um und achtete darauf, ihn nicht zu berühren und ihn auf keinen Fall zu erschrecken. Dann erklärte sie ihm kurz, worum es in dem Lied ging und warum es sie so ansprach.

„Hier." Brandon hielt sich die Hand aufs Herz und schaute sie mit kindlichen Augen an. „Hier spricht es mich auch an."

Die Szene ging noch eine Minute weiter, dann stand Eleanor auf. „Schnitt. Das genügt." Sie schaute die anderen an, die hinter dem Tisch standen und von dem, was sie gerade gesehen hatten, offenbar sehr ergriffen waren.

„Wow." Mr O'Neal wischte sich über die Stirn. „Das war gut."

„Sehr gut sogar." Eleanor lächelte Brandon an. „Sie haben geübt."

„Ja, Ma'am."

„Ich bin beeindruckt."

Bailey hatte fast vergessen, dass ihre Mutter in der Ecke saß. Als sie sie jetzt anschaute, verriet Jennys Blick, dass das, was gerade in diesem Zimmer passiert war, alle ihre Erwartungen für *Der Löwenzahnjunge* übertraf.

„Ist es okay, wenn Bailey und ich einen Kaffee trinken gehen?" Brandon schaute den Regisseur und dann Mr Ellison an. „Nur eine halbe Stunde?“

„Das wäre gar nicht schlecht. Wir müssen uns die Aufnahme ansehen.“ Andis Vater stand auf und kam um den Tisch herum. „Du warst heute perfekt. Danke, Bailey.“

„Ich bin … ich bin einfach sehr dankbar, dass ich hier sein kann, Mr Ellison.“

Er nickte. „Dann könnt ihr jetzt Kaffee trinken gehen.“ Er schaute Baileys Mutter an. „Jenny, wenn du bleiben könntest, wäre das hilfreich. Wir müssten über Termine sprechen. Falls wir Bailey für die Rolle nehmen, wäre es wichtig zu wissen, wie viel Zeit ihr erübrigen könnt.“

Bailey war nicht sicher, ob es eine gute Idee war, dass sie und Brandon allein in die Stadt fuhren. Doch dann rief sie sich ins Gedächtnis, dass es sich nur um ein paar Minuten handelte. Ihre Mutter gab ihr die Autoschlüssel und Brandon ging neben ihr her und hielt ihr unterwegs alle Türen auf.

Als sie im Auto der Flanigans saßen, atmete er tief aus. „Hast du das gemerkt?“

„Was?“ Bailey lächelte ihn an. „Deine Schauspielleistung? Wie in aller Welt hast du das gemacht? Du warst im Nebenzimmer völlig unkonzentriert und in der nächsten Minute warst du plötzlich Henry Harris. Es war, als wäre Henry aus dem Buch gestiegen und auf mich zugekommen.“

„Du hast es mir leicht gemacht. Ich konnte mir vorstellen, wie es sein muss, so viele Jahre von der Welt abgesperrt zu sein und dann zu erleben, wie die Tür einen kleinen Spaltbreit aufgeht. Und das nur, weil deine Musik direkt in meine Seele spricht.“ Sein Lächeln verfolgte ganz offensichtlich die Absicht, ihr Herz zum Schmelzen zu bringen.

Aber schon nach nur wenigen Minuten mit ihm hatte Bailey seine Absichten durchschaut. Außerdem war sie in Cody Coleman verliebt. Diese Tatsache half ihr, einen klaren Kopf zu behalten, sowohl jetzt dicht neben Brandon im Auto als auch später, als sie gemeinsam *Starbucks* betraten. Brandon hatte nichts unternommen, um sich zu tarnen, und trug weder einen Hut noch eine Brille.

Er legte den Arm um ihre Schultern. „Es macht Spaß, hier mit dir in deiner Stadt zu sein.“ Ihm schien überhaupt nicht aufzufallen, wie die anderen Cafébesucher sie anstarrten.

Bailey löste sich aus seinem Arm und deutete auf die Speisekarte. „Weißt du, was du willst?"

„Immer." Wieder wandte er den Blick nicht von ihren Augen. Mit einem Grinsen schaute er zu der Getränketafel über der Theke. „Oh, du meinst den Kaffee?"

Sie schüttelte den Kopf und war von seinem Charme beeindruckt, auch wenn sie das nicht wollte. Statt zu warten, bis er wieder ernst wurde, trat sie an die Theke. „Bitte einen großen Latte macchiato. Extraheiß mit extra Schaum."

Dem Mädchen hinter der Theke fiel die Kinnlade nach unten und sie blinzelte dreimal schnell. Dann trat sie von der Theke zurück und packte ihre Kollegin am Ärmel. Ohne ein Wort zu sagen, deutete sie auf Brandon und kreischte leise. „Das ist ja unglaublich!" Sie eilte um die Theke herum. „Sie sind Brandon Paul!"

Bei ihrem Aufschrei erwachte das ganze Café zum Leben. Alle fünf Angestellten drängten sich an die Theke, schauten Brandon mit großen Augen an und baten um ein Autogramm. Er war geduldig und freundlich und unterschrieb alles, was man ihm reichte, und posierte für mehrere Selfies mit verschiedenen Angestellten und Kunden.

Während der ganzen Zeit bezog Brandon Bailey mit ein. Er unterhielt sich mit ihr und wenn er nicht gerade ein Autogramm schrieb oder in eine Kamera lächelte, hatte er den Arm um ihre Schultern gelegt. Bailey fand ihn mit jeder Minute weniger sympathisch. Brandon war attraktiv und charmant, aber an Cody reichte er nicht heran. Sie malte sich aus, wie Cody heute Abend zu ihr nach Hause kommen würde und sie beide lachten, wenn Bailey ihm ihre Zeit mit Brandon und seine offensichtlichen Flirtversuche beschrieb. Aber obwohl Bailey seine Annäherungsversuche durchschaute, war sie gegen das Schwindelgefühl machtlos, das Brandon bei ihr auslöste, denn sie wusste, dass sie plötzlich unübersehbar wichtig für ihn geworden war.

Als sie das Gebäude verließen und zum Auto zurückgingen, hörte Bailey, wie Kameras klickten. Zwei Fotografen warteten vor dem Gebäude. Brandon legte den Arm um sie und flüsterte ihr zu: „Beachte sie überhaupt nicht. Wenn du dich überrascht zeigst, erfinden sie irgendeine Geschichte, dass wir uns schon nicht mehr mögen würden und der Film zum Scheitern verurteilt ist oder so etwas."

Bailey wusste nicht, was sie tun sollte; also nickte sie und bemühte sich, sich so cool und gelassen wie schon den ganzen Nachmittag zu verhalten. Trotzdem machte sie das alles nervös. Als sie wieder in den Wagen ihrer Mutter stiegen, hatten die Fotografen mindestens hundert Schnappschüsse von ihnen gemacht.

„Wie hältst du das aus?“ Sie war außer Atem, als wäre sie mit knapper Not einem Verfolger entkommen.

„Man gewöhnt sich daran.“ Brandon grinste. „Du wirst dich auch daran gewöhnen. Sobald die Öffentlichkeit von dir erfährt, Bailey, werden Fotografen jeden deiner Schritte verfolgen.“

Plötzlich bekam Bailey Panik. Sie verdrängte diese Möglichkeit, während sie den Motor anließ. Sie war kein Filmstar. Sie war ein einfaches Mädchen aus Bloomington, Indiana. Niemand würde ein Foto von ihr wollen, auch nicht, wenn der Film in den Kinos lief.

Doch dann erinnerte sie sich an Katy Hart-Matthews und wie auch sie eine Weile lang ein begehrtes Objekt der Paparazzi gewesen war. Bailey wurde übel, denn daran hatte sie noch nicht gedacht. Sie wollte ihre Privatsphäre nicht aufgeben, wollte nicht auf Schritt und Tritt fotografiert werden. Wenn sie eine Rolle in einer Broadway-Show bekommen hätte, würde ihr das nicht passieren. Sie dachte wieder an Katy. Die Paparazzi hatten sich vor allem für sie interessiert, weil sie mit Dayne zusammen gewesen war. Sonst hätte man sie in Ruhe gelassen. Bailey musste also nur Abstand zu Brandon halten, dann wäre sie für die Paparazzi uninteressant. Bei diesem Gedanken atmete sie erleichtert auf. Brandon war während der Dreharbeiten sicher von vielen Leuten umgeben. Eine oder zwei Freundinnen, Bodyguards und Horden von Fans. Es würde einfach sein, Abstand zu ihm zu halten.

„Du bist so still.“ Brandon schaute sie an. „Ist alles in Ordnung?“

„Ich habe nachgedacht. Wie die Dreharbeiten sein werden. Natürlich nur, falls ich die Rolle bekomme.“ Bailey lächelte ihn an. Er war ein netter Mann, nur nicht der Typ, in den sie sich je verlieben würde.

„Erstens: Du bekommst die Rolle. Daran habe ich keine Zweifel. Und zu den Dreharbeiten: Ich kann dir sagen, wie es laufen wird.“ Er drehte sich so, dass er sie ansehen konnte. „Wir werden uns Hals über Kopf ineinander verlieben.“ Er tippte an seinen Kopf. „Damit kenne ich mich aus.“

„Ach ja?“ Brandon war verrückt, viel zu überdreht und viel zu sehr von sich selbst überzeugt, aber trotzdem brachte er Bailey zum Lachen.

„Ja." Sein Selbstvertrauen gehörte genauso zu ihm wie sein Lächeln. „Wir werden uns wahrscheinlich schon am ersten Drehtag leidenschaftlich ineinander verlieben."

„Ist das bei dir und deinen Kolleginnen immer so?" Sie schaute ihn vorsichtig an, erwiderte aber seinen neckenden Tonfall, um ihm zu signalisieren, dass sie ihn nicht ernst nahm.

„Ich bin zutiefst verletzt." Bailey kannte diesen Gesichtsausdruck. Sie hatte ihn im letzten Jahr oft genug auf den Titelblättern der Klatschzeitungen gesehen. „Ich habe mir noch nie von Kolleginnen den Kopf verdrehen lassen. Bis jetzt."

„Mhm." Sie warf ihm einen vorsichtigen Blick zu. „Du bist wirklich ein guter Schauspieler, Brandon Paul."

Als sie zum Produktionsbüro zurückkamen, strahlte ihre Mutter. Sie biss sich auf die Lippe, als wollte sie Bailey sagen, dass sie noch nichts verraten dürfe. Aber sie erfuhr die gute Nachricht sowieso im nächsten Moment.

Eleanor drückte erst Bailey die Hand und dann Brandon. „Meinen herzlichen Glückwunsch! Wir möchten Sie beide als Henry und Ella in *Der Löwenzahnjunge* haben."

Brandon nickte höflich und lächelte Eleanor und die Männer an, die ebenfalls hinter dem Tisch hervorgekommen waren, um ihm zu gratulieren. Es war nicht der richtige Moment, um zu tanzen und Freudenrufe auszustoßen. Deshalb folgte Bailey Brandons Beispiel, reichte den anderen die Hand und dankte ihnen für ihr Vertrauen. „Ich werde Sie nicht enttäuschen", sagte sie. „Ich werde sehr, sehr hart arbeiten. Ich weiß, dass ich noch viel lernen muss."

Als sie sich verabschiedet hatten, begleitete Brandon Bailey und ihre Mutter zum Auto. Dort gab er ihrer Mutter noch einmal die Hand und sagte ihr wieder, wie sehr er sich freue, sie kennengelernt zu haben. Als ihre Mutter schon eingestiegen war und die Tür zugemacht hatte, wandte sich Brandon an Bailey. „Ich habe ganz vergessen, dir die wichtigste Frage zu stellen."

„Welche denn?" Sie merkte, wie ihre Augen funkelten und sie auf ihn reagierte. Sie war nicht in ihn verliebt; es war eher das Gefühl, als würde sie ihn schon ihr ganzes Leben lang kennen. Sie war auf Brandon Pauls Charmeoffensive nicht vorbereitet gewesen.

„Auf deiner Facebook-Seite steht, dass du Single bist." Er legte den

Kopf schief. Sein berühmtes selbstsicheres Grinsen, das sie schon hundertmal auf dem Bildschirm gesehen hatte, zog über sein Gesicht. „Stimmt das?“

Baileys Lächeln verschwand und sie schüttelte schnell den Kopf. „Eigentlich nicht. Wir haben unsere Beziehung nur noch nicht genau geklärt. Aber das werden wir bald.“

„Es ist der Trainer, nicht wahr? Der junge Mann auf den Fotos mit dir und der Football-Mannschaft?“

Bailey lachte. „Das ist nicht die Mannschaft, das ist meine Familie. Drei meiner Brüder wurden aus Haiti adoptiert.“ Sie sah ihm fest in die Augen, damit er begriff, dass sie in dieser Sache keine Scherze machte. „Und ja, es ist der Trainer. Er heißt Cody. Wir … mögen uns schon sehr lange.“

Brandons Miene veränderte sich nicht, aber er nickte langsam. „Dann sieht es wohl so aus, als hätte ich ein wenig Konkurrenz.“ Er trat näher und zog sie mit einer geübten Bewegung, die Bailey den Atem verschlug, in die Arme. „Ich freue mich darauf, mit dir zu arbeiten, Bailey.“

Sie schob ihn leicht zurück, um wieder den nötigen Abstand zwischen ihnen herzustellen. Jetzt war nicht der richtige Zeitpunkt, um ihn zu tadeln oder Cody zu verteidigen. Wahrscheinlich wollte er sie sowieso nur aufziehen. „Ja, Brandon.“ Sie lehnte sich an die Autotür. „Das wird bestimmt eine interessante Erfahrung.“

Auf dem Heimweg erzählte Bailey ihrer Mutter, wie sich Brandon benommen hatte, als sie vor der Probeaufnahme allein gewesen waren, und wie er bei *Starbucks* ununterbrochen mit ihr geflirtet hatte. „Ich weiß, dass er sich nicht wirklich für mich interessiert, aber ich war noch nie mit einem Menschen wie ihm zusammen.“

Ihre Mutter sagte nichts, sondern warf Bailey nur einen Blick von der Seite zu, der sagte, dass sie sich nicht so sicher sei und dass sich Bailey in Bezug auf Brandon vielleicht irrte.

„Im Ernst, Mama. Er spielt nur.“ Sie zog ihr Smartphone aus der Tasche. „Außerdem habe ich ihm von Cody erzählt. Apropos …“ Sie schaute nach, ob sie irgendeine Nachricht von ihm erhalten hatte, aber er hatte sich immer noch nicht gemeldet. „Ich dachte, er würde anrufen. Er weiß, dass ich inzwischen fertig sein muss.“

Ihre Mutter schwieg wieder. Sie wartete bis zur nächsten roten Ampel, bevor sie sich an Bailey wandte. „Vielleicht weiß Cody nicht, wie er damit umgehen soll. Immerhin hast du eine Probeaufnahme mit Brandon Paul gemacht. Er hat bestimmt einiges zu verarbeiten."

„Cody doch nicht." Jetzt, da Brandon nicht mehr da war, konnte sie wieder klarer denken. „An meinen Gefühlen für ihn wird sich nie etwas ändern."

„Bist du sicher, dass er das weiß?"

Die Zweifel ihrer Mutter frustrierten Bailey. Cody sollte doch inzwischen wissen, was sie für ihn fühlte. Andererseits hatte er sie immer noch nicht gefragt, ob sie seine Freundin sein wollte. Sie hatte also noch nicht wirklich Gelegenheit gehabt, ihm zu sagen, was sie wirklich für ihn empfand. Sie wählte seine Nummer, aber wieder landete sie nur bei seiner Mailbox.

„Cody, ich bin es. Die Probeaufnahme lief fantastisch." Sie versuchte, so begeistert zu klingen, wie sie sich noch vor zehn Minuten gefühlt hatte, aber es fiel ihr schwer. „Sie haben mich gefragt, ob ich die Rolle der Ella übernehmen will. Es sieht also tatsächlich so aus, als würde ich diesen Film drehen." Sie schwieg und war nicht sicher, was sie sagen sollte. „Erinnerst du dich, dass du nach dem Vortanzen am Broadway gesagt hast, Gott habe einen Plan?" Sie zögerte. „Du hattest recht. Ruf mich zurück, ja?"

Der restliche Abend verlief wie im Flug. Ihr Vater brachte eine Pizza mit nach Hause und ihre Brüder wollten immer wieder alle Einzelheiten der Probeaufnahmen hören. Aber während der ganzen Zeit war sich Bailey einer Tatsache schmerzlich bewusst, die sie nicht einordnen konnte: Cody rief nicht an, er schrieb keine SMS. Wenn sie es nicht besser gewusst hätte, hätte sie gedacht, er hätte einen Unfall gehabt oder wäre ins Koma gefallen. Denn der Cody, den sie kannte, hätte sich einen so wichtigen Moment in ihrem Leben nie entgehen lassen. Er wäre hier gewesen.

Seine Abwesenheit verriet ihr mehr als seine Worte: Etwas stimmte nicht und sie wollte herausfinden, was das war. Bevor Bailey an diesem Abend ins Bett ging, dachte sie nicht an ihre Probeaufnahme oder die Zeit mit Brandon Paul. Sie tat das Einzige, was sie tun konnte.

Sie sank auf die Knie und betete für Cody Coleman.

Kapitel 13

Die Fahrt nach Indianapolis gab Cody viel Zeit, um nachzudenken.

Er konnte Baileys Anrufe nicht ewig ignorieren, aber vielleicht könnte er es vermeiden, mit ihr über seine Mutter zu sprechen. Besonders jetzt, da sie die weibliche Hauptrolle in *Der Löwenzahnjunge* bekommen hatte. Durch den Film würde sie so viel zu tun haben wie noch nie und ihre Zeit zwischen ihren Kursen, den Dreharbeiten und ihrer Familie aufteilen. Sie hätte kaum Zeit, um zu bemerken, dass er sich zurückzog, dass er sich wieder aus ihrem Leben entfernte.

Der Abstand war aber nur auf kurze Zeit. So lange, bis die Polizei Benny Dirk gefasst hatte. Cody hätte schwören können, dass ihm gestern zweimal ein roter Honda gefolgt war. Beide Male war das Auto verschwunden, bevor er das Nummernschild erkennen oder die Polizei anrufen konnte. Aber irgendwann würde Benny ein Fehler unterlaufen, sodass man ihn verhaften konnte. Dann würde Cody, so schnell er konnte, zu Bailey eilen.

Er schaute in den Rückspiegel. Kein rotes Auto. Er atmete aus und konzentrierte sich auf die Straße vor sich. Er war unterwegs zum Gefängnis und hatte eine Tasche mit den Sachen seiner Mutter und einige Bücher auf dem Rücksitz liegen. An diesem Samstagmorgen regnete es in Strömen, aber Cody fand den Regen irgendwie tröstlich. Das Wetter passte zu seiner Stimmung. Er vermisste Bailey so sehr, dass er kaum klar denken konnte. Er kniff die Augen zusammen und versuchte, die Straße vor sich richtig zu sehen. Aber statt des Asphalts konnte er nur die Szene von gestern Abend sehen: das Football-Spiel an der Clear Creek High.

Es war das zweite Heimspiel dieser Saison gewesen und Clear Creek hatten die Siegesserie fortgesetzt. Coach Taylor hatte Cody nach dem Spielende beiseitegenommen und ihm auf die Schulter geklopft. „Du bist richtig gut, Junge. Du hast eine große Begabung. Hör nie auf, Mannschaften zu trainieren."

„Ja, Sir." Er zwang sich zu einem Lächeln. „Ich habe sehr gute Lehrer, Sir."

Cody blinzelte und sah die Straße wieder deutlicher. Er hatte sich ausgemalt, eines Tages Cheftrainer einer Mannschaft zu werden, vielleicht eine Collegemannschaft oder Profis zu trainieren wie Baileys Vater. Aber jetzt, da seine Mutter im Gefängnis saß, war nichts mehr sicher. Er war nicht einmal sicher, ob er hier bei den Schülern der Clear Creek bleiben sollte. Was war, wenn Benny Dirk irgendwo auf der Tribüne lauerte und auf eine Gelegenheit wartete, ihm etwas anzutun? Das war möglich, nicht wahr? Nein, nichts war sicher. Nicht einmal seine Beziehung zu Bailey.

Gestern war sein Gespräch mit ihr angespannt gewesen. Er hatte sich große Sorgen gemacht, dass Benny irgendwo vor dem Stadion warten könnte. Er wollte Bailey auf keinen Fall einer Gefahr aussetzen, aber er war nicht bereit, ihr von seiner Mutter zu erzählen. Wenigstens momentan noch nicht und ganz gewiss nicht im Football-Stadion der Clear Creek. Dazu mussten sie allein sein. Solange Benny frei herumlief, musste er Abstand zu Bailey halten und konnte nur hoffen, dass sie ihn eines Tages verstehen würde.

Der Regen prasselte auf sein Auto. Cody erinnerte sich, was es für ein Gefühl gewesen war, Bailey gestern Abend zu sehen, wie gut es sich angefühlt hatte, sie – wenn auch nur für ein paar Sekunden – in den Armen zu halten. Das Stadion war laut und chaotisch gewesen. Auf der Tribüne hatte die Kapelle immer noch das Mannschaftslied der Clear Creek gespielt. Das war eindeutig nicht der richtige Ort gewesen, um Bailey zu erzählen, was alles passiert war, seit sie sich das letzte Mal gesehen hatten.

„Cody, willst du schon gehen?“ Bailey war auf ihn zugerannt.

„Ich habe dich nicht gesehen.“ Cody hatte es vermieden, ihrem fassungslosen Blick zu begegnen. Obwohl das nicht gelogen war. Er hatte nicht nach ihr Ausschau gehalten. Es genügte, dass er in Gedanken und in seinem Herzen bei ihr war, ohne dass er während des Spiels die Tribüne nach ihr absuchte. Er sehnte sich danach, Baileys Hand zu nehmen und mit ihr zu den Flanigans zu fahren, aber das konnte er nicht. Er kam nicht im Traum auf die Idee, sie in Gefahr zu bringen. Er wünschte, er könnte die Zeit zurückdrehen und seiner Mutter verbieten, auch nur eine Sekunde mit einem Mann wie Benny zu verbringen. Aber er konnte das, was passiert war, nicht ungeschehen machen. Er umarmte Bailey, weil er ihr nicht länger in die Augen schauen konnte. „Es tut mir leid.“ Er hielt sie fest und rang mit seinen Gefühlen.

Wenn die Dinge anders stehen würden, wenn er nicht in sie verliebt wäre, würde er Bailey alles anvertrauen. Denn ihr gehörte nicht nur sein Herz, sondern sie war auch seine beste Freundin. Eines Tages würde er es ihr erzählen. Die Polizei würde den Drogendealer hoffentlich bald fassen.

Sie löste sich aus seinen Armen. Nicht grob, aber frustriert und enttäuscht, wie er es selten bei ihr sah. „Etwas stimmt doch nicht. Warum sagst du mir nicht, was los ist?"

„Ich hatte viel zu tun. Das ist alles." Cody zwang sich zu lächeln. „Und du auch." Er musste laut sprechen, damit sie ihn bei dem hohen Geräuschpegel im Stadion hören konnte. „Wir haben gewonnen. Deine Brüder haben großartig gespielt."

„Hör auf!" Dieses Mal funkelte Wut in ihren Augen auf. „Ich rufe dich ständig an, schreibe dir SMS und bete für dich, aber du hast dich kein einziges Mal bei mir gemeldet." Sie sprach so laut, dass sie den Lärm übertönte. Cody hatte das Gefühl, dass sie auch so laut sprechen würde, wenn sie ganz allein wären. „Also, was ist los? Hat es mit mir zu tun?" Sie steckte die Hände in die Taschen ihrer Jacke. „Habe ich etwas falsch gemacht?"

„Natürlich nicht." Er wollte auf keinen Fall, dass sie glaubte, sie wäre irgendwie schuld. Wie konnte Cody ihr begreiflich machen, dass er sich nur aus Liebe zu ihr so benahm? Dass er für sie sterben würde, sie jetzt aber unmöglich in sein Leben lassen konnte? Denn allein schon mit ihm zusammen zu sein konnte sie einer großen Gefahr aussetzen. Er legte die Hand auf ihre Schulter. „Das hat nichts mit dir zu tun, sondern mit mir. Meine Mutter … ihr geht es nicht gut. Ich habe viel Zeit mit ihr verbracht. Und ich habe viel für die Uni gelernt. Es ist einfach zu viel los."

Sie verzog das Gesicht, als spräche er eine Fremdsprache. „Es geht ihr nicht gut? Was heißt das, Cody?" Tränen traten in ihre Augen. „Nimmt sie Drogen? Ist das das Problem?"

„Nein, sie nimmt keine Drogen." Das war die Wahrheit. Im Gefängnis hatte sie keine Möglichkeit, an Drogen zu kommen. Sie musste jetzt clean bleiben. Cody nahm Baileys Hände. Es kostete ihn seine ganze Selbstbeherrschung, um nicht mit ihr wegzulaufen, schnell und weit weg von Bloomington und Benny Dirk und der Gefahr, in der er schwebte. „Wir sprechen später weiter. Versprochen." Er erlaubte sich, wenigstens dieses eine Mal in ihren Augen zu versinken. „Bitte versteh das. Es hat nichts mit dir zu tun."

„Ich vermisse dich." Bailey wirkte verletzt. „Ich denke die ganze Zeit an dich."

„Ich denke auch die ganze Zeit an dich." Sie hatte ja keine Ahnung, wie sehr. „Hör zu." Cody strich mit den Daumen über ihre Hände und wünschte, sie hätten mehr Zeit. „Wir müssen die nächsten sechs Wochen durchhalten. Die Vorlesungen und die Dreharbeiten. Wir sehen uns, sooft wir können." Er umarmte sie noch einmal. „Diese verrückte Zeit wird nicht ewig dauern. Versprochen."

„Dann komm mit zu uns. Es ist Freitagabend." Sie schaute zu ihm hinauf und die Enttäuschung in ihren Augen wich Hoffnung und Vertrauen. „Kannst du denn nicht mitkommen?"

Wenn sie noch einmal fragte, würde er eine Möglichkeit finden mitzukommen. Benny Dirk war sowieso nicht in der Nähe. Machte sich Cody unnötig solche Sorgen? Aber sobald ihm dieser Gedanke kam, hörte er wieder die Stimme des Polizisten. *Dieser Mann ist gefährlich ... Er hat schon Menschen getötet ...* Er schottete sich gegen die Wünsche seines Herzens ab. „Heute Abend nicht." Er küsste sie auf die Stirn. „Aber bald, okay?"

Sie schaute ihn traurig an und trat zurück. „Dann ruf mich an, wenn du zu Hause bist, ja?"

„Wird gemacht." Er wollte sie noch einmal umarmen, aber sie schaute ihm nur noch kurz in die Augen und wandte sich ab. Sie eilte zu ihren Brüdern hinüber und drehte sich nicht mehr zu ihm um. *Ich hasse das, Gott. Hilf mir, eine Möglichkeit zu finden, um es ihr sagen zu können. Zeig mir, wie ich sie in mein Leben einbeziehen kann, ohne sie in Gefahr zu bringen.* Er würde alles für sie tun, auch wenn sie das im Moment nicht sehen konnte. Das rief Cody sich ins Gedächtnis, als er nach dem Spiel allein nach Hause fuhr, und später am Abend, als sie eine halbe Stunde miteinander telefonierten. Das Gespräch war wunderbar. So nahe hatte er sich ihr nicht mehr gefühlt, seit seine Mutter verhaftet worden war. Bailey erzählte ihm von Brandon Pauls unablässigen Flirtversuchen und dass Katy und Dayne ihr geraten hatten, sich nicht mit ihm in der Öffentlichkeit zu zeigen.

„Hast du die Boulevardblätter gesehen?"

„Nein." Cody interessierten diese Zeitschriften nicht, aber er nahm sich vor, sie am nächsten Tag durchzublättern. „Jede Menge Lügen, was?"

„Es ist furchtbar." Ihre Stimme klang ärgerlich. „Sie dichten uns jetzt schon eine heiße Affäre an."

Eifersucht regte sich in Cody, aber er ging nicht weiter darauf ein. „Diese Leute kennen dich nicht, Bailey. Das ist alles."

Sie sprachen noch ein bisschen über Brandon, wie sehr er sich bemühte, glücklich zu wirken. „Aber innerlich ist er verletzt. Davon bin ich fest überzeugt." Ihre Stimme wurde wieder weicher. Das war seine Bailey, die er kannte und liebte. „Ich bete, dass ich eine Gelegenheit bekomme, ihm von Gott zu erzählen."

Jede Minute und jedes Wort, das sie miteinander sprachen, erinnerte Cody daran, wie sehr er sie vermisste, wie dringend er eine Lösung für den Wahnsinn brauchte, der sein Leben seit einiger Zeit bestimmte. Während er jetzt zum Frauengefängnis von Indiana fuhr, wuchs sein Ärger angesichts dieser Situation. Die Polizei verhaftete Benny Dirk hoffentlich sehr bald, denn Cody konnte nicht mehr lange so weiterleben. Nachts träumte er vom Krieg und die Bilder, die mitten am Tag plötzlich durch seinen Kopf schossen, waren eine ständige Erinnerung, dass er das Trauma aus seiner Zeit im Irak vielleicht doch noch nicht überwunden hatte. Vielleicht hatte er aufgrund seiner Liebe zu Bailey die posttraumatischen Symptome, mit denen andere Soldaten kämpften, ignoriert. Vielleicht auch nicht.

Vielleicht lag sein Trauma nur darin begründet, dass er Bailey so sehr vermisste – so wie damals im Krieg.

* * *

Seit der Ultraschalluntersuchung war Andi hin- und hergerissen. Jeden Tag ging sie an die Uni und wenn sie nach Hause kam, lag sie auf ihrem Bett und starrte die Aufnahmen von ihrem Baby an, statt wie in den ersten Wochen ihrer Schwangerschaft zu schlafen.

Die Aufnahmen von ihrem Sohn.

Mit jedem Tag, der verging, fühlte sie sich ihrem Kind näher. Sie lernte seinen Schlafrhythmus kennen; sie wusste, wann er friedlich schlief und wann er spielen wollte. Er stieß gegen ihre Rippen. Wenn sie die Hand auf ihren Bauch legte, stieß er dagegen. Heute Abend wollte Andi mit ihren Eltern einen gemütlichen Filmabend machen. Doch nun hielt sie es keine Minute länger aus, ohne ihnen zu sagen, was sie seit Tagen beschäftigte.

Sie fand ihre Eltern in der Küche, wo sie Spaghetti zum Abendessen vorbereiteten. „Hallo." Sie setzte sich auf einen Barhocker und stützte sich auf die Arbeitsplatte. „Habt ihr eine Minute Zeit für mich?"

Ihr Vater briet gerade Fleisch in einer Pfanne an, aber bei ihren Worten schaltete er sofort den Herd aus und schaute sie an. „Das klingt ernst."

„Es ist ernst." Andi konnte sich kaum konzentrieren. Auch wenn es unmöglich war, konnte sie den Herzschlag ihres Babys hören, der ihre Sinne erfüllte und sie in der Entscheidung bestätigte, zu der sie sich heute endlich durchgerungen hatte.

Ihre Mutter trat näher und legte die Hände auf die Arbeitsplatte. „Du bist nicht krank, oder?"

„Nein." Andi lächelte. Unter der Arbeitsplatte, wo ihre Eltern es nicht sehen konnten, legte sie die Hand auf ihren Bauch. Sie spürte, wie sich ihr Baby bewegte und sie zu ihrer Entscheidung drängte. „Mir geht es gut. Wenigstens fühle ich mich gut."

Ihre Eltern warteten und schauten sie fragend an.

Andi atmete tief ein. „Ich habe viel über das Baby nachgedacht und über meine Entscheidung, ihn wegzugeben."

Etwas an der Miene ihrer Mutter veränderte sich, als Andi *ihn* sagte. Sie ahnte, dass ihre Mutter wusste, was gleich kommen würde. Seit sie zu Gott zurückgefunden hatte und wieder bei ihren Eltern lebte, standen sich Andi und ihre Mutter so nahe wie früher. Sie und ihr Vater auch, besonders seit ihrem Gespräch auf dem Universitätscampus.

„Was ich sagen will … Ich glaube, ich kann das nicht."

Ihr Vater trat einen Schritt näher. Liebe und Verständnis standen in seinen Augen. „Das Kind zur Adoption freigeben?"

„Genau." Andi war so unsicher und wusste nicht, was die richtige Entscheidung war. „Als ich die Bilder gesehen habe, hatte ich das Gefühl, ihn zu kennen."

Ihrer Mutter traten Tränen in die Augen. „Du willst damit also sagen …"

„Dass ich ihn gern behalten würde. Wirklich." Dafür brauchte Andi die Unterstützung ihrer Eltern, deshalb waren die nächsten Minuten sehr wichtig. Wenn sie ihre Entscheidung ablehnten, musste sie neu überlegen, ob dieser Weg wirklich Gottes Wille war. Sie biss sich auf die Lippe. „Ich bete seit Tagen darüber."

Ihr Vater kam um die Arbeitsplatte herum und umarmte sie. „Deine Mutter und ich haben darüber gesprochen, wie wir reagieren würden, falls du deine Meinung änderst." Er strich mit der Hand über ihren Rücken. „Wenn du dich so entscheidest, tun wir alles, um dich zu unterstützen. Um für dich und das Baby da zu sein."

Ihre Mutter trat zu ihnen. In ihrer Umarmung waren ihre ganze Liebe, der Schmerz und die Ungewissheit zu spüren. „Er sieht dir so ähnlich, Schatz." In der Stimme ihrer Mutter lagen Tränen. „Ich kann mir nicht vorstellen, dass ich die Kraft aufbringe, ihn wegzugeben."

„Also dann …" Andi zog den Kopf so weit zurück, dass sie die Gesichter ihrer Eltern sehen konnte. „Ihr seid also damit einverstanden? Ihr findet nicht, dass ich ihn zur Adoption freigeben muss?"

„Ein Baby kann man nur weggeben, wenn man sich absolut sicher ist." Auch ihr Vater sah aus, als wäre er den Tränen nahe. Aber auf seinem Gesicht lag keine Traurigkeit. „Wir werden dieses Kind genauso lieben wie dich. Gemeinsam schaffen wir es. Wenn Gott will, dass du ihn behältst, dann lässt er seine Pläne für dich und für ihn wahr werden."

Andi nickte. Zum ersten Mal, seit sie wusste, dass sie schwanger war, ließ sie die Möglichkeit zu, dass sie das Baby behalten könnte. Sie wurde Mutter. In ihr wuchs ein wunderschöner kleiner Junge heran. Im Januar würde sie ihn zur Welt bringen, ihn aufziehen und lieben und ihm ein liebevolles Zuhause schenken.

Sie dankte ihren Eltern und umarmte sie. Danach verbrachten sie einen gemütlichen Abend mit einem guten Essen und schauten ihren Lieblingsfilm von Kate Hudson an, *Liebe auf Umwegen*. Am Ende des Films wischte sich Andi die Tränen von den Wangen, als die zwei Schwestern endlich eine gemeinsame Basis und Verständnis füreinander fanden. Danach wünschte sie ihren Eltern eine gute Nacht und ging in ihr Zimmer, wo sie, wie jeden Abend, die Bilder von ihrem ungeborenen Sohn herausholte und betrachtete. Sehr lange schaute sie sein perfektes Gesicht an.

Sie hatte ihre Entscheidung getroffen und sie hatte die volle Unterstützung ihrer Eltern. Sie würde das Baby behalten! Andi legte die

Aufnahmen wieder in die Mappe auf ihrem Nachttisch zurück. Alles war genauso gekommen, wie sie es erhofft hatte. Jetzt musste sie der Agentur mitteilen, dass sie ihre Meinung geändert hatte. Dann würde sie anfangen zu überlegen, wie es wäre, eine alleinerziehende Mutter zu sein.

Alleinerziehende Mutter.

Diese Bezeichnung gefiel ihr nicht. So hatte sie nie eine Familie beginnen wollen und es war auch nicht der perfekte Start für ihren Sohn. Aber zu diesem Entschluss hatten ihre Gebete sie geführt. Es musste also die richtige Entscheidung sein. Es ging gar nicht anders. Andi wälzte sich im Bett hin und her, kämpfte mit ihrem Kissen und versuchte, endlich einzuschlafen. Aber sie musste immer wieder an die Worte denken, die ihr gerade zum ersten Mal durch den Kopf gegangen waren. *Alleinerziehende Mutter.* War sie dafür stark genug? War sie dafür gut genug? Würde sie ohne die Hilfe ihrer Eltern je den Lebensunterhalt für sich und ihren Sohn verdienen können? Eine Frage nach der anderen stürmte auf sie ein. Auf jede fand sie eine schnelle und leichte Antwort. Natürlich war sie stark genug; sie würde viel lernen, um ihrem Sohn eine gute Mutter zu sein. Genauso wie jede andere Frau, die ein Kind bekam. Aber eine Frage plagte Andi noch lange, nachdem sie das Licht noch einmal eingeschaltet und in ihrer Bibel gelesen hatte. Selbst als sie endlich müde genug war, um einzuschlafen: Wenn sie die richtige Entscheidung traf, warum war sie dann so unruhig?

Besonders an einem Abend, an dem sie eigentlich einen perfekten, unvergleichlichen Frieden fühlen sollte?

Kapitel 14

Es war das bisher wärmste Wochenende im Oktober, deshalb sagten die Flanigans gern zu, als Coach Taylor anrief und sie zu einem Bootsausflug auf dem Lake Monroe einlud. Bailey war nicht sicher, ob sie den ganzen Tag bleiben würde, deshalb fuhren sie und Connor in ihrem Auto hinter ihren Eltern her. Während der ganzen Fahrt spielten sie laut Musik aus Broadway-Musicals. Bailey war alles recht, um sich von ihren vielen Fragen abzulenken.

Inzwischen hatte jeder die Fotos in der Boulevardpresse gesehen.

Sie und Brandon im *Starbucks*, sein Arm um ihre Schultern, und als sie beide das Café verließen und in das Auto stiegen. *„Brandon Paul verliebt sich noch vor Beginn der Dreharbeiten zu* ‚Der Löwenzahnjunge' *in die weibliche Hauptdarstellerin*", verkündeten die Schlagzeilen. Bailey war sprachlos. Sie und ihre Eltern hatten sich mit Katy und Dayne getroffen, nachdem die Zeitschriften erschienen waren. Bailey war wütend und besorgt und fragte sich, ob sie ihre Rolle in *Der Löwenzahnjunge* überhaupt annehmen sollte. Erst nach ihrem Gespräch mit Katy und Dayne fühlte sie sich ein wenig besser. Wenigstens hatte sie jetzt einen Plan.

„Wenn die Paparazzi euch beide nicht zusammen sehen, werden sie auch nichts über euch schreiben." Daynes Stimme verriet sein Mitgefühl. „Manchmal lässt es sich leider nicht vermeiden. Das ist mir bewusst, besonders da ihr die Hauptrollen in einem gemeinsamen Film spielt."

„Wir könnten euch zu diesem Thema stundenlang etwas erzählen." Katy hatte Sophie auf dem Schoß sitzen und lächelte Dayne müde an. „Eigentlich ist es ganz einfach." Ihre Stimme wurde jetzt eindringlicher. Katy wollte verhindern, dass Bailey aufgab. „Du musst dich von Brandon fernhalten. Gib ihnen nicht den geringsten Anlass, etwas über euch zu schreiben."

Das war ein guter Rat. Bailey wollte ihn unbedingt befolgen und würde sich morgen, wenn die Dreharbeiten begannen, anders verhalten als bei ihrer ersten Begegnung. Brandon war bereits in Bloomington eingetroffen und wohnte bei Katy und Dayne. Offenbar war sogar diese Vorgabe vertraglich geregelt, dass er während der Dreharbeiten im Gästezimmer der Matthews' schlafen sollte. Keith und Dayne wollten nicht, dass er noch mehr negative Schlagzeilen machen würde, als es in den letzten Monaten ohnehin schon von ihm gab.

Das Verrückte war, dass Bailey diese ganzen Boulevardblätter nicht las. Sie hatte keine Ahnung von Brandons wildem Sommer oder den Fotos, die auf den Titelseiten der Klatschblätter gewesen waren. Wenn sie das gewusst hätte, hätte sie sich an dem Tag ihrer Probeaufnahme nicht so naiv verhalten. Dann wäre sie auf seinen Charme nicht hereingefallen. Der einzige Grund, warum sie in den nächsten sechs Wochen außer bei den Dreharbeiten mit Brandon zusammen wäre, war ihr Wunsch, ihm von Jesus zu erzählen. Sie bezweifelte, dass das schon jemals jemand versucht hatte.

Bailey drehte die Musik lauter und ließ das Fenster nach unten. Die Temperaturanzeige ihres Autos zeigte bereits über zwanzig Grad an. Der Wetterbericht meldete, dass Rekordtemperaturen für einen Oktobertag zu erwarten seien. An einem solchen Tag sollte eigentlich Cody bei ihnen sein und diesen letzten Tag, bevor die Dreharbeiten begannen, mit ihr genießen, gemeinsam um den See spazieren, beten und sich an den Zauber des 4. Juli erinnern.

Aber auch wenn Bailey das Gefühl hatte, dass bei Cody etwas nicht stimmte, hatte sich die Situation zwischen ihnen gebessert. Sie sprachen wieder mehr miteinander und erzählten sich am Telefon, was sie zutiefst bewegte, auch wenn sie sich nur selten sahen. Bailey hatte ihn nach seiner Mutter gefragt, da ihr Anruf alles verändert hatte. Aber auch wenn Cody über jeden anderen Bereich seines Lebens ungezwungen sprach, waren seine Antworten knapp und kurz angebunden, sobald es um seine Mutter ging. „Es geht ihr gut" oder „Sie liest in der Bibel" oder „Sie denkt über ihr Leben nach". Bailey lehnte den Kopf zurück und überlegte, was mit Cody los sein könnte. War es ihre Rolle in dem Film? Falls das der Grund sein sollte, würde sie den Produzenten absagen. Wenn sie dadurch Cody verlor, verzichtete sie lieber auf die Rolle. Dieser Gedanke schlingerte wie ein Lastwagen mit einem geplatzten Reifen durch ihren Kopf.

Als Schauspielerin zu arbeiten war ihr Traum. Nach der Absage in New York hatte sie diese unglaubliche Chance bekommen. Doch Bailey glaubte nicht, dass der Film das Problem war. Cody liebte sie und würde nichts tun, um sie daran zu hindern, diese Rolle zu übernehmen. Besonders da der Film eine so eindringliche Botschaft hatte und ihre Rolle so wichtig und so von ihrem Glauben geprägt war. Cody würde nie von ihr verlangen, sich zwischen ihm und der Rolle in *Der Löwenzahnjunge* zu entscheiden. Nein, es musste einen anderen Grund geben. Vielleicht hatte er wirklich so viel an der Uni zu tun. Er belegte in diesem Semester sechs Kurse; vielleicht war das der Grund. In diesen Wochen war sehr viel zu tun, doch bis Weihnachten würde alles vorbei sein.

Bailey seufzte, aber die Musik übertönte ihre Stimme. Das Problem war, dass sie einander sehr vermissten. So wie es im Moment lief, hatte sie das Gefühl, als wäre sie in einen Mann verliebt, der tausend Meilen weit weg wohnte.

Sie trafen wenige Minuten nach den Taylors am See ein und Bailey beschloss, Cody aus ihrem Denken zu verbannen – wenigstens für heute. Sie stellte ihr Auto neben dem ihrer Eltern ab. Im Nu hatten die zwei Familien ihre Autos ausgeladen und marschierten zu den Bootsanlegestellen.

Kari und Ryan Taylor waren ein schönes Paar. Bailey hatte fast vergessen, wie perfekt die beiden zusammenpassten. Sie hielten sich an den Händen und gingen voraus. Hinter ihnen folgte die elfjährige Jessie, ein kleines Mädchen, das Kari wie aus dem Gesicht geschnitten war, und der achtjährige RJ, der eine Angelrute über die Schulter geworfen hatte. Ryan trug ihre jüngste Tochter, die dreijährige Annie. Kari war die zweitälteste Tochter von John Baxter. Heute Nachmittag würde sich fast die ganze Familie Baxter hier am See treffen. Bailey gefielen solche Gelegenheiten, bei denen ihre Familie zu den Treffen der Baxters eingeladen war.

Baileys Eltern gingen hinter ihren Freunden her. Während sie in das Boot der Taylors stiegen und ihre Schwimmwesten anzogen, erzählten Kari und Ryan, was in der Familie Baxter gerade los war. Offenbar freuten sich Dayne und Katy sehr, wieder im Filmgeschäft tätig zu sein, und obwohl die Paparazzi schon in Bloomington Quartier bezogen hatten, störte es sie dieses Mal nicht, wenn sie fotografiert wurden.

„Sie lassen sich davon nicht mehr beirren", lachte Kari und hielt ihre und Ryans Hände hoch. „Es ist, wie Dayne sagt: Lass sie doch fotografieren."

Dayne hat leicht reden, dachte Bailey. Aber sie behielt ihre Gedanken für sich und hörte weiter zu.

„Eine traurige Nachricht gibt es leider doch." Ryan schob seine Baseballkappe zurück, als er die kleine Annie neben seine Frau setzte. Als er aufblickte, verriet seine Miene, dass er beunruhigt war. „Wir haben uns gestern bei Ashley und Landon zum Abendessen getroffen." Er schürzte die Lippen. „Luke und Reagan haben einen Anruf von der Adoptionsagentur bekommen. Offenbar hat es sich die leibliche Mutter anders überlegt. Sie bekommen leider doch nicht das Baby, das sie in ein paar Monaten hätten adoptieren können."

„Wie traurig", seufzte Baileys Mutter. „Sie sind bestimmt am Boden zerstört."

„Das kannst du laut sagen." Kari vergewisserte sich, dass Annies kleine Schwimmweste fest saß. „Sie hatten es schon den Kindern erzählt. Gestern Abend hat Tommy gefragt, warum alle so traurig seien. Er ist fest davon überzeugt, dass er im Januar einen Bruder bekommt, egal, was alle anderen sagen."

Ryan ließ den Motor an und setzte sich auf den Kapitänssitz. „Im nächsten Moment ging Ashleys Sohn Cole in die Küche und holte ein Armband für Tommy. Es ist das Armband, das Cole ein Jahr lang jeden Tag getragen hatte."

„Darauf steht P. U. S. H." Kari lächelte, doch in ihrem Lächeln lag Traurigkeit. „*Pray Until Something Happens*. Bete, bis etwas geschieht. Er sagte Tommy, dass er nicht aufhören solle zu beten. Dann würde Gott dafür sorgen, dass er einen Bruder bekäme."

Baileys Mutter schaute Kari an. „Bei Kindern klingt es immer so leicht."

Jenny und Jim Flanigan setzten sich neben Kari und Ryan. Sobald der Motor warmgelaufen war, musterte Ryan seine Passagiere. Das Boot war eine Air Nautique mit Platz für fünfzehn Passagiere. Alle saßen so, dass sie einen herrlichen Blick auf den See hatten, und Baileys vier jüngere Brüder saßen vorne im Bug. „Sind alle bereit?", rief Ryan und grinste die Jungen vorne an.

„Wir sind bereit!", riefen die Kinder wie auf Kommando. Jim half dabei, das Boot vom Kai abzustoßen. Zehn Minuten später fuhren sie über die Mitte des Sees, die Sonne spiegelte sich auf dem Wasser und der Wind wehte ihnen ins Gesicht.

Bailey war froh, dass sie von Lukes und Reagans Problemen gehört hatte. Ihre Geschichte erinnerte sie einerseits daran, für die Baxters zu beten, aber auch daran, dass ihre eigenen Probleme bei Weitem nicht so schlimm waren. Wenn Cody Zeit für sich brauchte, wollte sie Verständnis für ihn haben. Sie wollte sich in ihrem Studium anstrengen und, wenn morgen die Dreharbeiten begannen, ihr Bestes geben. Sie würde beten, dass Brandon Gott sein Leben übergab, und sie wollte sich von Katy und Dayne beraten lassen, wie sie mit ihrer neuen Rolle in der Öffentlichkeit am besten umgehen sollte. Bis Thanksgiving würde alles vorbei sein, dann hätten sie und Cody Zeit, über alles zu sprechen.

Bis dahin, beschloss sie, wollte sie Tage wie heute dankbar genießen.

* * *

Cody entdeckte den roten Honda, als er seine Wohnung verließ, um zum Frauengefängnis nach Indianapolis zu fahren. Sein Herz stockte und er wich schnell zurück, um nicht gesehen zu werden. *Er* war es! Cody würde dieses Auto überall erkennen. Er atmete scharf ein und drückte den Rücken an die Wand. Hatte Benny ihn gesehen? Warum war er hier? Cody hatte den Kerl so lange nicht mehr gesehen, dass er sich schon gefragt hatte, ob er vielleicht nicht mehr in der Stadt war. Benny war verrückt, dass er in Bloomington blieb. Schließlich suchte ihn die Polizei. Die Polizei hatte sogar berichtet, dass ein Auto wie seines mit einem ähnlichen Nummernschild in Illinois gesehen worden war. Deshalb hatte Cody fast aufgehört, auf rote Autos zu achten.

Er beugte sich so weit vor, dass er das Auto genauer erkennen konnte, aber sein Herz hämmerte so laut, dass er sich kaum konzentrieren konnte. Im Irak hätte er gewusst, was er tun musste, dort wäre er vorbereitet gewesen. Aber nicht hier. Er nahm sein Smartphone, aber als er anfing, die Nummer der Polizei zu wählen, bog der rote Honda auf die Straße und fuhr in seine Richtung. Cody hatte nur eine oder zwei Sekunden Zeit, aber er reagierte schnell und schlug die Haustür zu, als der Honda langsam vorbeifuhr.

Der Mann musste verrückt sein, dass er ihn so verfolgte. Cody atmete keuchend ein und ging mit zitternden Knien in seine Wohnung zurück. Plötzlich konnte er irakische Soldaten aus der Küche, aus dem

Flur, aus dem Wohnzimmer auf sich zukommen sehen. „Verschwindet!", rief er. „Verschwindet von hier!" Er blinzelte und die Bilder verschwanden. Schweißperlen traten auf seine Stirn. Cody krümmte sich zusammen und rang nach Luft. Was war mit ihm los? Hatte er wirklich Benny Dirk gesehen oder war der rote Honda nur eine Halluzination gewesen wie die Soldaten in seiner Wohnung?

Seine Hände zitterten, aber er wählte die Nummer, die der Polizist ihm gegeben hatte. „Ich habe ihn gesehen." Cody bemühte sich um eine ruhige Stimme. Sein Ton verriet nichts von der Paranoia, die ihm den Verstand zu rauben drohte. „Benny Dirk saß vor meiner Wohnung in seinem Auto."

„Wir haben heute Morgen schon einen Anruf bekommen. Jemand meldete, dass ein Mann, auf den Dirks Beschreibung passt, auf dem Gehweg vor dem Haus Ihrer Mutter herumlungerte." Der Polizist seufzte. „Wir sind an ihm dran, Cody. Wir erwischen ihn." Der Mann schwieg einen Moment. „Halten Sie sich von ihm fern. Wir glauben, dass er gestern einen Tankwart niedergeschossen hat. Er ist unberechenbar. Ihm ist egal, was aus ihm wird."

Cody legte auf und lehnte sich an den Türrahmen seiner Wohnung. Er hatte also doch nicht den Verstand verloren, wenigstens nicht vollständig. Benny Dirk war wirklich mit seinem Auto vor Codys Wohnung gewesen. Das bedeutete, dass es richtig von ihm war, sich von Bailey fernzuhalten – auch wenn ihn diese Trennung fast umbrachte. Er öffnete die Tür einen Spaltbreit und spähte hinaus. Der Honda war fort. Cody eilte die Treppe hinab und schlüpfte schnell in sein Auto.

Seine Mutter wartete auf ihn.

* * *

Während der ganzen Fahrt nach Indianapolis schaute Cody angespannt in den Rückspiegel. Als er vor dem Gefängnis ankam, stellte er sein Auto ab und ging zum Eingangstor. Er vermisste Bailey so sehr, dass er kaum klar denken konnte. Und was war mit den Kindern an der Clear Creek High? Brachte er sie auch in Gefahr? Er hoffte, dass das nicht der Fall war. Benny Dirk war ihm nicht zur Arbeit gefolgt. Darauf hatte Cody geachtet.

Er konzentrierte sich auf die Gegenwart. Er besuchte heute am dritten Samstag hintereinander seine Mutter in Indianapolis. Inzwischen wusste Cody, wie die Besuche abliefen. Er ging an mehreren Justizbeamten vorbei und gab beim letzten seine Sachen ab, da er nichts mit ins Wartezimmer nehmen durfte. Er warf einen Blick auf einen Tisch, der mit Boulevardblättern und Finanzzeitschriften übersät war.

Cody wollte sich schon abwenden, als sein Blick auf ein Foto fiel. Er traute seinen Augen kaum. Das konnte doch nicht wahr sein! Er nahm die Zeitschrift und starrte das Bild an. Sie hatte ihn vorgewarnt, aber trotzdem war er sprachlos. Sie nahm tatsächlich die halbe Titelseite ein. Seine Bailey! Neben ihr war Brandon Paul und hatte den Arm um ihre Schultern gelegt. Er hatte das Gesicht nahe zu ihr vorgebeugt, beide lachten und flüsterten miteinander.

Die Schlagzeile lautete: *„Brandon Paul verliebt sich in seine neue Kollegin – alles über Bailey Flanigan."* Cody setzte sich langsam auf den harten Kunststoffstuhl und starrte das Bild lange an. Er las die Schlagzeile immer wieder. Wie konnte das so schnell gehen? Und wie sollte er dieses Bild deuten? Brandon und Bailey waren nur ein paar Stunden wegen der Probeaufnahme zusammen gewesen, hatte Bailey ihm erzählt. Wie hatten die Paparazzi sie in einer so vertraulichen Situation fotografieren können?

Als er es nicht länger ertragen konnte, schlug er die Zeitschrift auf. Der Artikel bestand hauptsächlich aus Bildern und der gleichen reißerischen Schlagzeile wie auf der Titelseite. Zwischen drei anderen Fotos von Bailey und Brandon standen einige Sätze. Sie waren gemeinsam zu *Starbucks* gefahren. Der Fotograf hatte sie aus dem Café kommen sehen und dann ein wenig über Bailey recherchiert.

Cody las den Artikel, wobei sein Herz wie wild galoppierte. Hier ging es nicht um irgendein Kleinstadtmädchen, das das große Los gezogen hatte, sondern um seine beste Freundin, das Mädchen, das er sein Leben lang lieben würde. Aber diese Zeitschrift erzählte der ganzen Welt alles über sie, Details, die nur Menschen, die ihr nahestanden, etwas angingen. Der Artikel begann mit der Erklärung, dass die Suche beendet sei: Die weibliche Hauptdarstellerin, die mit Brandon Paul in dem mit Spannung erwarteten Film *Der Löwenzahnjunge* spielen würde, war gefunden worden. „Bailey Flanigan ist genau der richtige Mädchentyp, um Ella Reynolds zu spielen", erklärte die Zeitschrift. „Denn sie ist ganz und gar Ella."

In wenigen Sätzen schilderte der Artikel Baileys Vergangenheit, dass sie die einzige Tochter des beliebten Offensivkoordinators der Indianapolis Colts, Jim Flanigan, sei und in einer Familie mit sechs Kindern lebe, darunter drei Brüder, die aus Haiti adoptiert waren. Sie ging zur Kirche und hatte bis zu diesem Film nur in dem ersten Film von *Jeremiah Productions*, *Der letzte Brief*, eine kleine Rolle gespielt sowie mehrere Auftritte bei einem sogenannten christlichen Kindertheater gehabt.

„Dieses Mädchen ist so unschuldig, wie man es sich nur wünschen kann. Aber in Brandon Pauls Nähe wird sich das bald ändern."

Cody wurde übel, als er weiterlas. „Baileys erste Liebe war ihr Mitschüler Tim Reed, der mittlerweile im Ensemble des Broadway-Stücks *Wicked* eine Stelle als Tänzer hat. Zuverlässigen Quellen zufolge ist sie jedoch reif für eine heiße Liebesaffäre mit Amerikas begehrtestem Filmstar."

Davon hatte Bailey nichts erwähnt. Am liebsten hätte Cody sie sofort angerufen und ihr gesagt, dass sie sich so schnell wie möglich vor Brandon Paul in Sicherheit bringen sollte. Andererseits wusste sie bereits, welchen Ruf dieser Mann hatte. Sie hatte selbst schon beschlossen, sich in ihrer Freizeit nicht mehr mit Brandon fotografieren zu lassen. Wenigstens hatte sie Katy Matthews, die ihr bei diesem Wahnsinn helfen konnte. Katy und Dayne.

Cody las den Artikel noch einmal. Dabei fiel ihm etwas auf, das ihm beim ersten Mal entgangen war: Nirgends in dem Artikel wurde sein Name erwähnt. Natürlich nicht. Er war nur irgendein problembeladener Junge, der früher einmal bei Baileys Familie gelebt hatte, dessen einzige Familienangehörige wegen Drogenhandels im Gefängnis saß und der von einem verrückten Drogendealer verfolgt wurde. Ein Mann, dessen einzige Leistung bis jetzt eine kurze Dienstzeit in der Armee war. Aber auch das war nicht gut gelaufen. Er rieb geistesabwesend über die Prothese an seinem linken Unterschenkel.

„Cody Coleman?" Ein Justizbeamter steckte den Kopf ins Wartezimmer. „Sie können jetzt mit ihr sprechen."

Codys Beine fühlten sich bleischwer an, als er aufstand und zur Tür ging. Noch vor einem Monat hätte er sich das alles nicht vorstellen können. Er hatte nie geahnt, dass sein Leben so verlaufen würde. Er zwang sich, durch den Flur zu gehen und in das kleine Zimmer zu treten, in dem seine Mutter an einem runden Tisch saß. In dem Raum gab es ein einziges Fenster und nicht viel anderes.

„Du bist gekommen." Diesen Satz sagte sie immer am Anfang seiner Besuche. Ihre Miene verriet ihre Beschämung und ihr Bedauern. Ihre Hand lag auf der Bibel, die er ihr bei seinem ersten Besuch mitgebracht hatte.

Cody nahm Platz, beugte sich über den Tisch und ergriff die Hände seiner Mutter. „Das habe ich dir doch versprochen."

„Aber es muss sehr schwer für dich sein." Ihre Lippen zitterten und ihre strähnigen, blonden Haare waren aus ihrem Gesicht gezogen. Die Haut an ihren Händen war trocken und faltig, ihre Schultern schienen ständig nach vorn gebeugt zu sein. Cami Coleman sah aus wie jemand, den das Leben gebeutelt und dann vergessen hatte.

„Es ist nicht schwer, Mama."

Sie schüttelte den Kopf und schaute auf ihre Hände hinab, die er immer noch festhielt. „Du hast Football und Bailey und die Flanigans." Sie schaute ihm wieder in die Augen. „Du brauchst das hier nicht, mein Sohn. Wirklich nicht." Plötzlich schien ihr etwas einzufallen. „Was ist mit Benny? Haben sie ihn schon geschnappt?"

Cody dachte sofort an den roten Honda vor seiner Wohnung. „Sie sind ihm auf der Spur." Er nahm die Bibel und schlug sie beim Johannesevangelium auf. „Wie weit hast du schon gelesen?"

„Na ja." Ein Anflug von Hoffnung schwang in ihrer Stimme mit. „Mir gefällt die Bibellese-Hilfe, die du gefunden hast. Es stehen gute Dinge drin."

„Gut." Das war einer der Gründe, warum er immer wieder kam: Er wollte ihr helfen, einen Grund zu finden, um an Gott zu glauben – um die Pläne zu glauben, die Gott immer noch für sie hatte. „Was hast du gelernt?"

„Ich habe gelernt ..." Seine Mutter schluckte schwer und ihre Finger verkrampften sich um seine. „Ich habe gelernt, dass ich aufgrund meiner eigenen schlechten Entscheidungen hier bin und dass ... dass ich kein Opfer bin. Ich bin süchtig."

Sie sprach zehn Minuten weiter und erzählte ihm von den anderen Frauen in ihrer Bibelgruppe, wie viel jede von ihnen wegen ihrer Sucht verloren hatte. „Ich habe geglaubt, die Welt wäre gegen mich und ich wäre zu bedauern, weil alles Schlimme im Leben immer nur mir passiert. Aber jetzt … fange ich an, es anders zu sehen. Die richtigen Entscheidungen zu treffen ist immer schwer."

„Deshalb brauchst du Jesus." Cody war von den aufwühlenden Gefühlen dieses Tages müde und ausgelaugt. Aber in jedem seiner Worte lag eine tiefe Leidenschaft. Nur Gott hatte ihn vor einer ähnlichen Sucht bewahrt. „Gott ist der Einzige, der dir helfen kann, dich für das Leben zu entscheiden."

„Ja." Seine Mutter lächelte zum ersten Mal, seit er hier war. „Noch etwas, Cody." Ihre Augen leuchteten, wie er es selten bei ihr gesehen hatte. „Ich habe mein Leben Jesus übergeben. Ich habe mich in seine großen Vaterhände gegeben und ihn gebeten, in mein Herz zu kommen."

Cody dachte an alles, was er im letzten Monat verloren hatte, an die gravierenden Veränderungen in seinem Leben. Aber in diesem Moment war jeder schmerzvolle Verlust den Preis wert. Er hätte nie gedacht, dass er seine Mutter diese Worte sagen hören würde. *Ich habe Jesus mein Leben übergeben.* Er wollte aufstehen, um den Tisch herumgehen, sie umarmen und sich mit ihr darüber freuen, was diese Veränderung für ihr Leben bedeuten konnte, jetzt und in Zukunft. Aber die Wachleute mochten es nicht, wenn man plötzlich aufsprang, und Umarmungen hob man sich normalerweise für das Ende des Besuchs auf. Deshalb drückte er nur ihre Finger. „Das ist ein Anfang, Mama. Wirklich."

„Ich weiß. Das sehe ich ganz genauso." Ihr Lächeln verschwand wieder. „Ich wünschte nur … Ich wünschte, du hättest mich nicht so sehen müssen. Es ist nicht richtig, dass du dich um mich kümmern musst."

Ja, das war nicht richtig, dachte Cody. Aber so war es, seit sie vor drei Jahren aus dem Gefängnis entlassen worden war, und ihre Beziehung würde wahrscheinlich noch lange so aussehen. Vielleicht für immer. Er würde sie nicht verwöhnen oder auf Händen tragen, er würde sie immer wieder auf die Hilfe von Jesus hinweisen, aber er würde sie nie allein lassen. Sie war seine Mutter und er würde sie mit Respekt und Liebe behandeln, solange er lebte.

Sie lasen gemeinsam in der Bibel das vierte Kapitel des Philipperbriefes, in dem stand, dass man bei Gott Frieden finden konnte und dass Gottes Kraft genügte. Dann beteten sie. Am Ende seines Besuchs umarmte Cody seine Mutter, wobei sie sich fest an ihn klammerte. In ihren Augen lag eine leichte Panik, als begreife sie jedes Mal, wenn er sich verabschiedete, erneut, dass sie im Gefängnis bleiben musste. Ihre Freiheit gehörte der Vergangenheit an. Sie flüsterte, während sie sich an ihn klammerte: „Ich liebe dich, mein Sohn."

„Ich liebe dich auch." Er küsste sie auf die Wange. „Hör nicht auf, in der Bibel zu lesen."

„Ja." Sie hielt sich an ihm fest, bis er sich sanft von ihr löste. Noch ein letztes Winken, dann ging er mit dem Wachmann durch den Flur zurück und kam wieder ins Wartezimmer. Als er an dem Tisch mit den Zeitschriften vorbeiging, nahm er das Heft mit Baileys Foto auf der Titelseite und schaute den Wachmann fragend an. „Kann ich die mitnehmen?"

Der Mann zuckte die Achseln. „Meinetwegen."

„Danke." Cody klemmte sich die Zeitschrift unter den Arm und ging an mehreren Wachleuten vorbei zur Tür. Als er wieder in seinem Auto saß, starrte er Baileys Bild noch einmal an, bevor er die Zeitschrift hinter sich auf den Sitz legte.

Er war kaum fünf Minuten gefahren, als sein Smartphone klingelte. Er hoffte, es wäre Bailey. Seit sie wieder mehr miteinander sprachen, konnte er es kaum erwarten, ihre Stimme zu hören. Aber als er einen Blick auf das Display warf, sah er, dass es Dave war, ein Armeekamerad, mit dem er im Irak gedient hatte.

„Hallo?"

„Coleman! Bist du es wirklich?"

„Dave." Cody lächelte und freute sich, die Stimme seines Freundes zu hören. „Ich dachte schon, dich gibt es nicht mehr."

„Ja, fast." Dave lachte. „Du hast ja keine Ahnung, wie gut es tut, deine Stimme zu hören. Es ist lange her, Mann. Wie geht es dir?"

„Gut … ganz gut." Das war natürlich die einzige Antwort, die Cody ihm geben konnte. Niemand wollte auf eine solche Frage die Wahrheit hören. „Und wie geht es dir? Vertreibst du dir die Zeit mit Jagen und Angeln?"

Das Gespräch tat gut, auch wenn es oberflächlich war. Genau so etwas hatte Cody jetzt gebraucht und das hatte Gott gewusst. Jemand, mit dem er sprechen konnte; jemand, der ihn daran erinnerte, dass er noch ein anderes Leben hatte außer Football und Lernen, der Sehnsucht nach Bailey, der Flucht vor Benny und der Fahrt ins Frauengefängnis. Am Ende des Gesprächs lud Dave ihn ins Elternhaus eines anderen früheren Armeekameraden ein. Eines Kameraden, der leider nicht aus dem Irak zurückgekehrt war.

„Seine Mutter wohnt in Indianapolis. Sie lädt uns nächstes Wochenende zum Essen ein. Sie will den *Tag der Veteranen* ein paar Tage vor dem eigentlichen Termin feiern." Daves Stimme war jetzt ernster. „Wahrscheinlich will sie an dem eigentlichen Feiertag lieber allein sein. Aber nächste Woche sind mehrere frühere Freunde von ihm da und auch das Mädchen, das er hatte heiraten wollen."

Das klang nach einem traurigen Treffen; das sagte Cody Dave auch. Aber Dave versicherte ihm, dass die Mutter ihres Kameraden etwas anderes plante. „Sie will, dass wir fröhlich sind und gemeinsam Spaß haben. Sie sagt, dass sie wieder Leben im Haus haben möchte."

Wie konnte Cody diese Einladung ablehnen? Er fragte nach der Adresse und Uhrzeit und versprach zu kommen. Er versuchte, sich vorzustellen, wie sie sich im Haus ihres Freundes trafen – der nie mehr dabei sein würde –, wie sie spielten und Witze erzählten, als wäre alles in Ordnung, als wäre es möglich, nach einem solchen Verlust wieder ins Leben zurückzukehren. Dieses Thema verfolgte Cody in letzter Zeit auf Schritt und Tritt. Offensichtlich wollte Gott ihm etwas zeigen: Er sollte den Menschen helfen, dort, wo es kein Leben gab, Leben zu finden. Wenn das stimmte, wollte er diese Herausforderung annehmen. Immerhin war das Gottes Aufforderung an die Menschheit. Er konnte das tun, auch wenn er Bailey schmerzhaft vermisste, auch wenn er nichts lieber wollte, als zu den Flanigans zu fahren und ihrer Familie bei dem, was sie heute gemeinsam unternahmen, Gesellschaft zu leisten und nie wieder wegzugehen. Die Besuche bei seiner Mutter, das Essen mit der Familie seines toten Kriegskameraden. Das alles war nur möglich, weil der Vers aus dem vierten Kapitel des Philipperbriefes während der gesamten Rückfahrt nach Bloomington in seinem Kopf widerhallte. Auch wenn der Weg noch so schwer zu sein schien, war es wahr: *Alles kann ich durch Christus, der mir Kraft und Stärke gibt.*

Auch das.

Kapitel 15

Keith hatte rund um die Uhr gearbeitet, um die richtigen Drehorte in Bloomington, die besten Elektriker, Techniker und Kameraleute zu finden. Dayne und Luke Baxter hatten sich um alle Vertragsangelegenheiten gekümmert. Heute war endlich der erste Drehtag. Die meisten Szenen würden in der neu gebauten, noch nicht eröffneten christlichen Highschool gedreht werden, in der es auch ein Theater und eine Aula gab. Hinter dem Schulgelände befand sich ein schlichtes Football-Feld und dahinter endloser Wald. Die perfekte Kulisse für die Außenaufnahmen.

Die Sonne war noch nicht aufgegangen, aber Keith und Dayne hatten verabredet, sich auf der Tribüne des Sportplatzes zu treffen, um zu beten. Keith traf als Erster ein. Das Rascheln der Herbstblätter unter seinen Schuhen war das einzige Geräusch. Er ließ seinen Blick über das noch im Dunkeln liegende Feld schweifen. Hundert Erinnerungen gingen ihm durch den Kopf: die Zeit, als er und Chase sich mit der Autorin von *Der Löwenzahnjunge* getroffen hatten; später, als es so ausgesehen hatte, als könnten die NTM-Studios sie daran hindern, diesen Film zu drehen. An den Tag vor nicht allzu langer Zeit, als Chase ausgestiegen war und Keith nicht gewusst hatte, ob Gott wollte, dass auch er mit dem Filmemachen aufhörte.

Keith hatte jedes Hindernis, auch wenn es noch so groß gewesen war, zu Gott gebracht und das Einzige getan, was er tun konnte: Er hatte gewartet. Gewartet und gebetet und geglaubt, dass Gott ihn nicht aus Indonesien zurückgeholt hatte, um Filme zu drehen, wenn es nicht um etwas sehr Großes und Lebensveränderndes ginge.

Der Tag heute versprach ungewöhnlich warm zu werden, genauso wie gestern, aber der Morgen war noch kühl und ein leichter Wind wehte über das frisch gemähte Gras. Keith atmete tief ein und wurde von einem übernatürlichen Frieden erfüllt.

Gott hatte ihnen den Weg gebahnt, wie nur er es konnte, und jetzt stand er kurz davor, den größten Film seiner Karriere zu drehen, vielleicht sogar den größten Film des Jahres. *Der Löwenzahnjunge* basierte auf einem Roman, der die Bestsellerliste der *New York Times* anführte, und das ganze Land sprach davon. Schon jetzt – ein Jahr bevor der Film überhaupt in die Kinos kam.

Ja, für die Medien war vieles interessant: Brandon Paul, der monatelang negative Schlagzeilen gemacht hatte und jetzt mit einem christlichen Produktionsteam zusammenarbeitete. Der Umstand, dass Autismus in letzter Zeit immer mehr ein Thema war und es in der Gesellschaft ein wachsendes Bewusstsein für diese Krankheit gab. Selbst Bailey Flanigan hatte in ihrer ganzen Unschuld und Naivität schon vor den Dreharbeiten für Aufsehen gesorgt. Die Menschen waren von ihr fasziniert. Baileys Mutter, Jenny Flanigan, wollte die meiste Zeit am Set dabei sein. Keith hatte mit Bailey gesprochen. Das Mädchen war selbstbewusst und bescheiden zugleich. Der Vorfall mit den Paparazzi lag hinter ihr und Keith hatte keine Sorge, dass sie sich durch diese Sache verändert hätte, obwohl er das Gefühl hatte, dass Brandon tatsächlich ein Auge auf sie geworfen hatte.

„Ich habe mich über ihn informiert", hatte Bailey zu Keith gesagt, als sie vor ein paar Tagen miteinander gesprochen hatten. „Er ist ein talentierter Schauspieler, aber sein Leben ist ein einziges Chaos." Sie hatte ihm erklärt, dass sie sich vorgenommen hatte, für Brandon zu beten. Außerdem erzählte sie alles Cody Coleman, dem jungen Mann, den sie liebte. Aber Bailey wusste auch, was für eine Chance es bedeutete, mit Brandon zusammenzuarbeiten. „An diesem Film mitzuarbeiten könnte ihn verändern." Sie klang begeistert. „Stellen Sie sich nur vor, welche Folgen das haben könnte!"

Keith hob das Kinn und atmete tief ein. Er konnte Gott fühlen, er konnte seinen Heiligen Geist in sich und um sich spüren. Wenn Bailey glaubte, dass Gott Brandon Paul durch die Dreharbeiten zu *Der Löwenzahnjunge* verändern konnte, wollten Keith und Dayne das auch glauben. Ihr Gebet war es von Anfang an gewesen, dass Gott sie benutzen würde, um diese Kultur zu verändern, um den christlichen Glauben wieder bekannt zu machen. Das war durch die Macht des Films möglich – es könnte aber auch durch einen veränderten Brandon Paul geschehen. Keith war fest entschlossen, von Gott auf die eine oder andere Weise ein Wunder zu erwarten.

Er hörte Schritte und drehte sich um. Dayne kam auf ihn zu. Er trug eine Jacke, Jeans und eine weiße Kappe. „Hi." Keith deutete auf den Platz neben sich. „Es ist noch sehr früh."

„Ich bin schon seit drei Stunden wach." Dayne setzte sich und grinste Keith an. „Ich konnte nicht schlafen."

„Chase hat mich gestern Abend angerufen." Keith hatte mit seinem früheren Co-Produzenten ein paarmal gesprochen, seit Dayne in die Firma eingestiegen war. Chase fand, dass sie ein perfektes Team bildeten.

„Wäre er jetzt gern hier?" In der Ferne hörte man Frösche quaken. „Wenn ich an seiner Stelle wäre, ginge es mir bestimmt so."

„Nein, davon hat er nichts gesagt." Keith dachte an sein Gespräch mit Chase zurück. „Er ist gern Jugendpastor. Er hat das Gefühl, genau am richtigen Platz zu sein." Er schmunzelte bei der Erinnerung daran, wie sein Freund geklungen hatte. „Sie treffen bereits Pläne für die Ferienbibelschule im nächsten Sommer. Sie wird bestimmt großartig, sagt er."

Dayne lachte leise. „Davon bin ich überzeugt." Er schwieg einen Moment und sie hörten den Fröschen zu. „Läuft es zwischen ihm und Kelly gut?"

„Ja. So gut wie noch nie. Für sie beide war diese Entscheidung richtig." Keith vermisste Chase immer noch, aber er freute sich für ihn. „Er hat gesagt, dass er für uns betet."

„Wir brauchen sein Gebet." Dayne pfiff leise. „In den nächsten sechs Wochen geht es um sehr viel."

„Auf jeden Fall." Wieder schwiegen sie, während Keith im Geiste eine Liste durchging mit allem, was zu tun war. „Ich treffe mich in einer halben Stunde mit der Frau vom Cateringservice. Wir sollten lieber bald anfangen zu beten."

„Hast du den bekommen, den du wolltest?"

„Den Cateringservice?" Keith grinste. „Er ist ein Volltreffer. Diese Frau ist zweifellos unsere Geheimwaffe am Set."

Er erzählte Dayne, dass Danielle Laatsch den besten Cateringservice in ganz Bloomington betrieb, die *Dessert-Oase*. Die Frau sah aus wie ein Spatz – sehr klein und zierlich, als könne jedes Lüftchen sie umpusten –, aber sie machte das beste Essen in ganz Indiana. Desserts waren ihre Spezialität und Jesus war ihre Leidenschaft. Wenn man bei ihr ein Stück Käsekuchen bestellte, erfuhr man unweigerlich, wie sehr Danielle Gott liebte.

„Die Schauspieler werden von ihr begeistert sein." Keith schaute zum

Horizont. Die ersten hellrosa Streifen des neuen Tages tauchten in der Ferne über den Bäumen auf. „Danielle ist Triathletin. Sie spricht drei Sprachen." Ihr Mann war beim Militär. Nachdem sie zwei Kinder bekommen hatten, hatte Danielle ihren Traum, Geheimagentin zu werden, aufgegeben. Sie hatte sich auf Catering spezialisiert. Zu ihren „Geheimoperationen" gehörte es nun, Menschen zu helfen, zum Glauben an Jesus Christus zu finden. Keith war gespannt, welche Gespräche sich in den nächsten Wochen im Essenszelt ergeben würden.

„Es freut mich, dass wir sie haben." Dayne grinste ihn an. „Bist du bereit?"

Sie beugten den Kopf. Keith war überwältigt. Der Traum, den sie manchmal fast nicht für möglich gehalten hatten, wurde wahr. Er bat Gott, ihnen Weisheit zu schenken und die Gabe, die Dreharbeiten so zu lenken, dass alles an diesem Projekt Gott die Ehre geben würde. „Schenk, dass dieser Film den Menschen vor Augen führt, dass bei dir, unserem mächtigen Gott, nichts unmöglich ist. Und bitte führe diese Menschen in den nächsten Wochen durch unsere Arbeit zu dir. In Jesu Namen, amen."

Am Ende des Gebets hob Keith den Blick und sah, dass der Himmel jetzt vollständig von einem leuchtenden Rosa und Blau durchzogen war. „Ich muss los. Sonst komme ich zu spät zu meinem Termin mit Danielle."

„Wir haben noch eine Stunde, bevor die Schauspieler kommen."

„Ich habe ein besonderes Gefühl für diesen Tag." Keith grinste und steckte die Hände in seine Jeanstaschen, während sie zur Schule gingen, wo das Essenszelt schon aufgestellt war. „Es ist der Anfang von etwas Außergewöhnlichem. An diesen Tag werden wir immer zurückdenken, weil wir keine Ahnung haben, welche unglaublichen Dinge vor uns liegen."

Ein paar Minuten später kamen sie im Essenszelt an. Der Spaziergang über das Schulgelände erinnerte Keith daran, dass auch dieses Detail seine kühnsten Erwartungen übertroffen hatte. Bis vor drei Wochen hatten sie gedacht, dass sie den Film an einem Dutzend verschiedenen Drehorten in der ganzen Stadt drehen müssten. Doch dann hatte jemand in der Kirche die neue Schule erwähnt.

„Sie ist noch nicht eröffnet, aber sie sieht fertig aus", hatte der Mann gesagt.

Nach einem fünfminütigen Telefongespräch am nächsten Tag hatten Dayne und Luke eine Vereinbarung ausgehandelt, dass *Jeremiah Productions* die Mittel für eine Überdachung der Tribünen im Football-Stadion zur Verfügung stellen würde und sie dafür einen Flügel für die Dauer der Dreharbeiten benutzen könnten. Die Räumlichkeiten waren perfekt. Der einzige andere Drehort, den sie brauchten, war das Haus, in dem Henry Harris wohnte. Am ersten Tag, an dem sie das Schulgelände besichtigt hatten, hatte Dayne in der Nähe ein Ranchhaus mit einem Schild gesehen, auf dem es zum Verkauf angeboten wurde.

Wieder hatte ein kurzer Anruf beim Immobilienmakler genügt und sie hatten die Ranch für zwei Monate gemietet. Sie bezahlten eine so großzügige Miete, dass die Eigentümer, die beide Rentner waren und es eigentlich nicht erwarten konnten, das Haus zu verkaufen, von dem Geld ein halbes Jahr leben konnten.

Schon aus zwanzig Metern Entfernung konnten Keith und Dayne Danielle vor dem Zelt herumwuseln sehen. Dampf stieg auf und der Geruch nach Eiern und Waffeln lag in der Luft.

„Hier riecht es herrlich." Dayne grinste. „Ich will dir gar nicht sagen, wie manche Essenswagen riechen."

„Wir wollten nur das Beste." Keith schmunzelte. „Mit Danielle haben wir einen Volltreffer gelandet."

Sie gingen um die Ecke und Danielle winkte ihnen mit hoch erhobenen Händen, in der einen Hand einen Pfannenwender und in der anderen einen Topflappen. „In zehn Minuten gibt es Frühstück!" Sie sah aus, als wäre sie schon seit Stunden wach, um ein Festessen vorzubereiten. „Belgische Waffeln sind das Lieblingsfrühstück meiner Kinder." Sie fuchtelte mit ihrem Pfannenwender in Richtung Tisch, als wäre er eine Art Zauberstab. „Gebäck, Obst, Pfannkuchen und ein Eiersoufflee. Das gibt euren Leuten einen guten Start in den Tag."

„Unglaublich." Keith lachte und klopfte Danielle anerkennend auf den Rücken. „Das haben Sie alles vorbereitet und wahrscheinlich auch noch die ganze Zeit für die Schauspieler gebetet."

„Natürlich." Sie hielt triumphierend den Pfannenwender in die Luft. „Was in den nächsten sechs Wochen hier passieren wird, wird genauso ein Wunder wie das, was Gott am Roten Meer getan hat. Das fühle ich."

„Gut gesagt, Danielle!" Dayne klopfte ihr anerkennend auf die Schulter.

Keith und Dayne gingen weiter und kontrollierten die Wohnwagen für jeden Schauspieler. In jeden war ein Geschenkkorb gestellt worden, um die Schauspieler zu begrüßen und sie daran zu erinnern, dass sie sich melden sollten, wenn sie während der Dreharbeiten irgendetwas brauchten. Das galt besonders für ihre jüngste Schauspielerin, Annie Sullivan, die Henrys Cousine spielte. Ihre Mutter wollte die ganze Zeit am Set dabei sein, aber in ihrem Korb würde sie einige Dinge finden, die ihr helfen sollten, sich hier zu Hause zu fühlen: eine Puppe, einige Stofftiere und ein Buch mit Bibelgeschichten. Annie und ihre Familie waren Christen und Keith wünschte sich, dass dieser erste Tag besonders für ihre jüngste Schauspielerin gut laufen würde. Während sie zum ersten Wohnwagen weitergingen, der Brandon Paul gehörte, dachte Keith an das, was Danielle gesagt hatte. Gott würde hier ein Wunder wirken.

Er war gespannt, was sie alles erleben würden.

* * *

Brandon trank in Daynes und Katys Küche eine Tasse Kaffee. Katy war seine Fahrerin, zumindest für heute. Er hatte vor, in Zukunft mit Bailey Flanigan zu fahren, nachdem sie sich heute wiedersehen würden. In den letzten Tagen hatte er Katy ein wenig besser kennengelernt. Sie hatte unglaublich viel Geduld mit der kleinen Sophie und war offensichtlich sehr in Dayne verliebt.

Als die Boulevardblätter vor mehreren Jahren mit Storys über Dayne und Katy voll gewesen waren, war Brandon noch zur Schule gegangen. Er erinnerte sich, dass er Katy damals sehr attraktiv gefunden hatte und sich sicher gewesen war, dass sie bald einen anderen Schauspieler als Freund hätte, wie es bei den meisten Hollywoodschauspielerinnen üblich war. Besonders nach Daynes Verkehrsunfall. Aber Katy war unübersehbar anders als die meisten Hollywoodschauspielerinnen.

„Du bist also die ganze Zeit bei ihm geblieben, bis es ihm wieder besser ging?" Brandon stützte die Ellbogen auf die Tischplatte und atmete den Dampf ein, der von seinem Kaffee aufstieg. „Und auch, als ihr schon verheiratet wart und alle behaupteten, er hätte eine Affäre mit dieser anderen Schauspielerin?"

Katy lachte und holte eine kleine Haferbreischüssel aus der Mikrowelle. Sie gab Milch dazu, rührte um und probierte einen Löffel voll. Dann brachte sie die Schüssel Sophie, die in ihrem Hochstuhl saß. Katy schaute Brandon direkt an und die Erinnerungen an jene Zeit wurden wieder lebendig. „Er liebte mich. Es hat keine Rolle gespielt, was in der Zeitung stand. Ich wusste die Wahrheit. Natürlich blieb ich bei ihm, bis er das alles überstanden hatte."

„Beeindruckend." Die beiden gefielen Brandon. Das, was sie zusammenhielt, war unübersehbar ihr Glaube, den Brandon in Hollywood nirgends sah. Viele hielten Dayne für ein wenig verrückt und dachten, er wäre eine Art Einsiedler geworden, weil er L.A. verlassen hatte und zurückgezogen an einem See in Indiana lebte. Aber so, wie er ihn hier erlebte, war nicht zu übersehen, dass Dayne glücklich war und ein beneidenswertes Leben führte.

„Was ist mit deiner Familie?" Katy schenkte ihm noch mehr Kaffee ein. „Was sagen sie zu deinem Erfolg und dazu, wie du durch die NTM-Serien ein Star wurdest?"

Brandons Schutzmauern gingen sofort hoch. Er sprach nicht über seine Familie, weder in Interviews noch in einem privaten Gespräch. „Sie mögen den ganzen Rummel nicht." Er trank einen großen Schluck. „Ich könnte nicht behaupten, dass sie von meiner Schauspielerei begeistert wären." Er grinste, um dieses Thema zu beenden. „Manchmal kann ich ihnen das nicht einmal verdenken."

Sie unterhielten sie noch ein paar Minuten über den christlichen Inhalt des Films. Katy lehnte sich an die Arbeitsplatte und schaute ihn aufmerksam an. „Dayne hat mir erzählt, dass du mit dem christlichen Teil des Films nicht in Verbindung gebracht werden willst. Dass du von Reportern nicht darauf angesprochen werden willst."

„Nein, darauf bin ich nicht wild." Brandon lachte, aber es klang selbst in seinen eigenen Ohren nervös. „Ich bin in Hollywood nicht unbedingt ein braver Chorknabe. Man kann wirklich nicht behaupten, dass Dayne und ich die gleichen Werte vertreten."

„Aber du bist ruhiger geworden." Sie lächelte ihn an. „Wir haben dich beobachtet."

„Na ja. Ich musste mich auf meine Rolle einstellen." Er trank seine Tasse leer, stand auf und stellte sie in die Geschirrspülmaschine. „Außerdem ist es eine große Rolle. Ich nehme die Sache ernst."

„Das ist gut." Katy schaute auf die Uhr an der Mikrowelle. „Wir müssen fahren. Aber, Brandon ..."

Er war schon zu seinem Zimmer unterwegs, um seine Tasche zu holen. „Ja?"

„Gott hat dich aus einem bestimmten Grund hierhergeführt. Das solltest du glauben."

„Das glaube ich auch." Er grinste übers ganze Gesicht. „Das glaube ich wirklich."

Es war nicht gelogen. Aber er glaubte das nicht, weil er vorhatte, Christ zu werden oder irgendeine Erleuchtung zu bekommen, wenn er die Rolle des Henry Harris in *Der Löwenzahnjunge* spielte. Gott hatte ihn aus einem anderen Grund hierhergeführt.

Dieser Grund hieß Bailey Flanigan.

Kapitel 16

Scharen von Paparazzi belagerten die Straße vor der christlichen Highschool in Bloomington, als Bailey Flanigan und ihre Mutter auf den abgesperrten Parkplatz bogen.

„Das ist doch nicht zu glauben." Ihre Mutter schaute aus dem Fenster auf die vielen Autos und Fotografen, die erwartungsvoll herumstanden. „Es ist sieben Uhr morgens. Was für ein skandalöses Foto erhoffen sie sich um diese Uhrzeit?"

Bailey hatte keine Ahnung. Sie erinnerte sich an Katys Rat: *Wenn es sich irgendwie vermeiden lässt, dann stelle dich nicht neben Brandon Paul.* Das war das einzige Motiv, das diese Paparazzi interessierte. Oder irgendetwas Unvorteilhaftes, zum Beispiel, wenn Bailey Krümel im Gesicht hatte oder sich die Nase schnäuzte.

Sie kicherte leise.

„Was ist so lustig?" Ihre Mutter fuhr auf dem Parkplatz in die Reihe, die für die Schauspieler reserviert war.

„Ich habe mir vorgestellt, dass sie mich fotografieren, wie ich etwas ganz Normales tue, zum Beispiel stolpern oder meinen Kaffee verschütten. Wenn sie auf ein solches Foto aus sind, dann können sie es haben. Es ist mir egal. Diese Klatschgeschichten sind sowieso dämlich."

„Das stimmt, Schatz." Jenny berührte kurz ihre Hand. „Vergiss das nicht."

Sie gingen zu einem Klassenzimmer am Rand des Schulgeländes, das während der gesamten Dreharbeiten der allgemeine Treffpunkt sein sollte. Um Viertel nach sieben sollten heute alle hier sein. Bailey war froh, dass sie pünktlich da waren. Sie und Cody hatten gestern Abend fast eine Stunde telefoniert. Bevor sie aufgelegt hatten, hatte Cody für sie gebetet. Sie hatte seine volle Unterstützung und versuchte mehr Verständnis dafür aufzubringen, dass er gerade viel zu tun hatte. Sie hatte die Zeit ohne Cody genutzt, um das Drehbuch auswendig zu lernen. Sie kannte ihren Text vorwärts und rückwärts. Wenn nötig, könnte sie ihn im Halbschlaf und mit geschlossenen Augen aufsagen. Trotzdem wollte sie rechtzeitig da sein. Wenn auch vielleicht vor allem, um zu beten und das Atmen nicht zu vergessen.

Obwohl sie am liebsten laute Freudenrufe ausgestoßen hätte, weil ihr Traum tatsächlich wahr wurde! Bailey Flanigan aus Bloomington, Indiana, spielte in einem Hollywoodfilm mit Brandon Paul die weibliche Hauptrolle! Sie quietschte leise, während sie zum Klassenzimmer gingen.

„Ist mit dir alles in Ordnung?"

„Falls ich anfange zu schweben, musst du mich wieder auf den Boden ziehen."

„Das musst du wahrscheinlich dem Regisseur sagen." Ihre Mutter lachte. „Ich warte nach der Besprechung im Essenszelt auf dich."

„Hm. Ihm kann ich das nicht sagen", scherzte sie. „Er hat dafür wahrscheinlich keine Zeit."

Sie lachten immer noch, als sie das Klassenzimmer betraten. Die Produzenten und der Regisseur saßen schon mit mehreren Leuten zusammen und waren in ein Gespräch vertieft.

Mr Ellison entdeckte sie. „Du störst nicht, Bailey. Komm herein. Setz dich. Wir arbeiten nur an den Details unserer ersten Szenen."

Eine Frau aus der Gruppe reichte Bailey ein Blatt Papier. „Das ist der heutige Drehplan. Hier sehen Sie, an welchen Szenen wir arbeiten, wann wir Sie brauchen und wo Sie wann sein müssen. Solche Dinge. Die Szenen werden nicht in der chronologischen Reihenfolge gedreht, sondern so, wie es der Regisseur aufgrund der äußeren Gegebenheiten für sinnvoll hält." Sie deutete auf fünf Stellen auf dem Blatt und stellte sich als Regieassistentin vor. „Hier brauchen wir Sie heute." Sie zögerte, als fiele ihr erst jetzt ein, dass Bailey noch nie eine so große Rolle gespielt hatte. „Sie kommen eine halbe Stunde, bevor wir Sie brauchen, zur Maske. Dabei wird jede Szene besprochen. Wenn jeder weiß, was er zu tun hat, drehen wir."

Bailey versuchte, sich zu konzentrieren. Sie überflog das Blatt und wusste sofort, um welche Szenen es sich handelte. Sie waren alle ziemlich kurz. Trotzdem wäre der Tag bestimmt sehr ausgefüllt. Ihre Mutter setzte sich hinten in den Raum und zog einen Notizblock heraus. Sie plante, in den nächsten Wochen drei Zeitschriftenartikel zu schreiben. Sie wollte Bailey zum Set begleiten, musste aber trotzdem ihre eigene Arbeit schaffen. Bailey hörte, wie andere Schauspieler hinter ihr den Raum betraten, und merkte, wie sie sich langsam entspannte. Sie hatte zwar nicht so viel Erfahrung wie die anderen Schauspieler am Set, aber

Gott hatte sie aus einem bestimmten Grund hierhergeführt. Sie musste sich nicht unsicher oder minderwertig fühlen. Gott war in jedem Moment bei ihr. Und er würde ihr die richtigen Worte im Umgang mit Brandon Paul geben. Bei ihrer ersten Begegnung mit ihm hatte sie sich nicht anders verhalten als jedes andere Mädchen, das für ihn schwärmte. Dieses Mal war sie besser vorbereitet.

Bailey studierte immer noch das Blatt mit dem Drehplan und stand mit dem Rücken zur Tür, als jemand hinter sie trat und die Hände auf ihre Schultern legte. „Hallo, Schönheit." Brandon beugte sein Gesicht nahe neben ihres und flüsterte ihr ins Ohr: „Ich freue mich schon seit einem Monat auf dich."

Jetzt wird es ernst, dachte sie. Er roch wunderbar und seine Stimme war so sanft, dass ihr eine Gänsehaut über den Rücken lief. Sie drehte sich um und legte die Hand auf seine Brust, um mehr Abstand zu ihm aufzubauen. Sie ließ die Hand sinken und lächelte, wie sie ihre kleinen Brüder anlächeln würde. „Ich wünsche dir auch einen guten Morgen."

Er zog die Brauen hoch und schüttelte leicht den Kopf. Seine Miene verriet, dass ihn Baileys distanziertes Verhalten überraschte. „Ich wollte damit nur sagen ..." Er verbeugte sich leicht. „Herzlichen Glückwunsch. Du hast die Rolle verdient."

„Danke." Sie reichte ihm den Drehplan. „Hast du das schon gesehen?"

Er warf einen kurzen Blick darauf und gab ihr dann das Blatt zurück. „Man wird mir schon sagen, wann ich wo gebraucht werde. Ich bin bereit." Er zuckte die Achseln und schaute sie herausfordernd an. „Und du?"

„Ich glaube schon." Mit dem Drehplan hatte sie etwas in der Hand, auf das sie ihren Blick richten konnte. Dann konnte sie sich auf etwas anderes als auf seinen Charme konzentrieren. „Ich kann meinen Text."

„Nein, Bailey." Brandon lachte leicht. „Das meine ich nicht."

Sie schaute ihn verwirrt an und versuchte zu ignorieren, wie attraktiv er aussah. „Was meinst du dann?"

„Ob du dafür bereit bist." Er legte die Hand auf ihre Schulter und zwinkerte ihr zu. „Für dich und mich."

„Dass wir zusammenarbeiten?" Noch immer strömten Schauspieler und Mitarbeiter ins Zimmer. Die Plätze füllten sich. In spätestens einer Minute würden die Produzenten die Besprechung beginnen. Bailey trat einen kleinen Schritt zurück. „Ja, Brandon. Dafür bin ich bereit."

„Dass wir zusammenarbeiten … und für das, was sich sonst noch ergibt." Er legte wieder den Arm um ihre Schultern und führte sie in die vorderste Reihe.

„Sonst wird sich nichts ergeben." Sie lächelte ihn an und versuchte erneut, ihm klarzumachen, dass sie sich nicht auf ihn einlassen wollte. Als sie saßen, konzentrierte Bailey ihre ganze Aufmerksamkeit auf die Produzenten und Regisseure. Brandon dazu zu bringen, sich anständig zu benehmen, würde anstrengend werden.

Keith Ellison stand auf und ein erwartungsvolles Schweigen breitete sich aus. „Herzlich willkommen." Sein Lächeln war ernst, aber seine Augen leuchteten. „Sie alle wissen, welche Vision wir für *Der Löwenzahnjunge* haben. Sie haben das Drehbuch gelesen. Ich möchte Sie bitten, sich jetzt in diesem Raum umzusehen." Alle folgten seiner Aufforderung und schauten die Schauspieler und Kameraleute, die Regisseure und die Techniker an. „Wir haben hier eine ganz besondere Truppe und Crew. Ein Dream-Team." Die Energie und Leidenschaft, die in seiner Stimme lagen, erfüllten den Raum. „In den nächsten sechs Wochen werden Sie Leistungen abliefern, die Sie sich selbst nicht zugetraut hätten. Sie werden in dem Filmmaterial, das wir drehen, eine Chemie spüren, die Ihnen den Atem verschlagen wird. Und Sie werden verstehen, dass man nicht oft im Leben eine solche Chance bekommt. Die Chance, an etwas mitzuwirken, das Sie selbst definiert."

Bailey hatte das Gefühl, als sage Andis Vater das alles nur für sie. Sie richtete sich höher auf und betete im Stillen, dass alles, was Mr Ellison sagte, tatsächlich so kommen würde. Er sprach weiter und ging auf die Details der Szenen ein, die heute auf dem Drehplan standen. Dann tat er etwas, das wahrscheinlich an nicht vielen Filmsets geschah.

„Mein Glaube und Dayne Matthews' Glaube sind kein Geheimnis und da wir die Produzenten dieses Films sind, wollen wir am Anfang beten." Sein Gebet dauerte nicht lange und war nicht übertrieben. Er dankte Gott für die Gelegenheit, etwas Besonderes zu tun, und er bat, dass jeder, der beteiligt war, durch diese Erfahrung gesegnet wurde.

Bailey merkte, dass Brandon neben ihr unruhig wurde, weil er sich bei dem Gebet offensichtlich nicht ganz wohlfühlte. Das war nicht so schlimm. Sie hatte fast zwei Monate Zeit, um ihm zu helfen, sich daran zu gewöhnen. Sie konnte es kaum erwarten, dass es endlich losging.

Brandon spielte in der ersten Szene, die gedreht werden sollte. In dieser Szene saß Henry Harris in seiner Klasse für Schüler mit Behinderung. Eine Lehrerin versuchte, zu ihm durchzudringen, aber er ließ sich durch nichts ansprechen. Später würden Brandon und Bailey die Szene drehen, in der Henry Ella zum ersten Mal sah, als sie mit einer Gruppe Theaterkinder auf der Bühne sang.

„Komm mit“, forderte Brandon sie auf. „Wir gehen zur Maske und Garderobe. Ich habe das Gelände schon erkundet. Ich weiß, wohin wir müssen.“

Bailey verabschiedete sich von ihrer Mutter und wollte schon mit Brandon aufbrechen. Doch an der Tür blieb sie abrupt stehen. „Paparazzi“, flüsterte sie, bevor sie zu sehen war. Sie wich drei Schritte zurück. „Geh du zuerst.“

„Ist das dein Ernst?“ Er schaute sie fragend an und lachte ungläubig. „Wen interessiert es schon, ob man uns zusammen sieht? Wir drehen zusammen einen Film.“

„Ich möchte nicht wieder in der Boulevardpresse erscheinen. Das sehe ich als besondere Herausforderung an.“ Bailey wollte ihm keine andere Wahl lassen, als bei ihrem Versteckspiel mitzumachen.

„Du hast mir nicht erzählt, dass du paranoid bist.“ Brandon lachte wieder, zuckte die Achseln und ging allein zu dem Klassenzimmer, in dem die Maske und Garderobe untergebracht waren. Sie wartete ein paar Sekunden und folgte ihm dann. Dabei achtete sie darauf, nicht zu nahe neben irgendjemandem herzugehen. Tatsächlich entdeckte sie die Paparazzi zwanzig Meter entfernt auf dem Parkplatz. Sie hatten ihre Kameras auf sie gerichtet. *Das ist perfekt,* dachte sie. *Danke, Gott, dass ich nicht mit ihm hinausgegangen bin.* Ihr wurde leichter ums Herz, denn das war der Rat, den Katy ihr gegeben hatte. Wenn sie so viel Abstand zu Brandon hielt, dass man sie nicht miteinander fotografieren konnte, lieferten sie den Paparazzi keinen Stoff für irgendwelche reißerischen Storys.

Aber als sie nach der Maske in das Klassenzimmer im hinteren Teil der Schule kam, in dem die Szene gedreht werden sollte, war Brandon still und mürrisch. Triumphierend lächelnd ging sie zu ihm. „Es hat funktioniert! Sie haben nicht das Foto bekommen, das sie wollten!“

„Sag mir, dass du das nicht während der gesamten Dreharbeiten machen willst!“ Er schaute sie frustriert an. „Ein Versteckspiel mit den Paparazzi.“

„Brandon …“ Bailey zwang sich, nicht mehr zu lächeln. „Die Story, die sie abgedruckt haben, nachdem du das letzte Mal hier warst, hat mich gestört. Es sah aus, als wären wir ein Paar oder so etwas.“

„Das hat dich gestört?“ Sein Frust verwandelte sich in leichte Belustigung. Als wollte er sie daran erinnern, dass Millionen Mädchen sofort mit ihr tauschen würden.

„Wir sind nicht zusammen. Diese Fotos haben einen völlig falschen Eindruck erweckt.“

Er schaute sie lange an. Schließlich wurden seine Augen weicher. Er legte die Hand auf ihre Schulter und bewegte die Finger an ihrem Hals hinauf in ihre Haare. „Noch nicht, Bailey.“ Er beugte sein Gesicht nahe zu ihr hinab und flüsterte: „Wir sind *noch* nicht zusammen.“

Das war wahrscheinlich Brandons übliche Art im Umgang mit Frauen, aber etwas an seiner Miene wirkte vollkommen ehrlich.

„Ich habe einen Freund.“ Bailey lachte und befreite sich langsam von ihm.

„Ich dachte, ihr müsstet das noch klären.“ Er schaute sie an, als wäre er verletzt. „Lass mir Zeit. Ich werde dir zeigen, dass ich es ernst meine.“

Den restlichen Tag zeigte sich Brandon von seiner besten Seite. Er lieferte in jeder Szene eine großartige Leistung ab und brachte ihr zwischen den Aufnahmen Wasser und etwas zu essen. Bailey schlüpfte genauso selbstverständlich, wie sie lachte oder sprach, in ihre Rolle. Sie liebte jede Szene, jede Aufnahme und musste sich immer wieder ins Gedächtnis rufen, dass sie nicht tatsächlich Ella Reynolds war.

Brandon beobachtete sie in einer Szene. Danach kam er auf sie zu und schaute zuerst rechts und dann links hinter sich. „Keine Paparazzi.“ Er lächelte sie an. „Darf ich jetzt neben dir stehen?“

Sie lachte. „So schlimm bin ich auch wieder nicht. Ich will nur nicht, dass man mich für deine Freundin hält.“

„Ich weiß. Das habe ich verstanden.“ Er nickte übertrieben. Aber als sie sich weiter unterhielten, hatte sie das Gefühl, dass er von ihr fasziniert war. Er fragte nach ihren Collegekursen und nach ihren Erfahrungen auf der Bühne. Er erkundigte sich nach ihren Brüdern und der

Arbeit ihres Vaters als Trainer. Es war, als wäre er von ihrem normalen Leben fasziniert. Seine Fragen machten ihr bewusst, wie dankbar sie für ihr Leben war, und sie verspürte ein wenig Mitleid mit Brandon.

„Wie ist es, hier in einer Kleinstadt zu leben? Deine ganze Familie um dich zu haben?"

„Wir alle stehen einander sehr nah." Jetzt, da er ihre Grenzen kannte, genoss sie das Gespräch mit ihm. „Uns verbindet etwas Besonderes." Bailey deutete zu dem Raum auf der anderen Seite des Flurs, zu den Technikern und Elektrikern, den Kameras und Lichtern. „Aber das hier ist meine Leidenschaft. Schauspielerin zu sein. Mein eigentlicher Traum ist der Broadway. Kinofilme machen einen Menschen viel zu durchsichtig." Sie lächelte. „Ich brauche diese ganze Aufmerksamkeit nicht."

Wie ein Gedanke, den er nie zuvor in Betracht gezogen hatte, schien ihre Antwort langsam zu ihm durchzudringen. Sie saßen in einem Klassenzimmer gegenüber dem Raum, in dem die Kulisse für die nächste Szene vorbereitet wurde, auf zwei Tischen. Im Moment war außer ihnen niemand im Raum. Brandon berührte ihre Wange. „Ich habe in meinem ganzen Leben noch nie jemanden wie dich kennengelernt."

Bailey wollte sich von seinem Kompliment nicht einwickeln lassen. Sie nahm seine Hand aus ihrem Gesicht und drückte sie freundlich. „Dann solltest du mehr unter normale Leute gehen."

Vor den Aufnahmen für die letzte Szene des Tages gingen sie zu zweit in das Essenszelt, um noch eine Kleinigkeit zu essen. Bailey lernte Danielle Laatsch kennen. Nachdem sie ihren Teller mit Truthahnscheiben und Obstsalat gefüllt hatte, nahm Danielle sie beiseite. „Ich bete für Sie, Bailey. Dayne hat mir gesagt, dass Sie Christin sind."

„Ja, Ma'am. Danke." Bailey nickte in Brandons Richtung. „Beten Sie auch für ihn. Ich glaube, er hat Fragen in Bezug auf Gott."

„Das mache ich." Sie grinste Bailey an. „Ich habe das Gefühl, dass Gott Sie benutzen will, um diesen Jungen zu verändern."

Baileys Augen wurden weicher. „Hoffentlich."

Als sie aßen, respektierte Brandon ihre Wünsche und setzte sich nicht neben sie. Aber während der ganzen Zeit grinste er sie an oder zwinkerte ihr zu. Er schrieb sogar *Ich vermisse dich* auf eine Serviette und hielt sie hoch. Später versicherte er ihr, dass er aufgepasst hatte, damit die Fotografen die Serviette nicht sehen würden.

Vor den letzten Aufnahmen des Tages kam Brandons Agent auf Bailey zu. „Was auch immer Sie tun, machen Sie so weiter. So habe ich Brandon seit seinem ersten Film nicht mehr erlebt."

Später erklärte Dayne ihnen, dass sie von den heutigen Aufnahmen begeistert seien. Brandon lieferte eine noch einfühlsamere und ehrlichere Leistung ab, als sie sich erhofft hatten. Bailey war nicht sicher, was das bedeutete, aber sie war froh, dass sich Brandon so gut benahm. Sie hatte keine Lust, sechs Wochen mit ihm zu diskutieren und ihm klarzumachen, dass sie kein Interesse an einer Affäre mit ihm hatte. Sie waren wieder im Klassenzimmer gegenüber dem Raum, in dem gedreht wurde. Dieses Mal hatte Bailey ihre Handtasche bei sich. Ihre Mutter war kurz weggefahren, um etwas zu erledigen und Baileys Brüder vom Training abzuholen. Bailey wollte sichergehen, dass sie ihr Smartphone greifbar hatte.

Brandon erzählte ihr gerade von seinen Lieblingsstränden in Südkalifornien, als Baileys Smartphone in ihrer Handtasche kurz vibrierte. Sie zog es heraus, um nachzusehen, ob es ihre Mutter war. Brandon beugte sich zu ihr herüber. „Der junge Trainer?"

Bailey grinste, aber sie drehte ihm so weit den Rücken zu, dass er den Text nicht lesen konnte. Es war eine SMS von Cody. Sie las, was er geschrieben hatte, und ihr Herz schlug höher.

Ich denke an dich. Die ganze Zeit. Ich glaube an dich, Bailey.

„Bailey, komm schon." Brandon spielte mit ihren Haaren. „Ist er das?"

„Ja." Sie schaltete ihr Smartphone aus und steckte es wieder in die Tasche. „Er vermisst mich." Sie grinste. „Müssen wir nicht zu einer Szene?"

Er warf einen Blick auf die Uhr an der Wand und verzog das Gesicht, als wäre er wirklich traurig. „Ich fürchte schon." Dann deutete er auf ihr Smartphone. „Sag mir eines, Bailey: Was hat dieser Football-Trainer?" Er spielte mit ihr und zog sie auf, aber sie hatte das Gefühl, dass er eine ernste Antwort hören wollte.

Bailey überlegte, dass sie diese Gelegenheit nutzen konnte, um ihm mehr darüber zu verraten, wer sie wirklich war. Und *wem* sie gehörte. Trotz der Unruhe, die sich immer noch in ihr regte, hoffte sie, er könnte den Frieden in ihren Augen sehen, von dem er selbst keine Ahnung hatte. „Willst du das wirklich wissen?"

„Ja." Brandon beugte sich näher zu ihr vor und wieder war sein Charisma wie ein Kraftfeld. „Was hat er, das ich nicht habe?"

Bailey verspürte eine tiefe Stärke und Gewissheit. „Er hat Jesus. Und er hat mich." Egal, was mit Cody los war, er liebte sie. Er dachte den ganzen Tag an sie.

Brandon schaute sie lange an, aber er sagte nichts mehr. Er nickte nur langsam und nachdenklich. Bevor sie weitersprechen konnten, rief der Regisseur sie. Als der Drehtag zu Ende ging, als Bailey mit ihrer Mutter nach Hause fuhr, wo ihr Vater und ihre Brüder mit Makkaroni und Käse auf sie warteten, dachte sie über den Blick in Brandons Augen nach und darüber, was ihre Antwort vielleicht bei ihm ausgelöst hatte. Ihre Gedanken kreisten darum, während ihre Brüder sie nach ihrem Tag ausfragten und während sie am Tisch darüber lachten, wie lustig es wäre, wenn die Paparazzi Bailey mit Ketchup im Gesicht fotografieren würden. Selbst als sie an diesem Abend schließlich ins Bett schlüpfte und einzuschlafen versuchte, dachte sie noch über Brandon nach. Es war das erste Mal an dem ganzen Tag gewesen, dass er keine schnelle Antwort oder flirtende Bemerkung parat gehabt hatte. Das konnte nur eines bedeuten: Dass Cody Jesus hatte, beschäftigte ihn. Das bedeutete, dass Gott an Brandon Paul arbeitete.

Bailey konnte es kaum erwarten, was der nächste Tag bringen würde.

Kapitel 17

Cody hatte Benny Dirks roten Honda nicht mehr gesehen, aber er hielt die Augen offen. Er war immer vorsichtig. Wieder war eine Woche vergangen und er verbrachte den Samstag in Indianapolis bei seiner Mutter. Eigentlich hätte er gleich dort bleiben können, doch er fuhr nach Bloomington zurück, um dann abends zur Mutter seines gefallenen Kameraden, Art Collins, zu fahren. Cody stellte fest, dass ihm der Weg von Bloomington nach Indianapolis inzwischen viel zu vertraut war. Während der ganzen Fahrt überlegte er, was er sagen und wie er sich verhalten sollte. Art war kein enger Freund gewesen, aber er war in Codys Einheit gewesen. Der Einzige aus seiner Einheit, der nicht lebend nach Hause gekommen war.

Als er vor dem Haus vorfuhr, war Cody überzeugt, dass es richtig war, dass er heute Abend hierherkam. Doch er wusste, dass das Schwierigste an den kommenden Stunden nicht Arts leerer Stuhl oder seine trauernde Verlobte sein würde oder die Herausforderung, vor die Arts Mutter alle stellte, weil sie sich einen lustigen Abend wünschte. Am schwersten war für ihn, dass Bailey nicht bei ihm war.

Aber wenn er zu oft an sie dachte, würde er heute Abend nur sein Herz verschließen und sich nicht auf die Menschen konzentrieren können, denen er heute begegnen würde. Deshalb verdrängte er Bailey aus seinen Gedanken. Arts Mutter öffnete ihm die Tür. Sie war eine schlanke Afroamerikanerin mit dunkler Haut und schönen braunen Augen und stellte sich als Tara vor. Als er in ihr Gesicht sah, wusste Cody sofort, dass sie an Gott glaubte. Sie umarmte Cody und dankte ihm für sein Kommen. Dann schaute sie ihn fragend an. „Art würde das so wollen." Sie lächelte, obwohl ihr Tränen in den Augen standen. „Ich stelle mir oft vor, dass er zu uns herabblickt und gern bei uns wäre."

Dave kam mit einem Glas in der Hand auf ihn zu. „Wenn das Essen so gut schmeckt, wie es riecht, wäre er auf jeden Fall gern hier." Er legte eine Hand auf Taras Schulter. „Wenn Sie nichts dagegen haben, sollten Sie unsere Köchin sein, wenn wir alle irgendwann dort oben bei Art sind."

Tara lachte und die Tränen in ihren Augen verwandelten sich in Freudentränen. „Danke, Männer. Ehrlich. Danke, dass ihr gekommen seid."

Sie gingen in Taras Wohnzimmer, wo im Fernseher, der über dem Kamin in der Ecke stand, eine Sportsendung lief. Drei andere Männer aus ihrer Einheit waren da, einige mit ihren Frauen. In der Küche war eine bildschöne junge Frau. Sie hatte lange, dunkle Haare, die sich wie in einer Shampoowerbung um ihr Gesicht legten.

Tara nahm Cody an der Hand und zeigte ihm die kalten Getränke. „Bedienen Sie sich bitte. Hier soll niemand Durst haben." Sie lachte. Nachdem Cody eine Wasserflasche genommen hatte, führte Tara ihn in die Küche. „Das ist Cheyenne." Ihr Lachen verschwand, aber ihr Lächeln blieb. „Sie wollte meinen Art heiraten." Tara küsste das Mädchen auf die Wange. „Ihm würde dieser Abend gefallen, glaubst du nicht auch, Cheyenne?"

„Ja, Mama." Cheyenne rührte einen Topf Chili um. Sie hatte rehbraune Augen und ein Gesicht, nach dem sich wahrscheinlich überall, wohin sie ging, die Leute umdrehten. Wie Art und seine Mutter war auch sie Afroamerikanerin.

„Das ist Cody. Er hat im Krieg vielen das Leben gerettet."

Cody merkte, wie seine Wangen rot anliefen. „Nein, Ma'am. Das stimmt nicht. Ich war nur …"

„Cody!" Tara hielt einen Finger hoch und schaute ihn neckend an. „Widersprechen Sie mir nicht! Wenn ich sage, dass Sie ein Held sind, dann sind Sie ein Held." Sie wandte sich an Cheyenne. „Er ist ein Held. Basta."

Cheyenne kicherte und wischte sich die Hände an einem Handtuch ab, das neben dem Herd hing. „Es freut mich, dich kennenzulernen, Cody." Sie hielt ihm die Hand hin.

„Die Freude ist ganz meinerseits." Cody drückte ihre Hand. Dann schaute er Tara wieder an. „Danke, dass ich auch eingeladen wurde."

„Art hat es geliebt, wenn alle zusammenkommen, miteinander essen und sich fröhlich über die alten Zeiten unterhalten."

Ein Bild von Art tauchte vor Codys innerem Auge auf – sein breites Grinsen, seine muskulösen Arme. Art hatte zwei Jahre an der Universität von Indiana Football gespielt, bevor er zur Armee gegangen war. „Hier zu sein und Sie kennenzulernen …", Cody seufzte, „… da vermisse ich ihn noch mehr."

„Wir vermissen ihn alle.“ Tara drückte Cody kurz an sich. „Aber Art würde wollen, dass wir heute feiern.“ Sie nickte kräftig und versuchte, ihre aufgewühlten Gefühle unter Kontrolle zu bringen. „Er ist jetzt in den Armen von Jesus. Wir haben also keinen Grund, um Art zu weinen. Nicht mehr.“ Wieder glänzten Tränen in Taras Augen, aber sie lächelte trotzdem. Auch während des Essens und der Nachspeise und auch danach, als alle am Tisch saßen und Kaffee tranken und fröhliche Erinnerungen an Art austauschten.

Cody hörte hauptsächlich zu, aber sein Blick wanderte immer wieder zu Cheyenne. Wie musste sie sich fühlen – jetzt, da ihre Pläne, Art zu heiraten und mit ihm eine Familie zu gründen, zerstört waren? Cody fiel auf, dass auch Cheyenne ihn immer wieder anschaute. Eine Weile später brachte Tara Spielkarten, ein Rummybrett und eine Tüte Gummibärchen. „Wenn Gott gewollt hätte, dass wir um Geld spielen, hätte er uns keine Gummibärchen gegeben“, lachte sie. Alle stimmten in ihr Lachen ein. Sie teilte die Gummibärchen auf und Cody setzte sich neben Cheyenne.

„Ich kenne das Spiel nicht“, flüsterte sie ihm zu. Sie war sehr scheu, aber die Herzlichkeit dieses Abends gab allen das Gefühl, alte Freunde zu sein.

Cody lächelte sie an, wobei sich ein sonderbares Gefühl in seinem Herzen regte. „Ich zeige es dir. Tu einfach das Gleiche wie ich.“

Das Spiel war laut und fröhlich. Den Höhepunkt bildete der Moment, als Tara laut rief: „Ich habe einen Royal Flush! Ich habe einen Royal Flush!“ Sie schaute nach oben. „Hörst du, Art? Deine Mama hat einen Royal Flush!“

Erst nach Mitternacht war das Spiel zu Ende. Die Besucher brachen auf. Tara stand an der Tür und umarmte jeden von Arts früheren Armeekameraden, wie sie früher wahrscheinlich Art umarmt hatte. Sie weinte nicht und ließ keine Traurigkeit zu. Vielmehr lachte sie mit jedem über etwas von diesem Abend, über eine lustige Geschichte oder die Gummibärchen oder ihren Royal Flush. Sie schlug jedem auf den Rücken und bemerkte immer wieder, wie gut dieser Abend ihrem Art gefallen hätte.

Seit dem Kartenspiel war Cheyenne an Codys Seite geblieben, sodass sie jetzt gleichzeitig das Haus verließen. Erst jetzt wurde Tara ernst und schaute Cheyenne lange und durchdringend an. „Danke, dass du hier warst, Cheyenne. Das hat mir sehr viel bedeutet.“

„Ach, Mama." Cheyenne legte ihre schlanken braunen Finger um Taras Gesicht. „Ich hätte mir diesen Abend auf keinen Fall entgehen lassen."

„Wenn ich dich sehe …" Tara lächelte immer noch. Sie strahlte immer noch wegen der Fröhlichkeit, die an diesem Abend das Haus erfüllt hatte. Doch jetzt lag ein leises Schluchzen in ihrer Stimme. „Ich vermisse ihn. Meinen Art."

Zum ersten Mal an diesem Abend standen Tränen in Cheyennes Augen. „Ich vermisse ihn auch, Mama." Sie umarmte Tara und hielt sie lange fest. „Ich werde ihn immer vermissen."

Cody war unsicher, als er diese persönliche Szene beobachtete. Er wünschte, er wäre ein paar Minuten früher gegangen, aber jetzt konnte er nur versuchen, sich im Hintergrund zu halten und den Frauen den Raum zu geben, den sie brauchten. Cheyenne küsste Tara auf die Wange und eilte die Treppe hinab. Unten drehte sie sich um und wartete auf Cody.

„Ma'am, danke für diesen wunderbaren Abend." Cody wurde genauso umarmt wie die anderen Männer vor ihm. „Gott hat mich an diesem Abend zu Ihnen geführt."

„Das glaube ich auch." Tara zog eine Liste aus einer Tasche ihrer Jacke. Die Liste war verknittert und ausgebleicht, als trage sie sie seit Jahren mit sich herum. Sie faltete den Zettel auseinander und zeigte ihn Cody. „Schauen Sie. Ich habe alle eure Namen aufgeschrieben von allen Kameraden, mit denen Art in den Krieg zog."

Cody warf einen Blick auf den Zettel. Tatsächlich stand sein Name darauf. Die meisten Männer, die auf dem Zettel aufgelistet waren, waren heute Abend hier gewesen. „Sie …" Er schaute Tara an. „Sie haben diesen Zettel bei sich?"

„Immer. Art zog in den Krieg, weil er sich dazu berufen fühlte. Er schrieb mir, nachdem er in der Wüste gelandet war, dass ihr Männer seine Mission seid." Damit berührte sie einen wunden Punkt in Codys Herz. „Er hat jeden Tag für Sie gebetet, Cody. Nachdem er starb …" Sie schluchzte und hatte Mühe, sich wieder zu fassen. Ein Lächeln zog über ihr Gesicht. „Nachdem er zu Jesus heimgegangen war, habe ich das an seiner Stelle übernommen."

„Sie beten für uns?" Cody war erstaunt. Er war hauptsächlich aus Pflichtgefühl hierhergekommen, um in dieses Haus Leben zu bringen.

Aber genau das Gegenteil war der Fall. Hier im Haus der Collins' war das Leben.

„Ja." Tara lächelte ihn an, obwohl ihr die Tränen über die Wangen liefen. „Ich bete jeden Tag für Sie, Cody. Gott hat mir gesagt, dass Sie heute Abend hier sein sollten." Sie nickte Cheyenne zu, die unten an der Treppe wartete. „Jetzt sorgen Sie dafür, dass diese junge Dame unversehrt zu ihrem Auto kommt." Tara zog eine Braue hoch. „Alles klar?"

Cody lächelte. „Ja, Ma'am." Schon nach diesem einen Abend liebte er Tara Collins und war sich sicher, dass er sie wieder besuchen würde. Früher oder später. Er dankte ihr noch einmal und sprang die Treppe hinab. Tara schaute von der Tür aus zu, wie Cody zu Cheyenne trat und sie zu ihrem Auto begleitete.

„Sie will mich immer beschützen", flüsterte Cheyenne und kicherte leise. Sie schaute hinter sich und winkte Tara zu. Dann schaute sie Cody mit einem ernsten Lächeln an. „Niemand liebt mich mehr als sie."

Cody hörte, wie sich die Tür schloss, und drehte sich um, um sich zu vergewissern, dass Tara sie nicht länger beobachtete. Dann legte er den Kopf schief und schaute Cheyenne an. „Dieser Abend hat mir gutgetan."

„Es ist unmöglich, einen Besuch bei Tara nicht zu genießen." Cheyenne verzog das Gesicht. „Wer hat schon Gummibärchen als Spieleinsatz? Diese Frau hat immer lustige Ideen."

„Hast du das Spiel inzwischen verstanden?" Cody hatte keine Ahnung, warum er diesen Moment in die Länge zog. Vielleicht weil ihm die junge Frau leidtat. Offenbar trauerte sie auch nach zwei Jahren immer noch um Art. Vielleicht auch, weil sie beide eine gewisse Einsamkeit verband.

„Ja, ich habe es begriffen. Danke." Sie machte einen leichten Knicks. „Du bist ein guter Lehrer, Cody."

„Und du bist eine gute Schülerin." Er dachte daran, sie zu fragen, ob sie noch irgendwo einen Kaffee trinken wollte. Er könnte mehr über sie erfahren und ihr etwas über sich erzählen. Aber er verwarf die Idee genauso schnell, wie sie gekommen war. Er trat einen Schritt zurück und beschloss, Bailey auf dem Rückweg anzurufen. „Es war schön, dich kennenzulernen, Cheyenne."

„Gleichfalls.“ Ihr Lächeln war jetzt scheuer als vorher. Sie stieg in ihren VW-Käfer, schloss die Tür, winkte kurz und fuhr los. Cody schaute ihr nach, dann ging er langsam zu seinem Auto. Plötzlich hörte er, wie die Haustür geöffnet wurde, und sah, dass Tara auf die Veranda heraustrat. „Cody Coleman!“ Sie verschränkte die Arme vor ihrer Brust und ließ ihre Stimme streng klingen. „Ich hoffe, Sie haben sich wenigstens ihre Nummer geben lassen.“

„Was?“ Cody musste wider Willen lachen. „Nein, Ma'am. Das habe ich nicht.“

„Um Himmels willen!“ Tara schüttelte den Kopf. „Wie ich sehe, muss ich weiter für Sie beten.“

„Danke, Tara.“ Immer noch lachend, winkte er ihr zu. „Gute Nacht.“ Er stieg in sein Auto und begriff, dass Tara das die ganze Zeit schon geplant hatte. Deshalb hatte sie dafür gesorgt, dass Cheyenne während des Kartenspiels neben ihm gesessen hatte. Tara versuchte, ihn mit der Frau zu verkuppeln, die Art früher geliebt hatte.

Es seufzte traurig, als er wegfuhr und auf die Straße nach Bloomington zusteuerte. Cheyenne war schön und sehr sympathisch, ein Mädchen, das ihm vielleicht gefallen würde, wenn sein Leben anders wäre. Aber während er wegfuhr, erfüllte nur ein Gesicht sein Herz, seinen Verstand und seine Seele. So schön Cheyenne auch war, war es nicht ihr Gesicht. Es war das Gesicht von Bailey Flanigan – dem Mädchen, das er sein Leben lang lieben würde. Er konnte nur hoffen, dass Tara Collins, wenn sie jeden Tag für ihn betete, irgendwann auch für das Wunder beten würde, das Cody brauchte.

Dass Benny Dirk bald verhaftet werden würde.

Kapitel 18

Andi stellte ihr Auto auf dem leeren Parkplatz am Lake Monroe ab und ließ ihren Blick über die glänzende Wasseroberfläche in der Ferne schweifen. Die Nachmittagssonne wärmte sie durch die Windschutzscheibe und sie lehnte den Kopf zurück. Der Himmel sah von hier aus grenzenlos und blau aus, aber nicht einmal dieser friedliche Anblick konnte ihre Unruhe vertreiben. Niemand wusste, dass sie hier war, nicht einmal ihre Eltern oder Bailey. Es war die zweite Woche der Dreharbeiten. Mittlerweile war die ganze Stadt von der Begeisterung für den Film angesteckt. Andi ließ ihr Fenster nach unten und atmete die saubere Luft ein. Es roch hier ganz anders als in der Stadt und in der Nähe der Universität. Hier vermischten sich wilder Flieder und Geißblatt mit der frischen Luft vom See und lockten sie zu bleiben, ihre Sinne von Gottes Schönheit erfüllen und ihren Kopf frei werden zu lassen.

Sie stellte sich Bailey vor, wie sie mit Brandon Paul zusammenarbeitete, als wäre es das Normalste der Welt. Sie hatten ein paarmal über ihn gesprochen, seit Brandon zur Probeaufnahme nach Bloomington gekommen war. Bailey interessierte sich nicht für ihn. Sie hatte nur Augen für Cody. Warum auch nicht? Cody liebte sie. Er hatte Bailey jeden Tag geliebt, den sie mit Tim Reed zusammen gewesen war, und hatte geduldig gewartet. Bailey würde niemals Cody Coleman wegen eines leichtlebigen Hollywood-Stars aufgeben. Unmöglich.

Aber was war mit ihr? Wer würde für Andi und das Baby, das in ihr heranwuchs, da sein? Ihr Blick wanderte über das Wasser. Am anderen Ufer sah sie zwei Rehe aus dem Wald auftauchen. Sie liefen über die Wiese und steuerten aufs Ufer zu. Wer würde ihr beistehen, wenn sie ihr Leben als unverheiratete Mutter begann? Ja, sie hatte die Unterstützung ihrer Eltern, aber wie lange konnte sie bei ihnen wohnen? Bis sie fünfundzwanzig war? Dreißig? Würde sie gleichzeitig zusehen, wie ihre Freundin ihren Traum, als Schauspielerin zu arbeiten, verwirklichte?

Andi setzte ihre Sonnenbrille auf, stieg aus dem Auto und sperrte es ab. Sie musste spazieren gehen, sie brauchte Zeit, um über das nachzudenken, was sie tun würde. Es waren noch keine drei Wochen vergangen, seit sie beschlossen hatte, das Baby zu behalten. Im ersten Moment hatte ihr diese Entscheidung einen unbeschreiblichen Frieden gebracht. Eine Gewissheit, dass sie das Richtige tat. Aber seitdem? Sie zog ihre Jacke enger um sich. Was war mit ihr los? Warum konnte sie Gottes Stimme nicht so hören, wie sie das brauchte? Sie ging einen leeren Schotterweg entlang, bis sie zu einer Abzweigung kam. Nach weiteren fünfzig Metern stieß sie auf eine Bank. Sie hatte diese Bank schon früher hier gesehen. Andi setzte sich, hielt das Gesicht in die Sonne und genoss die Wärme.

Was bedeutete diese ständige, nagende Nervosität? Das Unbehagen, das ihr den Frieden raubte und in ihr die Frage weckte, ob sie sich je wieder gut und zufrieden fühlen würde? Sie breitete sanft die Hände über ihrem Bauch aus, über die Stelle, an der ihr kleiner Sohn geborgen in ihr heranwuchs. Er war ihr Sohn und niemand konnte ihn ihr wegnehmen. Das hatte Gott ihr klargemacht. Die Entscheidung lag bei ihr und diese Entscheidung hatte sie auf einer einzigen Grundlage getroffen.

Aufgrund der Aufnahmen vom Gesicht ihres Kindes.

Ihn anzusehen, sich ihn als Neugeborenen, als Zweijährigen, als Kindergartenkind vorzustellen, sich vorzustellen, wie er Radfahren lernte oder seine ersten Schritte machte … Andi konnte sich nicht vorstellen, ihn wegzugeben. Jetzt wusste sie, wie er aussah. Sein Gesicht hatte sich für immer in ihr Herz eingebrannt. Andi konnte den Gedanken nicht ertragen, dass fremde Menschen das alles mit ihrem Sohn erleben würden. Die Aufnahmen lagen immer noch auf dem Tisch neben ihrem Bett und sie schaute sie jeden Morgen und jeden Abend an. An ihrer großen Liebe zu diesem kleinen Jungen hatte sich nichts geändert und auch nicht an ihrem Wunsch, ihn aufwachsen zu sehen.

Aber egal, was sie machte oder wie sie betete, sie fand diesen tiefen Frieden nicht mehr.

Andi verschränkte die Arme vor sich und legte sie auf die kleine Erhebung, wo früher ihre Taille gewesen war. Sie betrachtete wieder die Rehe, die über das freie Feld liefen. Während eines am Ufer trank, hielt das andere Wache. So sollte es sein. Einer hielt Wache. Dieses Bild erinnerte sie an das, was gestern passiert war, als sie aus ihrem Geschichtskurs gekommen war. Sie war allein über einen belebten Weg auf dem Campus gegangen, als Taz aus der entgegengesetzten Richtung gekommen war und sie fast umgerannt hätte. Er war mit einer Gruppe Filmstudenten zusammen gewesen, die Andi kannte.

Keiner von ihnen hatte sie bemerkt, nicht einmal Taz, bis sie sich fast berührten. Er hatte zu lächeln begonnen und gesagt: „Entschuldigung", doch dann hatte er gesehen, wer sie war. Sein Blick war sofort finster geworden. Er hatte einen schnellen Blick auf ihren Bauch geworfen und seine Miene hatte sich nur mit einem Wort beschreiben lassen: *Abscheu.* Als wäre es ihre Schuld, dass sie mit ihm geschlafen hatte, als wäre es ihre Schuld, dass sie schwanger geworden war. Er hatte ein kurzes, sarkastisch klingendes Lachen ausgestoßen und den Kopf geschüttelt, als würde ihm allein schon bei ihrem Anblick schlecht werden. Dann war er ein paar Schritte gelaufen, um seine Freunde einzuholen.

Andi war mitten auf dem Weg stehen geblieben und hatte ihm nachgesehen. Fast eine Minute lang hatte sie gedacht, sie würde ohnmächtig werden oder zusammenbrechen, weil eine so große Traurigkeit und Wut und ein so starker Zorn in ihr gewütet hatten. Wie konnte er es wagen, sie so anzusehen? Als wäre sie nichts als stinkender Müll? Als sie schließlich hatte weitergehen können, hatte sie im ganzen Körper gezittert. Irgendwann hatte sie sich an eine Bibelstelle erinnert, die sie und Rachel gelesen hatten.

Es war die Geschichte von Tamar und Amnon aus dem Alten Testament. Andi erinnerte sich, dass Amnon ein glühendes Verlangen nach Tamar gehabt hatte. Deshalb hatte er sie zu sich kommen lassen und sich krank gestellt. Tamar war gekommen, hatte ihm Kuchen gebracht und Essen gekocht und es ihm ans Bett gestellt, da er zu krank gewesen war, um aufzustehen. Doch dann hatte Amnon sie zu sich ins Bett gezogen und sie vergewaltigt.

Am Ende der Geschichte hieß es, dass Amnon, nachdem er mit ihr geschlafen hatte, Tamar mit einem Hass verachtet hatte, der größer gewesen war als die Begierde, die er vorher nach ihr gehabt hatte. Mit anderen Worten: Amnon hatte ein Auge auf ein Mädchen geworfen, es vergewaltigt und dann verachtet. Als Andi und Rachel diese Geschichte gelesen hatten, war Rachel sehr betroffen gewesen.

„Wenn alle Mädchen diese Geschichte lesen würden, würden sie sich vielleicht von den Jungs, die nur das eine wollen, fernhalten", hatte Rachel gesagt.

An dieses Gespräch hätte sich Andi erinnern sollen, bevor sie sich auf Taz eingelassen hatte. Sie seufzte und rutschte auf der Bank hin und her, um eine Sitzposition zu finden, bei der ihr der Rücken nicht so wehtun würde. Aber es gab keine. Sie hob den Blick zum blauen Himmel und dachte an etwas anderes, das ihr gestern bewusst geworden war. Als sie nach der unerfreulichen Begegnung auf dem Campus zu Hause gewesen war, hatte Andi den Computer eingeschaltet und Taz' Studentenfilm gegoogelt, in dem sie ihm erlaubt hatte, sie oben ohne zu filmen. Jeder Muskel in ihrer Brust und in ihrem Bauch hatte sich bei dem, was sie gefunden hatte, zusammengezogen. Laut Google entwickelte sich der Film zu einem begehrten Untergrundfilm. Jugendliche luden ihn herunter und schauten ihn auf ihren Tablets oder Smartphones an. Ein Kommentar, den sie gelesen hatte, lobte Taz als aufstrebenden Regisseur und bewunderte seinen begabten Stil und seine interessante Technik, was auch immer das heißen sollte. Es hieß, dass die Nacktszene sehr geschmackvoll behandelt wurde. Diese zwei Worte hatten nichts im selben Satz zu suchen, wie Andi jetzt wusste: geschmackvoll und Nacktszene.

Sie war schon zweimal in der Cafeteria oder in einem Kurs gewesen, als andere Studenten zu flüstern angefangen und in ihre Richtung gesehen hatten. Bedeutete das, dass sie den Film gesehen hatten? Flüsterten sie hämisch, weil sie Andi praktisch nackt gesehen hatten? Oder weil sie schwanger war? Jedes Mal fragte sie sich, ob sich Maria Magdalena so gefühlt hatte.

Wie hatte sie sich nur zu so etwas überreden lassen können? Und jetzt machten die Beweise für ihre schlechten Entscheidungen an der ganzen Universität von Indiana und an vielen anderen Unis die Runde. Niemals würde Andi alle Kopien einsammeln und zerstören, alle Daten dieses Filmes löschen können. Sie hatte ihre Unschuld verschenkt und würde sie nie mehr zurückbekommen. Sie hatte ihren Eltern natürlich von dem Film erzählt und sie hatten mit ihr getrauert und gebetet und hofften, dass der Film bald in Vergessenheit geraten würde.

Und wenn nicht? Wenn ihr kleiner Junge eines Tages zur Schule ginge und seine Freunde den Film entdeckten? Wie konnte sie ihn einem solchen Spott aussetzen, besonders wenn er erfahren musste, dass der Mann, der den Film gedreht hatte, sein Vater war? Andi beugte sich vor und kämpfte gegen die Übelkeit an. Sie versuchte, wieder genug Luft in ihre Lunge zu bekommen. Das war natürlich auch zu bedenken.

Wenn sie ihren Sohn behielt, würde er irgendwann wissen wollen, wer sein Vater war. Alle kleinen Jungen wollten ihren Vater kennen. Ein früherer Mitschüler von ihr war von einer alleinerziehenden Mutter aufgezogen worden und er hatte gesucht und gesucht, bis er seinen Vater gefunden hatte. Auch wenn der Mann mit Drogen gedealt hatte und immer wieder im Gefängnis gewesen war. Auch wenn seine Mutter eine gute Arbeit gehabt hatte und sich ihr ganzes Leben lang bemüht hatte, dem Jungen ihre ganze Liebe zu schenken. Als er älter geworden war, war er zu seinem Vater gezogen. Als Andi ihn gefragt hatte, warum er das getan habe, hatte er geantwortet: „Weil er mein Vater ist."

Andi richtete sich auf und versuchte, tief einzuatmen. War das wirklich möglich? War es möglich, dass ihr kleiner Junge, wenn er größer war und Taz fand, sie *seinetwegen* verlassen würde? Sie atmete langsam ein und aus. Ihr Blick wanderte wieder zu den Bäumen auf der anderen Seite des Sees. *Gott, ich weiß, dass ich keine Angst haben soll. Aber ich bin nicht sicher, ob ich das schaffe.*

Verlass dich nicht auf deinen eigenen Verstand, meine geliebte Tochter. Verlass dich auf mich; ich werde dir den Weg ebnen.

Die Antwort kam mit dem Herbstwind und legte sich mit der großen Gewissheit, dass Gott bei ihr war, über ihre Seele. Gott liebte sie und er liebte ihren Sohn und er würde sie durch die kommenden Monate begleiten, egal, wie sie sich entschied.

Lange saß Andi vollkommen still da und hielt das Gesicht in die Sonne. Während sie das tat, fand sie eine Antwort, zuerst langsam und dann mit einer Klarheit, als ob sich kalter Morgennebel lichtete und ein strahlender Tag begann. Sie kannte ihr Baby aufgrund der Bilder und sie liebte ihr Baby, weil sie es kannte. Sie liebte ihren Sohn von ganzem Herzen, mehr als alles in ihrem Leben, sogar sich selbst. Sie könnte auf ihre Träume, Schauspielerin zu werden, verzichten. Sie könnte auf die Möglichkeit verzichten, einen Mann wie Cody Coleman zu finden, und sogar die Hoffnung aufgeben, dass ihr Kind einen Vater haben würde.

Aber das alles könnte sie nicht, solange sie nicht absolut sicher war, dass es Gottes Wille war, dass sie das Baby behielt. Und mit einer Klarheit, die sie vorher nicht gehabt hatte, war ihr plötzlich eindeutig bewusst, dass ihr geliebtes Baby nicht ihr gehörte. Ihr Sohn gehörte nicht ihr. Er gehörte der Adoptivfamilie, die sie vor vier Monaten im Katalog der Adoptionsagentur gesehen hatte.

Tränen traten in Andis Augen. Obwohl sie nicht schluchzte, liefen ihre Tränen in heißen, stummen Strömen über ihr Gesicht, tropften auf ihre Hose und hinterließen winzige, nasse Kreise. Sie würde ihr Baby vermissen, ihren kleinen Sohn. Gott selbst musste ihr den Mut geben, das Kind einer anderen Familie zu überlassen. Aber dazu berief Gott sie. Diese neue Erkenntnis schlug in ihr Wurzeln und erfüllte ihr Herz und ihre Seele. Lange trauerte sie um ihren Verlust und überlegte, wie schmerzlich es sowohl bei der Geburt als auch in den kommenden Jahren für sie werden würde, in denen ihr kleiner Sohn ohne sie aufwuchs. Sie würde ihn den Rest ihres Lebens vermissen, aber sie wusste, dass es Gottes Plan und die richtige Entscheidung war. Ihr Opfer war für ihr Baby das Beste.

Als Andi aufstand und zu ihrem Auto zurückging, fühlte sie eine andere Art von Sonnenschein auf ihren Schultern und in ihrer Seele. Eine Wärme und einen Frieden, der nur von Gott kommen konnte, denn hier an diesem schönen Oktobermorgen hatte sie seine Stimme gehört und wusste ohne jeden Zweifel, dass sie das Richtige tat. Sie würde es ihren Eltern heute Abend sagen und dann musste sie nur noch eines tun:

die Adoptionsagentur anrufen.

Kapitel 19

Luke Baxter war diese Woche zu Hause, da seine Mandanten alle in Bloomington waren und *Der Löwenzahnjunge* drehten. Das war eine herrliche Abwechslung zu der vielen Arbeit in den Wochen vor Beginn der Dreharbeiten. Dayne hatte ihn gebeten, sich bereitzuhalten für den Fall, dass sich am Set rechtliche Probleme ergeben sollten.

„Verbring die Woche mit deiner Familie“, hatte ihm Dayne am Sonntag gesagt, als sie sich bei Ashley und Landon in ihrem Elternhaus getroffen hatten. „Komm am Set vorbei, um ein wenig zuzusehen, aber nimm dir vor allem Zeit für deine Familie.“

Jetzt war Donnerstag. *Jeremiah Productions* drehte schon seit fast zwei Wochen. Luke und Reagan hatten jede Minute ihrer gemeinsamen Zeit genossen, sie ließen die Kinder abends länger aufbleiben und am Morgen länger schlafen. Heute Morgen hatte Luke versprochen, das Frühstück für die Familie zu machen. Während die anderen noch schliefen, suchte er die Zutaten für Pfannkuchen zusammen. Er hatte eine ganze Weile keine Pfannkuchen mehr gebacken, aber er war ziemlich sicher, dass er noch nicht vergessen hatte, wie es ging. *Das ist so ähnlich wie Fahrradfahren*, sagte er sich. *Wenn man einmal Pfannkuchen gemacht hat, weiß man, wie es geht.*

Luke schloss seinen iPod an die Küchenlautsprecher an und suchte seine Playlist mit Matthew West und Mandisa und mehreren anderen christlichen Künstlern, die er gern hörte. Das erste Lied war das Lied, an das er heute Morgen ununterbrochen denken musste: *When God Made You* von Newsong. Er und Reagan hatten bei ihrer Hochzeit zu diesem Lied getanzt. Seitdem hörte es sich Luke immer wieder gern an, besonders in wichtigen Situationen in seinem Leben.

Sie befanden sich in einer solchen Situation.

Die Beziehung zwischen ihm und Reagan war so gut wie nie; ihre Kinder Tommy und Malin waren gesund und glücklich, aber ihre Familie stand an einer Weggabelung. Luke musste sich immer wieder bewusst machen, dass Reagan und die Kinder ein Geschenk von Gott waren und dass er immer noch gute Pläne für sie hatte. Sie beteten schon lange dafür, dass zu diesen Plänen noch mehr Kinder gehörten.

Aber die traurige Nachricht der Adoptionsagentur hatte sie tiefer getroffen, als sie erwartet hätten.

„Schwangere Frauen ändern manchmal ihre Meinung", hatte ihnen die Sachbearbeiterin in der Agentur erklärt. „Geben Sie nicht auf. Irgendwann bekommen Sie ein Kind."

Luke wollte das von ganzem Herzen glauben. Da er mit der ganzen aufregenden Arbeit durch Dayne und Keith und *Jeremiah Productions* viel zu tun hatte, konnte er sich leichter ablenken als Reagan. Aber als er am Sonntag nach einer weiteren Woche in Los Angeles nach Hause gekommen war, hatte er sofort gewusst, dass Reagan geweint hatte.

„Ich hatte das Gefühl, als würde ich ihn schon kennen. Ich hatte bereits einen Platz in unserer Familie für ihn vorbereitet", sagte sie am Abend zu ihm, als die Kinder im Bett waren. „Es ist, als hätte ich ihn verloren."

Luke verstand sie. Jetzt, da er in dieser Woche zu Hause war, ging es ihm genauso. Warum hatte es sich die schwangere Frau anders überlegt? Hatte es etwas mit ihrer Familie oder ihrer Darstellung in der Mappe der Agentur zu tun? Traf diese Frau die richtige Entscheidung? Luke hatte keine Ahnung, wie sie hieß und in welcher Situation sie sich befand, aber er fragte sich unweigerlich, ob sie nur impulsiv handelte oder ob es wirklich die beste Entscheidung für den kleinen Jungen war. Seitdem beteten er und Reagan oft für diese Frau und das Kind … und für ein anderes Kind, das Gott vielleicht stattdessen in ihre Familie bringen wollte. Tommy wünschte sich Zwillinge. Vielleicht war das der Grund? Vielleicht hatte Gott irgendwo Zwillinge für sie. Auch dieser Gedanke gab ihm keinen Frieden. Er wünschte sich immer noch den kleinen Jungen, auf den sie sich alle schon gefreut hatten.

Luke sang das Lied leise mit. „Als Gott dich geschaffen hat, muss er schon an mich gedacht haben." Er blätterte durch das Kochbuch und fand ein Rezept für Pfannkuchen. Doch die Zutatenliste war verschmiert. Jemand hatte Butter oder Sirup daraufgeschmiert und versucht, sie sauber zu wischen. Das Rezept war nicht mehr zu erkennen. Er runzelte die Stirn und versuchte trotzdem, die Buchstaben zu entziffern. Dann stellte er das Buch achselzuckend in den Schrank zurück. Wasser und Eier, Milch und Öl. Das war es doch gewesen, oder? Er schüttete die Zutaten zusammen, bis die Schüssel fast voll war. *Hm, eine halbe Tasse Wasser?* Ja, das klang gut.

Er holte die Messbecher aus der Backschublade und nahm, nur für alle Fälle, auch die Löffel heraus. Was brauchte er noch? Er kramte in der Schublade, bis er einen Schneebesen und einen stabilen Kochlöffel fand. *Die Pfannkuchen sind bald fertig.*

„Er schuf die Sterne, er schuf den Mond … Sie passen perfekt zusammen." Luke traf den Ton nicht richtig und schmunzelte. Nur gut, dass er Anwalt war. Als Sänger würde er es bestimmt nicht weit bringen.

In den nächsten Minuten gab er eine halbe Tasse Wasser, eine Tasse Öl und sechs Eier in die Schüssel. Dann goss er noch eine viertel Tasse Milch dazu, damit die Pfannkuchen locker und feucht wären. Aber als er versuchte, die Zutaten zu verrühren, fühlte sich die Masse ziemlich steif an. *Ich muss mehr rühren, ein bisschen mehr Kraft aufwenden,* sagte er sich. *Vielleicht fehlt noch ein wenig Öl.* Er gab noch eine Tasse Öl dazu. Dann nahm er den Kochlöffel und rührte den Teig um. Je länger er rührte, umso mehr hatte er das Gefühl, dass die Konsistenz des Teiges passte. Er war glitschig, aber das könnte passen.

Luke holte die Pfanne aus dem Schrank, gab Butter hinein und stellte den Teig neben den Herd. Er erinnerte sich, dass Pfannkuchen in die Pfanne gegossen wurden, aber sein Teig ließ sich nicht gießen. Er bildete einen festen Klumpen, glatt und weich. Vielleicht sollte er die Pfannkuchen wie Frikadellen mit den Händen formen? Ja, das musste es sein.

Das Lied ging zu Ende und danach hörte er Matthew Wests *The Moment of Truth.* Luke liebte diesen Text, da er ihn an die Meilensteine auf dem Lebensweg erinnerte, an Momente der Wahrheit, an die man sich erinnern musste, damit man in schwierigen Zeiten nicht vergaß, dass Gott immer noch alles in der Hand hatte. Er wirkte auch heute noch Wunder und er liebte seine Kinder sehr.

„Kehr zurück, kehr zurück, zum Moment der Wahrheit." Luke hielt den Pfannenwender wie ein Mikrofon an seinen Mund. Zu diesem Lied konnte man auch herrlich singen, solange der Rest seiner Familie nicht aufwachte. Tommy zog ihn gern wegen seines Gesangs auf, auch wenn das Luke nicht störte. Musikalisch betrachtet waren sie beide, Vater und Sohn, völlig untalentiert, egal, ob sie zusammen sangen oder jeder für sich. Reagan und Malin lächelten sie jedes Mal mit schmerzerfüllten Mienen an, wenn sie zu singen begannen, und nickten, als wollten sie sagen: *Bitte, könnt ihr euch beeilen, damit es bald vorbei ist?*

Luke lachte leise. Er formte zwei schöne runde Pfannkuchen und legte sie in die zischende Butter. Er betrachtete die zwei Teile nachdenklich. Etwa stimmte nicht. Er drehte die Temperatur kleiner. Er konnte sie nicht auf höchster Stufe backen, da sie sonst außen verbrannten und innen roh waren. Wieder betrachtete er die weißen, runden Teile. Sollten nicht kleine Luftblasen aufsteigen? Vielleicht hatte er die Herdplatte zu niedrig eingestellt. Er drehte sie wieder höher.

Zehn Minuten später kam Tommy in die Küche gestürmt mit einem Spielzeugfeuerwehrwagen in den Händen, den er zum Geburtstag von seinem Onkel Landon bekommen hatte. Er gab schrille Sirenentöne von sich. Er rutschte aus und landete am Küchenschrank. „Wo ist das Feuer, Papa? Ich will es löschen. Wo brennt es?"

Luke schaute seinen Sohn mit gerunzelter Stirn an. „Es brennt nicht."

„Oh doch!" Tommy rappelte sich auf die Beine, schaute sich mit großen Augen um und versuchte, zum Herd hinaufzublicken. „Ich habe es bis in mein Zimmer gerochen."

„Das ist nur die Butter. Butter riecht manchmal wie Rauch." Luke lächelte seinen Sohn geduldig an und drehte die Pfannkuchen um. Erst jetzt sah er, dass er es mit der Hitze vielleicht ein wenig zu gut gemeint hatte. Die Unterseite war nicht direkt schwarz, aber sie war ziemlich dunkelbraun. Er verzog das Gesicht und warf einen schnellen Seitenblick auf Tommy. „Diese Pfannkuchen sind knusprig."

Tommy eilte in die Speisekammer, holte einen Hocker und stellte ihn neben Luke. Als er die Pfannkuchen sah, kicherte er. „Sie sind verbrannt, Papa. Deshalb riecht es nach Rauch."

„Nein, sie sind nicht verbrannt." Luke drückte seinen Pfannenwender auf die zwei Pfannkuchen in der Pfanne. „Sie sind kross. Das ist etwas ganz anderes."

Reagan kam in die Küche, als Luke gerade seine ersten zwei fertigen Pfannkuchen auf einen Teller legte und anfing, die nächsten beiden zu formen. Sie trug einen rosa Seidenmorgenmantel und ihre langen blonden Haare hingen in offenen Locken über ihren Rücken. Sie sah jung und schön aus. Aber als sie in die Küche trat, funkelten ihre Augen belustigt. „Was ist angebrannt?"

„Der Koch bekommt keinen Respekt." Luke umarmte sie von der Seite und legte die nächsten beiden Pfannkuchen in die Pfanne. „Ich hatte ein wenig zu viel Butter in der Pfanne. Das war alles."

Sie betrachtete mit zusammengekniffenen Augen den Inhalt der Pfanne und lachte schallend. „Luke, was ist *das?*"

„Ich will auch sehen, Mama!" Malin streckte die Hände nach oben und tanzte um die drei herum.

Tommy stand immer noch auf dem Hocker. Jetzt schaute er Reagan an und schüttelte den Kopf, als wollte er Luke sagen, dass etwas nicht stimmte. „Papa sagt, dass das Pfannkuchen sind. Aber sie sehen nicht wie Pfannkuchen aus. Außerdem habe ich ein Feuer gerochen."

„Ja." Reagan betrachtete die Teigschüssel genauer. „Schatz, das ist kein Pfannkuchenteig. Das ist … das ist öliger Zement." Sie schaute ihn immer noch lachend an. „Wie viel Öl hast du genommen?"

„Zwei Tassen. Oder so." Er räusperte sich. „Das ist gesund, denn es ist Olivenöl."

„Zwei Tassen oder so?" Reagan kicherte noch mehr.

„Das ist viel Öl, Papa." Tommy nickte mit ernster Miene. „Nur ganz wenig Öl für Pfannkuchen, nicht wahr, Mama?"

Luke wollte sich immer noch rechtfertigen. Er drehte die Herdplatte kleiner und nahm den Teller mit den dunkelbraunen Pfannkuchen. „Sie sind so, wie wir sie mögen. Knusprig und leicht und luftig."

„Leicht und …" Reagan lachte wieder. Sie nahm einen Pfannkuchen und machte eine übertriebene Bewegung, als könnte sie ihn kaum halten. „Schatz, mit diesen Teilen könntest du den Fußboden fliesen." Luke wollte gerade erklären, dass man früher Pfannkuchen gern ein wenig gehaltvoller gegessen hatte, doch in diesem Moment klingelte das Telefon. Er warf einen Blick auf die Uhr an der Mikrowelle und sah, dass es schon nach neun war. Hoffentlich gab es keine Probleme am Set. Er deutete mit dem Zeigefinger auf Reagan und Tommy, um ihnen zu sagen, dass sie auf den Rest seiner Erklärung über die Pfannkuchen kurz warten mussten. Dann ging er ans Telefon. „Hallo?"

Tommy sprang von seinem Hocker und nahm ein Geschirrtuch. „Ich treibe den Rauch aus dem Zimmer, Mama. Du wirst gleich sehen."

Am anderen Ende musste die Frau Tommy gehört haben, denn sie lachte kurz. „Ähm … Spreche ich mit Luke Baxter?"

„Ja." Er signalisierte Tommy, still zu sein, während Reagan die Teigschüssel nahm und den Inhalt in den Müll kippte.

Malin schaute ihr mit dem Daumen im Mund zu und Tommy wedelte mit dem Geschirrtuch durch die Luft. „So …" Er bemühte sich, leiser zu sprechen, aber Tommy war auch dann laut, wenn er flüsterte. „Siehst du, Papa? Jetzt bin ich ein Feuerwehrmann wie Onkel Landon! Ein leiser Feuerwehrmann!"

Reagan nahm einen Pfannkuchen und schlug damit kräftig auf die Spüle. Ein paar Krümel brachen ab, aber ansonsten blieb das steinharte Teil fest.

Die Frau sagte etwas, aber Luke hörte nicht genau hin. Die ganze Szene in der Küche war plötzlich so lustig, dass er sich nicht mehr beherrschen konnte. Er begann zu lachen und musste sich umdrehen, um wieder ernst zu werden. „Entschuldigung, ich habe nicht zugehört. Bei uns in der Küche geht es gerade heiß her."

Wieder lachte die Frau. „Kein Problem. Das klingt lustig." Sie atmete tief ein und setzte erneut an. „Ich rufe von der Adoptionsagentur an. Ich habe eine gute Nachricht für Sie, Mr Baxter. Erinnern Sie sich an die schwangere Frau, von der wir Ihnen erzählt haben?"

Luke drückte das Telefon näher an sein Ohr und hielt sich das andere Ohr zu. Er schloss die Augen, um sich auf jedes Wort, das sie sagte, konzentrieren zu können. Es ging um die schwangere Frau. „Sprechen Sie bitte weiter."

„Sie hat über ihre Entscheidung nachgedacht und sie noch einmal geändert. Sie sagt, Gott habe sie diese Woche überzeugt, dass das Baby nicht ihr gehöre." Die Stimme der Frau klang ein wenig aufgeregt. „Er gehört Ihnen. Sie möchte die Papiere so bald wie möglich unterschreiben."

Luke fuhr herum und schaute Reagan an, aber sie war damit beschäftigt, mindestens einen Liter Milch in einen frischen Pfannkuchenteig zu rühren. Tommy sprang immer noch in seinem Schlafanzug herum und wedelte mit dem Geschirrtuch, um die Küche von Rauch zu befreien. Jetzt folgte Malin seinem Beispiel und wedelte kichernd mit den Händen durch die Luft, als würden die beiden eine Art Stammestanz aufführen.

Eine tiefe Freude erfüllte Luke. Er dankte der Frau für den Anruf und versicherte ihr, dass er und Reagan sobald wie möglich in ihr Büro kommen würden, um die Papiere zu unterschreiben. Dann legte er auf und ließ die Szene, die sich vor ihm abspielte, auf sich wirken. Natürlich war es möglich, dass die schwangere Frau ihre Meinung noch einmal änderte, aber er hatte das Gefühl, dass sie das nicht tun würde und dass Gott ihre Gebete erhört hatte. Diese Erhörung war schneller gekommen, als sie alle zu hoffen gewagt hatten. Dieser kleine Junge würde ein Teil ihrer Familie werden und Luke würde sich, solange er lebte, an diesen Morgen erinnern, wie er sich an viele entscheidende Augenblicke in seinem Leben erinnerte. Momente der Wahrheit. Der Tag, an dem er erfahren hatte, dass er und Reagan einen Sohn hatten. Ihre Versöhnung nach einem Jahr Trennung. Ihre Hochzeit. Und der Tag, an dem sie Malin nach Hause gebracht hatten. Und jetzt dieser ganz besondere Morgen mit verbrannten Pfannkuchen und öligem Zement und Kindern, die in der Küche tanzten.

Der Morgen, an dem sie erfuhren, dass Gott ihnen noch einen Sohn schenken würde.

Kapitel 20

Cody lief zusammen mit den anderen Trainern und der halben Mannschaft an der Seitenlinie des Football-Feldes der Clear Creek High entlang. Connor Flanigan hatte den Ball und stürmte los. Er wich einem Angreifer aus und dann dem nächsten und steuerte auf das freie Feld zu. „Lauf! Lauf weiter!“ Gemeinsam mit den anderen feuerte Cody ihn lautstark an. „Lauf weiter!“

Connor lief mit voller Geschwindigkeit weiter und landete wenige Sekunden später einen Touchdown. Es war noch eine Minute zu spielen. Dank Connors Touchdown waren sie nicht mehr zu schlagen. Cody klatschte sich mit den anderen Trainern ab und feierte jubelnd den Sieg in ihrem bislang schwersten Spiel der Saison. Als Connor vom Feld lief, umarmte Cody ihn. „Du bist unglaublich, Connor! Einfach unglaublich!“

Connor ließ sich von seinen Mannschaftskameraden feiern und beglückwünschen. Cody sah auf die Uhr, dankbar dafür, dass wenigstens dieser Teil seines Lebens gut lief. Er wäre heute fast nicht gekommen, da er seine Mannschaft genauso wenig in Gefahr bringen wollte wie Bailey. Aber die Polizei in Columbus hatte Benny entdeckt und plante, ihn bald zu verhaften. Wenigstens hatte ihm das der Polizist heute Nachmittag gesagt. Als das Spiel zu Ende war und sich die gegnerische Mannschaft verabschiedet hatte, versammelten sich die Spieler von Clear Creek um Cody und die anderen Trainer. „Wer sind wir?“, schrie Coach Taylor.

„Clear Creek!“, antworteten die Spieler laut, was eher wie ein Schlachtruf als nach einer Antwort klang. Sie standen eng zusammen und hatten die Arme auf die Schultern der anderen gelegt. Sie begannen, auf und ab zu springen.

„Wer sind wir?“, rief Coach Taylor wieder.

„Clear Creek!“ Jetzt übernahmen die Spieler das Kommando, stellten die Frage und beantworteten sie mehrmals hintereinander. Dabei sprangen sie immer höher, schlugen einander auf die Schulterpolster und stimmten sich auf das größte Spiel der Saison ein.

„Noch fünf Spiele bis zu den Play-offs, Männer! Fünf Spiele!“ Mit diesen Worten nahm Coach Taylor seine Kappe ab. „Wir wollen Gott danken."

Es gefiel Cody, dass Coach Taylor vor und nach den Spielen betete. Die Jungen wollten, dass er betete, und auch die Eltern unterstützten das. Und Ryan Taylor ließ sich keine Gelegenheit dazu entgehen. Die Spieler waren alle schweißgebadet und keuchten erschöpft, aber sie sanken auf ein Knie und beteten. Cody hing an jedem Wort, das Coach Taylor sagte. Diese Mannschaft war ganz anders als die Mannschaften früher, als er selbst noch Spieler gewesen war. Und das lag daran, dass die Führungspersonen in der Mannschaft, Jungs wie Connor, gute Jungs waren. Spieler, die an Gott glaubten.

Nach dem Gebet beugte sich Coach Taylor zu Cody hinüber und klopfte ihm auf den Rücken. „Ohne dich wären wir nicht so weit gekommen." Er musste rufen, um sich Gehör zu verschaffen. „Du bist eine große Bereicherung für diese Mannschaft, Coleman."

„Danke." Dieses Kompliment tat Cody sehr gut. Durch seine Wochenendbesuche im Frauengefängnis und seine Fernbeziehung zu Bailey war in letzter Zeit nichts mehr normal. Bis auf eine Sache. „Ich liebe Football", schrie Cody über den immer höheren Lärmpegel hinweg. „Ich liebe dieses Spiel."

„Dann machen wir so weiter!" Der Trainer schaute zuerst Cody und dann den übrigen Trainerstab an. „Auf zur Meisterschaft, Männer!"

Die Spieler joggten zu den Umkleideräumen. Cody schaute zu den immer noch vollen Tribünen hinauf. Selbst Football-Fans aus der weiteren Umgebung hatten inzwischen bemerkt, dass an der Clear Creek etwas Besonderes passierte. Jede Woche waren die Zuschauertribünen voller. Bailey war mit ihren Eltern, Ricky und B.J. da und saß wie immer bei den Baxters. Cody hielt sich die Hand als Schild an die Stirn und schaute zu den Plätzen hinauf, auf denen Bailey und ihre Familie normalerweise saßen. Er hatte ihr immer noch nicht von seiner Mutter erzählt und wollte ihr auch noch von dem Abend bei Arts Mutter erzählen. Tara hatte Cheyenne offenbar seine Nummer gegeben, denn in der letzten Woche hatte sie ihm mehrere SMS geschrieben. Es waren keine Flirtversuche, aber sie hatten etwas gemeinsam: Sie würden immer unter den Folgen des Krieges leiden. Cody hatte deshalb kein Problem darin gesehen, sich ein paarmal mit ihr zu unterhalten.

Aber Cody hatte kein Interesse an einer Beziehung mit Cheyenne.

Er dachte immer noch ständig an Bailey und fragte sich, wie ihre letzte Woche am Set verlaufen war. Sie hatten diese Woche weniger telefoniert als sonst. Aus den Gesprächen mit Baileys Brüdern hatte Cody herausgehört, dass sie sich sicher waren, dass Brandon ein Auge auf Bailey geworfen habe. Cody schaute wieder zu ihr hinauf und kniff die Augen zusammen. Um sie herum war es plötzlich unruhig geworden. Er sah sofort, was passiert war. Brandon Paul war aufgetaucht und saß jetzt neben Bailey. Er hatte das Spiel verpasst, aber er war da. Cody bemerkte, wie sich ein paar Fotografen näher heranpirschten und eine ganze Fotoreihe schossen. Erst jetzt entdeckte er, dass außer Dayne und Katy auch Keith Ellison und seine Frau da waren. Vielleicht auch noch ein paar andere Leute, die an dem Film mitwirken. Vielleicht waren sie schon die ganze Zeit da gewesen.

Vor Codys Augen legte Brandon den Arm um Baileys Schultern und umarmte sie. Selbst aus dieser Entfernung konnte Cody deutlich sehen, dass die beiden lachten und diesen Moment genossen. Danach begrüßte Brandon Baileys Mutter und Vater und fing ein Gespräch mit Dayne Matthews an. Cody wandte den Blick ab. Ihm war so kalt wie den ganzen Abend nicht. Alles in ihm sehnte sich danach, die Stufen hinaufzulaufen, Bailey an der Hand zu nehmen und sie zu einem ungestörten Ort außerhalb der Football-Arena zu führen, um ihr endlich zu sagen, dass er sie liebte. Er wollte ihr erklären, dass seine Mutter verhaftet worden war und welche Gefahr Benny Dirk für sie alle darstellte. Und er würde ihr versichern, dass er nichts anderes wollte als sie. Dass es nach wie vor sein sehnlichster Wunsch war, wie im Sommer mit ihr zusammen zu sein.

Aber das konnte er nicht. Cody hatte ein Klemmbrett in der Hand und blätterte eine Seite um, um Connor Flanigans Leistungen zu notieren. Er musste zum Rest der Mannschaft in die Umkleidekabine. Mit einem letzten Blick sah er, wie Bailey und Brandon die Köpfe zusammensteckten, lächelten und miteinander sprachen, ohne die Welt um sich herum zu bemerken. Ein tiefer Schmerz bohrte sich in Codys Herz, als er den Blick auf den Tunnel zu den Umkleidekabinen richtete. Nein, er würde heute Abend nicht mit Bailey sprechen. Vielleicht musste er nie mehr mit Bailey sprechen. Vielleicht interessierte sie sich gar nicht mehr für eine Erklärung von ihm. Und er musste sie wirklich nicht fragen, wie es mit Brandon Paul lief.

Die Antwort war unübersehbar an ihrem Lächeln zu erkennen.

* * *

Bailey bemerkte es jedes Mal, wenn Cody in ihre Richtung schaute, aber er sollte nicht sehen, dass sie ihn beobachtete. Ihr genügte es nicht mehr, dass er ihr erzählte, er hätte viel zu tun. Ihr reichte es auch nicht, jeden Abend eine Stunde mit ihm zu telefonieren. Seit Montag hatte sich das geändert. Bailey schaute Cody nach, der über das Spielfeld zu den Umkleidekabinen lief, und die Erinnerung war wieder da, wie seit Montag schon hundertmal. Sie hatte sich auf eine Szene mit Brandon vorbereitet, als ihr Smartphone vibriert hatte.

Wie immer war Brandon neugierig gewesen. Aber Bailey hatte das Smartphone so gehalten, dass er nichts hatte sehen können, als sie die Nachricht las. Ein paar Sekunden verstrichen, bis sie begriffen hatte, was sie sah.

Es hat mich auch gefreut, dich kennenzulernen, Cheyenne. Es war ein schöner Abend. Ich bin sicher, dass wir uns bald weiter unterhalten.

Das Blut war aus Baileys Gesicht gewichen, der Raum hatte angefangen, sich um sie zu drehen. War das der Grund, warum sich Cody nicht mit ihr treffen konnte, warum er sie nicht mehr besuchen kam? Weil er eine gewisse Cheyenne kennengelernt hatte? Bailey hatte sich geweigert, ihre Gefühle zu zeigen. Brandon hatte sie immer noch nicht aus den Augen gelassen, er war um sie herumgeschlendert und hatte versucht, einen Blick auf ihr Smartphone zu werfen. Er durfte auf keinen Fall wissen, was passiert war. Er hatte kein Recht, den Teil ihres Herzens zu sehen, der Cody Coleman gehörte. Doch seitdem hatte sie kaum mit Cody gesprochen. Brandon hatte sie sogar aufgezogen, dass ihre Beziehung zu Cody nur in ihrer Fantasie existiere. Nachdem sie Cody heute Abend gesehen hatte und gemerkt hatte, wie sehr er Abstand zu ihr hielt, glaubte sie allmählich, dass Brandon recht haben könnte. Brandon hatte gesagt, dass er vielleicht mit Dayne und Katy zum Spiel kommen wollte, und sie hatte ihn gebeten, vorsichtig zu sein. Die Paparazzi waren nach wie vor in der Stadt und ließen beide kaum aus den Augen.

„Das stimmt“, hatte er sie aufgezogen, als sie heute Feierabend gemacht hatten. „Wir wollen auf keinen Fall, dass sie uns zusammen fotografieren. Sonst könnte noch jemand auf die Idee kommen, dass wir zusammen einen Film drehen.“ Er grinste, aber es war sein neues

Grinsen, das er sich angewöhnt hatte, seit sie angefangen hatten, miteinander zu arbeiten. Nicht das übertriebene, flirtende Lächeln vom Tag der Probeaufnahme vor einem Monat, sondern ein Grinsen, das ihn wie einen verliebten Schuljungen aussehen ließ.

Bailey hatte gelacht, denn die Vorstellung, dass sich Brandon Paul vielleicht tatsächlich für sie interessieren könnte, war einfach verrückt. Diese Idee war aus hundert Gründen verrückt, aber vor allem deshalb, weil sie ihn mittlerweile ganz gut kennengelernt hatte. Sie beide hatten nichts gemeinsam. Selbst wenn Cody eine andere Frau gefunden hätte, käme für Bailey nie eine Beziehung mit Brandon infrage. Aus diesem Grund bemühte sie sich um eine lockere Freundschaft zu ihm, lachte unbeschwert und nahm ihn nicht allzu ernst. Weder am Set noch hier beim Football-Spiel, wo er erschienen war, als das Spiel gerade zu Ende gewesen war.

Als er sich neben sie gesetzt hatte, bemerkte Bailey, dass die Fotografen von den anderen Seiten des Stadions ständig ihre Kameras auf sie richteten. „Mach dir keine Sorgen wegen der Paparazzi“, flüsterte er ihr zu. „Ich habe ihnen gesagt, dass es ein Familien-Football-Spiel ist. Ich bin nur hier, um die Mannschaft zu unterstützen.“

„Was du nicht sagst!“ Sie lachte. „Das Spiel ist vorbei. Das nennst du Unterstützung?“

„Ich dachte, es würde länger dauern.“ Brandon lächelte sie entschuldigend an. Er saß immer noch neben ihr, als merke er überhaupt nicht, dass die Trainer und die Mannschaft nicht mehr auf dem Feld waren und dass sich das Stadion immer mehr leerte. „Rate mal, was mir Katy gekauft hat!“

Auf Brandons anderer Seite legte Dayne die Hand auf das Knie seiner Frau. „Das perfekte Geschenk.“ Er lächelte Brandon an. „Habe ich nicht recht?“

„Natürlich.“ Brandons Augen funkelten immer noch schelmisch, aber in diesem Moment war er ernst. „Sie hat mir eine Bibel gekauft.“ Er stieß mit dem Ellbogen mehrmals in Baileys Seite. „Verrückt, was? Ich habe jetzt eine Bibel.“ Er drehte sich zu Katy herum. „Das soll natürlich nicht heißen, dass sie mir nicht gefallen würde.“ Er nickte Dayne und dann Bailey zu. „Es ist ein schönes braunes Lederbuch und riecht gut. Die Seiten sind ganz neu.“

„Wir werden jeden Morgen darin lesen.“ An Dayne vorbei sah Katy ihn mit hochgezogenen Augenbrauen an. „Stimmt’s, Brandon?“

„Stimmt." Er schaute Bailey mit gespielt entsetzter Miene an. „Falls du bis jetzt noch nicht für mich betest, solltest du unbedingt damit anfangen. Die Bibel und ich sind nicht gerade die besten Freunde. Schon lange nicht mehr."

Bailey bezweifelte, dass sie jemals auch nur entfernte Bekannte gewesen waren, aber sie war stolz auf Katy. Das war ein Anfang, ein Puzzleteil, das wichtig war, wenn Gott Brandon während seiner Zeit hier in Bloomington ansprechen wollte. Die Veränderungen an ihm seit dem Beginn der Dreharbeiten waren allen aufgefallen. Er wirkte viel unbeschwerter, fast wie ein Junge. Es war, als würde Henry Harris auf ihn abfärben. Bailey wusste natürlich, dass mehr dahintersteckte. Gott arbeitete an Brandons Herz und sie glaubte fest, dass er Bloomington als anderer Mensch verlassen würde.

Brandon legte den Arm wieder um sie. „Ich habe noch etwas." Er grinste Katy an. „Nicht so gut wie die Bibel, aber trotzdem ganz nett." Er zog ein halbes Dutzend Tickets aus der Hosentasche. „Plätze in der dritten Reihe für *Wicked* morgen Abend in New York City."

„Was?!", schrie Bailey auf. „Ist das dein Ernst?"

Begeistert sprang sie auf. Brandon nahm ihre Hand und zog sie auf den Platz neben sich zurück. „Hast du Lust?" Er stieß sie verspielt in die Seite. „Ich habe gelesen, dass dein Ex in dem Stück mitspielt." Sein Lächeln hatte die Absicht, ihr Herz zum Schmelzen zu bringen. „Aber natürlich darf man nicht alles glauben, was man in der Zeitung liest."

Brandon erklärte, dass er bereits alles in die Wege geleitet hatte und sein Privatjet sie morgen früh am Flughafen in Indianapolis abholen würde. Sie würden am Vormittag zum Flughafen La Guardia fliegen, am Times Square bei *Sardi's* essen und sich dann die Show im Gershwin anschauen. Das Flugzeug würde sie am Abend zurückbringen und obwohl sie erst in den frühen Morgenstunden nach Bloomington zurückkämen, hätten sie den ganzen Sonntag Zeit, um vor den Dreharbeiten am Montag den verpassten Schlaf nachzuholen.

„Keith und Lisa, Dayne und Katy, du und ich." Brandon grinste sie genauso schelmisch an wie Baileys jüngster Bruder. „Was hältst du von dieser Idee?"

Bailey drehte sich herum und drückte die Hände ihrer Mutter. „Bitte, darf ich? Es würde so viel Spaß machen. Ich würde Tim so gern tanzen sehen." Sie quietschte leise vor Begeisterung und schaute Katy an.

„Meine Güte, das ist ja unglaublich. Wirklich!" Sie drehte sich wieder zu ihrer Mutter herum. „Was meinst du?"

Ihre Mutter und ihr Vater saßen nebeneinander und schmunzelten über Baileys Begeisterung. „Einverstanden." Ihre Mutter schaute Bailey vielsagend an. Bailey hatte ihr von Codys sonderbarer SMS erzählt und ihre Mutter hatte ihr geraten, ein wenig Abstand zu Cody zu halten. Gott würde ihnen zeigen, wie es weitergehen sollte, wenn der Film abgedreht war und dieses Semester geschafft war. Ihre Mutter lächelte. „Das wird dir guttun, Schatz."

„Ich wünsche dir viel Spaß." Ihr Vater beugte sich vor und legte die Hand an ihre Wange. „Du hast es dir verdient, Schatz."

Es war der verrückteste Plan, den Bailey je gehört hatte. Als sie die Details besprachen und während Bailey Tim eine SMS schrieb, um ihm mitzuteilen, dass sie mit Brandon Paul zu seiner Show kam, fragte sie sich einen Moment, ob Cody wirklich wollte, dass sie ihr Leben ohne ihn plante. Eigentlich müsste sie jetzt das Gefühl haben, zu neuen Ufern aufzubrechen. Doch während alle zu den Flanigans nach Hause fuhren und sich Bailey mit ihren Eltern und den Produzenten und Brandon unterhielt, während sie von ihrem Ausflug nach New York City träumten, quälten sie schmerzliche, beunruhigende Fragen: Wo war Cody, was machte er und warum schrieb er einem anderen Mädchen eine SMS? Aber die schmerzlichste Frage lautete:

Wie hatten sich Cody und sie wieder verlieren können?

Kapitel 21

Keith musste Bailey recht geben: Der Ausflug nach New York war die verrückteste Idee, die Brandon bis jetzt gehabt hatte. Dass sie bei der Produktion von *Der letzte Brief* noch um finanzielle Unterstützung gebettelt hatten und jetzt in Brandon Pauls Privatjet nach New York City flogen, war kaum zu glauben. Dieser Ausflug half ihm und Lisa, sich ein wenig von der Traurigkeit wegen Andis Entscheidung, das Baby nun doch wegzugeben, abzulenken. Er und Lisa hatten sich über Andis Entscheidung unterhalten und waren sich einig, dass es die vernünftigste Lösung war und mit Sicherheit für das Kind am besten.

Aber die Trennung würde ihnen allen schwerfallen.

Keith seufzte. Er dachte mit Sorge an den Tag in ein paar Monaten, wenn er und Lisa ihrer Tochter beistehen würden, während sie ihren ersten Sohn zur Welt brachte, und wenn sie sich dann für immer von ihrem ersten Enkelkind verabschieden müssten. Sie beteten schon jetzt jeden Tag um die Kraft, die sie brauchten, um das zu schaffen.

Die anderen lachten. Keith warf einen Blick auf seine Frau. Lisa ging es heute besser. Sie freute sich, durch den Ausflug nach Manhattan auf andere Gedanken zu kommen. Sie saß mit Bailey und Katy auf einem weißen Ledersofa und sie tranken frisch zubereiteten Latte macchiato, den ihnen die Stewardess gebracht hatte. Dayne und Brandon unterhielten sich gerade über Daynes Unfall. Brandon fragte, wie Dayne nach so vielen Problemen wieder Lust haben konnte, in die Filmindustrie zurückzukehren. Keith richtete seine Aufmerksamkeit auf Daynes Antwort.

„Am Anfang wollte ich nur aus Hollywood fort." Dayne streckte auf einem anderen Ledersofa seine Beine aus. Brandon und Keith saßen ihm gegenüber auf zwei Sesseln. „Ich hatte Katy und war verliebt und ich hatte eine Familie, von der ich erst kurz vorher erfahren hatte." Er lächelte und strahlte einen tiefen Frieden aus. „Warum hätte ich Hollywood brauchen sollen?"

„Genau." Brandon schlug die Beine übereinander und hörte Dayne aufmerksam zu. „Warum wolltest du zurückkommen?"

„Willst du eine ehrliche Antwort?" Dayne stellte die Füße wieder auf den Teppich und beugte sich vor. „Weil Gott es wollte. Er hat mich überzeugt, dass Hollywood an sich nicht schlecht ist. Manche Filme natürlich schon. Und die Lebensweise und das Verhalten vieler Schauspieler leider auch. Aber das Medium Film ist immer noch ein starkes Mittel, um Menschen zu erreichen."

„Mit anderen Worten: Du willst mit Filmen etwas Gutes tun?"

„Ich will nicht nur etwas Gutes tun." Dayne richtete sich auf. „Etwas, das Menschenleben verändert. Ich will, dass die Menschen, wenn sie aus dem Kino gehen, begreifen, dass ihr Leben ohne den Glauben an Jesus leer und sinnlos ist."

Keith wäre am liebsten aufgestanden und hätte geklatscht. Diese Botschaft von Dayne war viel deutlicher als die, die er bei ihren ersten Gesprächen mit Brandon rübergebracht hatte.

„Glaubst du wirklich, dass die Botschaft unseres Films so religiös ist?" Brandon schluckte und war offenbar nervöser als noch einen Moment vorher.

„Nicht religiös. Das ist nicht das richtige Wort." Dayne atmete langsam ein und ließ sich Zeit. „Der Glaube sollte eine Beziehung zu Gott sein. Es gibt viele Möglichkeiten, in dieser Beziehung zu wachsen. Natürlich dadurch, dass man zum Gottesdienst geht und in der Bibel liest. Dass man betet. Aber nicht dadurch, dass man religiös ist. Zu den Leuten, die Jesus zu seiner Zeit am wenigsten mochte, gehörten die religiösen Anführer. Das waren fromme und selbstgerechte Menschen. Er suchte die kaputten Menschen, die ihn wirklich brauchten."

Wieder hätte Keith am liebsten geklatscht. Er sah Brandon an, dass er den letzten Satz nicht so schnell vergessen würde. *Er suchte die kaputten Menschen, die ihn wirklich brauchten.* Besser konnte man Jesus kaum beschreiben. Keith war überzeugt, dass er aus einem bestimmten Grund hier war, dass der Flug in einem Privatjet zu einem Abend am Times Square Missionsarbeit war.

Aber Keith war auch stolz auf Brandon, weil er Dayne solche Fragen stellte. Anfangs hatte Brandon jedes Gespräch über den christlichen Inhalt des Films abgelehnt. Aber mittlerweile interessierte er sich ehrlich für Daynes Motive und dafür, was ihn bewogen hatte, sich von einem beliebten Playboy auf den Titelblättern der Boulevardpresse in den verantwortungsvollen Mann, der er heute war, zu verwandeln.

Herr, bitte sprich Brandons Herz an. Lass nicht zu, dass er heute in New

York allein loszieht oder Unsinn macht. Hilf ihm, wirklich zu hören, was Dayne ihm sagt.

Keith und Lisa sprachen oft davon, dass eine Veränderung bei Brandon Paul, die die Öffentlichkeit bemerken würde, mehr Wirkung haben könnte als jeder Film.

Er dachte daran, was Andi an diesem Wochenende machte. Sie wollte sich auf den Montagnachmittag vorbereiten, wenn Lisa mit ihr zur Adoptionsagentur fahren würde, wo sie zum ersten Mal die Adoptivfamilie treffen würde. Falls Andi beleidigt war, weil sie nicht zu dem spontanen Ausflug eingeladen worden war, hatte sie sich das nicht anmerken lassen. Sie hatte nur gelächelt und sich für sie gefreut. Sie habe das ganze Wochenende viele Hausaufgaben zu machen, hatte sie ihnen gesagt. Außerdem wollte sie Zeit haben, um zu beten und sich auf das Gespräch am Montag und den bevorstehenden Abschied vorzubereiten. Trotz des Lärms und des Trubels in New York wollte Keith das Gleiche tun. Aber im Moment konnte er nur über die Veränderungen bei Brandon Paul staunen.

Denn wenn er sein Verhalten richtig deutete, stand das Wunder, für das sie alle beteten, praktisch bevor.

* * *

Bailey kam sich vor wie im Traum. Der Flug war unglaublich. Brandons Privatjet war warm und gemütlich, hatte weiche Decken und Kissen und roch nach teurem, weichem Leder. Ihr entging nicht, dass die Stewardess Brandon vielsagend anschaute, und sie vermutete, dass Brandon irgendwann auf seinen Flügen von der jungen Frau mehr als nur Getränke bekommen hatte. Aber heute zeigte er nicht das geringste Interesse an ihr. Er stellte sie Bailey und den anderen vor und behandelte sie höflich, aber distanziert wie eine Angestellte. Freundlich bedankte er sich bei ihr für die Limonade und die Sandwiches, die sie ihnen vor der Landung brachte, doch weiteren Kontakt suchte er nicht.

Bailey war schon häufiger mit ihrer Mutter und Connor in New York City gewesen. Sie wohnten dann im *Doubletree* am Times Square und schauten sich so viele Theaterstücke an, wie sie in drei oder vier Tagen unterbringen konnten. Aber noch nie war Bailey in einem Privatjet geflogen. Als sie am La Guardia landeten, in der Nähe des Gebäudes für

Privatjets, wurden sie von einem glänzenden schwarzen Escalade auf der Landebahn abgeholt und direkt in die Stadt gebracht.

Normalerweise musste Bailey bei jedem Gespräch mit Brandon darauf achten, genügend Abstand zu halten. Aber heute schien er damit zufrieden zu sein, dass sie sich mit Lisa und Katy unterhielt. Sie hatten vor ihrer Reservierung im Restaurant noch ein wenig Zeit, deshalb brachte der Fahrer sie zu *FAO Schwarz*, dem bekanntesten Spielzeuggeschäft Amerikas, in der Nähe des Central Parks. Als Bailey das letzte Mal in New York City gewesen war, waren sie und Tim noch ein Paar gewesen. Aber schon damals hatte sie gewusst, dass Tim nicht der Richtige für sie war. Es hatte nur eine Weile gedauert, bis ihr Kopf das ihrem Herzen klargemacht hatte.

Brandon hatte eine Baskenmütze und eine Sonnenbrille dabei, um nicht erkannt zu werden. Aber Bailey war sich ziemlich sicher, dass ihnen am Ende des Abends eine Schar Paparazzi auf Schritt und Tritt folgen würden. Brandon fuhr mit ihnen im Fahrstuhl zu dem riesigen Fußbodenklavier hinauf, das fast zehn Meter groß war.

„Ich hätte diese Rolle in *Big* spielen sollen, nicht Tom Hanks“, flüsterte er ihr zu, als sie hinauffuhren. „Schau gut zu! Ich kann mit den Füßen Klavier spielen.“

Sie lachte und war dankbar, dass er nicht die ganze Zeit neben ihr blieb. Sie wurden zwar von niemandem verfolgt, aber trotzdem hatte Bailey klargestellt, dass sie nicht den Eindruck erwecken wollte, sie wären ein Paar. Brandon achtete heute sehr darauf, nichts zu tun, das jemanden auf einen solchen Gedanken bringen könnte.

Oben schauten die anderen fünf zu, wie Brandon über die Klaviatur tanzte. Er hatte nicht zu viel versprochen. Bailey nahm an, dass er schon oft hier gewesen war. Seine Wiedergabe von *The Entertainer* war perfekt.

„Komm, versuch es auch.“ Er deutete auf Bailey.

Inzwischen waren einige Mütter und ihre Kinder stehen geblieben und flüsterten miteinander. Eine hatte schon ihr Smartphone herausgeholt. *Brandon Paul! Hier in FAO Schwarz!*

Bailey konnte nicht widerstehen, auch zu tanzen. Sie zog ihre Schuhe aus und trat zu ihm. „Okay, geh zur Seite und schau gut zu.“ Sie hatte im Laufe der Jahre nur wenige Lieder von Connor gelernt, aber sie konnte *Mary Had a Little Lamb* spielen. Sie fand das C und sprang dann auf das E, zurück auf D und C und dann wieder auf dieselben Noten. Aber sie kam durcheinander und traf zweimal das C. Als sie auf das E zielte, lachte sie so sehr, dass sie aus Versehen das D traf.

„M-hm. Es ist so, wie ich es mir gedacht habe." Brandon klopfte sich gegen die Brust. „Auf dem Riesenklavier bin ich unschlagbar."

„Das ist nicht fair." Bailey lachte immer noch, bis sie Mühe hatte, Luft zu bekommen. Sie stand so nahe neben ihm, dass die Zuschauer, die sie beobachteten, nicht hören konnten, was sie sagte. „Wie machst du das? Mietest du dir manchmal diesen Raum und nimmst Unterricht?"

„Nun ja", grinste er. Sie merkte, dass sie immer mehr auf sein Grinsen reagierte. „Wenn ich ehrlich bin – ja. An einem Tag haben sie das Geschäft früher geschlossen und die Truppe meiner NTM-Fernsehshow hereingelassen. Dann bekamen wir Unterricht."

„Aha! Ich wusste es!" Bailey versuchte es noch einmal mit ihrem Lied, kam aber völlig durcheinander. Wieder musste sie herzhaft lachen. Als sie sich ihre Schuhe anzog, lachte sie immer noch. Erst jetzt fiel ihr auf, dass viel mehr Menschen um das Klavier herumstanden.

Ein kleiner Junge, vielleicht acht Jahre, ging mit einem Zettel und Stift auf Brandon zu. „Könnte ich ein Autogramm haben?"

„Klar." Brandon lächelte freundlich. Er unterschrieb auf dem Zettel des Jungen. Bevor er sich die Schuhe anziehen konnte, wurde er um fünf weitere Autogramme gebeten. Wenige Minuten später ließ er sich mit den Zuschauern fotografieren, die ihre Smartphones herausgeholt hatten und anderen Kunden im Geschäft zuriefen, dass Brandon Paul hier sei. *Wirklich! Hier bei uns!*

Bailey zog sich mit den Produzenten und ihren Frauen zurück und trat neben Katy. „Verrückt, was?" Katy lächelte. „Ich erinnere mich noch gut an die Zeit, als Dayne in dieser Rolle war."

Der einzige Grund, warum sich jetzt nicht alle um Dayne drängten, war, dass er den Blick senkte und sich auf ein Puzzle in seiner Hand konzentrierte, als enthielten die Teile lebenswichtige Informationen. Katy schirmte ihn geschickt vor den Fans ab, die alle viel zu begeistert von Brandon waren, um auf die Idee zu kommen, dass noch ein zweiter Megastar hier im Raum sein könnte.

Katy stand dicht neben Bailey. „Und? Was hältst du von ihm?"

„Brandon?" Sie beobachtete ihn, während er von einer immer größeren Fanschar umringt wurde. „Er ist netter, als ich dachte." Ein schneller Seitenblick auf Katy verriet ihr, was in dem Gedränge leicht untergehen könnte. „Ich habe aber kein Interesse an ihm, falls du das meinst."

„Cody?" Katy kannte Bailey gut. Ihre Augen wurden weicher. Ihr war bestimmt aufgefallen, dass Cody nicht am Set erschienen war und dass Bailey gestern nach dem Spiel nicht mit ihm gesprochen hatte.

„Wir haben ein paar Probleme." Bailey biss sich auf die Lippe. Sie wollte heute eigentlich nicht an Cody denken, denn sie fühlte sich wie Aschenputtel bei ihrem ersten Ball. Aber sie wollte Katy nichts vorspielen. Daynes Frau kannte sie sehr gut. Katy hatte damals zur gleichen Zeit wie Cody bei den Flanigans gewohnt und war wie eine Schwester für Bailey. Deshalb freute sich Bailey, dass sie sich nach Cody erkundigte. Katy beobachtete sie immer noch und wartete auf den Rest von ihrer Antwort.

„Es gibt eigentlich keinen klaren Grund. Er hielt plötzlich Abstand und dann … hat er mir am Montag eine SMS geschickt, die für ein anderes Mädchen bestimmt war. Keine Ahnung, was das bedeutet." Bailey seufzte. „Wir müssen miteinander reden. Aber es ist so viel los, dass wir wahrscheinlich erst nach den Dreharbeiten dazu kommen werden. Ich bin nicht einmal sicher, ob ich vorher schon mit ihm sprechen will. Ich muss mich auf meine Arbeit konzentrieren."

Katys Lächeln war verständnisvoll und bewies, dass ihr Bailey wirklich wichtig war. „Ich erinnere mich, wie schwer jene Jahre waren, als ich in deinem Alter war, und auch die Jahre danach. Als ich mich immer fragte, warum die Liebe so kompliziert sein muss."

„Bis du Dayne kennengelernt hast." Bailey hatte die Geschichte von Katy und Dayne hautnah miterlebt und freute sich immer noch, dass für sie alles so gut ausgegangen war.

„Dayne?" Katy flüsterte seinen Namen, lachte aber laut. „Nichts mit ihm war jemals leicht." Ihr Lachen verstummte und sie schaute Bailey tief in die Augen. „Das solltest du nicht vergessen, wenn du an Cody denkst."

Ein paar Meter von ihnen entfernt hob Brandon die Hand und lächelte die Fans, die immer noch um ihn herumstanden, fröhlich an. „Ich muss gehen, Leute!" Er deutete auf Keith, der sofort reagierte und zu ihm trat. „Danke für den netten Empfang!" Brandon winkte.

Keith legte den Arm um Brandon und führte ihn durch die Menge. Lisa blieb auf seiner anderen Seite, während Katy und Dayne und Bailey ihnen folgten. Immer noch starrte Dayne auf den Fußboden. Trotz des großen Aufsehens hatten sie kurz darauf das Geschäft verlassen und saßen wieder in dem Auto, das auf sie gewartet hatte.

„Zu *Sardi's*", wies Brandon den Fahrer an. Lachend setzte er sich neben Bailey. „Wow! Das war ganz schön verrückt."

„Du bist das gewohnt." Bailey war neugierig. „Du bist richtig gut damit umgegangen."

„Ja, ich denke schon." Er schüttelte den Kopf und strich sich die Haare aus der Stirn. „Ich weiß nicht, ob man sich an so etwas je wirklich gewöhnen kann."

„Das stimmt", lachte Dayne. Er saß neben Katy und Lisa in der zweiten Reihe. Keith saß vorne neben dem Fahrer. „Man hat immer das Gefühl, dass man nie allen gerecht werden kann. Es genügen ein paar Leute, die dich kritisieren oder beschimpfen, weil du ihnen kein Autogramm gegeben hast, und du würdest am liebsten alles hinwerfen."

„Das ist dir ja perfekt gelungen." Brandon beugte sich vor und schaute Dayne gespielt frustriert an. „Du hättest mir helfen können, Kumpel."

„Nein, danke", lachte Dayne und nahm Katys Hand. „Jetzt bist du dran, mein Freund."

Sie fuhren die Fifth Avenue hinauf, an den Schaufensterbummlern und Geschäftsleuten vorbei, die in beide Richtungen strömten, am Juwelierbezirk und der *Radio City Music Hall* vorbei. *Sardi's* war in der Vierundvierzigsten Straße.

Bailey hatte früher schon dort gegessen und wusste, dass das bekannte Restaurant für sein köstliches Essen und den zuvorkommenden Service berühmt war. Aber vor allem machte es ihr Spaß, die Karikaturen von berühmten Persönlichkeiten zu betrachten, die die Wände zierten. „Lass mich raten", sagte Bailey zu Brandon, als sie aus dem Auto stiegen. „Du hast schon dein eigenes Bild im *Sardi's*."

„Allerdings hat er das." Keith legte den Arm um Lisa, als sie zur Tür gingen. „Ich habe danach gefragt, als ich einen Tisch reservierte. Ich habe um einen Tisch in der Nähe seines Bildes gebeten."

„Wirklich?" Bailey staunte. Der ganze Tag war wie etwas aus einem unglaublichen Traum. „Wissen die Leute, dass er kommt?"

„Nein." Keith schaute Dayne an und die beiden lächelten vielsagend. „Aber ich schätze, dass sie es bald herausfinden."

Wieder hatte Brandon seine Baskenmütze auf, aber dieses Mal ließ er die Sonnenbrille im Auto. Er wandte Daynes Trick an und tat, als wäre er von einer Speisekarte am Empfang und dem Teppichmuster fasziniert, als sie zu ihren Plätzen gingen. Trotzdem bemerkte Bailey, dass ihnen mehrere Gäste nachsahen, als sie zu ihrem Tisch geführt wurden.

Brandon zog einen Stuhl für Bailey hervor, doch dann setzte er sich auf die andere Seite des Tisches. „Für den Fall, dass jemand eine Kamera hat", flüsterte er und zwinkerte ihr zu.

Er machte nur Spaß, aber trotzdem begriff Bailey mit großer Freude: Brandon hätte heute Abend die Rolle des Filmstars spielen und jedem, der sie zusammen sah, den Eindruck vermitteln können, sie wären ein Paar. Dann würde nächste Woche auf den Titelseiten stehen: *Brandon und seine unschuldige Kollegin erobern New York City!* Besonders da sie mit zwei Ehepaaren hier waren. Doch stattdessen sorgte Brandon dafür, dass Bailey zwischen Katy und Lisa saß, während er sich zwischen die Produzenten setzte.

Während des Essens stellte Bailey fest, dass sie von Brandon fasziniert war. Es war nicht so, dass er ihr den Kopf verdrehte oder sie Cody vergaß. Aber seine entwaffnende Art gab ihr das Gefühl, einen Abend mit guten Freunden zu verbringen. Als sie das Restaurant verließen, hatte sich auch schon herumgesprochen, dass Brandon hier war. Auf dem Weg zum Ausgang wurden sie mehrmals angehalten und Brandon wurde um ein Selfie oder ein Autogramm gebeten. Als sie ins Auto stiegen, wartete draußen ein Meer an Kameraleuten auf beiden Seiten der Tür, die ununterbrochen fotografierten und Brandons und dann Daynes Namen riefen.

„Wie ist das passiert?", flüsterte Bailey Katy zu, während sie zu dem wartenden Escalade eilten. Sie achtete darauf, zwischen Katy und Lisa zu bleiben, während sie ins Auto stiegen.

„Das ist New York City." Katy ging professionell mit der Menschenmenge um; sie schaute niemanden direkt an und zögerte keine Sekunde, als sie ins Auto stieg. Erst als sie saßen und die Türen zu waren, lachte Katy. „Wow, das hatten wir eine ganze Weile nicht mehr."

„Das stimmt." Dayne schmunzelte auch.

„Sie haben dich erkannt." Katy stieß ihn in die Seite. „Diese Bilder werden sicher gedruckt werden."

„Ich weiß." Er lächelte Keith an. „Das ist kein Problem. Ein wenig Presse ist gar nicht so schlecht, solange sie nicht mehr erzählen können, als dass wir gemeinsam hier waren."

„Ich verstehe das immer noch nicht." Bailey war schwindelig. Sie schaute Brandon fragend an. „Wie konnten so viele Leute so schnell hierherkommen?"

„Es ist, wie Katy sagt: Wir sind in Manhattan." Brandon war unbeeindruckt. „Die Paparazzi leben hier und in L.A., weil die meisten berühmten Schauspieler abwechselnd in New York und in Los Angeles sind. Die wenigen Kameraleute, die sich während der Dreharbeiten in Bloomington aufhalten, sind im Vergleich dazu nichts. Ich habe dort tatsächlich beinahe das Gefühl, wieder ein normales Leben zu führen."

„Willkommen im Club." Dayne drehte sich um und klatschte sich mit Brandon ab. „Jetzt weißt du, warum es mir dort so gut gefällt."

Bailey ließ diese neuen Erkenntnisse über die Paparazzi auf sich wirken. Wenn sich die Reporter hauptsächlich in New York und L.A. aufhielten, musste man nur diese beiden Städte meiden, um von der ständigen Verfolgung durch die Boulevardpresse seine Ruhe zu haben. Wer das nicht tat – wer beschloss, an den Orten zu leben, zu essen, zu arbeiten und seine Freizeit zu verbringen, wo die Paparazzi in Scharen unterwegs waren –, war im Grunde selbst schuld, wenn er so viel Aufmerksamkeit erregte. Diese tröstliche Information wollte sie sich für später merken.

Für den Fall, dass dieser Film vielleicht erst der Anfang war.

Kapitel 22

Jede Minute, die verging, brachte sie dem eigentlichen Grund näher, aus dem sie hier waren – dem Grund, warum Bailey so aufgeregt war: Sie würde Tim auf einer Broadway-Bühne sehen. Bailey lehnte sich auf dem Rücksitz des Escalade zurück und schaute zu, wie das Leben auf dem Times Square pulsierte. Die ganze Aufregung hier würde sie nie langweilig finden, auch wenn sie nicht für immer hier leben wollte.

Brandon schien ihre Gedanken lesen zu können. „Freust du dich, Tim zu sehen?"

„Ja." Sie war für sein Einfühlungsvermögen dankbar. Er betrachtete Baileys früheren Freund oder auch ihre jetzige Beziehung zu Cody offenbar nicht als Bedrohung. „Danke. Falls ich das noch nicht gesagt habe."

„Ich bin froh, dass du mitgekommen bist." Er legte kurz die Hand auf ihr Knie. „Ich bin von dieser Show begeistert."

Auf dem Sitz vor ihnen drehte sich Keith um und lächelte Bailey an. „Was hat Tim gesagt? Sollen wir ihn an der Bühnentür treffen?" Er warf einen Blick auf das *Gershwin*, das links vor ihnen auftauchte. „Wir haben ungefähr noch eine Stunde Zeit."

„Unbedingt." Tim freute sich, dass sie kamen, und hatte dafür gesorgt, dass sie die Zeit vor Beginn der Show hinter der Bühne verbringen konnten. Bailey grinste. „Er sagte, dass unter den Tänzern viele Brandon-Paul-Fans sind."

Sie fuhren vor. Keith stieg als Erster aus, um an der Bühnentür zu erklären, dass ihre Gruppe eingetroffen war, und um dafür zu sorgen, dass die anderen ungehindert ins Gebäude gehen konnten. Bailey konnte kaum glauben, was alles passiert war, seit sie im August das letzte Mal in New York City gewesen war und mit Tim vorgetanzt hatte. Noch vor zwei Monaten war sie sehr unsicher gewesen, was Gott mit ihr vorhatte, da er die Tür zu ihrem Traum, eine Rolle als Musical-Darstellerin zu bekommen, fest verschlossen hatte.

Sie und Tim hatten sich hin und wieder kurz geschrieben und miteinander gesprochen, seit er nach New York gezogen war. Er besuchte eine Kirchengemeinde am Times Square und traf sich hin und wieder mit anderen Tänzern aus der Show. Er sagte, dass er sie vermisse, aber er hatte kein einziges Mal nach Cody gefragt. Darüber war Bailey froh. Tim würde ihre Gefühle für Cody nie verstehen. Dieses Thema würde heute Abend also bestimmt nicht angesprochen werden.

Sie traten ein und fuhren mit einem Personalaufzug ein Stockwerk höher zur Bühnenebene. Dort fanden sie Tim mit ein paar anderen Tänzern. Als er Bailey sah, leuchteten seine Augen auf. „Wie schön, dass du hier bist." Er umarmte sie, wirbelte sie im Kreis herum und stellte sie dann wieder auf den Boden. „Die Show ist unglaublich. Ich muss mir jeden Abend neu bewusst machen, dass ich tatsächlich hier bin."

Brandon kam näher und räusperte sich nur kurz, um Tim daran zu erinnern, dass Bailey nicht allein hier war. „Entschuldigung." Tim lachte und stellte sich und die anderen Tänzer vor. Als er zu Dayne und Katy kam, umarmte er beide. Genau wie Bailey kannte er die beiden schon sehr lange. „Ich vermisse Bloomington", sagte er. „Aber New York City ist einfach unglaublich."

Tim führte sie durch den Garderobenbereich und zeigte ihnen die Requisiten aus der Show. Während Tim sie herumführte, betrachtete Bailey ihn und überlegte, was sie fühlte. Sie war zwei Jahre mit ihm zusammen gewesen, doch sie vermisste ihn überhaupt nicht. Nicht mehr als irgendeinen anderen Freund, den sie an der Schule gekannt hatte. Sie war froh, dass sie mit ihm Schluss gemacht hatte, und sehr dankbar, dass sie Freunde geblieben waren. Es wäre schade gewesen, wenn es anders gekommen wäre, da sie wirklich sehr viel Schönes miteinander erlebt hatten.

Nach der Hälfte der Tour führte Tim sie auf die Bühne. Da die Türen noch geschlossen waren, war das Theater leer. Bailey trat auf die schiefe Holzfläche, auf der das gesamte Stück aufgeführt wurde. Sie unterhielten sich darüber, welche starke Neigung die Bühne hatte und wie schwer es sein musste, darauf zu tanzen und sich zu bewegen.

Aber Bailey konnte nur an die vielen Male denken, die sie beim christlichen Kindertheater und im letzten Winter an der Universität von Indiana auf der Bühne gestanden hatte. Sie liebte den Broadway und wenn es Gottes Plan war, würde sie eines Tages auch auf einer solchen Bühne arbeiten. Der Reiz und Zauber des Theaters hatten etwas Magisches an sich. Bailey und Tim lächelten sich vielsagend an und sie war sicher, dass er wusste, was sie dachte. Dieses Leben hatten sie jahrelang miteinander geteilt. Aber wenigstens ließ Gott sie auftreten, wenn auch auf einer Bühne ganz anderer Art.

Sie standen immer noch da und ließen das Theater und die Bühne auf sich wirken, als die Schauspielerin, die Glinda spielte, kreischend auf die Bühne stürmte. „Jemand hat mir gesagt, dass Brandon Paul hier ist!“ Sie kreischte wieder, was sich sehr glindaähnlich anhörte. „Das ist ja unglaublich!“

Tim stellte sie einander vor. Nachdem sie alle begrüßt hatte, zog sie eine Kamera heraus und bat Bailey, sie mit Brandon zu fotografieren. Sie war zu allen freundlich, aber es war nicht zu übersehen, dass ihre besondere Aufmerksamkeit Brandon galt. „Was habt ihr später vor? Vielleicht können wir alle zu mir gehen. Ich wohne an der Upper West Side.“

Brandon sah einen Moment interessiert aus und Bailey konnte sich vorstellen, dass ihn solche Einladungen oft in Probleme gebracht hatten, bevor er mit den Dreharbeiten zu *Der Löwenzahnjunge* begonnen hatte. Zu viele Angebote, zu wenige Absagen. Aber dieses Mal erklärte er nach einem kurzen Zögern, dass sie nach der Show zum Flugzeug mussten, um nach Indiana zurückzufliegen.

„Ich weiß. Ich habe von deinem neuen Film gelesen.“ Jetzt schien sie Bailey zum ersten Mal tatsächlich wahrzunehmen. Sie schaute sie mit halb offenem Mund an. „Moment! Du bist … Bist du nicht Bailey Flanigan? Das Mädchen, das Ella spielt?“

„Ja.“ Bailey konnte es kaum glauben. Eine der Hauptdarstellerinnen von *Wicked*, ein Broadway-Star, wusste, wer sie war? Zum ersten Mal begriff Bailey, was für eine große Rolle sie spielte und dass sie von der Öffentlichkeit tatsächlich wahrgenommen wurde.

„Du hast schon Theater gespielt, oder?“

„Ja.“ Sie unterhielten sich ein wenig, bis jemand auftauchte und ihnen erklärte, dass die Türen in zehn Minuten geöffnet wurden. Der *Wicked*-Star bedankte sich bei ihnen für ihren Besuch, himmelte Dayne an und steckte Brandon schließlich einen Zettel zu, als sie alle die Bühne verließen. Sie flüsterte ihm etwas zu, das Bailey nicht hören konnte. Aber sie hätte wetten können, dass auf dem Zettel die Telefonnummer des Mädchens stand.

Erst als sie von der Bühne gingen, bemerkte Bailey, dass sich eine andere Tänzerin zu ihnen gesellt hatte. Es war dasselbe blonde Mädchen, das bei Tim gewesen war, als sie aus dem Fahrstuhl gestiegen waren. Aber erst jetzt hielten sie und Tim sich an den Händen. Er schaute ihr tief in die Augen und sie lachten über etwas, das nur sie beide etwas anging.

Brandon trat neben sie. „Eifersüchtig?"

Sie schaute Tim an, der unübersehbar in die Tänzerin verliebt war. „Bestimmt nicht." Es kostete Bailey keine Mühe, ein fröhliches Lächeln aufzusetzen. „Ich freue mich für Tim. Das ist jetzt seine Welt."

„Oh." Brandon schaute sie mit einer übertriebenen Überraschung an. „Du dachtest, ich spreche von Tim und der Blondine?" Er legte den Arm lässig um ihre Schultern und beugte sich dicht zu ihr vor. Hier hinten war niemand, der sie fotografieren konnte, und in diesem Moment achtete auch niemand auf sie. Brandon flüsterte: „Ich habe nicht von Tim gesprochen. Sondern von mir." Er zog den Zettel aus der Tasche, hielt ihn hoch und steckte ihn wieder ein. „Glinda hat mir ihre Nummer gegeben. Falls dir das entgangen sein sollte."

„Verstehe." Bailey nickte langsam und spielte mit. „Und du dachtest, ich …", sie deutete auf sich, als wäre sie von dieser Möglichkeit schockiert, „… könnte auf sie eifersüchtig sein?"

Brandon schaute sie enttäuscht an und obwohl er nur Spaß machte, lag etwas Ernstes in seinen Augen. „Du bist nicht eifersüchtig?"

„Nein." Sie lachte. „Ruf sie an, wenn du willst. Flieg nach New York und triff dich mit ihr, wenn du in Bloomington fertig bist." Sie lächelte ihn genauso an, wie sie Connor anlächeln würde. „Tu, was du willst, Brandon."

Er blieb stehen, nahm ihre beiden Hände und schaute sie an. „Und wenn ich … dich will?"

Ihr Herz überschlug sich, denn seine Miene verriet ihr, dass er dieses Mal keinen Spaß machte. Von dem aalglatten Versuch, mit ihr zu flirten, war nichts mehr zu sehen. Stattdessen war Brandon ehrlich und offen. Interessierte er sich tatsächlich für sie? Bailey wusste nicht, wie sie damit umgehen sollte, dass er sie in sein Herz blicken ließ. Deshalb tat sie das Einzige, was ihr einfiel. Sie kicherte. „Du bringst mich zum Lachen. Weißt du das?"

Einen langen Moment sah er aus, als wollte er ihr erklären, dass er keine Witze mache, sondern sich wirklich für sie interessiere. Aber in diesem Moment ertönte eine Lautsprecherdurchsage, die die Zuschauer aufforderte, ihre Plätze einzunehmen. Rund um sie herum wärmten sich die Tänzer auf. Tim erklärte ihnen, dass sie wahrscheinlich auf ihre Plätze gehen sollten, und führte sie zu einem geheimen Gang, der unter der Bühne in den Theaterbereich führte. Statt also etwas zu sagen, das die Stimmung trüben könnte, setzte Brandon wieder sein berühmtes Lächeln auf. „Komm." Er ließ eine ihrer Hände los, hielt die andere aber fest und lief hinter den anderen her. „Wir haben die besten Plätze im Haus."

Bailey glaubte, dass er sie während der Show wieder zwischen Katy und Lisa sitzen lassen würde, aber im letzten Augenblick setzte er sich doch neben sie. „Lass die Leute reden, was sie wollen."

Bailey machte sich keine allzu großen Sorgen. Sie hatten den ganzen Tag überstanden, ohne dass sie jemand auf einem Foto gemeinsam erwischt hatte. Hier im Theater waren sowieso keine Kameras erlaubt. Die Paparazzi warteten draußen, aber nicht hier drinnen.

Die Show begann mit der berühmten Musik, für die *Wicked* in der gesamten Theaterwelt bekannt war. Bailey stockte der Atem, so aufgeregt war sie, so sehr freute sie sich für Tim. Sie ahnte, was für ein Gefühl es sein musste, hinter dem Vorhang zu stehen und hier in New York City in ein paar Sekunden zu *Wicked* auf die Bühne zu treten. Sie betete im Stillen, dass Gott seinen Auftritt segnen würde und dass Tim in dem Theaterleben, das oft wenig nach Gott fragte, ein leuchtendes Licht für Jesus sein könnte.

Die Show begann. Das Ensemble besang Glinda, die über ihnen in einer Luftblase saß. Bailey beobachtete sie genau. Tatsächlich suchte die Schauspielerin sofort den Blickkontakt zu Brandon, der neben Bailey saß. Bailey war sicher, dass Brandon das nicht entgangen war. Deshalb war sie von dem, was er als Nächstes tat, überrascht.

Er ergriff unauffällig ihre Hand und hielt sie fest. Er schob nicht die Finger zwischen ihre, wie er es sicher getan hätte, wenn sie ein Paar wären, sondern hielt sie auf eine unaufdringliche Weise fest, die ihr signalisierte, dass er kein Interesse an Glinda hatte. Heute Abend nicht. Dieser Ausflug nach New York war ein Geschenk für Bailey. Und Brandon war nicht bereit, sich ihre gemeinsame Zeit von irgendjemandem verderben zu lassen.

Bailey zog ihre Hand nicht zurück. Es gefiel ihr, hier zu sitzen, Tim bei seinem Auftritt in *Wicked* zuzusehen und Brandon Pauls Hand zu halten, wie sie einem ihrer Brüder die Hand halten würde. Sie hatte das Gefühl, dass sie in ihrer Freundschaft eine neue Ebene erreichten, und dafür war sie dankbar. Das Ensemble begann zu singen: *No One Mourns the Wicked.* Während ihre Stimmen lauter wurden, traten Bailey Tränen in die Augen. Sie konnte nur staunen, dass Tims Traum wirklich wahr geworden und dass Gott ihr für ihren ersten richtigen Film eine Hauptrolle geschenkt hatte. Vor einem Jahr hatten sie gemeinsam dafür gebetet, dass Gott ihnen zeigte, was er für Pläne für sie hatte. Aber weder Tim noch Bailey hätte sich träumen lassen, dass sie heute hier sein würden. Rechtzeitig vor der Pause, bevor die Lichter angingen, ließ Brandon ihre Hand los. Er beugte sich wieder zu ihr hinüber und flüsterte: „Siehst du, Bailey. Niemand denkt sich etwas dabei oder kommt auf dumme Gedanken."

„Gut." Sie lächelte ihn an und bemühte sich um einen ungezwungenen Tonfall. Sie fühlte, wie ihre Augen im Dunkeln funkelten. „Ich will auf keinen Fall, dass du meinen Ruf ruinierst."

Er lachte und sie war froh, dass er sie nicht zu ernst genommen hatte. Sie wollte ihn bestimmt nicht verletzen. Falls er tatsächlich Interesse an ihr hatte, würde das bald vergehen. Brandon hatte eine große Auswahl an Mädchen. Das hatte sie vorhin hinter der Bühne gesehen. Während der Pause blieb Brandon sitzen und senkte den Blick. Trotzdem verbreitete sich die Nachricht schnell im ganzen Theater, ähnlich wie bei FAO Schwarz. *Brandon Paul ist hier. Er sitzt in der dritten Reihe!*

Ein paar Minuten bevor die Lichter wieder ausgingen, kamen drei Zuschauer zu ihm und baten um ein Autogramm oder ein Foto, aber die Sicherheitsleute des Theaters schickten sie auf ihre Plätze zurück und entschuldigen sich bei Brandon. Keith musste ihnen mitgeteilt haben, dass sie die Fans fernhalten sollten, damit sie die Show ungestört genießen konnten. „Das tut uns leid", sagte einer der Männer zu ihnen. „Das wird nicht wieder vorkommen."

Brandon tat die Sache ungezwungen ab. „Kein Problem." Brandon beherrschte es wirklich, mit der öffentlichen Bewunderung ganz natürlich umzugehen. Er war nicht unnahbar, er war genauso, wie er auf der Leinwand herüberkam. Das war wahrscheinlich einer der Gründe, warum er so beliebt war.

Im zweiten Akt hielt Brandon wieder ihre Hand. Ein paar Minuten lang hatte Bailey erneut Mühe, das alles zu begreifen. Neben ihr saß Brandon Paul. Der größte Frauenschwarm des Landes hatte sie gefragt, ob sie auf Glinda eifersüchtig sei. Brandon Paul hielt ihre Hand. Wie wäre es, mit ihm auszugehen? Sich in einen Mann wie Brandon zu verlieben? Aber sobald ihr dieser Gedanke durch den Kopf schoss, verwarf sie ihn schnell wieder.

Dieser Gedanke meldete sich erst wieder um ein Uhr morgens, als sie in seinem Privatjet auf dem Heimflug waren. Im Flugzeug war es dunkel und die anderen schliefen alle. Brandon schlüpfte leise zum Sofa zurück, auf dem Bailey saß, setzte sich neben sie und legte den Arm um sie. „Das war einer der schönsten Abende meines Lebens."

Ihr Herz schlug so kräftig wie den ganzen Tag noch nicht. Würde er jetzt versuchen, sie zu küssen? Sie schluckte schwer und rutschte ein wenig von ihm weg. „Sollte das nicht mein Text sein?" Sie lachte leise. „Ich bin hier das Aschenputtel."

„Du könntest das jeden Tag deines Lebens haben." Er berührte ihr Gesicht und schaute ihr tief in die Augen. „Im Ernst, Bailey. Ich bin verrückt nach dir."

„Brandon ..." Sie betete schnell um die richtigen Worte. „Ich finde dich wirklich sehr nett." Sie zog sanft seine Hand aus ihrem Gesicht. „Aber ich habe es dir schon gesagt: Ich bin in Cody verliebt. Wenn das nicht so wäre, wenn die Dinge anders stünden, viellcicht ... vielleicht."

Er schaute ihr weiterhin unverwandt in die Augen. Etwas an seiner Miene verriet ihr, dass er wahrscheinlich noch nie von einer Frau eine Absage bekommen hatte. „Kannst du wenigstens ... könntest du mich als Möglichkeit in Betracht ziehen? Irgendwann später?"

Er war so ernst, dass sie fast laut gelacht hätte. Ihr Gespräch kam ihr immer noch wie aus einem Drehbuch vor, eine Szene, die sie in einem Film sehen könnte, nicht ein wirklicher Dialog zwischen ihr und Brandon. Sie wollte ihn nicht verletzen. „Das kann ich machen." Sie nickte und zwang sich, ernster zu sein, denn es war tatsächlich so, wie ihre Mutter von Anfang an gesagt hatte: Brandon war ein Mensch wie jeder andere und sah in Bailey etwas, das er haben wollte.

Er nahm eine Fernbedienung und drückte auf eine Taste. Vor ihnen fuhr eine Leinwand von der Decke herab. „Willst du *Gegen jede Regel* sehen?"

Dieses Mal musste sie wirklich lachen, denn er sah wie ein Kind aus, das sich freute, mit einem Freund einen Film anzuschauen.

„Unbedingt."

Er nahm den Arm von ihrer Schulter und begnügte sich damit, neben ihr zu sitzen. Als der Film begann, schaute er sie an. „Soll ich dir ein Geheimnis verraten?"

„Was?" Bailey beschloss, den Rest des Fluges zu genießen.

„Als Kind wollte ich immer Football-Spieler werden. Das war mein größter Wunsch."

„Wirklich?" Sie konnte sich das nicht ganz vorstellen. Brandon war bei dem, was er machte, sehr gut, aber er war ein völlig anderer Typ als ein Football-Spieler. Er sah wirklich gut aus, aber er war nicht übermäßig groß oder muskulös. Sie nahm an, dass er sich auf einem Football-Feld nicht hätte durchsetzen können. Aber sie lächelte verständnisvoll. „Und ich wollte immer am Broadway auftreten."

Dieses Mal lächelte er übers ganze Gesicht und lehnte sich neben ihr zurück. „Und schau uns jetzt an!"

„Gott hatte andere Pläne." Sie drehte sich zur Leinwand herum. „Bessere Pläne."

Während sie den Film ansah, wurde Bailey bewusst, wie oft sie an diesem Abend an Cody gedacht hatte und wie sehr sie ihn vermisste. Ihre Eltern sagten oft, dass Geld und Erfolg nicht der Grund für ihr Lebensglück seien. Ihr Vater sagte seinen Kindern immer wieder, dass sie nur wahre Freude erleben würden, wenn sie eine Leidenschaft für die Arbeit bekamen, die sie später machen würden, wenn sie mit ihren finanziellen Mitteln zurechtkamen und – was noch viel wichtiger war – mit den Menschen, mit denen sie zusammenlebten, gut auskamen. In Baileys Herz regte sich der bekannte Schmerz.

Menschen wie Cody.

Sie machte es sich auf dem Sofa bequem. Als sie erwähnte, dass ihr ein wenig kühl sei, gab ihr Brandon eine weiche Decke. Aber er versuchte nicht, auch unter die Decke zu schlüpfen oder zu nahe neben sie zu rutschen.

Dafür war Bailey dankbar. Dadurch, dass er ihr Raum gab, konnte sie ein wenig mehr darüber nachdenken, warum Gott sie hierhergestellt hatte. Sie fragte sich, wie viele Christen im ganzen Land dafür beteten, dass Brandon Paul zum Glauben finden würde, und sie dachte an die Bibel, die Katy Brandon geschenkt hatte. Sie konnte es kaum erwarten, dass er und Dayne anfingen, gemeinsam darin zu lesen.

Das war der eigentliche Grund. Deshalb interessierte sich Brandon für sie, deshalb glaubte er, er würde eine Beziehung zu ihr wollen. Er wollte nicht sie, Bailey Flanigan aus Bloomington, Indiana. Er wollte Baileys Glauben an Gott. Denn die größte Freude erlebte man, wenn man an Gott glaubte. Davon war Bailey fest überzeugt.

Sie konnte es kaum erwarten, dass Brandon das auch erkannte.

Kapitel 23

Etwas sehr Großes und sehr Dramatisches passierte bei Brandon. Es war, als wäre sein ganzes bisheriges Leben auf diesen Moment zugesteuert. Entgegen allem, was er vor diesem Film behauptet hatte, las er tatsächlich in der Bibel. Er sprach wirklich jeden Morgen, bevor sie zu den Dreharbeiten fuhren, mit Dayne und Katy über die Bibelstelle, die sie an diesem Tag gelesen hatten.

Am meisten erstaunte ihn, dass er das gern machte.

Zum ersten Mal schien er Antworten auf die Leere in seinem Leben und seine bedeutungslosen Beziehungen zu finden. Es war fast, als wäre sein Leben bis jetzt sinnlos gewesen. Trotzdem wollte er einen klaren Kopf behalten. Immerhin war er ein berühmter Schauspieler. Berühmte Schauspieler bekannten sich nicht in der Öffentlichkeit zum Glauben an Jesus Christus. Er wollte die ganze Sache mit der Bibel so diskret wie möglich behandeln, außer im Gespräch mit einer einzigen Person:

Bailey Flanigan.

Keith und Dayne, ihre Frauen und auch Bailey benutzten eine Sprache, von der der Rest der Welt anscheinend keine Ahnung hatte. Außer vielleicht die Frau vom Cateringservice, Danielle. Sie sagte immer: „Gott segne Sie", und erzählte, dass sie für ihn bete. Vielleicht gab es auch noch andere. Das musste fast so sein, denn die Stimmung unter den Schauspielern und der Crew war an diesem Set anders, als Brandon es gewohnt war.

Trotzdem war er nicht bereit, öffentlich zuzugeben, dass er in seiner Freizeit in der Bibel las. Er bezweifelte, dass er das je tun würde. Im Moment genügte es ihm, dass er durch das Bibellesen eine weitere Gemeinsamkeit mit Bailey hatte. Seit dem Ausflug nach New York verliebte er sich jeden Tag ein wenig mehr in sie. Sie war nicht an ihm interessiert, aber das störte ihn nicht. Im Moment. Sie würde irgendwann ihre Meinung ändern. Je mehr er über ihren Glauben wusste, umso größer wurde seine Chance, ihr näherzukommen.

Die nächsten zwei Wochen verschwammen ineinander. Ein langer

Drehtag folgte dem anderen. Aber Brandon wurde es nie müde, zum Set zu fahren. Allein bei Baileys Anblick fühlte sich sein Herz leicht und jung und lebendig an. So hatte er sich nicht mehr gefühlt, seit er durch NTM berühmt geworden war.

Brandon und Bailey schauten sich oft gemeinsam das gedrehte Filmmaterial an und er staunte über das, was er sah. Die Geschichte war zweifellos faszinierend. Es war das Buch einer seiner Lieblingsautorinnen. Aber über den Film *Der Löwenzahnjunge* würden die Menschen auch in späteren Generationen noch sprechen. Das erkannte Brandon an der Leistung, die sie alle Tag für Tag ablieferten.

„Das ist mehr, als wir je von Gott erbeten haben", sagte Keith oft. „Gott segnet uns mehr, als wir uns je hätten vorstellen können."

Brandon war nicht sicher, ob die hohe Qualität wirklich Gottes Segen vom Himmel war oder die Chemie zwischen ihm und Bailey – oder ob es einfach daran lag, dass sie ein neu entdecktes Talent war, das sein Potenzial voll ausschöpfte. Aber Keith hatte zweifellos recht. Die Aufnahmen waren sehr beeindruckend, ehrlich und schön. Besonders die Szenen, die Brandon und Bailey zusammen drehten.

Es war Samstagmorgen. Sie mussten einige Szenen, die in der Woche nicht geschafft worden waren, nachdrehen. Brandon hatte damit gerechnet, dass sie bis zum Abend arbeiten würden, aber kurz vor Mittag erklärte Keith, dass es für heute reiche. „Danielle hat eine köstliche Hähnchen-Enchilada gemacht. Die sollten Sie sich nicht entgehen lassen", verriet Keith den Schauspielern und Technikern, die um ihn herumstanden. „Wir sehen uns dann am Montagmorgen um sieben Uhr wieder bei der Arbeit."

Es war ein ungewöhnlich warmer Tag. Die Temperatur lag bei über zwanzig Grad, die Sonne schien und der Himmel war wolkenlos blau. Brandon bemühte sich, Bailey außerhalb des Sets nicht zu treffen. Er wollte respektieren, dass sie einen Freund hatte beziehungsweise dass sie in diesen Highschool-Trainer verliebt war. Aber heute konnte er nicht anders.

Beim Mittagessen saß er ihr gegenüber, achtete aber wie immer darauf, den Paparazzi keinen Anlass zu geben, mehr aus ihrer Freundschaft zu machen. „Weißt du, was ich noch nie gesehen habe?"

Sie lächelte und ihre Augen funkelten. „Ein Schulbuch?"

Er lachte und schaute auf seinen Teller hinab. Sie erwähnte immer wieder, dass sie neben den Dreharbeiten ihre Kurse an der Uni zu absolvieren hatte.

„Eigentlich ...", er hob den Blick, „... habe ich an den Lake Monroe gedacht. Alle sagen, dass er großartig sein soll, aber ... na ja, ich habe ihn noch nie gesehen."

„Hm." Bailey legte den Kopf schief. „Du wohnst doch bei Dayne und Katy direkt über dem See. Du siehst den See also jeden Tag."

Zwischen ihnen hatte sich längst eine freundschaftliche Beziehung entwickelt. Sie lachten viel zusammen und zogen einander häufig auf. Aber dieses Mal schaute Brandon sie flehend an und setzte seinen treuesten Hundeblick auf. „Deine Mutter ist heute nicht hier. Du bist allein mit dem Auto gekommen."

„Ja." Bailey aß weiter und stellte sich verwirrt, als hätte sie nicht die geringste Ahnung, worauf er hinauswollte. „Ich muss nach Hause fahren und lernen. Oder möchtest du meine Englischarbeit schreiben?"

„Das ist es doch gerade! Für eine gute Englischarbeit braucht man Inspiration und die beste Inspiration ist ein Ausflug an den See."

„Ehrlich, Brandon. Ich muss nach Hause." Sie bemühte sich um einen lockeren, aber trotzdem ernsten Tonfall. „Du siehst den See ein anderes Mal."

Aber er gab nicht auf. Als sie mit dem Essen fertig waren, willigte Bailey schließlich ein, mit ihm einen kleinen Spaziergang am Strand zu machen. Sie fuhr allein vom Parkplatz und holte ihn dann hinter der Schule ab, wo die Paparazzi sie nicht sehen konnten. Als sie sicher war, dass ihnen niemand folgte, fuhr sie zum See. Brandon war beeindruckt. „Unsere Seen in Südkalifornien sehen ganz anders aus. Eher wie Krater in der Wüste."

„Da muss ich unbedingt hin." Bailey lachte fröhlich. „Das klingt nach einem interessanten Urlaubsziel."

„Eigentlich nicht." Brandon schaute sie vielsagend an. „Die Leute mieten sich Hausboote und trinken genug Bier, damit ihnen ihre Umgebung nicht mehr auffällt." Er schaute auf den Lake Monroe hinaus. „Aber das hier ... Wow! Wie kalt ist das Wasser?"

„Im Juli ist es herrlich. Aber heute ist es ein wenig zu kalt." Ihr Blick wanderte in die Ferne. „Mit diesem See sind für mich viele Erinnerungen verbunden."

„Das kann ich mir denken." Brandon nahm an, dass sie wahrscheinlich an den Football-Trainer dachte, aber er wollte nicht nachfragen. Heute ging es um sie beide und um niemand anderen. „Wollen wir einen Spaziergang machen?"

„Okay." Bailey lächelte und die Sehnsucht in ihrem Blick verschwand. „Gehen wir zum Wasser hinab. Da unten ist ein Weg, der ziemlich bequem ist."

„Was?" Er sprang aus dem Auto und hob die Hände. „Sehe ich so aus, als würdest du mir die unbequemen Wege nicht zutrauen?"

Sie schüttelte lachend den Kopf. „Natürlich nicht." Sie zögerte und trat dann neben ihn. „Das war nur Spaß. Wahrscheinlich könntest du quer durch den See schwimmen."

Er schob seinen Brustkorb vor. „Ganz genau."

Bailey und Brandon gingen einen Waldweg hinab zum Wasser und blieben dann auf dem sandigen Uferstück. Es war weniger ein Spaziergang, sondern eher ein gemütliches Schlendern, was Brandon ganz recht war. Er vertraute Bailey mehr als jedem anderen Mädchen, das er je kennengelernt hatte. Jetzt, da sie sich Zeit für ihn nahm, merkte er, wie alte Gefühle in ihm hochkamen – Enttäuschung, Frust und Ärger aus seiner Kindheit. Er hatte das Gefühl, dass Bailey ihm zuhören würde, und zum ersten Mal seit Jahren wollte er darüber sprechen. „Erinnerst du dich, dass ich sagte, es sei lange her, seit ich in der Sonntagsschule gewesen bin?"

Bailey legte den Kopf schief und ließ sich Zeit mit ihrer Antwort. „Ich dachte, das wäre nur Spaß gewesen."

„Nein." Brandon schob die Hände in seine Jeanstaschen und schaute zum Seeufer auf der anderen Seite hinüber. „Ich ging regelmäßig zur Kirche. Bis ich vierzehn war."

Bailey schaute ihn überrascht an. Ihr war offenbar bewusst, dass ihm im Moment nicht nach Scherzen zumute war. Ihr Tonfall war sanft und einfühlsam. „Und danach?" Ihre Aufmerksamkeit war ganz auf ihn gerichtet.

„Danach bin ich nicht mehr hingegangen." Sein Tonfall war angespannt, als unangenehme Erinnerungen in ihm aufstiegen. „Niemand konnte mich dazu bewegen, weiterhin hinzugehen."

Sie ließ sich Zeit, diese Worte zu verarbeiten. Dann drehte sie sich zu ihm um. „Was ist passiert? War Gott für dich plötzlich der Böse?"

„Am Anfang nicht. Aber später irgendwann schon. Ja, so war es." Brandon erkannte das jetzt besser als je zuvor in seinem Leben. Das war ein weiterer Vorteil des Bibellesens mit Dayne und Katy.

Aus Baileys Augen sprach keine Anschuldigung, keine Verurteilung. „Vielleicht solltest du lieber der Reihe nach erzählen."

„Ja." Er atmete tief ein. Wollte er ihr das wirklich alles erzählen? Es wäre leichter, so zu tun, als wäre er oberflächlich, aber das stimmte nicht. In ihm steckte viel mehr, Dinge, von denen niemand etwas wusste. Er schaute sie an. Sie gingen inzwischen noch langsamer. „Die Theatergruppe der Schule hatte ein Casting. Doch mein Vater wollte, dass ich Football spiele. Ich war der schmächtigste Junge auf dem Feld und am ersten Tag landete ich mit voller Wucht auf dem Rücken. Ich bekam eine halbe Minute keine Luft." Er verstand selbst nicht, warum er ihr das erzählte.

„Football ist ein rauer Sport. Ich habe immer Angst, dass sich meine Brüder verletzen könnten." Wieder zeigte Bailey viel Verständnis. Sie kamen zu einem gefällten Baumstamm und Bailey setzte sich. Sie deutete auf den Platz neben sich. „Was ist passiert?"

„Ich wollte Football spielen." Er grinste, aber in seinen Augen lag ein Schmerz, den die Zeit nicht hatte auslöschen können. „Aber ich konnte nicht. Ich hatte nicht das Zeug dazu." Er erzählte ihr, dass der Trainer ihn beiseitegenommen und ihm so vorsichtig wie möglich erklärt hatte, dass Football vielleicht nicht das Richtige für ihn sei. „Am nächsten Tag ging ich zum Casting der Theatergruppe. Ich bekam die Hauptrolle. Als mein Vater hörte, was passiert war, dass ich mit Football aufgehört hatte und in einem Theaterstück mitspielen wollte, rief er mich zu sich und war sehr wütend."

„Er war wütend? Im Ernst?"

„Sehr sogar." Brandon lächelte, um seine Gefühle zu überspielen. Dieses Thema führte ihn an einen Ort, der ihm genauso fremd war wie der See, der sich vor ihm ausbreitete. Er wandte den Blick ab, bis er sicher war, dass seine Stimme nicht versagte. Dann schaute er Bailey wieder an. „Er fragte, ob ich noch bei Sinnen wäre." Brandons Augen brannten, aber er räusperte sich und weigerte sich, seine Tränen zuzulassen. „Er sagte, Theater sei etwas für Weichlinge und nichts für richtige Männer. Er sagte, Gott verabscheue Menschen, die Schauspieler werden wollen."

„Das kann er doch nicht wirklich gesagt haben!" Baileys Stimme war bei dem leichten Wind, der über den See wehte, kaum zu hören. „Brandon, das ist ja furchtbar."

„Ja. Das war wirklich schlimm." Er schaute auf den feuchten Sand vor seinen Füßen. Plötzlich saß er nicht mehr mit dem faszinierendsten Mädchen, das er je kennengelernt hatte, am Ufer eines schönen Sees. Er saß vor seinem Vater im Wohnzimmer und die Worte seines Vaters prasselten auf ihn ein und verletzten ihn bis ins Innerste. Er roch das Chili, das in der Küche kochte, und sah seine Mutter, die am Herd stand und ihm immer wieder kurze Blicke zuwarf.

Wieder schien Bailey zu ahnen, was er dachte. „Was war mit deiner Mutter? War sie zu Hause?"

Er rieb sich den Nacken, um nicht länger als nötig in diese Szene zurückzukehren. „Sie hat nichts gesagt. Überhaupt nichts." Er schaute Bailey wieder an. „Sie sah ... verlegen aus. Als könnte sie ihm nicht widersprechen, als könnte sie sich nicht ... für mich einsetzen."

Bailey legte eine Hand auf seine Schulter. „Das tut mir leid. Ich kann mir das überhaupt nicht vorstellen."

„Deshalb wollte ich von Gott nichts mehr wissen." Sein Tonfall war jetzt bitter, hart und unversöhnlich. „Dann wollte ich alles vergessen." Seine Wut wurde immer größer und brach sich Bahn. „Lieber betrinke ich mich jede Nacht, als andere zu verurteilen. Wie ... wie mein Vater."

„Brandon ..."

„Nein." Er riss sich von ihrer Berührung los. „Vergiss es!" Er wollte ihr Mitleid nicht, er wollte nicht bedauert werden. Warum hatte er ihr das überhaupt erzählt? Warum hatte er einen perfekten, wunderschönen Tag verdorben, wahrscheinlich eine perfekte, wunderschöne Freundschaft zerstört? Niemand sollte solche Dinge über ihn wissen. Jetzt würde Bailey ihn mit völlig anderen Augen sehen. Brandon stand auf und stapfte aufgebracht zum Wasser. Als er am Wasser ankam, blieb er stehen und ging ein paar Schritte in die eine und dann in die andere Richtung. Wenn er hätte hineinspringen und auf die andere Seeseite schwimmen können, hätte er es getan.

Sie wartete eine Weile und ließ ihm Zeit. Aber dann kam sie langsam und leise zu ihm und blieb schließlich neben ihm stehen. Er wollte keine netten Worte hören und das Versprechen, dass alles wieder gut werden würde, dass diese Vorwürfe lange zurücklägen und dass sein Vater diese Worte bestimmt nicht so gemeint habe. Er wollte nicht hören, dass Gott nett und freundlich sei. Er wollte das alles nicht hören – und Bailey sagte es auch nicht. Stattdessen legte sie die Arme um seine Taille, umarmte ihn von der Seite und lehnte den Kopf an seine Schulter.

Nach einer Weile legte er ebenfalls die Arme um sie und sie blieben lange so stehen. Schließlich führte Brandon sie zu dem Baumstamm zurück. „Entschuldige." Er hatte sich jetzt wieder in der Gewalt. Er war verlegen, aber nicht mehr wütend. „Es ist nur so … dass ich noch nie darüber gesprochen habe." Er hob den Blick und schaute ihr in die Augen. „Mit niemandem."

Sie fragte nicht, wie es weitergegangen war, aber seine Geschichte sprudelte ungebeten aus ihm heraus, was nach so vielen Jahren wahrscheinlich nicht zu verhindern war, besonders da er in der Bibel gelesen hatte, dass man ein neuer Mensch werden und Vergebung finden könne. Bei einem Gott, den sein Vater gegen ihn benutzt hatte.

„Mein Vater sagte mir das jeden Tag, bis ich nach einer Woche von zu Hause weglief."

„Wohin?" Bailey schaute ihn mitfühlend an.

„Vier Straßen weiter. Zu meinem Onkel." Brandon erzählte ihr, dass sein Onkel Joe ganz anders war als sein Vater. Als er die Geschichte erzählte, versetzten die Erinnerungen Brandon zurück zu jenem Tag. Schweißgebadet und frierend und mit einer Tasche in der Hand stand er vor der Tür seines Onkels. Onkel Joe war das schwarze Schaf der Familie. Er kam immer wieder mit dem Gesetz in Konflikt und war eine Schande für die ganze Familie. „Meine Familie, sie waren Christen. Und sie dachten, ich wäre ein Weichei, ein Schwächling." In seinem Lachen lag eine Traurigkeit, ein Schmerz, der in einem Teil seines Herzens auch jetzt noch da war.

„Bist du bei ihm geblieben?" Baileys Augen glänzten feucht. „Bei deinem Onkel Joe?"

„Ja." Selbst jetzt spürte Brandon noch die Freiheit, die er durch diesen Umzug erlebt hatte. Niemand beschimpfte ihn, nur weil er Theater spielen wollte. Seine Eltern regten sich furchtbar auf und versuchten mehrmals, ihn zu zwingen, wieder nach Hause zu kommen. Er erinnerte sich, wie er einmal die schrille Stimme seiner Mutter gehört hatte. *„Das ist deine Schuld, Martin! Du hast unseren Sohn aus dem Haus getrieben!"*

Aber vor anderen trat sie nie für Brandon ein und widersprach Martin Paul kein einziges Mal. Nachdem sie ihn einige Monate mehrmals zurückgeholt hatten und Brandon immer wieder weggelaufen war, gaben seine Eltern auf. „Sie wollten mich eigentlich nicht." Er atmete tief ein, um den Schmerz zu vertreiben. „Wenn ich nicht Football spielen konnte, wenn ich lieber Theater spielen wollte, dann konnte ich gehen." Er runzelte die Stirn und schaute auf den nassen Sand. „Ich bin nie wieder zur Kirche gegangen. Ich wollte mir ein ganzes Haus voll Menschen, die wie mein Vater sind, nicht einmal vorstellen." Seine Stimme war wieder wütend. „Das will ich immer noch nicht."

Nach einer Weile hatten seine Eltern seinem Onkel Joe das Sorgerecht für Brandon übertragen. In der Familie seines Onkels konnte Brandon tun und lassen, was er wollte. Es störte sie nicht, wenn er Theater spielte oder mit seinen Freunden trank oder irgendetwas anderes tat, wozu er Lust hatte. Später zog Brandon mit der Familie seines Onkels in eine andere Stadt. Er spielte weiterhin Theater, auch als er größer und kräftiger geworden war, und versuchte nie wieder, Football zu spielen.

Brandon schob den Fuß näher an ihren heran und stieß sie leicht an. „Jetzt weißt du, warum ich mir wünsche, Football spielen zu können. Und warum mir *Gegen jede Regel* gefällt."

„Ja, das kann ich gut verstehen." Sie hatte eine Art, sich völlig auf ihren Gesprächspartner zu konzentrieren und ihm Zeit und Raum zum Erzählen zu geben.

Dass sie ihn nicht verurteilte und ihn so annahm, wie er war, half ihm, seine Geschichte zu Ende zu erzählen. „Ich zog nach der Schule nach Los Angeles und suchte mir einen Agenten. Ähnlich wie bei Dayne lief es von Anfang an sehr gut. NTM engagierte mich für ihre neue Serie und der Erfolg kam quasi über Nacht."

„Der Schwarm aller Frauen." Bailey lächelte ihn an, wandte aber den Blick keine Sekunde von ihm ab. „Was wurde … aus deinen Eltern?"

„Nachdem ich zum ersten Mal auf dem Titelblatt des *People*-Magazins erschienen war, schrieb mir mein Vater einen Brief. Er schrieb, dass er sich geirrt habe. Und dass es ihm leidtue. Er bat um meine Telefonnummer, damit wir miteinander sprechen könnten."

Bailey wartete und ließ Brandon die Geschichte in der Geschwindigkeit erzählen, die er brauchte.

„Das konnte er leicht sagen, nachdem ich den Durchbruch geschafft hatte." Alles in Brandon wehrte sich immer noch gegen den Entschuldigungsversuch seines Vaters. „Er zitierte in dem Brief jede Menge Bibelstellen und schrieb, dass er einen Fehler gemacht habe." Brandon zuckte die Achseln. „Einige Monate später telefonierte ich mit meiner Mutter. Sie begann zu weinen und sagte, dass es ihr auch leidtue. Sie hätten einen Fehler gemacht ... Blablabla ..." Er runzelte die Stirn und bemühte sich erneut, seine Gefühle nicht zu zeigen. „Sie sagte, dass Gott will, dass wir einander vergeben."

Bailey hatte so aufmerksam zugehört, dass sie sich jetzt höher aufrichtete und die Stirn runzelte. Die Überraschung war ihr deutlich anzusehen. „Wow. Als ob du dich danach noch für Gott interessiert hättest!" Sie faltete die Hände vor sich und schaute auf den See hinaus. Es sah fast so aus, als würde sie beten. Vielleicht hatte sie aber auch einfach keine Ahnung, was sie sagen sollte.

„Das war vor drei Jahren." Brandon riss sich von diesen Erinnerungen los, kehrte wieder in die Gegenwart zurück und erinnerte sich, wer er war. Er war Brandon Paul, Hollywoods beliebtester Filmstar, der vom *People*-Magazin zum attraktivsten jungen Schauspieler gewählt worden war. Seine Eltern konnten ihn jetzt nicht mehr verletzen. Er atmete langsam ein, um seine Vergangenheit hinter sich zu lassen. „Zwei Dinge ergaben sich daraus."

Sie drehte sich zu ihm um. Aus ihrem Gesicht sprach kein Mitleid, sondern Stärke und Verständnis. Ihr Lächeln verriet, dass sie ihn verstand. „Du gehst nicht mehr zur Sonntagsschule."

„Das auch." Er schmunzelte und schaute auf den See hinaus. Die Sonne stand jetzt hoch am Himmel, glitzerte auf der Wasseroberfläche und wärmte seine Schultern. „Und ich habe mir geschworen, dass ich mit den zwei Dingen, die damals mein Leben bestimmten, nie wieder etwas zu tun haben will: mit dem Christentum." Er schaute sie an. „Und mit meinen Eltern."

Bailey nickte langsam. „Deshalb wolltest du *Der Löwenzahnjunge* nicht als christlichen Film sehen."

„Genau." Er hatte ihr schon so viel Persönliches erzählt. Es gab also keinen Grund, jetzt aufzuhören. „Ich dachte daran, einen Rückzieher zu machen. Bis ich zur Probeaufnahme mit dir hierherkam." Er lächelte und die erdrückende Traurigkeit verschwand. „Deinetwegen habe ich meine Meinung geändert, ob du es glaubst oder nicht."

„Komm schon." Sie lachte, wartete aber, da sie wusste, dass er noch nicht fertig war.

„Im Ernst, Bailey. Bevor ich hierherkam, habe ich deine Facebook-Seite gelesen."

„Ich erinnere mich. Ich bekam eine Freundschaftsanfrage von dir."

Er grinste und der Moment wurde wieder unbeschwert und zauberhaft. „Das war nicht alles." Er legte den Arm auf ihre Schultern und achtete wieder darauf, sich nicht anders zu verhalten, als wenn zwei Freunde einen gemeinsamen Nachmittag verbringen. „Ich habe in deinen Augen etwas gesehen, das ich nicht habe." Seine Gefühle verwirrten ihn selbst. „Ich bin immer noch sauer auf Gott. Wie konnte er meinem Vater sagen, dass er das tun sollte?"

„Brandon ..." Baileys Stimme war sanfter als das Plätschern der kleinen Wellen am Seeufer. „Das glaubst du doch nicht wirklich."

„Ich habe es geglaubt." Er schaute sie an. „Aber durch dich fange ich an, mich zu fragen, ob das falsch war. Ich weiß es nicht." Er legte den Kopf schief, um sie besser sehen zu können, um in ihre blauen Augen zu blicken, aus denen eine Güte und Wahrheit und Liebe sprachen, die er nie für möglich gehalten hatte. Sosehr Brandon auch diesen Moment festhalten und sie nicht vertreiben wollte, konnte er sich plötzlich nicht mehr zurückhalten. Er berührte ihre Wange und küsste sie zärtlich.

Zuerst dachte er, sie würde seinen Kuss vielleicht erwidern, da sie sich nicht zurückzog, sich nicht beschwerte und auch nicht wütend weglief. Aber sie nahm sanft seinen Arm von ihren Schultern und ergriff seine beiden Hände. Sie war leicht außer Atem und schaute ihn an. „Brandon, nein." Sie war nicht sauer, aber die Leidenschaft und Intensität in ihrer Stimme überraschten ihn. Sie schaute ihn an, als wolle sie ihn dazu bringen, sie genauso zu verstehen, wie sie ihn verstand. „Siehst du das denn nicht?"

„Ich sehe, dass ich dich will." Seine Stimme war rau und verriet seine Sehnsucht. Er strich mit den Daumen über ihre Hände. „Ist das falsch?"

Sie schüttelte schnell den Kopf. „Gott hat dich wegen deiner Seele hierhergeführt." Sie legte den Kopf schief, ohne den Blick von seinen Augen abzuwenden. „Du willst nicht mich. Du willst den Frieden, den ich habe. Du willst meinen Glauben."

„Nicht, wenn ich dir so nahe bin." Er senkte den Blick, denn wenn er ihr noch einen Moment länger in die Augen schauen würde, würde er sie wieder küssen. „Ich weiß nur – ich fühle nur, dass ich noch nie jemandem wie dir begegnet bin, Bailey. Gott … falls es einen Gott gibt … muss mich deinetwegen hierhergeführt haben." Er wagte es, sie wieder anzusehen.

„Es gibt einen Gott. Er hat dich hierhergeführt, damit du in meiner Nähe bist, ja. Aber du bist nicht nur in meiner Nähe. Du hast hier auch Katy und Dayne, Keith und Lisa …" Bailey lächelte. „Sogar Danielle im Essenszelt. Er tut das alles, weil er dich zu sich zurückrufen will." Sie sprach leiser als zuvor, aber ihr Ton war flehend und eindringlich. „Gott liebt dich, Brandon. Er hat dir die Gabe geschenkt, ein guter Schauspieler zu sein." Sie lachte. Es war ein kurzes Lachen, in dem ein kindliches Staunen mitschwang. „Du bist ein wirklich außergewöhnlich begabter Schauspieler." Sie schaute ihn an. „Kannst du dir vorstellen, wie sehr sich diese Welt verändern würde, wenn jemand wie du wirklich für Gott lebt?" Sie schüttelte den Kopf. „Du könntest so viele Menschen anrühren."

Daran hatte Brandon noch nicht gedacht, aber die Verantwortung, die damit verbunden war, schien sehr schwer. „Das ist sehr viel verlangt. Von jedem."

„Diese Verantwortung hast du, ob du willst oder nicht." Bailey versuchte, ihm klarzumachen, was das bedeutete. „Du beeinflusst Menschen, so oder so. Das ist so, wenn man berühmt ist. Besonders jetzt."

Er wollte sie immer noch küssen, aber er beherrschte sich. „Wenn du recht hast und Gott mich wirklich sucht, kannst du mir dann einen Gefallen tun?"

„Natürlich." Sie drückte seine Hände und lächelte ihn mit strahlenden Augen an.

„Kannst du Gott bitten, mir das zu zeigen? Denn im Moment sehe ich das noch überhaupt nicht."

Das versprach Bailey ihm gerne. Sie entschieden beide, dass sie lieber zurückgehen sollten, und gingen gemeinsam zu ihrem Auto. Auf der Fahrt zu Dayne und Katy lachten sie über einige Szenen, die sie heute gedreht hatten. Bevor er ausstieg, bedankte er sich bei ihr. „Das, was ich dir heute erzählt habe, bleibt unter uns, ja?"

„Natürlich." Bailey berührte seine Hand. „Du kannst mir vertrauen."

Brandon lächelte, dann sprang er aus dem Auto und lief zur Tür, ohne sich noch einmal umzudrehen. Katy und Dayne waren mit Sophie heute nicht zu Hause. Das war gut so. Er setzte sich auf die Terrasse hinter dem Haus und schaute wieder auf den See. Er war dankbar, dass er den Strand gesehen hatte, er war dankbar für seine Zeit mit Bailey. Aber er war immer noch wütend auf Gott. Wenn Gott ihn liebte, warum hatte er dann zugelassen, dass sein Vater ihn so verletzt hatte? Seine Ablehnung verfolgte ihn jeden Tag, auch wenn er so tat, als wäre das vorbei. Während er in der Nachmittagssonne saß und über alles nachdachte, was er Bailey erzählt hatte, während seine Gedanken noch einmal in die Vergangenheit zurückwanderten, kam ihm ein Gedanke. Wenn Gott ihn erreichen wollte, musste er mehr tun, als nur den berühmten Brandon Paul erreichen.

Er musste auch den vierzehnjährigen Jungen erreichen, der auf dem Sofa saß und von seinem Vater, der ihn für einen Schwächling und Feigling hielt, verhöhnt und beschimpft wurde.

Kapitel 24

Für Bailey war der Tag mit Brandon am See sehr kostbar. Seit diesem Nachmittag sah sie in ihm mehr als nur ihren Schauspielerkollegen oder jemanden, für den sie betete. Sie waren Freunde geworden. In den letzten Tagen der Dreharbeiten erinnerte sie sich oft an die Zeit am Ufer des Lake Monroe, an seine schmerzliche Ehrlichkeit und seine furchtbare Vergangenheit. Sie mochte nicht nur den Mann, der er jetzt war, sondern auch den Jungen in ihm, der diese furchtbare Zeit nie ganz überwunden hatte.

Bailey konnte sich nicht vorstellen, dass ein Vater seinen Sohn so verletzte, nur weil er nicht Football spielte. Ihr Vater war Profi-Footballtrainer, aber er drängte seine Söhne kein einziges Mal zu diesem Sport. Er war auf Connor, als dieser beim christlichen Kindertheater auf der Bühne gestanden hatte, genauso stolz gewesen wie jetzt, wo er Football spielte. Bailey konnte sich nicht vorstellen, dass Connor je so etwas zu hören bekäme, wie es sich Brandon von seinem Vater hatte sagen lassen müssen. Wenn sie sah, wie Brandon wieder einmal eine atemberaubende Leistung als Henry Harris ablieferte, wurde sie oft an ihr Gespräch mit ihm erinnert. Sie fragte sich, ob die Inspiration für die Rolle des Henry Harris vielleicht zum Teil aus der Zeit stammte, als er selbst in einem Gefängnis aus Ablehnung gesessen hatte. Sie würde seine Ehrlichkeit nie vergessen.

Und natürlich erinnerte sie sich oft an seinen Kuss.

Ein paar Sekunden lange hatte sie gewollt, dass er sie küsste, hatte sie in dem Moment versinken wollen, als gäbe es sonst nichts auf der Welt. Aber die Wahrheit rüttelte sie wach, bevor sie Zeit hatte, diesen Moment zu genießen. Sie war Gott dankbar, dass er ihr die richtigen Worte gegeben hatte, um Brandon die Wahrheit begreiflich zu machen. Seine Mitwirkung an diesem Film hatte nichts mit ihr zu tun, sondern allein mit Gott.

Gott war auf der Suche nach Brandon. Trotzdem schien nicht viel zu passieren, während die Wochen rasend schnell vergingen und Brandon weiterhin mit Katy und Dayne in seiner neuen Bibel las. Er war freundlich und lustig und Bailey und er waren am Set fast unzertrennlich. Sie hatten eine gute Freundschaft gefunden und Bailey war sicher, dass sich das auch nach den Dreharbeiten nicht ändern würde. Aber seit ihrem Nachmittag am See hatte er nie wieder über Gott gesprochen.

Am letzten Tag der Dreharbeiten, zwei Tage vor Thanksgiving, riefen die Produzenten die Schauspieler und Techniker wieder in das Klassenzimmer zusammen, in dem sie ihre erste Besprechung gehabt hatten. Bailey hatte das Gefühl, als wäre das erst gestern gewesen. Gemeinsam mit Brandon betrat sie den Raum und er lächelte sie neckend an. „Darf ich neben dir sitzen?"

„Unbedingt." Sie schob den Arm auf seinen Rücken und sie schlenderten zu denselben Plätzen, auf denen sie am ersten Tag gesessen hatten. „Ich kann kaum glauben, dass heute schon der letzte Tag ist."

„Mach dir keine Sorgen. So schnell wirst du mich nicht los", flüsterte er ihr zu, während sie sich setzten. „Einige Szenen werden sicherlich noch einmal gedreht. Und dann kommt die Premiere von *Der letzte Brief*. Hier in Bloomington, glaube ich."

„Das stimmt. Am Tag nach Weihnachten." Sie lachte. „Soll das heißen, dass du zur Premiere kommst?"

„Schwer zu glauben, aber ja. Ich habe es auf die Einladungsliste geschafft. Wie ich schon sagte …" Sein Blick zielte darauf ab, ihr Herz zum Schmelzen zu bringen, und das gelang ihm auch, wenn auch vielleicht anders, als er es wahrscheinlich beabsichtigte. „Du wirst mich nicht los."

Bailey freute sich, Brandon schon so bald wiederzusehen. Sie hatte sich in den letzten sechs Wochen nicht in ihn verliebt, aber trotzdem nahm er einen Platz in ihrem Herzen ein. Sie hatte das Gefühl, dass niemand ihn so gut kannte wie sie, und sie begriff, dass damit eine große Verantwortung verbunden war. Deshalb betete sie immer noch ununterbrochen für ihn.

„Okay." Keith Ellison sah müde aus, aber er strahlte trotzdem vor Freude. Sie hatten gemeinsam einen Berg bezwungen und standen heute auf dem Gipfel. „Bitte setzen Sie sich."

Die Schauspieler und Techniker waren längst Freunde geworden, aber sie respektierten Keith Ellison und es kehrte schnell Ruhe ein. Alle setzten sich. Bailey und Brandon konzentrierten ihre Aufmerksamkeit, genauso wie alle anderen, auf Keith. Es gab Gerüchte, dass es heute noch eine Überraschung gäbe. Bailey konnte es kaum erwarten. Sie war nach allem, was sie in dem Film gegeben hatte, emotional erschöpft, und sie wusste, dass es den anderen genauso gehen musste. Sie waren begeistert, weil sie so weit gekommen waren, und gleichzeitig traurig, dass die Dreharbeiten jetzt zu Ende gingen, und überzeugt, dass sie auf ihre Arbeit hier in Bloomington stolz sein konnten.

Andis Vater war wie üblich gekleidet: Jeans und Hemd, nichts Auffälliges. „Vor sechs Wochen habe ich Ihnen von meiner Vision für *Der Löwenzahnjunge* erzählt. Ich bat Sie, sich im Raum umzusehen und diese ganz besonderen Schauspieler und Techniker zu betrachten." Er lächelte. Tiefe Gefühle sprachen aus seinen Augen. „Das war nicht gelogen." Er ging vor ihnen auf und ab und schaute jeden einzelnen Schauspieler, jeden einzelnen Techniker direkt an. „Ich habe Ihnen gesagt, dass Sie in diesen Wochen Leistungen zeigen würden, die Sie sich selbst nicht zugetraut hätten, dass Sie in diesem Film eine Aussagekraft sehen würden, die Ihnen den Atem raubt."

Eine Gänsehaut lief Bailey über die Arme.

Keith Ellison blieb stehen und schaute sie an. „Ich habe nicht zu viel versprochen." Er grinste Dayne an. „Mein Co-Produzent und ich glauben von ganzen Herzen, dass man nur selten im Leben eine solche Chance bekommt. Die Chance, an einer Arbeit mitzuwirken, die einen definieren kann." Er nickte und schaute Brandon an. Ein unübersehbarer Stolz sprach aus seiner Miene. „Ich denke, dass wir auch in dieser Hinsicht nicht zu viel versprochen haben." Er trat zur Seite und deutete auf einen Kameramann hinten im Raum. „Sehen Sie selbst!"

Jemand schaltete das Licht aus und auf der Leinwand begann ein Film. Zuerst kam eine Widmung:

Auf euch, Schauspieler und Techniker von „Der Löwenzahnjunge"!

Die Worte verschwanden. Eine einfühlsame Musik und mehrere Szenen mit den Höhepunkten der letzten sechs Wochen erschienen. Szenen, die nicht unbedingt ein Trailer waren, von denen aber sicher einige später im Trailer für den Film auftauchen würden.

Ab der Eröffnungsszene, in der das Paar, das Brandons Eltern spielte, die Diagnose Autismus bekam und begriff, dass ihr Kind nie wieder so sein würde wie früher, waren alle im Raum gefesselt. Bailey beugte sich vor und bemerkte kaum, dass Brandon den Arm auf ihren Rücken legte. Die Geschichte sprang von dieser frühen Diagnose zu Henry Harris' Zeit an der Highschool. Dem Regisseur und dem Kameramann war es brillant gelungen, in das Gefängnis hineinzukommen, in dem Henry gefangen war, um dem Publikum zu zeigen, wie sonderbar und manchmal schön es sein musste, durch einen überfüllten Schulkorridor zu gehen und im Autismus gefangen zu sein.

Szene für Szene waren die Leistungen so ergreifend, dass Bailey Mühe hatte zu atmen. Tränen traten ihr in die Augen. Sie hörte, wie andere im Raum schnieften, und wusste, dass es allen so ging wie ihr. Besonders in den Szenen mit Henry Harris, den Brandon perfekt zum Leben erweckte. Sie legte die Hand auf sein Knie und drückte es, um ihm zu sagen, wie beeindruckt sie war. „Faszinierend", flüsterte sie.

„Du warst meine Inspiration", flüsterte er ihr ins Ohr. „Ich konnte nicht anders."

Das Kompliment tat ihr sehr gut, aber sie weigerte sich, es zu glauben. Brandons schauspielerische Leistung gehörte zu dem, was Gott hier am Set wirkte. Gott war damit noch nicht am Ende.

Nach fünf Minuten endete der Film und die Lichter gingen wieder an. Die Menschen im Raum wischten sich die Augen, schauten einander ungläubig an und erhoben sich. Ein paar begannen zu klatschen, weitere stimmten mit ein, bis alle standen und das, was sie gerade gesehen hatten, begeistert bejubelten. Bailey hatte noch nie zuvor einen Film gedreht, aber sie konnte sich nicht vorstellen, dass es normal war, dass nach sechs Wochen alle wussten, dass sie an etwas Unvergesslichcm mitgewirkt hatten.

Von hinten rief jemand: „Eine unglaubliche Leistung, Brandon!"

Dann rief noch jemand seinen Namen, dann noch jemand. Der Applaus ging weiter – laut und begeistert und mit einem Jubeln, das Brandon veranlasste, den anderen zuzuwinken. Dann lächelte er Bailey schief an und zuckte leicht die Achseln, als wollte er sagen, dass er überhaupt nicht verstand, warum alle so viel Aufhebens machten.

Bailey drückte ihn von der Seite und ließ den Arm länger als gewöhnlich auf seinem Rücken liegen. Wenn er zu einer solchen Leistung fähig war, wirkte Gott ganz bestimmt in ihm. Sein Herz wurde durch das lebendige Wort Gottes verändert. Es war nur eine Frage der Zeit, bis er das zugab und zu Jesus zurückkehrte.

Wieder stand Keith Ellison auf. „Wie Sie sehen, war es unser Ernst, als wir sagten, dass auch noch spätere Generationen über diesen Film sprechen werden." Tränen glänzten in seinen Augen. Er lachte, um die

Anspannung aufzulockern. Er sprach jetzt langsamer und betonte jedes Wort. „Ich bin so stolz auf jeden von Ihnen. Egal, über wen die Leute am meisten sprechen werden und wer die meisten Ehrungen bekommt, in unseren Augen sind Sie alle Stars."

Dayne stand auf und trat neben Keith. „Ich habe über zehn Jahre als Schauspieler gearbeitet. Aber so etwas ...", er deutete zur Wand, auf der gerade der Film abgelaufen war, „... habe ich noch nie erlebt." Er nickte, lächelte jeden an und umarmte schließlich Keith. „Herzlichen Glückwunsch!"

Alle umarmten sich und lachten und waren begeistert, aber gleichzeitig traurig, dass jetzt der Abschied bevorstand. Bailey und Brandon hatten an diesem Tag nur wenige kurze Szenen zu drehen. Deshalb arbeiteten sie die meiste Zeit mit dem Regieassistenten an der Liste mit den Szenen, bei denen noch etwas verändert werden sollte und die zum Teil neu gedreht werden mussten.

Am Abend bereitete Danielle ein Festessen aus Steaks und Meeresfrüchten zu und eine Stunde später luden die Produzenten alle in die Turnhalle der Schule ein. Bailey traute ihren Augen kaum. Als Überraschung war die Turnhalle heimlich wie für einen Schulabschlussball geschmückt worden, sogar mit rosa und lila Bändern und einem Diskjockey auf der Bühne.

Aber am schönsten war, dass der ganze Raum mit den Angehörigen und Freunden der Schauspieler und Techniker gefüllt war. Einige waren dazu extra nach Indiana geflogen. Als Bailey eintrat, liefen ihre Brüder auf sie zu. Brandon war ein paar Mal bei ihnen zu Hause gewesen. Sie kannten ihn also und klatschen sich mit ihm ab. „Ist das nicht herrlich!" Ricky drehte sich im Kreis. „Ich war noch nie bei einem Schulabschlussball!"

Bailey und Brandon schauten sich an und lachten. Ihre Eltern stimmten mit ein. Sie feierten den ganzen Abend und freuten sich über alles, was sie erreicht hatten. Der Discjockey holte alle zum Ententanz und Twist auf die Tanzfläche. Bailey befürchtete fast, ihr Bruder Justin würde sich die Hüfte verrenken, weil er sich so verdrehte, doch er fiel nur lachend auf den Boden.

Sie und Brandon tanzten an diesem Abend viel zusammen, aber immer war mindestens einer von Baileys Brüdern dabei, sodass sie nie zu zweit allein waren. Im ganzen Raum tanzten alle genauso wie sie, in

Gruppen. Einige hatten keine Angehörigen oder Freunde hier. Deshalb schlossen sie sich den anderen an und es war ein herrlicher, ausgelassener Abend.

Nur einmal, als der Discjockey den Song *Gravity* von Sara Bareilles auflegte, nahm Brandon sie in die Arme und bestand darauf, dass sie diesen langsamen Tanz zu zweit tanzten. Als der Text einsetzte, sang er mit und das fröhliche Lachen in seinen Augen wurde durch etwas Tiefes und Aussagekräftiges ersetzt. „Etwas bringt mich immer zu dir zurück." Seine Stimme war angenehm und harmonisch. „Du hältst mich fest, ohne mich zu berühren, du fesselst mich ohne Ketten."

Er kannte jede Zeile, den ganzen Text und sang jedes Wort nur für Bailey. Als die Stelle kam, an der die Sängerin laut singt: „Lass mich frei!", beugte sich Brandon dicht zu Bailey vor und sang: „Lass mich nicht frei!"

Sie freute sich darüber und lächelte. Sie fragte sich, ob sich ihre Gefühle für ihn ändern würden, wenn er irgendwann sein Leben Jesus übergab, ob sie ihm dann immer noch widerstehen könnte wie jetzt. So charmant er auch war, so schön die letzten sechs Wochen auch gewesen waren, teilte er trotzdem nicht ihren Glauben.

Und er war nicht Cody Coleman.

Am Ende des Tanzes schaute er sie an, als wäre sie der kostbarste Schatz der Welt, dann beugte er sich zu ihr vor und küsste sie auf die Wange. „Ich gebe nicht auf, Bailey."

Sie hoffte, dass ihr Blick ihm zeigte, wie viel ihr seine Freundschaft bedeutete. Sie würde nie auf die Idee kommen, seine Bemühungen zu verspotten oder seine Versuche, sie für sich zu gewinnen, zu ignorieren. Dafür mochte sie ihn viel zu sehr. „Es war sehr schön, Brandon. Jeder Tag. Ich werde das nicht vergessen."

Er umarmte sie schnell. Es war nichts, das jemand, der sie beobachtete, als etwas anderes als Freundschaft deuten könnte. „Es ist noch nicht vorbei." Wieder lächelte er sie an. „Jetzt holen wir aber deine Brüder und deine Eltern auf die Tanzfläche."

Nachdem sie zwei Stunden ausgelassen gefeiert hatten, setzten sich alle erschöpft hin und die Regisseure ließen einen Film mit den witzigsten misslungenen Szenen bei den Dreharbeiten ablaufen. Alle lachten, dass ihnen die Tränen kamen. Am Ende erhielt jeder eine Geschenktüte mit einer DVD von den Höhepunkten und den lustigen Ausrutschern sowie eine Kaffeetasse mit der Aufschrift *Der Löwenzahnjunge*, ein T-Shirt mit demselben Aufdruck und eine Dankeskarte von den Produzenten. Erinnerungen an sechs Wochen ihres Lebens, die Bailey bestimmt nie vergessen würde.

Aber als der Abend zu Ende war und Bailey mit ihrer Familie nach Hause fuhr, beherrschte nicht der Film oder Brandon oder die Party ihre Gedanken. Sondern eine schlichte Erkenntnis: Jetzt, da die Dreharbeiten vorbei waren, würde sie mit Cody zusammen Thanksgiving feiern. Cody würde ihr erklären, was es mit dieser Cheyenne auf sich hatte, und er könnte ihr endlich sagen, warum er wochenlang Abstand zu ihr gehalten hatte. Und wenn alles so gut lief, wie sie es sich von Gott erbat, würden sie wieder eine gemeinsame Basis finden und dort weitermachen, wo sie aufgehört hatten.

Als hätte es diese sonderbare Pause in ihrer Beziehung nie gegeben.

* * *

Die Polizei hatte Benny Dirk gefasst. Sie hatten ihn gestern Abend verhaftet, woraufhin einer der Polizisten Cody sofort angerufen hatte. Es gab Beweise, die Benny mit drei Morden und mehr Drogen, als sie geahnt hatten, in Verbindung brachten. Mit der Zeugenaussage von Codys Mutter und den erdrückenden Beweisen gegen ihn würde Benny lange ins Gefängnis kommen. Er stellte für Cody und Bailey keine Bedrohung mehr dar.

Cody streckte sich auf seinem Bett aus. Er sollte eigentlich für eine Physikprüfung lernen, aber er musste ständig an Bailey denken und konnte sich nicht auf seine Hausaufgaben konzentrieren. Er dachte an alles, was er verpasst hatte, und an das, was noch vor ihnen lag. Er hatte in der Zeitung gelesen, dass die Dreharbeiten zu *Der Löwenzahnjunge* heute zu Ende gingen. Wahrscheinlich feierten die Schauspieler irgendwo in Bloomington, vielleicht sogar in der Schule.

Ich vermisse sie so sehr, Gott. Hilf mir, das durchzustehen.

Es war still in seinem Zimmer. Leere Kisten standen an der Wand. Cody hatte seine Entscheidung getroffen. Er hatte in den letzten Wochen Bewerbungen an sechs Highschools in Indiana geschickt. Der Direktor einer neuen christlichen Schule hatte ihm in Aussicht gestellt, ihn im nächsten Jahr als Chef-Football-Trainer einzustellen. Deshalb wollte er in Indianapolis wohnen und sich in der Nähe der Universität eine Wohnung suchen, um sein Studium abzuschließen.

Für diese Entscheidung gab es mehrere Gründe. Cody wollte näher bei seiner Mutter sein und er brauchte Zeit, um über sein Leben und seine Zukunft nachzudenken. Baileys Leben ging ohne ihn weiter. Wenigstens hatte er diesen Eindruck. Er konnte ihr seine Liebe am besten dadurch zeigen, dass er sie losließ. Das bedeutete, dass der Umzug nach Indianapolis in jeder Hinsicht die richtige Entscheidung war. Er musste nicht viel packen und würde erst in der ersten Dezemberwoche nach den Abschlussprüfungen umziehen. Die Clear Creek High hatte die Saison auf dem sechsten Platz abgeschlossen – eine viel bessere Platzierung als in den Jahren zuvor. Nach dem letzten Spiel, einer Niederlage gegen eine große Schule aus Indianapolis, hatte ihm Coach Taylor versichert, dass die Mannschaft ohne ihn nie so weit gekommen wäre.

„Connor ist in diesem Jahr wie verwandelt", hatte Ryan Taylor gesagt.

Cody war ziemlich sicher, dass Connors Leidenschaft immer noch das Theater war – er hatte seit einiger Zeit vor, Sänger zu werden –, aber Cody musste Coach Taylor recht geben. Durch seine Arbeit hatte er Connor geholfen, zu einem selbstbewussteren jungen Mann heranzureifen. Die Veränderungen an ihm waren nur einer der Erfolge, die Cody aus der letzten Saison mitnahm. Auch Jim Flanigan hatte sich bei ihm bedankt.

„Wir vermissen dich bei uns zu Hause", hatte er nach dem letzten Spiel zu Cody gesagt. „Komm wieder, wenn sich alles beruhigt hat. Ich würde mich gern mit dir unterhalten."

Cody hatte genickt, war aber nicht näher darauf eingegangen. Die Flanigans zu verlassen würde ihm sehr schwerfallen. Nicht nur der Abschied von Bailey, sondern von ihrer ganzen Familie brach ihm das Herz.

Da jetzt kein Football-Training war, konzentrierte Cody seine ganze Energie auf sein Studium. Er wollte gute Noten, besonders da er die Uni wechselte. Er hatte bereits alles mit den Studienberatern hier und in Indianapolis geklärt. Doch jetzt legte er sein Physikbuch weg, drehte sich auf den Rücken und starrte an die Zimmerdecke hinauf. Wenn er nur diese Woche schon geschafft hätte und das Gespräch, das er endlich mit Bailey führen musste, schon hinter ihm läge!

Jim Flanigan hatte angerufen und ihn zu Thanksgiving eingeladen. Cody hatte die Einladung angenommen. Er verstand, warum die Einladung nicht von Bailey gekommen war. Sie sprachen überhaupt nicht mehr miteinander, sie schrieben sich nicht einmal mehr kurze SMS und telefonierten auch nicht. Vor einigen Wochen hatte er aufgehört, ihr zu antworten, und sie hatte es kurz darauf aufgegeben, ihn erreichen zu wollen. Cody konnte ihr daraus keinen Vorwurf machen. Dass es so gekommen war, war allein seine Schuld.

Aber er hatte das nur getan, weil er sie so sehr liebte. Zuerst deshalb, weil er sie vor Benny hatte beschützen wollen. Und dann, weil sie das Leben, das Gott ihr schenkte, unbeschwert genießen sollte. Falls die Paparazzi von ihrer Beziehung und von Codys Mutter erfahren sollten, von ihrer Verhaftung und von Benny Dirk, würde es ihrer Karriere nur Schaden zufügen. So etwas würde Baileys Ruf für immer anhaften.

Dass er wegging, war nur ein weiterer Schritt, um sie zu beschützen.

Er atmete tief ein. Beim Gedanken, sie zu sehen, schoss Adrenalin durch seine Adern. Seit dem Beginn der Dreharbeiten war sie zweimal auf den Titelblättern der Boulevardpresse gewesen. Einmal waren sie offenbar nach New York City geflogen. Die Schlagzeilen hatten verkündet: *„Die Freundschaft zwischen den Schauspielern von* ‚Der Löwenzahnjunge' *vertieft sich."* Auf dem Foto verließen Brandon und Bailey gemeinsam das *Gershwin Theater* und hielten sich an den Händen. Die Qualität der Aufnahme war schlecht und sie hatten nicht gemerkt, dass sie fotografiert wurden.

Aber das Foto sagte alles aus.

Beim zweiten Mal hatte ein Fotograf sie erwischt, als sie am Set miteinander gelacht hatten. *„Auf B & B warten gute Zeiten"*, hatte die Schlagzeile verkündet. Cody hatte beide Zeitschriften gekauft, um sich zu vergewissern – falls er irgendwann eine Erinnerung brauchen sollte –, dass er das Richtige machte.

Die Boulevardblätter waren gnadenlos. Sie wussten bereits, dass Tim Reed im Ensemble von *Wicked* war, und schrieben darüber, dass Tim schon eine Beziehung zu einer anderen Tänzerin aus der Show habe. Falls die Paparazzi je von Cody und seiner Mutter erfahren sollten, würde Baileys Ruf darunter leiden. Das wollte Cody unbedingt vermeiden und sie auch sonst in keiner Weise zurückhalten. Ihre Welten waren einfach zu verschieden.

Er dachte an Thanksgiving. *Herr, lass die Zeit, die wir zusammen verbringen, gut werden, nicht angespannt oder unangenehm. Bitte. Sie soll sich an das erinnern, was uns früher miteinander verbunden hat. Und nicht daran, wie es jetzt ist.*

Cody wollte sich von Bailey verabschieden und ihr sagen können, wie gern er sie mochte. Er wollte ihr klarmachen, dass er nur das Beste für sie tat. Auf dem Bett neben ihm vibrierte sein Smartphone und teilte ihm mit, dass er eine SMS bekommen hatte. Einen kurzen Moment hoffte er, es könnte Bailey sein, aber er wusste, dass das nicht stimmte. Heute Abend feierte sie zweifellos mit allen ihren Kollegen vom Film.

Er warf einen kurzen Blick auf das Display und lächelte. Cheyenne.

Lernst du?

Er tippte seine Antwort. *Ich versuche es. Und du?*

Hin und wieder schrieben sie sich und es entwickelte sich allmählich eine Freundschaft zwischen ihnen. Wie sich herausstellte, war die Wohnung, in die er in Kürze einziehen würde, ganz in ihrer Nähe. Sie studierten beide an der Universität von Indianapolis. Tara hatte klargestellt, dass sie sie oft sonntags zum Essen erwartete. „Art wäre davon begeistert", hatte Tara gesagt, als er sie das letzte Mal, als er in Indianapolis gewesen war, besucht hatte. Cody hatte einen Blumenstrauß mitgebracht, um ihr zu zeigen, dass er an sie und an Art dachte.

Tara hatte das Gesicht in den Blumen vergraben und den Duft tief eingeatmet. Als Cody erzählt hatte, dass er gelegentlich Kontakt zu Cheyenne hatte, waren Tara Tränen in die Augen getreten und ein Lächeln war über ihr Gesicht gezogen. „Das ist gut. Mein Art würde das wollen. Dieses Mädchen hat schon so viel durchgemacht. Sie ist etwas ganz Besonderes und sollte nicht für den Rest ihrer Tage allein zu Hause sitzen."

Cody war immer noch sicher, dass Tara mit ihrer ersten Esseneinladung das Ziel verfolgt hatte, dass Cheyenne Arts Kriegskameraden kennenlernen sollte. Tara hatte recht: Cheyenne war etwas Besonderes. Cody wusste, dass sie Christin war. Seit sie Art verloren hatte, hatte sie nicht viel anderes getan, als zu studieren und zu arbeiten. Kein Wunder, dass sich Tara Sorgen um sie machte. Er bekam eine neue SMS.

Wenn du hierher ziehst, können wir vielleicht zusammen lernen. Dann vergeht die Zeit schneller.

Er dachte über ihren Vorschlag nach. Cheyenne hatte recht: Wenn sie zusammen lernten, würde die Zeit bestimmt schneller vergehen. Er schrieb zurück: *Klingt gut. Wir können ein anderes Mal weiterreden. Gute Nacht.*

Er wollte nicht zu viel mit Cheyenne sprechen – nicht heute, da er an nichts anderes als an Bailey denken konnte und ob sie sich in Brandon verliebt hatte und wie es ihr jetzt nach Ende der Dreharbeiten ging. Bailey und er hatten eigentlich in diesem Jahr so viel Zeit miteinander verbringen wollen. Im letzten Sommer hatte alles so gut ausgesehen – jeder hatte geglaubt, dass sie bis zum Herbst längst zusammen wären und ihre Beziehung so stark sei, dass nichts sie auseinanderbringen könnte.

Aber es sollte offenbar nicht sein. Cody hatte Vorbereitungen für seinen Umzug getroffen und verspürte Frieden wegen seiner Entscheidung. Er hatte die Stelle als zukünftiger Cheftrainer an der neuen christlichen Schule in Indianapolis angenommen und würde in ein paar Wochen aus Bloomington weggehen. Vielleicht für immer. Er hatte alles geklärt und den Mietvertrag für seine neue Wohnung unterschrieben, er hatte sich mit dem Direktor der Schule getroffen, die Verträge unterschrieben und über das nächste Jahr gesprochen, die Spielpause und Codys Vision für das Trainingsprogramm. Jetzt musste er nur noch eines tun, nämlich das, was er so lange wie möglich vor sich hergeschoben hatte:

Er musste es Bailey sagen.

Vielleicht würden er und Bailey irgendwann wieder Freunde werden, aber Cody war sich nicht sicher, ob das möglich war. Er würde nie wieder nur eine Freundschaft mit ihr haben wollen. Und sie musste in die Zukunft blicken, sich in einen anderen Mann verlieben, weiter Filme drehen oder sich um einen Job am Broadway bemühen. Er kannte Bailey gut genug, um zu wissen, dass sie sich nicht für Brandon Paul interessierte. Der Mann war kein Christ. Das, was man über sein Privatleben erfuhr, weckte in Bailey bestimmt nur den Wunsch, für ihn zu beten, aber nicht, mit ihm eine Beziehung anzufangen. Doch eines Tages würde sie den Richtigen treffen. Und wenn das passierte, wollte ihr Cody nicht im Weg stehen.

Die nächsten drei Jahre seines Lebens waren geplant. Jetzt musste er es nur noch schaffen, Bailey loszulassen.

Kapitel 25

Bailey hatte Thanksgiving schon immer geliebt. Sie wachte sehr früh auf, duschte und zog ihre beste schwarze Jeans und einen hellrosa Kaschmirpullover an, den sie zu ihrem letzten Geburtstag bekommen hatte. Sie fühlte sich so lebendig und hoffnungsvoll wie schon lange nicht mehr und merkte einmal mehr, wie viel Kraft sie die Dreharbeiten gekostet hatten.

Doch am meisten freute sie sich, dass sie heute Cody wiedersehen würde.

Sie summte ein Lied von Jeremy Camp, während sie ihre langen dunklen Haare föhnte. Dann eilte sie die Treppe hinab. Wie an jedem Thanksgiving waren ihre Eltern bereits in der Küche beschäftigt und zogen den Truthahn aus der Verpackung, damit ihr Vater ihn in eine Grillpfanne legen konnte. Bailey setzte sich auf einen Barhocker und schaute den beiden zu. „Ein frohes Thanksgiving!"

„Frohes Thanksgiving!", antworteten beide. Ihr Vater schaute sie über die Schulter an, während er kaltes Wasser über den rohen Truthahn laufen ließ.

„Habe ich dir eigentlich schon gesagt, wie froh ich bin, dass du nicht die Lions oder die Bears trainierst?" Bailey lächelte. „Dann wärst du zu Thanksgiving nie zu Hause."

„Ja, ich bin wirklich dankbar, dass wir an Thanksgiving kein Spiel haben. Lieber spiele ich sonntags, als Thanksgiving zu verpassen."

„Ja, denn niemand kennt sich so gut mit Truthähnen aus wie du, Schatz." Ihre Mutter trat hinter ihn und massierte seine Schultern. „Du bist der beste Truthahnzubereiter, den es gibt."

„Wirklich?" Baileys Vater zog einen Beutel mit Innereien aus dem Vogel und legte ihn auf die Arbeitsplatte. „Oder schmeichelst du mir nur, damit ich diese Arbeit jedes Jahr mache?"

„Vielleicht." Ihre Mutter grinste Bailey an. Dann drückte sie ihr Gesicht an seines. „Jedenfalls bin ich auch froh, dass du zu Hause bist."

Ihr Vater wusch den Truthahn von innen und außen und legte ihn in die Pfanne. Dann ging er in die Garage hinaus und holte die Weihnachtsbeleuchtung. Jedes Jahr schmückten sie das Haus am Tag nach

Thanksgiving für die Weihnachtszeit. Und da für morgen Nachmittag Regen angesagt war, wollte er alles vorbereiten, um früh anfangen zu können.

Als er draußen war, begannen Bailey und ihre Mutter mit der Füllung des Vogels. Alle sechs Kinder hatten schon gestern Abend verschiedene Speisen des heutigen Essens vorbereitet. Die Jungen hatten sechs Brotlaibe in kleine Stücke gerissen und die Teile in eine riesige Schüssel gefüllt. Das Brot war über Nacht an der Luft getrocknet und konnte jetzt benutzt werden, um den Truthahn zu stopfen.

Ricky und B.J. hatten zwei Tüten Brezeln für ihren berühmten Erdbeer-Frischkäse-Salat zerkleinert, während Bailey und Connor zusammen den Ananas-Limonen-Salat zubereitet hatten. Dieses Mal hatten sie keinen einzigen Tropfen verschüttet, als sie ihn in die Ringform gefüllt und dann in den Kühlschrank gestellt hatten. Bailey fand, dass der Limonensalat immer das Schönste auf dem Tisch war. Shawn und Justin hatten die Aufgabe gehabt, einen 10-Pfund-Beutel Kartoffeln zu schälen. Sie liebten diese Arbeit und schälten jedes Jahr um die Wette. Wie in den meisten Jahren hatte auch dieses Mal Justin gewonnen, aber Shawn war ein guter Verlierer. Er verkündete, Justin dafür beim Basketballspiel heute Morgen zu schlagen.

Da sie gestern Abend schon so viel vorbereitet hatten, blieb Bailey und ihrer Mutter nicht viel Arbeit, um das Essen heute auf den Tisch zu bringen. Bailey holte den Sellerie und die Zwiebeln aus dem Kühlschrank, während ihre Mutter die Innereien des Truthahns in eine kleine Pfanne mit kochendem Wasser gab. Später würden sie mit der Flüssigkeit die Füllung würzen.

Ihre Mutter sprach von dem bevorstehenden Football-Fest am Sonntagnachmittag und welche hervorragende Arbeit Cody in dieser Saison geleistet hatte. „Ich freue mich, dass er heute zu uns kommt." Sie schaute Bailey fragend an. „Habt ihr miteinander gesprochen?"

„Nein. Seit Wochen nicht mehr." Bailey war fest entschlossen, sich davon nicht beunruhigen zu lassen. Sie würden persönlich miteinander sprechen, um alles zu klären. Bailey schnitt den Sellerie in kleine Stücke und achtete sorgfältig darauf, die harten Teile wegzuschneiden. Im Hintergrund hatte ihr Vater Macys Thanksgiving-Parade aufgelegt. „Wir wollen heute miteinander sprechen." Sie lächelte ihre Mutter an. Alles war so perfekt, dass ihr Gespräch unbedingt gut verlaufen musste.

Sie würde Cody vergeben, dass er sich zurückgezogen hatte, und ihm erklären, dass sie verstehen konnte, dass er sich unsicher gefühlt hatte, als sie mit Brandon zusammengearbeitet hatte. Sie würde ihn nach Cheyenne fragen, aber sie war sicher, dass das Mädchen kein Problem war. Und jetzt, da der Film zu Ende gedreht war und die Prüfungen geschafft waren, würden sie wieder dort weitermachen, wo sie im Sommer aufgehört hatten. Bailey konnte es kaum erwarten, Cody zu sehen. Die Jungs kamen nacheinander in die Küche und bewunderten die Arbeit, die Bailey und ihre Mutter leisteten. „Ich kann es nicht erwarten, dass der Truthahn in den Ofen kommt." Ricky atmete übertrieben ein und hielt das Gesicht nach oben. „Das ist der beste Duft, den es geben kann!"

Baileys Mutter hatte Zimtbrötchen und Speck zum Frühstück aufgedeckt, eine weitere Familientradition an Thanksgiving. Baileys Brüder schauten zu, wie ihre Mutter den klein geschnittenen Sellerie und die Zwiebeln unter das getrocknete Brot mischte, während Bailey vorsichtig mehrere Tassen Hühnerbrühe und etwas von dem Saft der gekochten Innereien dazugab. Zuletzt folgte eine Tasse geschmolzene Butter.

„Ich könnte das alles auf der Stelle wegessen." Shawns Augen waren ganz groß. Er beugte sich über die Arbeitsplatte, um an der Füllung zu schnuppern. „Zimtbrötchen und Truthahnfüllung – die perfekte Kombination."

Die anderen Jungs lachten. Nachdem sie Bailey und ihrer Mutter zugesehen hatten, wie sie den Truthahn füllten und ihn außen mit Butter einstrichen, liefen sie hinaus, um ihren Vater zu holen. Er und Connor waren für den nächsten Teil verantwortlich.

Bailey trat zurück und bewunderte den Truthahn. „Er sieht köstlich aus."

„Unbedingt." Ihr Vater kam in die Küche, wusch sich die Hände, zwängte zusammen mit Connor den Vogel in den Backbeutel und legte ihn in die Bratpfanne zurück. Dieses Mal schob Connor den Truthahn ohne seine Hilfe in den Ofen.

Bailey hakte sich bei Shawn und Justin unter und schaute zu, wie Connor die Backofentür zuklappte. „Wow, Connor, du bist genauso stark wie Papa."

„Vergiss es!" Ricky schüttelte vehement den Kopf. Er war der jüngste Sohn und größte Football-Fan in der Familie und in seinen Augen war ihr Vater überlebensgroß. „Connor ist stark, aber niemand ist so stark wie Papa."

Baileys Brüder folgten ihrem Vater hinaus, um die Weihnachtsbeleuchtung und den Weihnachtsschmuck zu sortieren. Bailey und ihre Mutter wuschen sich die Hände. Es war schon elf Uhr und Bailey hatte keine Ahnung, wann Cody kommen wollte. „Hat Papa ihm eine Uhrzeit gesagt?" Sie wischte mit einem nassen Spüllappen die Granitplatte ab und machte alles für die nächsten Arbeitsschritte sauber.

„Wir essen um drei, wie immer." Jenny brachte eine Schüssel mit Süßkartoffeln zur Spüle und holte zwei Kartoffelschäler aus der Schublade. „Ich glaube, dein Vater hat gesagt, dass er gegen zwei da sein soll. Er hat Codys Mutter auch eingeladen, aber sie hat anscheinend etwas anderes vor. Das hat Cody jedenfalls gesagt."

Während Bailey und ihre Mutter die Kartoffeln schälten, sprachen sie über den Film und die Szenen, die in der Woche nach Weihnachten nachgedreht werden sollten. Außerdem überlegten sie, was sie zur Premiere von *Der letzte Brief* anziehen würden. Bailey wollte Cody mitnehmen. Dann würde Brandon sehen, dass es Cody nicht nur in ihrer Fantasie gab.

„Sei vorsichtig, Schatz." Die Stimme ihrer Mutter war einfühlsam wie immer, wenn sie ihr einen weisen Rat gab. „Die Jungs haben gesagt, dass Cody sich verändert hat. Er ist distanzierter geworden." Sie zögerte. „Und vergiss nicht die SMS, die er diesem anderen Mädchen schicken wollte."

„Das hat nichts zu bedeuten. Das weiß ich." Bailey zog den Kartoffelschäler über die Süßkartoffeln und sah zu, wie große Schalenstücke ins Spülbecken fielen. „Das liegt an dem Film. Wenn wir heute miteinander sprechen, ist alles wieder in Ordnung."

Ihre Mutter drängte nicht weiter. Sie würden ohnehin bald erfahren, was los war. Es hatte also keinen Sinn, Vermutungen anzustellen, was Cody wohl dachte oder warum er so distanziert war. Die Stunden vergingen langsam. Shawn hielt sein Versprechen, Justin beim Basketball zu schlagen. Als die Jungs ihr Spiel beendet hatten, waren Bailey und ihre Mutter in der Küche fertig, und außer ihrem Vater, der unter der Dusche stand, saß die ganze Familie im Wohnzimmer und schaute sich im Fernsehen die Parade an.

Endlich … endlich sahen sie Codys Auto in die Auffahrt biegen.

Baileys Brüder jubelten laut. Bailey trat an ihr Lieblingsfenster im Büro ihrer Mutter. Von hier konnte sie ihn sehen, wie er aus dem Auto stieg und zur Tür ging, ohne dass er sie bemerkte. Ihr Herz schlug in einem verrückten Rhythmus. Er sah größer aus, seine Schultern waren breiter. Sie merkte, wie sehr sie ihn vermisst hatte.

Bevor Cody die Haustür erreicht hatte, stand sie schon da. Aber ihre Brüder tauchten im selben Moment auf. Sie rutschten auf Socken durch den Flur und schufen eine glückliche, chaotische Atmosphäre, die aber nicht ganz das war, was sich Bailey bei ihrem ersten Wiedersehen nach fast zwei Monaten erhofft hatte.

„Wow, wir sind ja ein richtiges Begrüßungskomitee", lachte Ricky laut und öffnete schnell die Tür. „Hi, wir sind alle da!", rief er und ließ Cody ins Haus.

Cody wurde von Ricky und Shawn von beiden Seiten umarmt und bekam von Connor einen Faustschlag auf die Brust, während Justin und B.J. ihn mit Fragen bombardierten, warum er sie so lange nicht besucht habe und warum er nicht früher gekommen sei, um mit ihnen Basketball zu spielen. Bevor Cody ins Haus trat, drückte er Baileys Hand. Sie schauten sich in die Augen und Baileys Knie wurden weich. Er mochte sie immer noch. Das konnte gar nicht anders sein. Sonst könnte er ihr nicht so viel mitteilen, ohne ein einziges Wort zu sagen. Bailey trat lächelnd zurück und genoss es, wie ihre Brüder Cody begrüßten. Sie würde später Zeit mit ihm haben, aber im Moment begnügte sie sich damit zu wissen, dass er an dem Ort war, an den er gehörte. Hier bei ihrer Familie.

Ab dem Moment, als er kam, unternahmen sie alles zusammen. Sie schauten Football und spielten eine halbe Stunde Basketball, damit Justin erneut versuchen konnte, Shawn zu schlagen. Bailey hatte Mühe, sich zu gedulden. Zum Kuchen sollten die Baxters und die Ellisons kommen. Fast fünfzig Leute, hatte ihre Mutter gezählt. Wenn Cody und Bailey also nicht bald Zeit fanden, um ungestört miteinander zu sprechen, würden sie den ganzen Abend nicht mehr dazu kommen. Es könnte fast Mitternacht werden, bis sie wieder allein waren.

Wie immer halfen alle zusammen, um das Essen auf den Tisch zu bringen. Der Tisch war mit Jennys schönster cremeweißer Satintischdecke und einem in Dunkelbraun und Gold gemusterten Tischläufer gedeckt. Sie benutzen dasselbe Porzellan wie jedes Jahr, das Jenny und Jim vor Jahren in London gekauft hatten. Selbst der kegelförmige Tischschmuck war derselbe wie immer. Wie Ricky vor dem Essen verkündet hatte, wäre es kein typisches Familien-Thanksgiving bei den Flanigans, wenn der Tisch nicht genauso geschmückt wäre wie jedes Jahr. Cody half auch mit. Er füllte die Kristallkelche mit sprudelndem Apfelmost und schaute Bailey lange an, wenn sich ihre Blicke begegneten.

Schließlich wurde das Essen auf der Arbeitsplatte in der Küche angerichtet. Große Tellerstapel standen auf einer Seite und jeder durfte an den verschiedenen Köstlichkeiten entlanggehen und sich seinen Teller füllen. Dann setzten sie sich an den Tisch und Baileys Vater betete eines der schönsten Thanksgiving-Gebete, an die sich Bailey erinnern konnte. „Wir danken dir für diesen Tag und denken an die Menschen, die ihre Angehörigen nicht bei sich haben können. Wir danken dir für unsere Gesundheit, für unsere Familie, unsere Freunde und unseren Glauben. Wir bitten dich, dass du uns weiterhin segnest. Nicht zu unserem Ruhm, sondern zu deinem."

Nach einem lauten Amen setzten sie den Nachmittag mit einer weiteren Tradition fort, auf die sich alle freuten: Einer nach dem anderen erzählte, wofür er dankbar war. Wie immer begann die Runde bei Ricky. „Das ist einer der Vorteile, wenn man der Jüngste ist", grinste er die anderen an, auch wenn seine Worte nur schwer zu verstehen waren, da er Kartoffelbrei und Soße im Mund hatte.

Die Antworten waren ähnlich wie in den letzten Jahren. Die Jungs waren dankbar für ihre Familie, für Football, für Gott und an diesem Abend auch dafür, dass Cody bei ihnen war. Bailey lächelte, als ihre Mutter sagte, sie sei dankbar, dass Baileys Dreharbeiten vorbei waren. „Jeder Tag in diesen sechs Wochen war ein wenig verrückt." Sie lächelte Bailey müde an. „Ein paarmal haben sogar Paparazzi vor unserer Einfahrt herumgelungert."

Bailey war auch dankbar, dass die Dreharbeiten abgeschlossen waren, aber sie fügte hinzu, dass sie für etwas anderes noch dankbarer war. „Ich bin bereit, dass das Leben weitergeht." Sie bemühte sich, sich unauffällig zu verhalten, aber sie konnte sich nicht verkneifen, Cody anzusehen. „Während der Dreharbeiten musste irgendwie alles andere in den Hintergrund treten."

Cody kam als Nächster an die Reihe. Er saß Bailey gegenüber, da

Ricky und B.J. darauf bestanden hatten, links und rechts neben ihm zu sitzen. „Ich bin für Gottes Führung dankbar." Er nickte leicht und schaute Baileys Eltern an. „Ich habe seine Führung in letzter Zeit sehr stark gemerkt."

Seine Antwort löste das erste laute Alarmsignal in Baileys Herz aus, das bis jetzt ganz ruhig gewesen war. Gottes Führung? Was meinte er damit? Dass er in den letzten Wochen eine Veränderung gespürt oder seine Meinung geändert hatte? Sie versuchte, sich darüber nicht den Kopf zu zerbrechen, während ihr Vater erklärte, er sei dankbar, dass seine Kinder eine immer engere Beziehung zu Jesus hatten. Sie würde Cody später fragen, was er mit seinen Worten gemeint hatte. Eigentlich wollte Bailey gleich nach dem Essen mit ihm sprechen, aber sie waren noch damit beschäftigt, die Teller wegzuräumen, als es schon an der Tür klingelte. Cody musste ihren enttäuschten Blick bemerkt haben, denn er trat mit einem Tellerstapel neben sie. „Mach dir keine Sorgen." Er stellte die Teller in die Spüle. „Ich bleibe bis zum Schluss. Wir können reden, wenn alle anderen fort sind."

Bailey konnte ihn kaum hören, sie konnte sich fast nicht auf die Worte konzentrieren, die er sagte, weil es das erste Mal seit viel zu langer Zeit war, dass er sie berührte. Seinen Arm um sich zu fühlen war wie zu Hause zu sein. Es fühlte sich so richtig an, dass es fast wehtat, als Cody zum Tisch zurückging, um den nächsten Geschirrstapel zu holen. Egal, worüber er mit ihr sprechen wollte, es konnte nichts Schlimmes sein, oder? Cody war hier und alle in der Familie liebten ihn. Die Führung, die er von Gott bekommen hatte, war bestimmt das, was sie sich erträumte: dass sie die letzten Monate vergessen und in die Zukunft blicken würden. Als hätte es diese Pause in ihrer Beziehung nie gegeben. Bailey wollte am liebsten sofort wissen, was er dachte und fühlte und welche Absichten er in Bezug auf sie hatte.

Aber Luke Baxter und seine Familie kamen schon durch die Tür, stellten Kürbiskuchen in die Küche, sprachen über das warme Wetter in diesem Jahr und erzählten fröhlich, dass die Kinder geholfen hatten, den Truthahn zu füllen. Bailey gab resigniert auf.

Was auch immer Cody ihr sagen wollte – es musste warten.

Kapitel 26

Keith war froh, dass Andi beschlossen hatte, heute Abend mit ihnen zu den Flanigans zu fahren. Das Thanksgivingessen war ruhig verlaufen. Sie waren nur zu dritt gewesen und hatten ausführlich darüber gesprochen, wie sich Andi fühlte und dass das Baby in wenigen Wochen auf die Welt kommen würde.

Seit Andi am ersten Drehtag allein am See gewesen war, hatte sie kein einziges Mal an ihrer Entscheidung gezweifelt, das Baby wegzugeben. Sie hatte sich mit der Adoptivmutter und ihren zwei Kindern im Büro der Adoptionsagentur getroffen. Der Vater war anscheinend zu einer Geschäftsreise in Los Angeles gewesen. Andi wollte, dass ihre Eltern irgendwann die Familie, die sie ausgesucht hatte, kennenlernten. Aber bei ihrer ersten Begegnung mit ihnen hatte sie mit der neuen Familie ihres Kindes allein sein wollen, damit sie sehen konnte, wie sie miteinander umgingen, damit sie sich vorstellen konnte, wie ihr Kind in dieser Familie aufwachsen würde.

Andi hatte erzählt, dass das Treffen perfekt gelaufen sei. Das war jetzt einige Wochen her und Andi hatte seitdem mit ihrem Studium alle Hände voll zu tun gehabt, aber heute Abend wollte sie Bailey sehen und ein paar Leute aus der Familie Baxter kennenlernen. Als sie ihr Auto abstellten und Keith zum Kofferraum ging, um den Apfelkuchen zu holen, wurde ihm bewusst, dass Andi bis jetzt kaum jemanden aus der Familie Baxter kannte. Sie war nicht zum Essen bei den Baxters mitgekommen, als Chase und Keith in Bloomington *Der letzte Brief* gedreht hatten. Und obwohl sie am Set gewesen war, erinnerte sie sich kaum an Daynes Frau und die verheirateten Baxter-Töchter, die sie dort getroffen hatte. Nur mit Ashley Blake, die Andi in der Schwangerschaftsberatung begegnet war, verband sie seitdem eine Freundschaft.

„So viele Autos." Andi trug die Schlagsahne. Sie sah heute Abend hübsch aus. Ihre Haare waren immer noch dunkel, da sie sie wieder gefärbt hatte, aber sie hatte ihren Eltern versprochen, dass sie im nächsten Frühling wieder ihre natürliche Haarfarbe, blond, haben würde. Wegen ihres Bauches schien Andi nicht mehr unsicher zu sein. Sie hatte nicht viel zugenommen und sah von hinten genauso schlank aus wie vor der Schwangerschaft. Sie trug eine lange braune Strickweste, braune Leggings und ein weißes Shirt.

„Die Baxters sind eine große Familie", lachte Lisa, während sie neben Andi herging. „Ich bin stolz auf dich, Schatz. Es ist schön, dass du heute Abend mitkommst. Ich denke, du wirst es nicht bereuen."

„Das denke ich auch."

Keith ging ein Stück hinter den zwei Frauen her und gab Lisa recht. Er war sehr stolz auf seine Tochter, weil sie das Baby annehmen und es gleichzeitig an Gott zurückgeben konnte. Aber seit die Dreharbeiten vorbei waren, traf ihn die Realität jeden Tag ein wenig mehr. Seine Tochter würde bald einen Jungen entbinden, aber keiner von ihnen würde dieses Kind je kennen oder lieben lernen. Vielleicht hätten sie heute Abend Gelegenheit, mit Luke und Reagan Baxter darüber zu sprechen, dass eine Adoption ein Geschenk war. Dann wären sie vielleicht alle drei eher bereit, das Baby wegzugeben.

Keith und Lisa trugen jeweils eine Kuchenplatte in der Hand, als sie die Treppe zur Haustür hinaufstiegen. Wieder betete Keith im Stillen das Gebet, das er schon sehr oft gebetet hatte. *Herr, gib mir bitte Frieden wegen Andis Entscheidung. Ich war bereit, diesen kleinen Jungen zu lieben. Ich hatte schon einen Platz in meinem Herzen für ihn. Bitte, Herr, gib mir Frieden.*

Er hatte kaum zu Ende gebetet, als Jenny Flanigan die Tür öffnete und sie ins Haus einlud. Sie umarmte Andi herzlich und küsste sie auf die Wange. „Du siehst gut aus, Andi."

„Danke." Andis Augen leuchteten wie früher, bevor sie an die Universität von Indiana gekommen war. „Wo ist Bailey?"

„Drinnen bei allen anderen." Baileys Mutter lächelte Lisa an. „Mmm, Apfelkuchen! Köstlich!"

„Der Kuchen ist noch warm." Lisa trat ein. „Geh voraus, damit wir wissen, wohin wir ihn stellen können."

Andi wartete. Dann folgte sie Jenny durch den kurzen Flur in die riesige Küche der Flanigans. Während Baileys Mutter weiterging, blieb Andi plötzlich abrupt stehen und schlug die Hände vor ihren Mund.

„Schatz, was ist?" Keith und Lisa gaben Jenny und Jim die Apfelkuchen und traten schnell zu ihrer Tochter. Keiths Ausruf musste seine Besorgnis verraten haben, denn plötzlich wurde es in der Küche still.

Die anderen, die damit beschäftigt waren, Kaffee einzuschenken und die Kuchen aufzuschneiden, drehten sich fragend zu ihnen um. Keith bemerkte das kaum, da seine Aufmerksamkeit allein Andi galt. Ihr Gesicht war blass und ihre Augen waren weit aufgerissen. Sie starrte auf die andere Seite der Küche.

Von der anderen Seite des Raums hörte er ein lautes Keuchen. Lukes Frau Reagan ließ die Gabel fallen, die sie in der Hand hatte, und sah genauso verblüfft aus wie Andi. „Was ...?“ Ihre Stimme brach ab, als sie näherkam. Luke folgte ihr. Sein Blick wanderte von Andi zu Reagan und wieder zurück.

„Was ist los?“ Sein Lachen klang nervös, als wollte er sicherstellen, dass es allen gut ging, bevor er versuchte, genauso wie alle anderen herauszufinden, was hier los war.

In diesem Moment entdeckte Tommy Andi. Fröhlich rief er: „Hey! Ich kenne dich!“ Er lächelte breit und lief auf Andi zu, die immer noch wie erstarrt die Schlagsahne in der Hand hielt. Als Tommy vor ihr stand, schaute er mit seinen unschuldigen Augen erwartungsvoll zu ihr hinauf. „Kann ich meinen Bruder begrüßen?“

Andi streichelte den Kopf des Kindes und Keith sah, dass ihr Tränen in die Augen traten. „Ja, Tommy.“ Sie reichte ihrem Vater die Sahne und sagte mit zitternder Stimme: „Du kannst ihn gern begrüßen.“

Keiths Gedanken überschlugen sich. Er starrte Lisa an, die den Kopf schüttelte, als könne sie nicht glauben, was hier geschah. Wenn Tommy Andi kannte und wenn er wusste, dass ihr Baby sein Bruder war, dann ... Auch Keith traten Tränen in die Augen. Das war nicht möglich. Das ... das war die Adoptivfamilie, die Andi für ihr Kind ausgesucht hatte? Als sie einen Ordner mit Fotos von Familien, die ein Kind adoptieren wollen, durchgesehen hatte? Luke und Reagan Baxter?

Niemand rührte sich. Niemand schien auch nur zu atmen. Alle Augen richteten sich auf das Wunder, das hier vor ihnen geschah. Tommy schien davon nichts zu merken. Er umarmte Andi und legte dann die Hände links und rechts auf ihren Bauch. „Hallo, kleiner Bruder! Beeil dich mal ein bisschen und komm bald auf die Welt, okay? Malin und ich können es kaum erwarten, dich zu sehen.“

Andi liefen die Tränen übers Gesicht, als sie Reagan anschaute. „Sie ... Sie heißen Baxter?“

„Ja.“ Reagan trat näher und nahm Andi in die Arme. Tommy stand immer noch neben ihr, streichelte Andis Bauch und sprach mit seinem ungeborenen kleinen Bruder.

„Soll ich dir etwas verraten? Wir haben eine Schaukel im Garten und ich kann dich anschubsen. Danach können wir den ganzen Tag Baseball spielen. Einverstanden? Deshalb musst du schnell laufen lernen, hörst du?"

„Das ist die Adoptivfamilie?" Keith fand endlich die Sprache wieder. Er schaute Andi an. „Luke Baxter und seine Frau?"

„Ja." Ein Schluchzen kam über Andis Lippen und sie lachte gleichzeitig. „Aber ich hatte keine Ahnung ..."

Tommy trat einen Schritt zurück. „Ich bin froh, dass du gekommen bist." Er grinste Andi wieder an. „Ich habe auf der Fahrt hierher an meinen Bruder gedacht." Er streichelte wieder ihren Bauch. „Beeil dich, Baby." Dann hüpfte er zurück zu seiner Schwester Malin.

Keiner konnte fassen, was sie hier gerade erlebten. Luke trat neben seine Frau und umarmte Andi jetzt auch. „Ich habe die ganze Zeit für die Mutter unseres Babys gebetet. Und ich habe für Keiths Tochter gebetet. Aber ich hatte keine Ahnung ..." Seine Stimme brach ab. Er senkte einen Moment den Kopf und rieb sich die Augen. „Ich hatte keine Ahnung, dass ich für dieselbe Person bete. Wie ist das möglich?"

Weitere Baxters trafen ein. Sie traten zu den anderen in die Küche und staunten über dieses Wunder. Luke und Reagan würden Andis Baby adoptieren. Die meisten sahen Andi zum ersten Mal, aber alle kannten Keith und wussten, dass Luke für *Jeremiah Productions* arbeitete.

Keith beobachtete seine Tochter in diesem erstaunlichen Moment, den Gott ihnen schenkte. Er sah, wie sie lachte und weinte, wie Luke und Reagan sie umarmten. Plötzlich fühlte er Gottes Gegenwart ganz stark. Noch vor wenigen Minuten hatte er sich gefragt, wie er es schaffen sollte, das Baby loszulassen, wie er es ertragen sollte, dass seine Tochter ein Kind zur Welt brachte, um es dann wegzugeben. Aber Gott hatte seine Gebete auf eine Weise erhört, die er sich nie erträumt hätte. Er musste keine Angst haben, er hatte keinen Grund, um dieses Enkelkind, das er nie kennenlernen würde, zu trauern. Alles würde sich zum Guten wenden. Sie wussten, wo das Baby hinkam und dass es ein wunderbares Leben haben würde. Denn es würde in einer Familie aufwachsen, wie man sie jedem Kind nur wünschen konnte.

In der Familie Baxter.

* * *

Es dauerte Stunden, bis sich die Aufregung gelegt hatte. Immer wieder sprachen sie darüber, was für ein Wunder es war, dass Andi in eine christliche Adoptionsagentur gegangen war und aus einem Katalog mit vielen möglichen Familien ausgerechnet Luke und Reagan Baxter ausgewählt hatte. Die Ellisons verkündeten, dass sie planten, Anfang nächsten Jahres nach Kalifornien zu ziehen, und dass Andi mitkommen würde. Obwohl sie dankbar war, weil sie jetzt wusste, wer die Adoptivfamilie ihres Kindes war, und obwohl sie beabsichtigte, mit Luke und Reagan in Kontakt zu bleiben, sagte Andi zu Bailey, dass sie es für das Beste hielt, wenn sie nicht in der Nähe lebte.

„Sonst ist es zu verwirrend", sagte sie. „Aber Gott hat alles bis ins Kleinste geregelt." Sie staunte immer noch. „An dem Tag, an dem ich endgültig beschloss, das Baby wegzugeben, war ich überzeugt, dass Gott schon wusste, dass es bei dieser Familie sein sollte." Sie lächelte. „Jetzt weiß ich, warum."

Bailey dachte immer noch über die ganze Geschichte nach, als die letzten Gäste das Haus verließen. Wegen der ganzen Aufregung und des Wunders, das Andi und Luke und Reagan erlebt hatten, fiel Bailey erst jetzt wieder ein, was heute noch kommen würde.

Ihr Gespräch mit Cody.

Nach dem Kuchenessen waren er und die Jungs ins Wohnzimmer gegangen, um Wii Olympics zu spielen. Bailey schlenderte nach hinten, wo sie die Stimmen ihrer Brüder hören konnte, die lachten und lautstark diskutierten, wer bei dem Sprintwettbewerb am schnellsten sein würde. Sie lehnte sich an den Türrahmen. Cody spielte nicht mit. Er saß auf einem Sitzsack in der Ecke und schaute den anderen zu. Statt wie sonst mitzuspielen, war er still und nachdenklich.

„Cody?" Sie trat leise ein, damit ihre Brüder sie nicht bemerkten. „Willst du jetzt reden?"

Er lächelte nicht.

Als Bailey sich später an diesen Abend erinnerte, fiel ihr dieses Detail auf. Nachdem er den ganzen Nachmittag und Abend darauf gewartet hatte, mit ihr zu sprechen, zog nicht die geringste Spur eines Lächelns über sein Gesicht, als sie jetzt endlich allein sein konnten. Er stand auf, nahm sie an der Hand und führte sie aus dem Zimmer ins Freie.

„Ist dir kalt?“ Er blieb stehen.

„Noch nicht.“ Bailey fragte sich, ob er die Doppeldeutigkeit ihrer Antwort verstand. „Was ist los, Cody? Warum habe ich das Gefühl, dass dieses Gespräch nicht so verlaufen wird, wie ich es mir wünsche?“

Cody nahm sie in die Arme und hielt sie lange fest. Die Wärme seines Körpers versprach ihr, dass alles gut werden würde. Es *musste* gut werden. Welchen Grund sollte er haben, über etwas anderes als über eine vielversprechende Zukunft mit ihr sprechen zu wollen? Bailey lehnte den Kopf an seine Brust und hörte das rhythmische Schlagen seines Herzens. Der schwache Geruch seines Eau de Cologne machte sie schwindelig und sie flüsterte fast unhörbar: „Lass mich nicht los, Cody. Bitte lass mich niemals los.“

Cody gab ihr keine Antwort, sondern streichelte zärtlich ihren Rücken und hatte es nicht eilig, sie loszulassen. Nach einer Weile führte er sie über die lange Veranda. Als sie zu ihrer Lieblingsschaukel kamen, setzten sie sich. Erst jetzt begann Bailey zu zittern. Er bot an, ihr eine Decke zu holen, aber sie wollte keine. Gegen die Kälte, die sie fühlte, half keine Decke. Ihr würde nur wieder warm werden, wenn er ihr sagen würde, dass sich nach den letzten Wochen nichts zwischen ihnen geändert hatte.

„Darf ich dich etwas fragen?“ Ihre Zähne klapperten ein wenig. Sie wollte diese Frage schnell klären und vergessen.

„Du kannst mich alles fragen.“ Cody wandte den Blick nicht von ihr ab und schaute ihr in die Augen, als könnte er auch nach so langer Zeit nie genug von ihrem Anblick bekommen.

Ihr ging es genauso, und sie musste den Blick zum Sternenhimmel richten, um sich zu erinnern, was sie fragen wollte. „Vor einem Monat hast du mir eine SMS geschrieben, aber sie war nicht für mich bestimmt.“ Sie schaute ihn an. „Sie war für eine gewisse Cheyenne.“ Ihr Kopf pochte. „Geht … geht es um sie? Ist sie der Grund, warum du mich nicht sehen wolltest?“

„Nein.“ Seine Antwort klang fast wie ein Weinen. „Bestimmt nicht.“ Ihm war diese SMS peinlich, das sah sie ihm an. „Sie wollte einen Armeekameraden von mir heiraten, der im Irak gefallen ist. Seine Mutter hatte uns alle zum Essen eingeladen und Cheyenne war auch da.“ Er klang, als habe er es sehr eilig, Bailey die Sache zu erklären. „Das mit der SMS tut mir leid. Wahrscheinlich habe ich an dich gedacht.“

Bailey nickte, aber ihr wurde trotzdem noch nicht warm. Seine Antwort räumte noch nicht alle Zweifel aus, aber sie glaubte ihm. Cheyenne war nicht das Problem. Er sagte immer noch nichts, deshalb begann sie, obwohl in ihrem Kopf alles durcheinanderpurzelte. „Falls es wegen Brandon ist: Zwischen uns ist nichts." Sie zog ein Bein auf die Schaukel, um ihn ansehen zu können. „Überhaupt nichts."

Cody drehte sich ein wenig zur Seite, damit er sie auch besser sehen konnte. „Es geht nicht um Brandon." Seine Worte waren von einem Seufzen begleitet. Bailey bemerkte noch etwas anderes: eine Endgültigkeit in seinen Augen. Eine Endgültigkeit und Liebe und eine Sehnsucht, alles miteinander vermischt. Auch wenn sie noch nicht wusste, was er ihr sagen wollte, stand sein Entschluss offenbar unverrückbar fest. Er nahm ihre Hand.

„Du bist mir zwei Monate aus dem Weg gegangen. Wenn ich dich anrufen wollte oder dir eine SMS geschickt habe, hast du dich nicht gemeldet." Sie bemühte sich, nicht daran zu denken, wie wunderbar sich seine Finger zwischen ihren anfühlten. „Habe ich etwas getan, das dich ärgert?" Tränen erstickten ihre Stimme. Bailey bemühte sich, nicht zu weinen. „Wenn das der Fall ist, dann sag es mir bitte. Denn dieses ... dieses Schweigen ist mehr, als ich ..."

„Bailey." Er blinzelte nicht und wandte den Blick nicht ab. „Ich ziehe nach Indianapolis."

Er zieht wohin? In Baileys Kopf drehte sich alles und ihr Magen zog sich plötzlich zusammen. Sie zitterte noch mehr und brauchte ein paar Sekunden, bis seine Worte auch nur annähernd einen Sinn ergaben. „Was?" Sie zog die Hand von ihm zurück und verschränkte die Arme fest vor ihrer Brust. „Warum? Warum gehst du weg?"

„Ich habe eine Stelle als Trainer an einer neuen christlichen Highschool in Indianapolis angenommen." Er lächelte, aber die Traurigkeit in seinen Augen blieb unverändert. „Ich werde dort im nächsten Jahr Cheftrainer."

Bailey wusste nicht, was sie sagen oder tun sollte oder wie sie mit den Gefühlen in ihrem Herzen umgehen sollte. Cody ging weg? Wollte er ihr das sagen? Am liebsten hätte sie ihm verboten, noch ein Wort zu sagen. Natürlich ging er nicht weg. Sie hatten sich doch gerade erst wiedergefunden. Er konnte nicht weggehen. Sie wollte davonlaufen, damit er ihr nicht sagen konnte, dass das sein Ernst war. „Du hast doch schon eine Stelle als Trainer. Hier in Bloomington."

„Ich weiß.“ Er zögerte, als suche er die richtigen Worte, um ihr seine Entscheidung begreiflich zu machen. „Bailey, zwischen dir und mir wird es nicht funktionieren. Wenigstens nicht jetzt. Wenn ich hierbleibe, behindern wir uns nur gegenseitig.“

Zu den Gefühlen, die in ihr tobten, gesellte sich jetzt auch noch Wut. Bailey stand auf und ging ein paar schnelle Schritte von ihm weg, bevor sie herumfuhr und ihn mit wütenden Augen ansah. „Wie kannst du das sagen?“ Sie bemühte sich, leise zu sprechen, da sie auf keinen Fall wollte, dass jemand aus ihrer Familie sie hörte. Die eisige Kälte breitete sich jetzt in ihrem ganzen Körper bis zu ihren Beinen aus. Sie zitterte, da sie kein Wort von dem, was er sagte, glauben konnte.

Er stand auf und kam zu ihr. „Bailey ...“

„Nein.“ Sie wich einen Schritt zurück und hielt sich am nächsten Verandapfosten fest. „Ich dachte, das hätten wir längst geklärt, Cody. Darüber haben wir doch schon gesprochen.“ Sie deutete zur Einfahrt. „Ich habe dir am See gesagt, dass es für mich keinen anderen als dich gibt. Ich denke an keinen anderen und will mit keinem anderen zusammen sein.“ Tränen traten ihr in die Augen, die sie nicht länger zurückhalten konnte. „Ich habe dir mein Herz geöffnet, und so … so gehst du damit um?“

„Es ist nicht …“ Er hielt einige Sekunden die Luft an und atmete dann frustriert aus. Er wollte erneut die Hände nach ihr ausstrecken, überlegte es sich dann aber anders und steckte sie in seine Hosentaschen. „Es hat sich nichts geändert, Bailey. Wir leben in verschiedenen Welten. Das hat mir Gott in den letzten Wochen gezeigt.“

„Das war nicht Gott!“, rief sie und hatte erneut große Mühe, leiser zu sein. „Gott würde dir nie sagen, dass du mich verlassen sollst, Cody. Wir haben so viel miteinander durchgemacht.“ Sie schüttelte den Kopf. Mittlerweile war es ihr egal, ob sie vor ihm weinte. „Du bist aus dem Irak zurückgekommen und hast mir gesagt …“, sie warf die Hand in die Luft, „dass ich bei Tim Reed bleiben soll, weil er besser für mich wäre.“ Ihr Gesicht verzog sich vor Ärger und Verwirrung. „Das war eine *furchtbare* Idee, weil ich die ganze Zeit nur an dich gedacht habe.“ Sie schaute ihn finster an. „An dich, Cody. Hörst du?“

Er kämpfte jetzt selbst mit den Tränen. Sein Kinn zitterte. „Ja.“ Sein Blick wanderte von der Verandadecke und dann weiter zum Nachthimmel, der über der Wiese lag. Er schaute überallhin, nur nicht in ihre Augen.

Sie wartete resigniert. Sie hatte keine Energie mehr, um mit ihm zu streiten. Eine tiefe Traurigkeit erfasste sie und warf sie fast zu Boden. Eine Traurigkeit, wie sie sie noch nie zuvor erlebt hatte. „Bitte, Cody." Ohne den Verandapfosten, an den sie sich klammerte, wäre sie zu Boden gesunken und hätte bis zum nächsten Morgen geweint. „Warum kannst du nicht endlich verstehen, was ich für dich fühle?"

Sein Kinn zitterte immer noch, aber er schaute sie jetzt endlich an. Sein Blick reichte bis in ihr Herz, bis zu der Stelle, die für immer ihm allein gehören würde. „Bailey." Seine Stimme war ein ersticktes Flüstern. „Kann ich dich festhalten? Bitte?"

Sie wollte Nein sagen. Wenn er sie festhalten wollte, musste er ihr versprechen, sie nie wieder loszulassen und sie genauso zu lieben, wie sie ihn liebte. Aber sie war zu sehr verletzt, um etwas anderes tun zu können. Er zog sie langsam in seine Arme und hielt sie fest, als wollte er sie nie wieder loslassen. „Es tut mir leid." Seine Stimme zitterte. Es war eine Mischung aus tiefer Traurigkeit und Sehnsucht, die ihre eigenen Gefühle widerspiegelte.

„Dann geh nicht." Sie schluchzte an seiner Brust. „Arbeite hier an der Clear Creek als Trainer und geh nicht weg."

Er drückte sein Gesicht an ihres und sie spürte seine Verzweiflung, die ihr verriet, dass sein Herz dieser Entscheidung nie zugestimmt hatte. „Ich will nicht weggehen." Er trat nur so weit zurück, dass er sie sehen konnte, und hatte die Hände immer noch auf ihrer Taille liegen. „Ich muss gehen, Bailey. Ich will nur dein Bestes. Es geht um deine Zukunft." Er atmete in einem zittrigen Seufzen aus. „Es ist kompliziert."

„Nur, weil du es kompliziert machst." Sie weinte immer noch, aber sie konnte ihm nicht böse sein. Sie schaute ihm flehend in die Augen. „Siehst du das denn nicht?"

„Ich sehe das alles." Er ließ sie los und deutete zu dem großen Haus, der breiten Einfahrt, dem gepflegten Garten. „Du bist eine Prinzessin, Bailey." Tränen traten ihm in die Augen. „Du hast nichts falsch gemacht." Er schüttelte den Kopf und kämpfte mit seinen Gefühlen, die ihn zu ersticken drohten. „Du stehst jetzt in der Öffentlichkeit und es wäre nicht gut, wenn irgendetwas deinem Ruf schaden würde." Der Schmerz in seiner Stimme klang fast wütend. „Genau das würde ich tun, Bailey. Ich würde dein Bild in der Öffentlichkeit beschmutzen." Er schwieg einen Moment und versuchte, seine Beherrschung zurückzugewinnen. „Ich will dir das nicht antun. Auf keinen Fall."

„Nein!" Sie riss sich von ihm los, weil ihr Ärger schlagartig wieder da war. „Du weißt nicht, was ich brauche!"

Er versuchte, sie zärtlich in die Arme zu nehmen, aber sie entzog sich ihm. Als er trotzdem näher kam, stieß sie an seine Brust. „Rühr mich nicht an!" Sie merkte, dass sie die Selbstbeherrschung verlor. „Wenn du mich nach so langer Zeit immer noch nicht kennst, Cody, dann bleib weg von mir."

„Bailey, bitte." Er war nicht bereit zurückzuweichen oder aufzugeben. Sie schlug nach ihm und versuchte, sich von ihm loszureißen. Aber er hielt sie zärtlich in den Armen, und bevor sie wusste, wie ihr geschah, hielt er ihr Gesicht in den Händen und küsste sie. Er küsste sie und hielt sie fest. Einen wunderschönen Moment lang gab es nur ihn und sie und diesen Kuss, nach dem sie sich gesehnt hatte, seit er durch die Tür getreten war.

„So sehen meine Gefühle für dich aus." Sie sprach diese Worte zwischen ihren verzweifelten, traurigen Küssen, denn auch jetzt, als sie für immer so in seinen Armen bleiben wollte, wusste sie tief in ihrem Herzen, dass er gehen würde. Das war kein Anfang, es war ein Ende, und sie fragte sich, wie sie diesen tiefen Schmerz je überleben sollte.

„Cody ..." Von der Intensität ihres Kusses und der verzweifelten Traurigkeit atemlos, zog sie den Kopf zurück.

Er schaute sie an und versank wieder in ihren Augen. Seine Lippen waren geöffnet und sie sah ihm an, dass er hin- und hergerissen war, ob er sie wieder küssen oder ihr sagen sollte, was ihr seine Augen bereits verrieten. „Ich kann nicht bleiben."

„Hör zu." Sie umklammerte seine Schultern und verkrampfte die Finger um seinen Pullover. Sie musste es ihm sagen. Wenn sie es nicht tat, wenn sie ihn gehen ließ, ohne ihm zu sagen, was sie für ihn fühlte, würde sie das für den Rest ihres Lebens bereuen. Sie nahm eine Hand von ihm und wischte sich die Tränen weg, ohne den Blick von ihm abzuwenden. „Ich liebe dich." Es war ein wunderbares Gefühl, diese Worte auszusprechen. Zum ersten Mal, seit sie auf die Veranda gekommen waren, war Bailey wirklich glücklich. Dieses Glück konnte auch durch den traurigen Moment nicht getrübt werden. „Ich liebe dich."

Sie schniefte und lächelte, obwohl ihr neue Tränen in die Augen traten. „Ich liebe dich schon so lange."

Eine unübersehbare Überraschung trat in seine Augen. Doch dann schüttelte er den Kopf, zuerst langsam, dann entschlossener. „Nein, Bailey. Du kannst mich nicht lieben. Es gibt für dich einen anderen. Ich bin … ich bin der Falsche. Ein Mädchen wie du sollte …"

Sie legte die Hände an sein Gesicht und dieses Mal küsste sie ihn auf eine Weise, die es ihm unmöglich machte, etwas anderes zu tun, als ihren Kuss zu erwidern. Seine Arme schoben sich auf ihren Rücken und er küsste sie, bis keiner von ihnen sagen konnte, wo die Sehnsucht aufhörte und die Traurigkeit begann. Sie wollte nicht hören, wie falsch er für sie wäre und dass sie einen anderen verdiente. Deshalb küsste sie ihn weiter und genoss das Gefühl, in seinen Armen zu liegen und zu wissen, dass er hier und jetzt ihr gehörte. Vorbehaltlos.

Aber nach einer Weile entzog er sich ihr. Sein Atem kam schnell und abgehackt. „Das geht nicht. Ich muss los." Er schaute sie fast verärgert an, als hätte sie ihn mit ihren Küssen nur verwirrt. „Ich komme nicht wieder, Bailey. Das kann ich nicht." Er fuhr sich mit den Fingern durch die Haare, als versuche er, die Kraft zu finden weiterzusprechen. „Ich habe gewartet, um mich von dir zu verabschieden."

Er ging weg und sie konnte ihn nicht daran hindern. Aber Bailey beschloss, dass sie dieses Mal nicht schreien oder schluchzen würde, wenn er von ihr wegging. „Dann geh." Sie hob das Kinn, konnte ihn durch ihre Tränen jedoch nur verschwommen sehen. „Aber das ist kein Abschied." Sie schüttelte den Kopf, gab ihm aber den Abstand, den er im Moment offenbar brauchte. Ihre Augen leuchteten entschlossen und sie konnte bis in seine Seele blicken. „Du kannst mich nicht daran hindern, dich zu lieben, Cody Coleman. Das geht nicht."

Ein paar Sekunden sah er aus, als würde er sie vielleicht wieder in die Arme ziehen und vergessen, dass er je ein Wort darüber verloren hatte, dass er wegziehen wollte. Doch stattdessen sah sie, wie er mit sich rang, wie er gegen die Liebe, die er in seinem Herzen fühlte, ankämpfte, auch wenn er ihr diese Gefühle nicht gestehen würde. Die Muskeln in seinem Gesicht spannten sich an und er schüttelte kurz den Kopf. „Wenn … wenn ich umgezogen bin, melde ich mich bei dir."

„Nein." Sie wandte den Blick nicht von seinen Augen ab. Sie war nicht bereit, ihn die Regeln bestimmen zu lassen.

„Bailey." Seine Augen flehten sie an, es ihm nicht noch schwerer zu machen. Zum ersten Mal standen auch auf seinen Wangen Tränen.

„So lange warte ich nicht. Ich rufe dich an und wenn ich es ohne dich nicht mehr aushalte, werde ich dich finden." Wieder fühlte sie, wie ihr die Tränen über die Wangen liefen, aber sie lächelte. „Du irrst dich in Bezug auf uns, aber wenn du gehen musst, dann geh." Sie wischte sich mit den Fingerspitzen die Tränen aus dem Gesicht, schaute ihm aber immer noch tief in die Augen. „Aber ich werde dich nie loslassen."

Es gab nichts mehr zu sagen. Er schluckte und rieb mit der Handfläche unsanft die Tränen unter seinen Augen weg. Dann umarmte er sie noch einmal lange. Bevor er sie losließ, küsste er sie auf den Kopf und ging dann schnell zu seinem Auto, ohne sich noch einmal umzudrehen. Bailey blieb stehen, wo sie war, lehnte sich an den Verandapfosten und schaute ihm nach. Er irrte sich, wenn er glaubte, Gott würde wollen, dass er jetzt wegging, obwohl alles fast perfekt war. Gott wollte nicht, dass sie sich trennten. Gott hatte sie zusammengeführt. Gott hatte Bailey vor langer Zeit gezeigt, dass niemand sie je so lieben würde, wie Cody sie liebte. Sie erinnerte sich an seinen Blick vor Jahren, als er sie genauso angesehen hatte wie jetzt.

Sie schaute seinem Auto nach, das die Einfahrt hinabfuhr, sie sah zu, wie er nach links abbog und aus ihrem Blick verschwand. Die Tränen, die jetzt in Strömen über ihr Gesicht liefen, wollte sie nicht zurückhalten. Er konnte nach Indianapolis ziehen, aber das war nicht das Ende. Das würde sie nicht zulassen. Sie liebte ihn und sie würde ihr Wort halten. Sie würde ihn anrufen und ihm schreiben und ihn suchen, wenn sie es ohne ihn nicht mehr aushielt. Wenn er Zeit brauchte, gab sie ihm diese Zeit gern. Aber eines Tages würde sie ihm klarmachen, dass Gott sie zusammen haben wollte und dass niemand je besser für sie wäre als er. Sie wollte für ihn beten und jeden Tag glauben, dass es zwischen ihnen nicht zu Ende war, bis er es eines Tages auch glauben konnte.

Selbst wenn es ihr Leben lang dauern würde, bis sie ihn davon überzeugen konnte.

Kapitel 27

Keith war dankbar, dass sie sich entschieden hatten, die Premiere von *Der letzte Brief* in Bloomington zu feiern. Andis Baby könnte jeden Tag kommen; deshalb wollte er auf keinen Fall zweitausend Meilen von zu Hause entfernt sein. Statt in L.A. fand die Premiere eine halbe Stunde von seinem Haus entfernt im schönsten Kino der Stadt statt, nicht weit von der Universität.

Auch viele der Schauspieler von *Der Löwenzahnjunge* waren nach Indiana geflogen, um heute dabei zu sein. Dadurch konnten sie an der Premiere teilnehmen und waren vor Ort, um einige Szenen für *Der Löwenzahnjunge* neu zu drehen und andere Arbeiten an dem Film, die sich in letzter Minute ergeben hatten, zu erledigen. Keith rechnete nicht mit so vielen Fotografen und Paparazzi wie vor einigen Monaten, als *Der letzte Brief* bei dem Los Angeles-Film-Festival gezeigt worden war. Diese Premiere würde ruhiger verlaufen; dafür war Keith dankbar. Es waren Menschen wie die Bewohner von Bloomington, die sich durch diesen Film wahrscheinlich am meisten ansprechen ließen.

Andi hatte beschlossen, zu Hause zu bleiben. Keith und Lisa konnten sie gut verstehen. Falls auch nur ein einziger Fotograf sie ablichtete, wie sie allein und schwanger zur Premiere ging, und falls die Paparazzi ein wenig recherchierten, würde ihre Geschichte bald in allen Boulevardblättern ausgebreitet werden. Keith schämte sich nicht für seine Tochter. Sie hatte einen Fehler gemacht und trug jetzt die Konsequenzen, so gut sie konnte. Aber er machte sich Sorgen um Andi. Sie sollte nicht zur Zielscheibe einer Medienkampagne gegen Keith oder *Jeremiah Productions* werden, weder jetzt noch sonst irgendwann.

Außerdem war Andi müde und hatte den Film schon oft gesehen. Sie hatte ihn und Lisa zum Abschied geküsst und ihnen versichert, dass es ihr gut gehe. Sie hatte vor, das Buch *Der Löwenzahnjunge* zu Ende zu lesen und sich früh schlafen zu legen.

Jetzt waren Keith und Lisa in der Kinolobby und kontrollierten, ob die Tische mit den Dankeskarten für alle Besucher vorbereitet waren und ob die Popcorntüten für ihre Gäste bereitstanden. Keith hatte hundert Eintrittskarten an Gäste verschenkt, der Rest war öffentlich verkauft worden. Die Aufführung war schon seit einem Monat ausverkauft. Keith konnte es kaum mehr erwarten, dass die Premiere begann.

„Wir sollten hinausgehen." Lisa schaute auf ihre Armbanduhr und rückte dann Keiths Jackett zurecht. „Du siehst übrigens sehr gut aus."

„Passt alles so?" Sein Herz raste und er fragte sich, wie es in den anderen Kinos im Land aussah.

„Perfekt." Sie stellte sich auf Zehenspitzen und küsste ihn. „Ich bin so stolz auf dich, Keith. Auf alles, was du geschafft hast. Dein Traum, die Menschen durch Filme zu erreichen, wird wahr."

„Noch nicht." Er lächelte sie nervös an. Erst mussten die Kinobesucher an diesem ersten Wochenende diesen Film sehen wollen, sonst könnte *Der letzte Brief* in einem finanziellen Fiasko enden. Aber das würden sie erst in einigen Tagen erfahren. Deshalb zwang sich Keith, sich auf diesen Moment zu konzentrieren. „Wie spät ist es?"

„Wir haben noch fünfundzwanzig Minuten." Lisa nahm seine Hand, als sie gemeinsam zur Eingangstür gingen. Das Kino hatte einen roten Teppich für die Gäste ausgerollt und Keith und Lisa wollten draußen stehen, um jeden zu begrüßen, der kam. Als sie hinaustraten, keuchte Lisa leise. „Schau dir das an!"

Eine Menschenschlange erstreckte sich über den Gehweg und um das Gebäude herum. Alle reckten neugierig die Köpfe, um zu sehen, wer noch kam, und jeder hoffte, bald ins Kino zu dürfen, da es im Freien eiskalt war. Am Straßenrand hatte sich eine Schlange aus SUVs gebildet und zwei Kinomitarbeiter waren damit beschäftigt, die Insassen vom Aussteigen abzuhalten, bevor Keith und Lisa da waren. Ein Mitarbeiter bedeutete Keith, sich zu beeilen. „Fangen wir an!"

Keith glaubte zu schweben. Er eilte an den Rand des roten Teppichs und winkte den Besuchern in der Schlange zu. Geschah das alles wirklich? Waren tatsächlich so viele Menschen gekommen, um *Der letzte Brief* zu sehen? Lisa grinste ihn an, als sie ihre Plätze einnahmen. Im ersten Auto saß die Familie Flanigan. Ein Kinomitarbeiter übernahm das Auto von Jim Flanigan, als die Familie ausgestiegen und auf den Teppich getreten war. Alle Flanigans waren begeistert und aufgeregt. Sie warteten einen Moment, während Keith sie begrüßte und ihnen für ihr Kommen dankte.

„Das hätten wir uns niemals entgehen lassen." Jenny umarmte Keith und Lisa. „Die Welt braucht mehr solche Filme."

Bailey sah so schön aus, dass sich viele nach ihr umdrehten. Sie trug ein langes blaues Seidenkleid, das sich um ihren Körper schmiegte, und der Saum ihres weißen Kaschmirmantels reichte fast bis zum Boden. Ihre Haare hingen in dunklen Locken über ihre Schultern und aus ihren Augen strahlte eine Schönheit, die nur von innen kommen konnte. Sie strahlte Würde und Frieden aus und fühlte sich hier in diesem Moment wohl – zweifellos wegen ihres tiefen, festen Glaubens. Keith umarmte sie und Lisa flüsterte: „Ehe du dich versiehst, sind wir bei der Premiere deines Films!"

Erst jetzt bemerkte Keith die Fotografen, die auf beiden Seiten des Teppichs standen. Sie machten Hunderte Fotos von Bailey und ihrer Familie, von Keith und Lisa. Die Aufregung wuchs noch mehr, als Brandon Paul aus dem nächsten Auto stieg.

Keith beobachtete ihn, wie er den Menschen in der Schlange und dann den Fotografen zuwinkte, bevor er geradewegs auf Bailey Flanigan zusteuerte. Es war nicht zu übersehen, dass der junge Mann in sie verliebt war. Keith war dankbar, dass sich Bailey davon nicht beirren ließ. Sosehr sich Brandon auch seit dem Beginn der Dreharbeiten von *Der Löwenzahnjunge* zum Besseren verändert hatte, würde es Keith trotzdem nicht gefallen, wenn sich Bailey Flanigan auf ihn einließe. Die beiden würden sehr viele Schlagzeilen machen und Brandons ausschweifende Vergangenheit wäre eine Bedrohung für Baileys Unschuld. Das war Keiths erste Sorge gewesen, nachdem er gesehen hatte, wie hartnäckig Brandon versuchte, Bailey für sich zu gewinnen.

Aber seine Sorgen waren unbegründet. Bailey war stark in ihrem Glauben und wurde von einer großartigen Familie getragen. Sie hatte sich nicht auf Brandon eingelassen – und der hatte sogar angefangen, in der Bibel zu lesen. Als Keith jetzt beobachtete, wie Brandon Bailey umarmte und neben ihr herging, konnte er erneut sehen, dass der junge Schauspieler in sie verliebt war. Aber ihm fiel noch etwas anderes auf: Brandons Augen hatten sich verändert. Keith nahm sich fest vor, auf keinen Fall damit aufzuhören, für Brandon zu beten.

Unter dem unablässigen Blitzlichtgewitter der Fotografen betraten die Flanigans und Brandon auf dem roten Teppich das Kino. Ihnen folgten die Baxters: Ashley und Landon und ihr ältester Sohn Cole; Ryan und Kari und ihre älteste Tochter Jessie. Keith war froh, dass sie die kleinen Kinder zu Hause gelassen hatten. Der Film war zwar ohne Altersbeschränkung, aber für kleine Kinder war er vielleicht zu ernst. Danach kamen Luke und Reagan, Erin und Sam sowie Peter und Brooke mit ein paar älteren Kindern.

Als Keith sicher war, dass seine Gäste Platz genommen hatten, öffneten die Kinomitarbeiter die Türen für die wartende Öffentlichkeit. Zehn Minuten später war das Kino randvoll und die Mitarbeiter sorgten dafür, dass Brandon, Dayne und Bailey nicht belästigt wurden. Keith hatte bereits angekündigt, dass der heutige Abend eine Sonderpremiere für die Familien und Freunde der Produzenten war. „Bitte sehen Sie davon ab, um Autogramme zu bitten. Heute Abend wollen wir einfach alle zusammen einen Film genießen."

Die Besucher im Kino waren zwar aufgeregt, weil sie zusammen mit Brandon Paul – und auch noch mit Dayne Matthews – im Kino saßen, aber sie respektierten Keiths Wunsch und bestürmten die beiden nicht mit Bitten um Fotos oder Autogramme. Als alle saßen, dankte Keith allen für ihr Kommen. Die Lichter gingen aus und er setzte sich zwischen Lisa und Dayne. Ein paar Sekunden später begann der Film. Keith hatte ihn ab der ersten Minute seiner Entstehungsgeschichte begleitet: In der Phase, in der das Drehbuch geschrieben worden war und sie die richtigen Schauspieler für jede Rolle gesucht hatten, war er im Schneideraum gewesen, als er und Chase Ryan den Film zum Leben erweckt hatten, war er zu sechs Filmfestivals durchs Land gereist und hatte mehrere Auszeichnungen für den Film entgegengenommen.

Keith konnte nicht mehr zählen, wie oft er diesen Film schon gesehen hatte, aber noch nie hatte er sich dabei so gefühlt wie in diesem Augenblick, als er bei der Premiere seines ersten großen Films im Kino saß. Irgendwo in San José tat Chase heute Abend das Gleiche. Keith wünschte, sie könnten wenigstens für diesen einen Abend noch einmal zusammen sein. Ihr Traum wurde wahr.

Aber es war auch Daynes Traum und Keith war von ganzem Herzen überzeugt, dass Gott *Jeremiah Productions* gestärkt hatte, als er Dayne an Bord geholt hatte. Trotzdem erfüllten ihn eine starke Wehmut und die Erinnerungen an alles, was sie durchgemacht hatten – Erinnerungen an alles, was zu diesem Abend geführt hatte. Während des ganzen Films tat Keith das, was er sich bei den Vorführungen des Films vor der Premiere und bei den Festivals angewöhnt hatte. Er achtete weniger auf die Dialoge auf der Leinwand als vielmehr darauf, wie die Menschen um ihn herum reagierten. Hoffnung machte sich in seinem Herzen breit, als das Publikum an den richtigen Stellen lachte und bei den tief greifenden Szenen leise schniefte und Taschentücher herausholte.

Die Botschaft des Films war bis zum Ende unmissverständlich. Es ging um einen jungen Studenten, der meinte, er müsse sein Leben auf der Überholspur führen, viel Geld verdienen und im Luxus schwelgen. Doch dann las er den letzten Brief, den ihm sein sterbender Vater geschrieben hatte. Erst da begriff er, dass das wirklich Wichtige im Leben der Glaube und die Familie waren – Dinge, die man sich nicht mit Geld erkaufen kann.

Der Zeitpunkt für die Filmpremiere hätte nicht besser sein können. Direkt nach Weihnachten fragten sich viele, ob sie sinnlos viel Geld ausgegeben hatten. Das Einkaufen und Einpacken und Überreichen von Geschenken war vorbei und die Menschen begannen zu überlegen, was sie getan hatten und wofür sie ihr ganzes Geld ausgegeben hatten. *Der letzte Brief* gab eine Antwort auf diese Fragen. Die Reaktion der Menschen im Kino verriet, dass sie offen für diese Antworten waren.

Als der Film zu Ende war, erhoben sich die Zuschauer von ihren Plätzen zu Standing Ovations, während sich viele noch die Tränen aus dem Gesicht wischten. Dann setzten sie sich wieder und begannen, ihre Feedback-Karten auszufüllen, die sie an der Tür bekommen hatten. Keiths Herz überschlug sich fast. Im ganzen Land neigte sich in diesen Minuten die Premiere ihres Films dem Ende entgegen. Welche Reaktionen kamen von den Zuschauern und wie wurde der Film aufgenommen? Am wichtigsten war die Frage: Waren die Kinos voll? Lisa umarmte ihn und flüsterte ihm ins Ohr: „Hör auf, dir Sorgen zu machen.“ Ihr Gesicht strahlte vor Freude. „Das ist deine Stunde. Genieße sie!“

Sie hatte recht. Keith konzentrierte sich auf die Menschen im Kino, bedankte sich bei ihnen für ihr Kommen und bekam viel Lob zu hören. Fremde kamen auf ihn zu und erklärten ihm mit bewegter Stimme, dass der Film sie tief angerührt hatte und dass sie das Leben jetzt mit anderen Augen sahen. Ziemlich weit hinten im Kino hatte eine kleine Gruppe einen Kreis gebildet und betete. Eine Frau in der Mitte des Kreises hielt den Kopf gesenkt und weinte. Nicht weit von ihm entfernt standen ein Mann und eine Frau, hielten sich an den Händen und waren in ein intensives Gespräch vertieft. Gab es solche Szenen auch in anderen Kinos? Szenen der Umkehr und Heilung mitten im Kino? *Danke, Jesus. Ich fühle deine Nähe. Das ist dein Film, deine Stunde.* Keith hatte eine solche Reaktion nicht erwartet. Er hatte gedacht, er müsste warten, bis er die Kritiken las, oder wenigstens noch mehrere Stunden, bis sie die Feedback-Karten auswerteten, um zu erfahren, was die Menschen von dem Film hielten, aber er hatte sich geirrt.

Er konnte die Reaktion des Publikums mit eigenen Augen sehen.

* * *

Bailey liebte diesen Film. Sie spielte nur eine kleine Rolle, aber sie war trotzdem dankbar, dass sie ein Teil des Films sein durfte. Sie sah die Szenen, in denen Andi als Statistin im Hintergrund stand, und wünschte, die Dinge wären anders gelaufen, Andi hätte sich von Taz' Charme nicht einwickeln lassen und hätte immer noch diese Unschuld, die sie in dem Film ausstrahlte. Aber Gott hielt seine Hand über Andi und er würde Schönheit aus der Asche ihres Lebens hervorgehen lassen, genauso wie für sie alle.

Auch für Bailey.

Sie lächelte Brandon an, der ihr von der anderen Seite des Kinos aus zuzwinkerte. Er sprach mit seinen Fans und kam ihren Autogrammwünschen jetzt, da der Film zu Ende war, gern nach. Aber Bailey und wahrscheinlich auch jedem anderen im Kino entging nicht, dass er nur Augen für sie hatte. Als sie ihre Plätze eingenommen hatten, hatte sich Brandon ungeniert neben sie gesetzt. „Lass die Leute reden", hatte er geflüstert.

Sie hatte gelacht, aber nur, weil sie sich keine Sorgen machte. Sie hatte während der Dreharbeiten Abstand zu ihm gehalten und jetzt hatten die Paparazzi andere Ziele ins Visier genommen. Niemand würde sich etwas dabei denken, wenn sie hier nebeneinandersaßen. Bevor der Film begonnen hatte, hatte er sie verliebt angesehen. „Du raubst mir den Atem, Bailey." Seine Stimme war kaum zu hören, aber seine Absicht war unmissverständlich. „Siehst du?" Er grinste sie an. „Ich bin immer noch da."

„Und du bringst mich immer noch zum Lachen." Sie hatte die Hand kurz auf sein Knie gelegt und ihre Miene war weicher geworden. „Wirklich, Brandon. Ich habe dich vermisst. Ich bin froh, dass du hier bist."

Sie meinte diese Worte ernst. Brandon war lustig und sah gut aus und er brachte so viel Energie in jeden Moment, dass ihr schwindelig wurde. Aber an diesem Abend spürte sie wie an jedem Abend seit Thanksgiving sehr stark den schmerzlichen Verlust in ihrem Leben, der zu groß und zu persönlich war, als dass sie mit jemand anderem als mit ihren Eltern darüber sprechen konnte. Sie hatte Cody verloren. Sie hatte ihn nicht angerufen oder versucht, ihn zu erreichen, obwohl sie das vorgehabt hatte. Er hatte sie gebeten, ihm Zeit zu lassen, und sie gab ihm diese Zeit. Aber mit jedem Tag vermisste sie ihn mehr. Sie war zu dem Schluss gekommen, dass bei ihm etwas Schlimmes passiert sein musste. Welchen anderen Grund sollte er haben, so unvermittelt nach Indianapolis zu ziehen?

Ging es um diese Cheyenne? Das glaubte Bailey nicht. Doch sie fragte sich immer häufiger, ob vielleicht mit Codys Mutter etwas nicht stimmte. Er hatte seit dem Abend, an dem er nach ihrer mysteriösen Nachricht eilig weggefahren war, nicht mehr über seine Mutter gesprochen. Jedes Mal, wenn ihn Bailey auf sie angesprochen oder gefragt hatte, wie es seiner Mutter ging, hatte er ihr nur einsilbige Antworten gegeben und schnell das Thema gewechselt. Selbst bei ihrem letzten Gespräch an Thanksgiving hatte er sie nicht erwähnt.

Während der Film lief, wischte sich Bailey immer wieder die Tränen aus dem Gesicht. Der Schmerz, weil sie und Cody getrennt waren, war unerträglich. Wenn sie keine Möglichkeit fand, ihn zu erreichen, würden sie vielleicht nie wieder zueinanderfinden. Als der Film zu Ende war und sich Bailey und ihre Familie von den Produzenten und Brandon verabschiedeten, hatte Bailey einen Entschluss gefasst, der ihr vielleicht helfen würde zu verstehen, was bei Cody nicht stimmte. Nach Neujahr wollte sie zu seiner Mutter fahren und selbst herausfinden, wie es der Frau ging. Vielleicht würde sie dann das finden, was sie suchte. Das Gleiche, was Andi wollte. Was alle Menschen wollten, wenn das Leben nicht so lief, wie man es sich wünschte.

Schönheit aus Asche.

Kapitel 28

Seit der Premiere wusste Brandon, dass sich etwas in ihm veränderte. Als er jetzt am späten Silvesternachmittag auf der Terrasse von Katys und Daynes Haus saß, konnte er die Erinnerung an die Dinge, die er im letzten Sommer gesagt und getan hatte, nicht von sich abschütteln. Das maßlose Trinken und die Drogen; sein verrücktes Verhalten mit Mädchen; seine Aussage, dass er kein Christ sei und auch ganz bestimmt so schnell keiner werden würde.

Katy und Dayne wollten den Silvesterabend bei den Baxters verbringen und hatten angeboten, Brandon mitzunehmen. Aber er wollte nicht mitkommen. Er hätte sich ein Auto bestellen oder mieten können, um irgendwohin zu fahren, aber das wollte er auch nicht.

Er wollte Frieden. Tiefen Frieden. Etwas, das er nicht mehr erlebt hatte, seit er vierzehn gewesen war. Bilder aus seiner jüngsten Vergangenheit drangen auf ihn ein und verhöhnten ihn, während die Sonne über dem See unterging. Was half es ihm schon, wenn er der berühmteste Filmstar Amerikas war? Vielleicht waren seine Eltern mit ihren Ängsten falsch umgegangen; vielleicht waren sie abschreckende Beispiele und hatten sich so verhalten, wie es Christen auf keinen Fall tun sollten. Aber der Bibelvers, den ihm seine Mutter vor drei Jahren gesagt hatte, traf ins Schwarze.

Was nützt es einem Menschen, wenn er die ganze Welt gewinnt, aber seine Seele verliert?

Brandon könnte in zwei Tagen auf seinem Rückflug aus Bloomington bei einem Flugzeugabsturz sterben – und was wäre dann? Der Ruhm und das Geld, sein gutes Aussehen und sein ganzer Charme, das alles würde dann nichts zählen. Und wo wäre er? Ein Schaudern erfasste ihn. Menschen schafften es, denjenigen, die Gott wirklich brauchten, ein falsches Bild zu vermitteln und den Glauben zu vermiesen. Aber das war nicht Gottes Schuld. Vielleicht war es wirklich so, wie Bailey damals am Strand zu ihm gesagt hatte.

Vielleicht rief Gott ihn schon die ganze Zeit.

„Brandon?" Dayne steckte den Kopf heraus und schaute ihn fragend an. „Ist alles in Ordnung? Du sitzt schon ziemlich lange hier draußen."

„Ja.“ Brandon zog seine Windjacke ein wenig enger um sich. „Fahrt ihr jetzt?“

„In ein paar Minuten.“ Dayne trat zu ihm. „Bist du sicher, dass du nicht mitkommen willst?“

„Ja. Ich denke einfach nach. Das ist am letzten Tag des Jahres doch bestimmt keine schlechte Sache.“

Dayne nickte und ein Lächeln trat in seine Augen. „Klingt gut.“ Nach einer kleinen Pause fügte er hinzu: „Willst du darüber sprechen? Zum Beispiel über die Bibelverse, die ich dir heute gezeigt habe?“

„Im Moment nicht.“ Er tippte auf die Stelle über seinem Herzen. „Es ist hier drinnen. Ich kann davon nicht loskommen, selbst wenn ich es wollte.“

„Gut.“ Ein Lächeln zog über Daynes Gesicht. „Dafür beten Katy und ich.“

Plötzlich kam Brandon eine Idee, an die er bis jetzt nicht gedacht hatte. „Hey.“ Er schaute Dayne an. „Kannst du mir einen Gefallen tun?“

Dayne blieb an der Schiebetür stehen. „Gern. Was denn?“

„Könntest du mich zu Bailey fahren?“

Dayne lachte, während er die Tür öffnete. „Wir fahren in fünf Minuten.“ Er zögerte noch einen Moment. „Aber frag lieber vorher, ob es ihr recht ist. Schließlich ist heute Silvester. Wir können dich nicht vor ein Uhr wieder abholen.“

„Das stimmt.“ Brandon fuhr mit der Zunge über seine Unterlippe und wurde bei dem Gedanken, Bailey zu überraschen, plötzlich nervös. Er holte sein Smartphone aus der Tasche und wählte ihre Nummer. Während es klingelte, ging Brandon auf der Terrasse auf und ab, schaute mit zusammengekniffenen Augen durch die kahlen Bäume auf den See hinab und hoffte, Bailey würde sich melden.

„Hallo?“ Sie klang überrascht.

Gib mir die richtigen Worte, Gott. Ich muss sie sehen. Jetzt sofort, bevor dieses Gefühl wieder verschwindet. „Hallo, Bailey. Ich habe heute Abend nichts vor und wollte fragen, ob ich bei dir vorbeikommen kann.“

„Jetzt?“ Sie lachte. „Wie lange hast du Zeit?“

Schon beim Klang ihrer Stimme fühlte er sich wieder wie ein verliebter Schuljunge. „Bis ungefähr ein Uhr.“

„Hm. Wir haben heute eine Party. Es kommen also Leute.“ Sie würde ihm nicht absagen, das hörte er an ihrer Stimme. Er konnte es kaum erwarten, sie zu sehen. „Natürlich kannst du auch kommen. Vielleicht solltest du dich aber lieber verkleiden, damit nicht alle über dich herfallen."

„Wenn du dasselbe Kleid trägst wie bei der Premiere, werden alle über dich herfallen. Das wollte ich nur einmal gesagt haben."

Sie lachten beide, aber dann veränderte sich ihr Ton. „Ehrlich. Du kannst kommen. Natürlich."

„Danke." Er hoffte, sie hörte ihm an, wie ernst es ihm war. „Ich habe heute viel nachgedacht, Bailey. Ich muss wirklich mit dir sprechen." Er merkte, wie sich das anhörte, und verbesserte sich deshalb schnell. „Nicht über uns. Sondern über mich."

Eine Weile sagte sie nichts. Als sie antwortete, konnte er das Lächeln in ihrer Stimme hören. „Das könnte interessant werden. Vielleicht hat Gott inzwischen doch deine Aufmerksamkeit erregt."

„Ja." Er ging zur Hintertür von Daynes und Katys Haus. „Vielleicht."

Nachdem Dayne und Katy ihn bei Bailey abgesetzt hatten und er ihre Familie begrüßt hatte, die sich alle auf die Silvesterfeier vorbereiteten, fragte er Bailey, ob sie sich mit ihm in den Garten setzen würde.

„Draußen ist es eiskalt." Sie schaute ihn erstaunt an. „Bist du sicher? Du willst wirklich draußen sitzen?"

Ihr Vater hatte ihn offenbar gehört, denn er deutete aus dem Fenster. „Ich habe ein Lagerfeuer angezündet. Ich dachte, es ist eine klare Nacht, auch wenn es kalt ist. Vielleicht wollen ein paar Leute draußen sitzen."

Brandon schaute Bailey flehend an. „Kommst du mit?"

Sie lachte, als könnte sie ihm diese Bitte nicht ausschlagen. „Ich hole meine Jacke." Sie wollte schon loslaufen, doch dann blieb sie stehen und drehte sich noch einmal um. „Und ich bringe dir auch eine mit. Sonst friert der Junge aus Kalifornien mit der dünnen Jacke."

Während sie fort war, erklärte ihr Vater Brandon, dass in der Nähe der Feuerstelle Holz aufgestapelt war. „Ihr könnt gern Holz nachlegen. Aber nicht zu viel, es sei denn, ihr wollt draußen bleiben."

Bailey kam in einem braunen Mantel mit Kapuze zurück. Sie reichte Brandon einen schwarzen Anorak. „Damit du nicht frierst."

Ihm lag auf der Zunge, dass er sich lieber von ihr wärmen ließe, aber er verwarf diesen Gedanken sofort wieder. In ihrer Nähe wurde ihm schwindelig, das konnte er nicht leugnen. Er hatte noch nie ein Mädchen wie sie kennengelernt und war nicht bereit, so schnell aufzugeben. Der junge Trainer bemühte sich nicht um sie, wenigstens merkte Brandon davon nichts. Deshalb würde er weiter daran arbeiten, sie für sich zu gewinnen. Er musste sich mehr anstrengen, aber er nahm diese Herausforderung an. Sie hatte erst diese Woche zugestimmt, einen weiteren Film für *Jeremiah Productions* mit ihm zu drehen. Dieses Mal würde sie seine Freundin spielen. Es bestand also Hoffnung.

Aber darum ging es heute nicht. Er war hier, weil Gott ihm keine Ruhe ließ, weil er im Moment dringender als Ruhm oder Geld oder Filme – sogar mehr als Bailey Flanigan – Antworten brauchte. Antworten und die Gewissheit, dass er gerettet würde, falls er heute Abend tödlich verunglücken würde. Dass er im neuen Jahr nicht genauso weiterleben würde wie vor den Dreharbeiten von *Der Löwenzahnjunge*.

Brandon und Bailey gingen über die hintere Veranda an einem zugedeckten Swimmingpool und Whirlpool vorbei zu der freien Wiese hinter dem Haus. „Euer Haus würde gut in die MTV-Cribs-Show passen." Er grinste sie an und war nicht sicher, wie er ihr erklären sollte, was ihn beschäftigte.

„Ich glaube, die Produzenten haben meinen Vater sogar einmal gefragt." Bailey verzog das Gesicht. „Er hat abgelehnt, denn ...", sie zuckte die Achseln, „dazu haben wir dieses Haus nicht. Es ist schön und groß, aber meine Eltern haben uns gesagt, dass wir es als eine Art Gemeindehaus betrachten sollen. Wir benutzen es für Jugendgruppen der Kirche, Mannschaftsfeste und Ähnliches. Für Gelegenheiten, in denen es gebraucht wird, verstehst du?"

„Ja." Brandon verstand das überhaupt nicht. Er besaß ein ähnliches Haus mit dem nötigen Personal, das sich um alles kümmerte, aber als er das letzte Mal jemanden im Haus gehabt hatte, der nicht für ihn arbeitete ... Sein Magen zog sich bei dieser Erinnerung zusammen und er senkte den Blick, da er Bailey nicht in die Augen schauen konnte. *Genau diese Gefühle will ich nicht mehr haben. Ich will nicht mehr dieser Mann sein, Gott. Gib mir die richtigen Worte. Hilf mir, Bailey meine Gedanken zu erklären.*

Sie kamen zu einem zwei Meter langen Baumstamm, den die Flanigans vor die Feuerstelle gelegt hatten. Vier ähnliche Stämme bildeten einen Kreis, dahinter standen Stühle. Es war Platz für zwanzig Leute.

„Das ist das beste Lagerfeuer, das ich je gesehen habe." Er schaute sie an, aber nur kurz. Die Erinnerung an das Mädchen in seinem Haus quälte ihn immer noch. „Du hast recht: Es ist ziemlich kalt hier." Bevor er sich setzte, zog er zwei große Holzstücke von dem Holzstapel und legte sie in einem spitzen Winkel über das kleine Feuer. „So." Er wischte sich die Hände ab. „Das müsste passen."

Sie setzten sich auf einen Baumstamm, in dessen Richtung der Rauch nicht wehte. Brandon ließ absichtlich viel Platz zwischen ihm und Bailey. Er wollte nicht durch ihre Nähe abgelenkt werden. Außerdem wollte er ihr Gesicht sehen, damit er wirklich begreifen konnte, was er fühlte, und ihre Meinung verstehen konnte. Er starrte ins Feuer, ordnete seine Gedanken und überlegte, wo er beginnen sollte. Er atmete tief ein und genoss diesen Moment, den sternklaren Himmel und den Geruch des Lagerfeuers, die Liebe und Wärme, die dieses Haus ausstrahlte. Wie am letzten Drehtag, als sie am See gewesen waren, kamen die Worte, bevor er genau wusste, was er sagen wollte. „Ich habe heute den halben Tag auf Daynes und Katys Terrasse gesessen und über mein Leben nachgedacht."

Bailey zog ein Knie an und drückte es an ihre Brust. In ihren Augen spiegelte sich das Feuer. „Auf mich hat Silvester eine ähnliche Wirkung."

Er schaute sie kurz an, doch dann wandte er seinen Blick wieder dem Feuer zu. „Ich habe viel Dummes gemacht. Sehr viel Dummes."

Sie hätte sagen können, dass sie das nicht überraschte, weil sie seinen Ruf kannte; dass er ihr seine Fehler nicht aufzählen musste, da sie durch die Boulevardblätter bestens informiert war. Doch stattdessen beugte sie sich zu ihm hinüber und legte die Hand auf seine Schulter. Nur ein paar Sekunden, aber lange genug, um ihm zu verstehen zu geben, dass sie mit ihm fühlte. Deshalb war er gekommen, nicht wahr? Weil er ganz genau wusste, dass sie ihn nicht verurteilen oder kritisieren oder verspotten würde.

Ihre Berührung hinterließ eine beruhigende Wirkung und ermutigte ihn weiterzusprechen. „Ich habe etwas getan, das ich nie hätte tun sollen." Er beugte sich vor und rang die Hände. „Vor den Dreharbeiten war ich in einem Club. Irgendein Mädchen wusste, dass ich in *Der Löwenzahnjunge* die Hauptrolle übernehmen würde. Sie war überrascht, dass ich in einem christlichen Film mitspiele." Er schüttelte, von sich selbst angewidert, den Kopf. „Ich habe ihr gesagt, dass ich bestimmt nicht so schnell Christ werde.“ Er legte den Kopf schief, um Baileys Gesicht sehen zu können. „Als Kind habe ich mein Leben nie wirklich Jesus übergeben. Und an diesem Abend habe ich sozusagen versprochen, dass ich das nie tun würde.“ Er seufzte. „Diese Worte verfolgten mich den ganzen Abend. Aber nach einer Weile habe ich den Vorfall vergessen.“

Brandon war nicht sicher, ob er ihr alles erzählen konnte, die ganzen furchtbaren Details der letzten Monate. Das Mädchen in seinem Haus, die Drogen ... Bei der Erinnerung daran, was aus ihm geworden war, wurde ihm übel. Es wurde immer dunkler und Brandon war für das Feuer dankbar. Die Wärme vertrieb die Kälte, die ihn erfasst hatte. „Jedenfalls habe ich mich heute an diese Worte erinnert.“ Er richtete sich höher auf. „Du hast mir gesagt, dass Gott mich hierher gebracht hat, weil er mich zurückruft.“ Er nickte langsam. „Damals habe ich das nicht so gesehen, aber jetzt glaube ich, dass du recht hast.“

„Nicht nur das.“ Baileys Stimme war leise und vermischte sich mit dem leichten Wind, der über die Feuerstelle wehte, und dem Knistern des Feuers. „Ich denke, deshalb habe ich diese Rolle bekommen. Gott wollte, dass du mit Menschen Kontakt hast, die dir helfen können, seine Stimme ein wenig besser zu hören.“ Sie lächelte ihn an. „Meinst du nicht?“

Ihre Worte rührten ihn und er lächelte zurück. „Du hast die Rolle bekommen, weil du sie verdient hast. Ganz einfach.“

„Vielleicht.“ Sie zuckte mit einer Schulter. „Vielleicht sehe ich einfach das größere Bild. Als Schauspieler zu arbeiten ist herrlich, aber worum geht es wirklich, Brandon? Dass du und ich zusammen in einem Film spielen ... Die Bibel sagt, dass alle guten Dinge ein Geschenk von Gott sind.“ Ihr unschuldiges Lächeln ließ sie viel jünger aussehen, als sie tatsächlich war. „Warum hat mir Gott also diese Rolle gegeben, außer, um einen positiven Einfluss auf dich auszuüben?“

Er dachte über diese Möglichkeit nach. Vielleicht hatte sie tatsächlich recht. Ein Buch kam auf den Markt, das das ganze Land las, und er war genauso wie jeder andere von der Geschichte fasziniert. Aber nur er bekam die Chance, die Hauptrolle in dem Film zu spielen, und ergriff sie, ohne sich bewusst zu sein, dass es ein christlicher Film werden würde. Er hatte Bailey die Wahrheit gesagt: dass er die Rolle nur ihretwegen angenommen hatte, weil sie etwas Besonderes ausstrahlte. Auch wenn er es am Anfang nicht genau hatte definieren können, war das die Wahrheit.

Vielleicht war das Besondere an Bailey, dass Gott in ihrem Leben war, dass Gott in ihrem Herzen und in ihrer Seele wirkte.

„Ich glaube, worauf ich hinauswill, ist, dass ich mich ändern möchte." Brandon merkte, dass sich seine Miene veränderte, dass er ernster wurde. „Ich habe von meinem alten Leben genug." Er biss die Zähne zusammen, als eine plötzliche Wut und ein tiefer Schmerz ihn erfassten. „Ich habe genug davon, Gott für etwas die Schuld zu geben, das mein Vater vor zehn Jahren gesagt hat."

Bailey rutschte näher zu ihm und legte wieder eine Hand auf seine Schulter. „Wenn du willst, kannst du dich ändern. Du kannst dich jetzt für ein neues Leben entscheiden. Heute Abend."

„Das würde ich gern, aber geht es so einfach? Ich bin in einer christlichen Familie aufgewachsen. Doch am Ende ... am Ende habe ich meiner Familie den Rücken gekehrt und nicht an Gott geglaubt." Er schluckte nervös und unsicher. „Sollte ich nicht erst einen Kurs belegen oder ein Buch lesen oder so etwas? Ich kann doch nicht einfach beschließen, dass ich mich ändern will, oder?"

Ihr Lächeln wärmte ihn mehr als das lodernde Lagerfeuer. „Natürlich kannst du das. Ein Leben im Glauben beginnt mit einer einzigen Entscheidung."

„Und dann?" Er rieb sich unsicher den Nacken. „Und was ist, wenn ich mich entscheide? Was ändert sich dadurch?"

„Es ist der Anfang. Du liest doch in der Bibel, oder?"

„Ja, mit Katy und Dayne. Und auch allein."

„Die Bibel ist Gottes Brief an uns, Gottes Art, uns zu helfen, im Glauben zu leben." Bailey erklärte, dass man frühere Fehler bekennen und erkennen muss, dass man Jesus Christus als Erlöser braucht, wenn man sein Leben ändern will. „Du hast schon mehr verstanden, als du ahnst. Aber es ist eine große Entscheidung, Brandon."

„Das stimmt."

„Weil du von allen beobachtet wirst." Sie rutschte ein wenig näher ans Feuer und wärmte ihre Hände. „Wenn du eine solche Entscheidung triffst, musst du bereit sein, vor der ganzen Welt dazu zu stehen."

Er nickte langsam. Dieser Gedanke war irgendwie beängstigend, denn was wäre, wenn er jetzt eine solche Entscheidung traf und nicht durchhalten konnte? Aber diese Vorstellung war auch tröstlich. Vielleicht würde er endlich Frieden finden. „Das war das andere, was du am See gesagt hast. Dass man, wenn man berühmt ist, auch eine Verantwortung trägt."

„Das stimmt." Ihr Blick war zärtlich und freundlich und verständnisvoller, als er sich hatte erhoffen können. „Du solltest dir also ganz sicher sein."

„Ich kremple also mein Leben um und dann wartet die ganze Welt darauf, dass ich zu Fall komme?" Das war ein Teil des Problems. Der Grund, warum er nicht gewollt hatte, dass man ihn für einen Christen hielt.

„Vielleicht solltest du dich eine Weile aus dem Rampenlicht zurückziehen." Das Feuer beleuchtete Baileys Gesicht. „Wenn du dich in Bars und Clubs aufhältst, wird über dich geschrieben. Bleib freitagabends zu Hause und lies in deiner Bibel oder geh am Sonntagmorgen zur Kirche. Dann siehst du ja, wer etwas über dich schreiben will."

Brandon setzte sich höher auf. Sie hatte recht. „Einen Versuch wäre es wert."

Bailey atmete langsam aus und betrachtete nachdenklich die Flammen. „Es geht im Grunde darum, wie es in deinem Herzen aussieht." Sie schaute ihn wieder an. „Wie groß dein Wunsch ist, dich zu ändern."

Die Dringlichkeit, die er am Nachmittag gefühlt hatte, kehrte zurück. Es interessierte ihn nicht, was die Welt dachte oder was er aufgeben müsste. Er wollte heute Abend nicht schlafen gehen, ohne zu wissen, dass er gerettet war. Dass zwischen ihm und Gott alles in Ordnung war. Zum ersten Mal, seit er von seinen Eltern ausgezogen war. „Ich will es." Er schaute sie an, ohne zu blinzeln. „Ich will das mehr als alles andere auf der Welt."

„Okay." Sie atmete tief durch die Nase ein. „Du willst also die Entscheidung treffen, mit Jesus zu leben? Willst du das damit sagen?"

„Ja." Das Feuer erwärmte die Luft zwischen ihnen. „Ja, ich will das jetzt auf der Stelle."

Bailey zögerte nicht. Sie nahm seine Hände. „Ich spreche dir die Worte vor, okay? Wenn du dem, was ich bete, zustimmst, sprichst du meine Worte nach."

Brandon fühlte bereits, wie etwas in ihm freigesetzt wurde, als würde alles Falsche, das er in seinem Leben getan hatte, und jedes leichtsinnig ausgesprochene Wort, das er bedauerte, in einer dunklen Ecke seines Herzens zusammengezogen. Er nickte. „Fang an."

Baileys Gebet war schlicht und schön. Sie betete so, wie sie sprach, als wäre es genauso natürlich, mit Gott zu sprechen, wie sich an einem kalten, klaren Silvesterabend an einem Lagerfeuer mit Brandon zu unterhalten. Sie bekannte, dass sie ein Sünder war und nie gut genug sein könnte, um einen Platz im Himmel zu verdienen. Brandon wiederholte diesen Teil des Gebets von ganzem Herzen. Es stand außer Frage, dass er ein Sünder war. Deshalb hatte er nachts nicht geschlafen.

Sie betete weiter, dass sie glaube, dass Jesus Gottes Sohn ist und für sie gestorben war. Brandon stimmte ihr vorbehaltlos zu und wiederholte ihre Worte. „Herr Jesus, ich möchte dich bitten, dass du mein Herr und Erlöser bist. Bitte komm in mein Herz, damit ich nicht mehr für mich, sondern für dich lebe. Ich will für dich leben, Gott. Nur für dich."

Als Brandon den Mund öffnete, um diesen Teil des Gebets zu wiederholen, geschah etwas. Tränen traten ihm in die Augen und erstickten seine Stimme. Denn genau das brauchte er und wollte er. Aus diesem Grund war er hier. Bailey hatte recht. Aus diesem Grund hatte er die Rolle in *Der Löwenzahnjunge* angenommen. Gott hatte diesen Moment schon die ganze Zeit für ihn geplant. Als er Jesus bat, sein Erlöser zu sein, als er ihn bat, in sein Herz zu kommen und ihm seine Sünden zu vergeben, fühlte er etwas, das er noch nie gefühlt hatte.

Vollkommenes Licht. Das Licht der Welt leuchtete in die Dunkelheit seines Herzens, dass nichts versteckt blieb und nichts mehr übrig war, wofür er sich schämen musste.

Als das Gebet endete, ließ Brandon Baileys Hände los. Er strich sich mit den Handrücken über die Wangen. „Ich fühle mich, als hätte mein ganzes Leben zu diesem Punkt geführt."

„Das war auch so." Sie lachte und er sah, dass auf ihren Wangen auch Tränen glitzerten. „Du hast es getan! Du hast Gottes Stimme gehört und bist zu ihm gelaufen." Ihr helles Lachen erfüllte die Nachtluft. „Ist das nicht wunderbar?"

Brandon fühlte sich neu und heil und so jung wie seit Jahren nicht mehr. Er sprang auf. „Am liebsten würde ich gleich allen erzählen, was gerade geschehen ist."

Bailey lächelte. „Warum fängst du nicht bei meiner Familie an?"

Gemeinsam gingen sie zum Haus zurück. Baileys Eltern hatten schon seit einiger Zeit besorgte Blicke in den Garten geworfen und sich gefragt, was Bailey und Brandon so lange da draußen in der Kälte zu besprechen hatten. Sie waren erleichtert, als die beiden in die Küche traten, und mehr als überrascht, als Brandon von der Entscheidung berichtete, die er soeben getroffen hatte. Mit Tränen in den Augen umarmten sie ihn.

„Ich habe das heute Abend nicht erwartet." Jim legte Brandon eine Hand auf die Schulter. „Aber ich wüsste keine bessere Art, das neue Jahr zu beginnen."

Brandon schluckte und konnte nur nicken. Keine Worte waren nötig, da seine Seele vor Freude jubelte und dieses Gefühl alles übertraf, was er je in seinem Leben erfahren hatte. Es war besser als sein erster großer Durchbruch in Hollywood und besser als sein Ruhm, besser, als bei jeder Party und für jede große Rolle begehrt zu sein. Plötzlich war der Schmerz in seinem Herzen verschwunden und ihm wurde etwas bewusst:

Er war frei!

Die Fehler und falschen Entscheidungen aus seiner Vergangenheit, sein Stolz und die Abwege, auf die er geraten war, konnten ihm jetzt nichts mehr anhaben. Er umarmte Baileys Vater noch einmal, wandte sich dann zu Bailey um und nahm auch sie in die Arme. Ihr standen Tränen in den Augen und sie gab einige leise Töne von sich, die mehr ein Lachen als ein Weinen waren. „Was für ein Abend!"

Er schaute sie mit strahlenden Augen an. „Der beste Abend meines Lebens!" Er blickte wieder zum Himmel hinauf. In diesem Moment konnte er Gottes Arme um sich fühlen, die ihn umarmten und festhielten. Er würde für den Rest seines Lebens für diese Liebe, diese Gewissheit leben – und das alles nur, weil Gott ihn zu diesem Film und in diese Familie geführt hatte. Er wandte sich wieder an Bailey. Denn Gott hatte ihn auch zu diesem ganz besonderen Mädchen geführt.

„Ich bin nicht sicher, ob ich mich schon jemals so gut gefühlt habe." Es stimmte. Er konnte nicht aufhören zu lächeln.

„Dieses Silvester werden wir nie vergessen." Baileys Vater ließ sich auf einen der Küchenstühle sinken. „Das war die beste Entscheidung, die du je treffen konntest, Brandon."

In diesem Moment klingelte es an der Haustür. Bailey lachte. „Die Gäste kommen! Bist du bereit für die beste Party deines Lebens, Brandon?"

Sie eilte davon, um die Haustür zu öffnen. Brandon schaute ihr nach. Er hatte gehofft, bei Bailey Flanigan Liebe zu finden. Vielleicht war dafür irgendwann in der Zukunft Zeit. Aber diese Art von Liebe war ihm jetzt nicht so wichtig. Er hatte viel mehr gefunden. Er hatte Glauben und Vergebung und Umkehr gefunden, für immer und ewig. Er hatte am Abgrund gestanden und war kurz davor gewesen, sich selbst zu zerstören, ohne Frieden, ohne Hoffnung, ohne Sinn. Aber jetzt hatte er viel mehr als Liebe gefunden.

Er hatte das Leben gefunden.

Kapitel 29

An Neujahr schneite es den ganzen Nachmittag. Deshalb musste Bailey am nächsten Morgen bis nach zehn Uhr warten, bevor die Straßen endlich frei genug waren, um ihre Pläne in die Tat umzusetzen. Das war okay. Bailey störte es nicht zu warten. Das, was sie sich für diesen Tag vorgenommen hatte, beherrschte schon das ganze Wochenende ihre Gedanken – trotz Brandons erstaunlicher Entscheidung.

Sie hatte lange genug gewartet und wollte endlich herausfinden, was mit Cody Coleman los war. Sein Verhalten ergab einfach keinen Sinn. Er zog nach Indianapolis, um dort sein Studium zu beenden? Um eine Stelle als Trainer anzunehmen, obwohl er hier schon eine Trainerstelle hatte? Doch am meisten beschäftigten sie seine letzten Worte an Thanksgiving: Er wollte sie beschützen? Er wollte ihrem Ruf nicht schaden?

Obwohl seitdem mehrere Wochen vergangen waren, verstand sie sein Verhalten und seine Worte immer noch nicht. Deshalb wollte sie jetzt endlich tun, was sie schon viel früher hätte tun sollen: Sie wollte zum Haus seiner Mutter fahren und selbst herausfinden, warum Cody sie – erneut – aus seinem Leben ausschloss. Sie wollte an die Tür klopfen und bitten, hineinkommen zu dürfen. Dann würden sie und Codys Mutter in Ruhe darüber sprechen, was passiert war. Seine Mutter wusste doch bestimmt, warum er weggegangen war und was der Grund für seine Entscheidung war.

Bailey verbrachte den Morgen damit, einige Texte für ihren Literaturkurs zu lesen. Das Radio lief im Hintergrund und als gemeldet wurde, dass die Straßen jetzt frei waren, machte sie sich schnell fertig. Sie zog einen dunklen Wollmantel über ihren hellblauen Rollkragenpullover und nahm ihre Autoschlüssel. Ihre Mutter war in der Küche und öffnete die Post. Ein Lächeln zog über ihr Gesicht, als Bailey zu ihr trat. „Du siehst schön aus."

„Danke." Sie atmete tief ein und merkte, wie ihre Entschlossenheit wuchs. „Heute ist es so weit."

Ihre Mutter musste nicht fragen, was sie damit meinte. Bailey hatte ihr letzte Woche erzählt, dass sie zu Codys Mutter fahren wollte. „Rufst du sie vorher an?"

Das hatte Bailey auch schon überlegt. Heute Morgen hatte sie sogar darüber gebetet. Aber sie hatte beschlossen, unangemeldet zu Mrs Coleman zu fahren. Sie wollte kein geplantes Treffen und keine vorbereiteten Antworten. Sie wollte die Wahrheit hören, so ehrlich und spontan wie möglich. Sie lächelte ihre Mutter an. „Dieses Mal nicht." Sie zuckte die Achseln. „Vielleicht ist sie ja nicht einmal zu Hause."

„An einem verschneiten Sonntagvormittag? Wenn sie nicht mit Cody im Gottesdienst ist, ist sie zu Hause." Ihre Mutter stand auf und küsste sie auf die Stirn. „Vielleicht bekommst du heute die Antworten, die du suchst."

„Vielleicht." Bailey lächelte, aber ihr Herz fühlte sich schwer an. Nach so langer Zeit ohne ein Wort von Cody vermisste sie ihn noch mehr. Aber sie wollte sich nicht über ihn ärgern, weil er weggegangen war.

Im Zimmer nebenan spielten ihre Brüder wieder Wii Olympics und ihr fröhliches Lachen erfüllte das Haus. Ricky entdeckte Bailey und lief auf sie zu. „Hey." Er umarmte sie herzlich. „Hast du Lust, einen Schneemann zu bauen?"

„Das würde ich sehr gern machen." Sie strich mit den Fingern durch seine blonden Haare. „Aber jetzt kann ich nicht. Ich muss weg."

„Schade." Sein Lächeln verschwand. Er deutete mit dem Kopf zu seinen Brüdern hinüber. „Sobald B.J. gewonnen hat, gehen wir alle raus. Wir bauen eine Schneeburg und den größten Schneemann, den du je gesehen hast. Wir stellen einen neuen Familienrekord auf."

„Hm." Bailey konnte sich gut vorstellen, wie ihre Brüder eine große Kugel rollten und dann alle zusammen anpackten, um die zweite Kugel daraufzusetzen. Sie hatten schon einmal einen Schneemann gebaut, der drei Meter groß gewesen war. Er hatte noch eine Woche, nachdem rundherum der Schnee geschmolzen gewesen war, in ihrem Garten gestanden. Sie legte den Kopf schief und versuchte, Rickys Enttäuschung abzumildern. „Vielleicht könnt ihr ja zuerst eure Schneeburg bauen und wenn ich zurück bin, kann ich euch helfen, den Rekord zu brechen."

„Ja! Gute Idee!" Ricky war inzwischen fast genauso groß wie sie; daran musste sie sich erst noch gewöhnen. Aber wenigstens ging es ihm gut. Wegen Rickys Herzproblemen und Asthma nahm keiner von ihnen seine Gesundheit als selbstverständlich hin. „Das machen wir." Er umarmte sie noch einmal und lief dann zurück, um zuzusehen, wie B.J. das Spiel gewann.

Ihre Mutter lächelte. „Die Jungs sind wunderbar."

„Das finde ich auch." Bailey nahm ihre Handtasche und küsste ihre Mutter auf die Wange. „Bete für mich." Sie blies sich die Haare aus dem Gesicht und ging auf den Flur, der zur Garage führte. „Ich habe das Gefühl, dass ich das brauchen werde."

Sie stieg in ihr Auto, bog aus der Garage und fuhr langsam durch die Stadt. Die Straßen waren geräumt, sodass sie gut vorankam. Aber stellenweise lagen noch Eisstücke und festgefahrener Schnee auf der Fahrbahn. Eine Viertelstunde später bog sie in die Straße von Codys Mutter. Sie war erst ein Mal hier gewesen, vor einigen Jahren, als sie und ihre Mutter Mrs Coleman besucht hatten, als Cody im Irak in Kriegsgefangenschaft geraten war.

Bailey fuhr mithilfe ihres Navis zu der Adresse. Schließlich blieb sie vor einem kleinen, alten Haus stehen. Der Vorgarten war genauso wie bei den anderen Häusern schneebedeckt, aber selbst von der Straße aus konnte Bailey sehen, dass die Farbe am Verandageländer abblätterte. Baileys Blick wanderte zur Einfahrt und sie sah, dass sie immer noch unter zwanzig Zentimetern Schnee begraben war. Von der Garage führten keine Spuren zur Straße.

Mrs Coleman war nicht weggefahren. Das stand fest. Cody war offenbar nicht hier. Sonst hätte er seiner Mutter bestimmt geholfen, den Schnee wegzukehren. Bailey stellte den Motor ab und stieg aus. Ein eisiger Wind raubte ihr fast den Atem und sie zog den Kragen ihres Wollmantels enger um ihren Hals und ihr Gesicht. Vor dem Nachbarhaus räumte ein Mann seine Einfahrt frei, während zwei kleine Kinder neben ihm spielten. Er winkte ihr kurz zu und arbeitete weiter.

Bailey atmete tief ein. *Bitte, Gott, sei bei mir. Das wird bestimmt nicht leicht.* Während sie den Gehweg hinaufstapfte, kam ihr ein beunruhigender Gedanke. Wer kümmerte sich um Codys Mutter, wenn er nach Indianapolis gezogen war? Bailey war während der letzten Wochen mit Feiern und Premieren beschäftigt gewesen, aber sie hatte nicht daran gedacht, sich um Mrs Coleman zu kümmern. Hatte sie auch vor, nach

Indianapolis zu ziehen? Bailey kniff die Augen zusammen und betrachtete die dunklen Fenster des Hauses. War sie schon weggezogen?

Jeder Schritt war mühsam. Deshalb ließ sich Bailey Zeit. Sie trug Stiefel, hatte aber trotzdem feuchte Füße, als sie an der Haustür ankam. *Bitte, Herr. Ich weiß, dass du bei mir bist. Gib mir die richtigen Worte.* Sie klopfte, wieder, dann noch einmal. Sie wartete, aber sie hörte nur das Hämmern ihres Herzens. Dieses Mal klingelte sie, aber im Haus war kein Geräusch zu hören.

Sie klopfte wieder, dieses Mal lauter. Sie wartete auf eine Antwort und wollte schon fast aufgeben, als sie etwas hinter sich hörte. Sie keuchte erschrocken und drehte sich um. Ein paar Meter hinter ihr stand der Nachbar, den sie vorher gesehen hatte. Er hatte immer noch die Schneeschaufel in der Hand. „Wollen Sie zu Cami Coleman?"

„Ja." Bailey sah, dass die Kinder des Mannes aufgehört hatten zu spielen und jetzt regungslos im Schnee standen und ihren Vater beobachteten. „Ist ... ist sie zu Hause?"

„Nein." Die braunen Augen des Mannes schauten sie freundlich an. Er biss sich auf die Lippe und fühlte sich bei dem, was er ihr sagen musste, offensichtlich nicht ganz wohl in seiner Haut. „Sie ist nicht da. Sie ist schon eine ganze Weile fort. Mindestens ein paar Monate."

Was sagte er da? Codys Mutter war auch weggezogen? Das musste der Grund sein, warum Cody nach Indianapolis gegangen war. „Ist sie nach Indianapolis umgezogen?"

„Nein. Das war kein gewöhnlicher Umzug." Wieder sah der Mann aus, als fühle er sich nicht wohl in seiner Haut. Er stieß seine Schneeschaufel einige Male in eine Schneewehe. „Sind Sie mit ihr befreundet?"

„Ja." Leichte Schuldgefühle regten sich in Bailey, weil sie sich so schnell als Freundin von Mrs Coleman ausgab. Hatte sie Codys Mutter je geholfen oder den Kontakt zu ihr gesucht? Sie schluckte, dann gab sie dem Mann die Hand. „Bailey Flanigan. Es freut mich, Sie kennenzulernen."

„Roger Denning. Ich bin seit drei Jahren Mrs Colemans Nachbar."

„Genau genommen bin ich eine gute Freundin ihres Sohnes. Ich bin hier, weil ich mich nach ihm erkundigen wollte."

„Cody?" Der Mann nickte. „Ein guter junger Mann. Ich glaube, seine Mutter hat ihm das Herz gebrochen."

Ihm das Herz gebrochen? Bailey merkte, wie das Blut aus ihrem Gesicht wich. „Wie bitte? Ich glaube, ich verstehe Sie nicht ganz. Es … es ist eine Weile her, seit Cody und ich uns das letzte Mal gesehen haben."

„Oh." Der Mann verzog das Gesicht und senkte den Blick auf den Schnee vor seinen Stiefeln. Schließlich seufzte er und schüttelte den Kopf. Sein Blick wanderte zum Haus und dann wieder zu Bailey. „Cami hat sich wieder auf Drogen eingelassen. Die Polizei hat sie mitgenommen." Die Kinder des Mannes fingen wieder an zu spielen. Sie bewarfen sich mit Schneebällen und lachten fröhlich. „Sie ist im Gefängnis in Indianapolis." Er deutete zu seinem Haus hinüber. „Meine Frau und ich haben sie an den Feiertagen besucht. Es ist wirklich sehr traurig."

Baileys Herz schlug so laut, dass sie den Nachbarn kaum verstehen und sich nicht darauf konzentrieren konnte, was er sagte. Codys Mutter saß wieder im Gefängnis? Und er hatte ihr das nicht gesagt? Kein Wunder, dass Cody nach Indianapolis gezogen war! Er überließ seine Mutter nicht einfach sich selbst. Er folgte ihr und tat alles, um für sie da sein zu können. Jetzt verstand sie endlich, was Cody gemeint hatte, als er gesagt hatte, dass er wegging, um ihren Ruf zu schützen. Plötzlich ergaben sein Abschied und alles, was er gesagt hatte, einen Sinn. Bailey blinzelte die Tränen zurück und verschränkte die Arme fest vor ihrer Brust. Aber gegen die eisige Kälte, die sie ergriffen hatte, war sie machtlos. Der Mann sprach weiter und erzählte, dass Cody ein guter, anständiger Sohn war und sich aufopferungsvoll um seine Mutter kümmerte.

„Wir haben ihn gesehen, als wir seine Mutter besuchten." Ein Schatten zog über das Gesicht des Mannes. „Er hat sich verändert. Er sieht aus wie ein Mann mit einem gebrochenen Herzen."

Diese Nachricht traf Bailey wie der kälteste Winterwind und durchbohrte ihre Seele. Sie war plötzlich ganz sicher, dass sich Cody aus diesem Grund aus ihrem Leben zurückgezogen hatte. Seine Mutter war wieder im Gefängnis und er hatte nicht gewusst, wie er das Bailey sagen sollte, geschweige denn, wie er weiter in Bloomington leben sollte. Ein anderer Gedanke traf sie, der sie fast auf die Knie zwang.

Warum habe ich so viel Zeit verstreichen lassen und fange erst jetzt an, Cody zu suchen?

Der Cody, den sie kannte, würde nie ohne Erklärung aus ihrem Leben verschwinden. Aber sie war so sehr mit ihrem eigenen Leben beschäftigt gewesen, dass sie nicht auf die Idee gekommen war, hierherzukommen und herauszufinden, was bei ihm nicht stimmte. Bis jetzt.

Sie war eine furchtbare Freundin.

Der Mann schaute zu seinen Kindern hinüber und zog seine Schaufel aus dem Schnee. „Ich kann Ihnen die Adresse des Gefängnisses geben. Es ist das einzige Frauengefängnis in Indianapolis."

„Nein. Danke, das ist nicht nötig. Ich finde die Adresse selbst heraus." Bailey stieg vorsichtig die verschneiten Stufen hinab. „Danke, dass Sie mir das alles gesagt haben. Ich ... hatte keine Ahnung."

„Wenn Sie sie sehen, dann sagen Sie ihr bitte, dass wir für sie beten."

Wieder kam sich Bailey furchtbar egoistisch vor. Cody machte die schwerste Zeit seines Lebens durch und sie war nicht für ihn da. Der Mann winkte kurz und kehrte dann zu seiner Arbeit zurück, während sich Bailey durch den Schnee zu ihrem Auto zurückkämpfte. Im eisigen Wind wurden ihre Wangen fast taub, aber das merkte sie kaum. Sie stieg in ihr Auto, fuhr um die Ecke, blieb erneut stehen und ließ den Kopf hängen.

Der Schock ließ nach einer Weile nach und die Wahrheit sickerte langsam in ihr Bewusstsein. Codys Mutter war wieder im Gefängnis und Bailey war nicht da gewesen, um ihm in dieser schweren Zeit beizustehen. Tränen schossen ihr in die Augen. Es spielte keine Rolle, dass Cody ihr nichts verraten hatte. Sie konnte ihm daraus keinen Vorwurf machen. Sie hatte einen Film gedreht und war von Paparazzi verfolgt worden, die auf Fotos und Sensationsberichte gelauert hatten. Natürlich hatte er seinen Schmerz für sich behalten.

Bailey hob den Kopf und zog die Handschuhe aus. Sie nahm ihr Smartphone und wählte die Nummer ihrer Mutter. Plötzlich wollte sie so schnell wie möglich nach Indianapolis fahren. Immerhin war heute Sonntag. Wenn sie sich beeilte, würde sie vielleicht sogar Cody bei ihr treffen. Ihre Mutter meldete sich erst nach mehrmaligem Klingeln.

„Entschuldige." Sie klang atemlos. „Ich habe deinem Vater geholfen, den Weihnachtsbaum abzuschmücken."

„Mama ..." Die tiefe Traurigkeit in ihrem Herzen machte es Bailey schwer zu sprechen. „Mrs Coleman ist im Gefängnis. Sie hat sich wieder auf Drogen eingelassen."

Ihre Mutter wirkte weniger schockiert als Bailey. Sie seufzte und eine tiefe Traurigkeit klang in ihren Worten mit. „Ich habe fast befürchtet, dass das passiert sein könnte. Wie geht es Cody?“

„Ich habe ihn nicht gesehen. Ein Nachbar hat es mir erzählt.“ Bailey konnte es kaum erwarten loszufahren. „Ich will sie besuchen. Kannst du bitte mitkommen?“

Bei ihnen zu Hause gab es heute viel zu tun. Ihr Vater brachte den Weihnachtsbaum weg und dann würden die Jungs das Spielen im Schnee unterbrechen, um ihm zu helfen, den Weihnachtsschmuck im ganzen Haus abzuhängen und einzupacken. Bailey hatte vorgehabt, ihnen nach ihrem Gespräch mit Mrs Coleman zu helfen. Doch ihre Mutter zögerte keine Sekunde. „Komm nach Hause, Schatz. Bis dahin bin ich fertig.“

Bailey überließ ihrer Mutter das Steuer. Sie hatte das Frauengefängnis im Internet gefunden und gab die Adresse in das Navi ihrer Mutter ein. Sie erzählte ihr, was sie von dem Nachbarn erfahren hatte und dass Cody durch die Situation mit seiner Mutter tief verletzt wirkte.

„Er hätte es uns sagen sollen.“ Ihre Mutter wandte den Blick nicht von der Straße ab, aber ein tiefes Mitgefühl schwang in ihrer Stimme mit. „Wir hätten ihm helfen können. So etwas sollte niemand allein durchstehen müssen.“

„Genau.“ Ihre Mutter hatte recht. Cody hätte nie ein Geheimnis aus dieser Situation machen sollen. Aber Baileys Schuldgefühle waren noch stärker als vorher. Sie hätte wissen müssen, dass etwas nicht stimmte. Sie hätte von ihm verlangen können, es ihr zu sagen, oder sie hätte früher zu seiner Mutter fahren können.

Als sie auf der Autobahn waren, schrieb Bailey eine SMS an Cody. *Wo bist du?*

Sie wartete und starrte auf die schneebedeckte Landschaft hinaus. *Schreib zurück, Cody. Komm schon! Tu mir das nicht an.*

„Meldet er sich?“ Ihre Mutter schaute sie hoffnungsvoll an.

„Nein.“ Sie war dankbar, dass ihre Mutter bei ihr war. Wenn jemand ihre Gefühle für Cody verstand und nachempfinden konnte, was diese Nachricht für sie bedeutete, dann war das ihre Mutter. „Ich rufe ihn an.“

Sie war nicht sicher, was sie sagen oder wie sie sich verhalten sollte, aber sie musste seine Stimme hören. Sie wählte seine Nummer und wartete. Nach dem vierten Klingeln schaltete sich seine Mailbox ein. Sie wollte ihm keine Nachricht hinterlassen. Wenn er nicht ans Telefon ging, würde sie warten und persönlich mit ihm sprechen. Selbst wenn sie ganz Indianapolis nach ihm absuchen müsste.

Ihre Mutter legte eine CD von Brit Nicole auf und wählte ein Lied aus, das sie beide liebten. *Don't Worry Now* – Mach dir jetzt keine Sorgen. Die Musik erfüllte das Auto. Bailey schloss die Augen. Sie sollte sich keine Sorgen um Cody machen und darum, wie sie reagieren würde, wenn sie ihn sah. Falls sie ihn überhaupt finden würde. Heute ging es nicht so sehr um Cody, sondern um seine Mutter. Auch wenn sie heute sonst nichts erreichen würde, wollte Bailey wenigstens diese eine Sache klarstellen.

Es tat ihr leid, dass sie sich nicht früher um Codys Mutter gekümmert hatte.

Ab sofort wollte sie nie wieder so viel Zeit verstreichen lassen, ohne sich um die Menschen in ihrem Leben zu kümmern. Und zu diesen Menschen gehörte Cody Colemans Mutter.

Eine halbe Stunde später kamen sie beim Gefängnis an. Während sie auf den Parkplatz bogen und das graue Ziegelgebäude und den Stacheldrahtzaun, der den schneebedeckten Hof umgab, betrachteten, spürte Bailey tiefe Verzweiflung in ihrem Herzen. Was wäre es für ein Gefühl, wenn ihre Mutter hier leben müsste? Wenn sie eine Gefängnisstrafe wegen Drogenhandels verbüßen müsste? Sie konnte sich nicht vorstellen, wie sich Cody fühlte oder wie er mit dieser Situation umgehen konnte, auch wenn er eine solche Situation schon einmal mit seiner Mutter durchgemacht hatte.

Bailey stieg seufzend aus dem Auto. „Cody hatte so große Hoffnungen für sie."

Ihre Mutter legte den Arm um Baileys Schultern. „Gott hat immer noch große Hoffnungen für sie." Sie betrachtete den Gefängniseingang. „Manchmal muss man erst an so einem Ort sein, um für Gottes Stimme offen zu sein."

Ihre Antwort beruhigte Baileys Sorgen ein wenig. *Herr, gib mir Frieden. Benutze uns, um Mrs Coleman heute Mut zu machen. Bitte, Gott.*

Sie wurden durch mehrere Räume und Besucherkontrollen geführt. Ihre Mutter hielt Baileys Hand, während sie unaufhörlich im Stillen betete. Dann führte sie ein uninformierter Wachmann durch einen langen Flur in ein Wartezimmer. „Sie haben zehn Minuten. Danach kommen Sie wieder hierher und warten, bis Sie abgeholt werden."

Ein anderer Beamter führte sie aus dem Wartezimmer in einen kleinen Besuchsraum. Jemand hatte Mrs Coleman hierher gebracht. Sie saß an einem schlichten, runden Tisch. Sie trug Handschellen und einen orangefarbenen Häftlingsanzug.

„Cami!" Baileys Mutter umarmte Mrs Coleman lange; Bailey folgte ihrem Beispiel. Sie setzten sich und Bailey sah sofort, dass sich Mrs Coleman verändert hatte. Sie war dünn und ausgemergelt, wie sie sie früher schon gesehen hatten. Aber aus ihren Augen leuchtete eine neue Freude und Hoffnung.

Baileys Mutter begann das Gespräch, aber es wurde ziemlich schnell deutlich, dass Cami Coleman seit ihrer Verurteilung einen echten und bleibenden Glauben gefunden hatte.

„Ich werde mindestens drei Jahre hier sein. Kürzer als meine ursprüngliche Strafe, weil ich gegen … gegen einen sehr schlimmen Mann aussagen werde." Sie blickte auf ihre zusammengeketteten Hände hinab. Als sie den Blick hob, war das Bedauern in ihren Augen so stark, dass es wehtat, sie anzusehen. „Ich habe versagt, aber was noch schlimmer ist: Ich habe Cody im Stich gelassen." Sie schaute Bailey traurig an. „Hast du mit ihm gesprochen?"

„Nein, Mrs Coleman." Baileys Bedauern wuchs. „Seit Thanksgiving habe ich nichts mehr von ihm gehört."

„Sei ihm nicht böse", flehte sie Bailey leise und mit Tränen in den Augen an. „Du und deine Familie, ihr seid ihm sehr wichtig." Sie senkte wieder den Blick und war zu beschämt, um ihnen in die Augen zu schauen. „Ich denke, er hat sich geschämt." Sie hob wieder den Blick. „Nicht meinetwegen, sondern wegen … wegen der Situation. Er meint, gute Menschen dürfen durch so etwas nicht belastet werden."

Gute Menschen? Bei diesem Gedanken wurde Bailey übel und ein Bibelvers, den sie im Herbst bei *Campus für Christus* gehört hatte, kam ihr in den Sinn. Die Worte stammten aus dem Römerbrief. *Es gibt keinen, auch nicht einen Einzigen, der ohne Sünde ist.* Sie schüttelte den Kopf und schaute Codys Mutter durchdringend an. „Niemand ist gut, Mrs Coleman. Nur Gott. Wir Menschen können uns nur bemühen, ihm nachzueifern."

„Ich werde mich für den Rest meines Lebens darum bemühen. Früher habe ich nie nach Gott gefragt." Sie rang die Hände und ihr Kinn zitterte. „Vielleicht kannst du Cody noch eine Chance geben?"

Bailey wollte gern fragen, ob er heute schon hier gewesen war oder ob seine Mutter ihn erwartete, aber bei diesem Besuch sollte es nicht um ihre Suche nach Cody gehen. Sie wollte sich nur um Mrs Coleman kümmern, was sie schon viel früher hätte tun sollen. Die Besuchszeit war viel zu schnell vorbei. Bevor sie aus dem Raum geführt wurden, legten Bailey und ihre Mutter die Hände auf Mrs Colemans Schultern und beteten mit ihr. „Ich komme wieder, ja?" Bailey berührte ihre Hand. „Und ich werde für Sie beten."

Mrs Coleman sagte nichts, sondern schaute Bailey nur lange an, als wollte sie ihr mit den Augen alles sagen, was sie nicht in Worte fassen konnte. Dass es ihr leidtat, weil sie Cody im Stich gelassen hatte, und wie sehr sie es bedauerte, dass ihre Situation die Beziehung zwischen Bailey und Cody belastete. Tränen liefen ihr übers Gesicht und sie nickte. Dann sagte sie mit zitternder Stimme: „Danke, Bailey. Das werde ich dir nicht vergessen."

Bailey merkte erst, dass sie weinte, als sie durch den sterilen Flur ins Wartezimmer zurückgeführt wurden. Sie wischte sich die Wangen ab. „Drei Jahre?" Sie schniefte. „Sie ist die einzige Familie, die Cody hat."

„Das stimmt nicht." Baileys Mutter blieb stehen und drückte sie fest an sich. „Er hat uns." Sie küsste Bailey auf den Kopf. „Wir werden immer für ihn da sein."

* * *

Cody wartete, bis Bailey und ihre Mutter weggefahren waren, bevor er aus dem Auto stieg und zum Gefängnis ging. Bailey wiederzusehen, sie durch den Schneefall zu beobachten, hatte ihn fast umgebracht. Cody liebte sie mehr als je zuvor, mehr als einen anderen Menschen in seinem Leben. Aus diesem Grund musste er sie gehen lassen. Er wollte das nicht für sie. Sie gehörte nicht auf einen Gefängnisparkplatz, egal aus welchem Grund. Der Kummer wegen der Drogenabhängigkeit seiner Mutter sollte sie nicht belasten. Nein, das Leben, das er jetzt führte, seit seine Mutter wieder im Gefängnis war, würde er allein durchstehen. Ohne Bailey oder ihre Familie. Sie hatte etwas Besseres verdient als das, was er ihr geben konnte, selbst wenn sie das im Moment nicht sehen konnte.

Lieber Gott, nimm sie aus meinem Herzen. Bitte lass mich vergessen, dass ich sie gesehen habe.

Die Liebe hört nie auf, mein Sohn. Es bleiben Glaube, Hoffnung und Liebe. Aber das Größte ist die Liebe.

Cody nickte und war für die Stimme dankbar, die in seiner Seele widerhallte. Es stimmte. Er würde Bailey nicht vergessen, er konnte sie nicht vergessen. Er blinzelte die Tränen zurück, atmete tief ein und versuchte, sich zu beherrschen. Der Gedanke, dass er und Bailey Freunde bleiben könnten, war verlockend, aber das konnte er nicht zulassen. Ja, es war möglich, dass sich ihre Wege wie heute wieder kreuzten, aber er würde das, so gut er konnte, verhindern. Wieder hallten diese Worte durch seinen Kopf: *Glaube, Hoffnung und Liebe.* Ja, die Liebe war zweifellos das Größte. Deshalb musste er sie ein für alle Mal freigeben. Weil er Bailey Flanigan so sehr liebte.

Weil er sie immer so sehr lieben würde.

Kapitel 30

Andi hatte Wehen. Nervös ging Keith auf und ab. Er marschierte unruhig zwischen dem Wohnzimmer, wo Lisa und Andi die Wehen verfolgten, und dem Kaminzimmer auf der anderen Seite des Hauses hin und her. Hin und her. Hin und her. Sein einziges Kind hatte Wehen und das Kind, das bald auf die Welt kommen sollte, war sein erster Enkel. Das allein schon brachte ihn an diesem Sonntagnachmittag an seine Grenzen.

Etwas anderes machte ihn aber noch unruhiger: In ein paar Stunden mussten sie sich von diesem Kind verabschieden. Keith blieb im Wohnzimmer stehen und fuhr sich mit den Fingern durch die Haare. Seine Gefühle waren völlig aufgewühlt. Es war unmöglich, sich nicht für Andi zu freuen, sich nicht darüber zu freuen, dass das Baby bald auf die Welt kam. Aber ihm brach wegen des Schmerzes, der unmittelbar danach folgen würde, jetzt schon das Herz.

Er ging zum Schreibtisch und starrte auf seinen Computer. Der Bildschirmschoner zeigte Lisa, Andi und ihn, als Andi drei Jahre alt gewesen war. Ihr Lächeln erhellte den Raum. Sogar auf einem Foto. Unschuldige Augen, aus denen Hoffnung und Verheißung strahlten. Andere Großväter erlebten diesen Moment mit ihrem erstgeborenen Enkelkind neu. Aber er nicht.

Das Baby war ein Junge.

Keith setzte sich langsam und umklammerte die Stuhllehne. Wie gerne hätte er diesem kleinen Jungen die Liebe zu Baseball nahegebracht und ihm gezeigt, wie man einen Ball wirft. Sie wären miteinander zu den Pfadfindern gegangen und Keith hätte ihm gezeigt, wie man einen Drachen baut und steigen lässt. Wie gerne hätte er viele kleine Abenteuer mit seinem Enkel erlebt.

Aber nichts davon würde geschehen.

„Wieder eine", rief Lisa aus dem anderen Zimmer. „Sie sind zehn Minuten auseinander!"

„Okay!" Er antwortete laut genug, dass sie ihn hören konnten. Was sollte er darauf sagen? Dass er noch nicht bereit war? Dass er einen Tag oder ein Jahr mit diesem Kind haben wollte, bevor Andi es weggeben konnte? Er ließ den Kopf hängen und schloss die Augen. Diese Gedanken waren verrückt. Völlig unrealistisch.

Andi hatte lange für Klarheit gebetet und verspürte einen tiefen Frieden bei ihrer Entscheidung. Die Mitarbeiter in der Adoptionsagentur hatten erklärt, dass einige Frauen ihre Kinder nicht im Arm halten wollten, um keine Beziehung zu einem Kind aufzubauen, das sie weggeben mussten. Andere ließen sich Zeit, da sie wussten, dass die Stunde nach der Entbindung ihre einzige Gelegenheit war, ihr Kind in den Armen zu halten.

Nachdem sie wochenlang darüber gebetet hatte, hatte sich Andi für den zweiten Weg entschieden. Sie würde das Baby in den Armen halten und sich Zeit nehmen, um sich von ihm zu verabschieden. Keith und Lisa sollten in dieser Zeit bei ihr sein und sich ebenfalls von dem Kind verabschieden können. Andi hatte ihren Vater sogar gebeten, das Baby zu halten und es gemeinsam mit Lisa in das Wartezimmer zu tragen, um es den Baxters in die Arme zu legen.

Wenn er das tun sollte, brauchte Keith Gottes Hilfe. Allein würde er es nicht schaffen.

Mit der Zeit würde die schlimmste Traurigkeit vergehen. Im März wollten sie nach Los Angeles ziehen, damit Andi rechtzeitig zum Sommersemester an der Pepperdine Universität sein konnte. Sie wollte Film studieren; darüber machte sie sich schon seit Wochen Gedanken. Sie wollte nicht länger vor der Kamera stehen, sondern dahinter und mit Keith und Dayne zusammenarbeiten. Sie wollte diesen Beruf von der Pike auf lernen, um eines Tages eine ebenbürtige Partnerin sein und Filme drehen zu können, die Menschen veränderten. Dieser Wunsch erfüllte sie mit einer neuen Leidenschaft. Andi war fest davon überzeugt, dass es die richtige Entscheidung war, ihr Baby zur Adoption freizugeben.

Keith schlug die Augen auf und atmete tief ein. Natürlich war es die richtige Entscheidung. Das Baby wurde ein Baxter. Keith wurde schwer ums Herz. Er stellte die Richtigkeit von Andis Entscheidung nicht infrage. Aber auch wenn die Entscheidung richtig war, würden sie in den nächsten Tagen einen tiefen Verlust verkraften müssen. Diesen Verlust würde er alle Tage seines Lebens spüren.

Er bewegte die Maus und ging ins Internet. Das neue Jahr war neun Tage alt und Brandon Paul war das allgemeine Gesprächsthema in Hollywood. Keith konnte nur staunen. Die Medien hatten offenbar Wind bekommen von Brandons Entscheidung, sein Leben Jesus zu übergeben. Sie würden bis ans Ende seiner Karriere darauf warten, dass er sich einen Fehltritt erlaubte, aber im Moment waren sie von der Geschichte völlig fasziniert. Brandon hatte durch seine Schauspielerkollegin, die Tochter eines berühmten NFL-Trainers, zum Glauben an Gott gefunden. Eine Schlagzeile lautete: *„Wunder für Brandon Paul."*

Brandon hatte einige Interviews gegeben. Keith las einen Artikel darüber, welche Wirkung Brandon auf die aktuelle Popkultur hatte. Die häufigsten Twitter-Themen waren im Moment *#BrandonPaul* und *#Christentum* sowie ein Vers, den Brandon aus dem Römerbrief zitiert hatte; außerdem *#NIV Bible*, die Bibelübersetzung, aus der Brandon in seinen Interviews zitiert hatte. Millionen Menschen waren auf Twitter und unterhielten sich über Brandon und die Bibel.

Eine Gänsehaut lief Keith über die Arme und Tränen traten in seine Augen. Das war das Wunder, für das sie gebetet hatten. Es geschah vor ihren Augen. Das war aber nicht der einzige Bereich, in dem Gott wirkte. Die Journalisten, die schon einiges Filmmaterial von den Dreharbeiten zu *Der Löwenzahnjunge* gesehen hatten, schrieben in ihren Rezensionen, dass dieser Film zu den wenigen literarischen Verfilmungen gehören könnte, in denen ein Film dem Buch, auf dem er basierte, gerecht wurde.

Keith öffnete eine andere Website. Eine Geschichte über *Der Löwenzahnjunge* stand auf der ersten Seite. „Dieses Buch war in den letzten drei Jahren ein Muss und der Film wird, nach dem, was wir schon gesehen haben, ein Muss für die nächsten zehn Jahre sein. Das ist eine phänomenale Leistung für ein Produktionsteam."

Keith klickte einige Links an und fand, was er suchte. *Brandon Paul* und *Bibel* waren in der letzten Woche die am häufigsten eingegebenen Suchbegriffe bei Google. Manchmal konnte Keith es kaum glauben, wenn er solche Kritiken und Artikel las. Er glaubte fast, er würde träumen. Er lehnte sich zurück und dachte über alles nach, was Gott getan hatte, über alles, durch das er sie geführt hatte. Chases Rolle am Anfang ihres Weges und sein Ausstieg aus dem Filmgeschäft, um bei seiner Familie zu sein. Daynes Einstieg in die Produktionsfirma, der *Jeremiah Productions* auf eine neue Ebene brachte. Und natürlich Brandons Entscheidung, die Hauptrolle in *Der Löwenzahnjunge* zu übernehmen. Es hatte Momente gegeben, in denen sich Keith gefragt hatte, ob er seine Prinzipien verkaufe, weil er Brandon die Hauptrolle gab; Momente, in denen er gedacht hatte, seine Absicht, die Gesellschaft durch die Macht des Films zu verändern, wäre nur ein Versuch, selbst Macht und Ruhm zu erlangen.

Doch am Ende hatte Gott das getan, was Keith und Dayne nie hätten tun können. Er hatte den Glauben einer jungen Studentin benutzt, um den berühmtesten Schauspieler des Landes zu einer Beziehung zu Jesus Christus zu führen. Ja, sie sollten weiterhin viel für Brandon beten, und sicher würde Brandon irgendwann auch Fehler machen. Aber aufgrund von seiner Entscheidung erhielten christliche Gemeinden plötzlich viel mehr Zulauf.

„Wieder eine!", rief Lisa. „Die Abstände werden kürzer."

„Sollen wir fahren?" Keith stand schnell auf.

„Nein, noch nicht. Warten wir noch die nächste ab."

„Okay." Keith setzte sich wieder. Er öffnete eine andere Website und las einen Bericht über die Einnahmen und Besucherzahlen ihres ersten Films, *Der letzte Brief*. Immer noch strömten im ganzen Land viele Menschen zu diesem Film in die Kinos. Er rührte Herzen an, veränderte Menschenleben und verkündete der Filmindustrie, dass diese Produktionsfirma ernst zu nehmen war und jeder berühmte Schauspieler gern mit ihr arbeiten wollte.

Erstaunlich, Gott. Du bist absolut erstaunlich.

Der Erfolg von *Der letzte Brief* war ein weiteres Wunder, das nur Gott hatte schenken können. Aber Keith wusste: Gott hatte ihm eine Vision ins Herz gegeben, den Wunsch, Filme mit einer Botschaft von Glauben und Hoffnung zu drehen. Er hatte Gott gebeten, diesen Wunsch Wirklichkeit werden zu lassen, und genau das geschah jetzt mit *Jeremiah Productions*.

Auf dem Missionsfeld Hollywood waren er und Dayne nur Werkzeuge in Gottes Hand. Aus eigener Kraft konnten sie die Kultur nie mit der Macht des Films verändern. Allein konnten sie Gott nicht zum Gesprächsthema machen oder die Kirchen füllen. Aber sie konnten ihren Teil beitragen, ihre Liebe zu den hoffnungslosen, verletzten Menschen zeigen und den Auftrag, zu dem sie berufen waren, treu erfüllen.

Den Rest erledigte Gott. Genauso, wie er es in den letzten neun Tagen getan hatte.

Keith hörte Schritte hinter sich und drehte sich um. Andi und Lisa traten zu ihm. Seine Frau hatte den Arm über die Schultern ihrer Tochter gelegt. Sie trugen beide ihre Wintermäntel und Lisa hatte eine Reisetasche in der Hand. „Papa." Andi lächelte ihn an. Aus ihren Augen sprachen Vorfreude und auch ein wenig Angst. „Es ist so weit."

Sofort stand Keith auf, nahm die Autoschlüssel und führte die beiden durch die Garagentür zum Auto. Seine Tochter bekam ein Kind und er durfte an diesem Wunder teilhaben.

Im Moment war das alles, woran er denken konnte.

* * *

Die Wehen kamen kurz hintereinander. Andi konnte an nichts anderes denken als daran, dass sie pressen musste. Ihre Mutter stand neben ihr, drückte ihre Hand und wischte mit einem kühlen Waschlappen ihre Stirn ab. Ihr Vater kam und ging.

„Es ist für ihn sehr schwer, dich so zu sehen", erklärte ihre Mutter in der Minute zwischen den Wehen, warum er sich so verhielt. „Er kann es nicht ertragen, dass du Schmerzen hast."

Aber die Schmerzen waren nicht so schlimm, wie Andi befürchtet hatte. Sie waren nichts im Vergleich zum Verlust ihrer Unschuld oder dem Schmerz, dass sie alles, woran sie geglaubt hatte, aufgegeben hatte. Die Geburtswehen fühlten sich fast gut an, reinigend, weil sie das Ende eines falschen Weges einläuteten.

„Sie sind da, oder?" Andi war außer Atem und schweißgebadet. „Luke und Reagan?"

Ihre Mutter berührte lächelnd ihr Gesicht. „Die ganze Familie Baxter ist da, Schatz. Sie sind so viele, dass sie ein eigenes Wartezimmer brauchen."

Freude erfüllte Andi und ein tiefer Friede, weil sie die richtige Entscheidung getroffen hatte. So schwer die nächsten Stunden auch sein würden, tat sie das Richtige. Dieses Baby bekam die beste Familie, die man sich wünschen konnte. Eine Mutter und einen Vater, die sich liebten; Tanten und Onkel, Cousins und Cousinen hier in Bloomington. Und wunderbare Großeltern.

„Wie … wie geht es Papa?" Andi drehte sich so, dass sie ihre Mutter anschauen konnte. „Ich weiß, dass es sehr schwer für ihn ist. Das sehe ich ihm an."

„Ja, das stimmt." Die Stimme ihrer Mutter war mitfühlend. „Er weiß, dass es die richtige Entscheidung ist." Tränen traten in ihre Augen. „Aber ja, es ist schwer. Er ist unser erstes Enkelkind."

Eine tiefe Traurigkeit regte sich in Andi. Sie drückte wieder die Hand ihrer Mutter, als die nächste Wehe kam. Diese Wehe war länger und schmerzhafter als die anderen. Als sie vorbei war, lag sie eine halbe Minute regungslos und erschöpft da. Dann schaute sie ihre Mutter an. „Ihr werdet noch mehr Enkel bekommen. Dafür wird Gott sorgen. Das weiß ich."

Der Arzt kam ins Zimmer, um zu sehen, wie weit sie war. „Ich würde sagen, es ist so weit, Andi." Er schaute sie an. „Können Sie jetzt anfangen zu pressen?"

„Ja. Schon lange." Sie lachte angespannt und wieder drückte ihr ihre Mutter das kühle Tuch aufs Gesicht. „Ich kann es nicht erwarten."

„Also dann! Ich denke, bei der nächsten Wehe können Sie loslegen."

In den letzten Monaten hatte Andi gelernt, was sie in dieser Phase der Entbindung zu tun hatte. Als die nächste Wehe begann, zog sie deshalb die Beine an. „Okay. Jetzt?"

„Fast." Der Arzt war am anderen Bettende bereit. „Jetzt, Andi! Pressen!"

Sie presste mit ganzer Kraft.

Ihre Mutter stand immer noch bei ihr und hielt ihre Hand. „Du machst das großartig, Schatz. Mach weiter!"

„Ich kann den Kopf schon sehen. Er hat viele Haare." Der Arzt grinste sie an. „Machen Sie weiter so, Andi. Sie schaffen es."

Die Wehe fühlte sich an, als dauere sie ewig, aber schließlich ließ sie nach und Andi konnte wieder atmen. Ihr war warm und sie schnappte nach Luft. Ihr Herz schlug so kräftig, dass sie sich kaum konzentrieren konnte. Sie atmete mehrmals aus und presste die Luft aus ihrer Lunge, um wieder einatmen zu können. „War das richtig?"

„Perfekt." Der Arzt nickte beruhigend. „Noch zwei oder drei Presswehen, dann ist er da."

Andi wollte gleich wieder pressen, aber der Arzt hob die Hand. „Warten Sie auf die Wehe."

Sie nickte und drückte die Finger ihrer Mutter. Ein paar Sekunden schaute sie ihre Mutter an und sah die Tränen über ihr Gesicht laufen. Freudentränen, Tränen des Staunens über das Wunder, das hier geschah. „Ich liebe dich, Mama."

„Ich liebe dich auch, Schatz. Ich bin so stolz auf dich."

Diese Worte prägten sich für immer in Andis Herz ein. Ihre Mutter war stolz auf sie. Vor einem halben Jahr war sie sicher gewesen, dass sie diese Worte nie wieder hören würde, aber jetzt ... jetzt hatte Gott Schönheit aus Asche entstehen lassen, genau, wie er versprochen hatte.

„Jetzt geht die ..." Die Wehe ließ ihr keine Zeit für eine Vorwarnung. Andi wartete auf die Erlaubnis des Arztes, dann presste sie wieder. Man hatte ihr eine örtliche Betäubung gegeben. Sie hatte also keine Schmerzen, aber dieses Mal konnte sie tatsächlich fühlen, wie sich das Baby aus ihrem Körper bewegte. Das war ein unglaubliches Gefühl und weckte in ihr eine Vorfreude auf die nächste Entbindung, auch wenn es vielleicht mehrere Jahre dauern würde, bis sie ein Baby bekam, das sie behalten würde, das wirklich ihr eigenes Kind sein würde.

Die Wehe war vorbei, aber sie hatte nur ungefähr eine Minute Verschnaufpause, bevor die nächste einsetzte. „Weiterpressen, Andi!" Die Stimme des Arztes war jetzt drängender. „Jetzt schaffen Sie es. Er kommt. Er ist gleich da. Nur noch einmal kräftig pressen!"

Eine Leere erfasste sie, als das Baby ihren Körper verließ, und nach ein paar Sekunden erfüllte das Weinen ihres Kindes den Raum. „Es ist ein Junge." Der Arzt grinste sie an, als er aufstand und das Baby der Hebamme reichte. „Genauso, wie wir vermutet haben."

Andi konnte ihn nicht gut sehen, weil die Hebamme seinen Mund reinigte und ihm das Gesicht und den Körper abwischte. Aber soweit sie sehen konnte, war ihr Sohn wunderschön. Tränen traten ihr in die Augen und sie weinte leise. „Mama, kannst du ihn sehen? Jemand soll Papa holen."

Aber ihr Vater war schon da. „Ich habe gedacht, ich höre ..."

„Papa! Er ist da! Er ist auf der Welt."

„Andi war großartig." Ihre Mutter wischte ihr wieder mit dem Waschlappen übers Gesicht. „Sie hat ihn mit drei Presswehen entbunden."

„Ja, das war wie aus dem Lehrbuch." Der Arzt versorgte sie. „Ich wünschte, alle Geburten würden so verlaufen."

Die Hebamme machte das Kind sauber und es hörte auf zu weinen. Als sie den Kleinen wog und seine Größe maß, kam nur ein leises Jammern von ihm. Andi kicherte, obwohl ihr die Tränen übers Gesicht liefen. „Er ist ein Kämpfer. Das hört man."

„Genauso wie seine Mutter." Andis Vater stand neben ihrer Mutter am Bett. Er streichelte seiner Tochter über die Haare und lächelte sie an. „Ich werde nie vergessen, wie du mit einem Dutzend indonesischer Frauen zusammengesessen hast und ihnen im reifen Alter von zehn Jahren von Jesus erzählt hast."

„Ja." Andi wischte sich die Tränen weg und ein Lächeln zog über ihr Gesicht. „Das muss er von mir haben."

Die Hebamme wickelte das Baby in eine blau-weiße Decke und brachte es ihr. „Er ist kräftig. 3400 Gramm und 56 Zentimeter." Sie überreichte ihn vorsichtig Andi. „Ich würde sagen, er sieht genauso aus wie seine Mama."

Andi konnte die Tränen nicht zurückhalten, aber sie konnte auch nicht aufhören zu lächeln. Sie nahm ihren neugeborenen Sohn in die Arme und drückte ihn an ihre Brust. Das Gefühl war erfüllend und angenehm und vervollständigte sie in diesem Moment. Sie schaute in seine blauen Augen, betrachtete seine vollen Lippen und sein schönes Gesicht. „Hallo, kleiner Mann", flüsterte sie ihm zu und wischte sich die Tränen an der Schulter ab, bevor sie auf ihn fallen konnten.

Erst jetzt bemerkte sie, dass auch ihre Eltern weinten. Sie beugten sich über sie und betrachteten ihn bewundernd. „Er ist perfekt, Andi. Er sieht ganz genauso aus wie …" Ein Schluchzen machte es ihrer Mutter unmöglich, diesen Satz zu beenden.

Ihr Vater räusperte sich. „Er sieht genauso aus wie du damals, als du zur Welt kamst."

„Du hattest die gleichen seidigen, dunklen Haare." Ihre Mutter berührte zärtlich den Kopf des Kindes. „Sie wurden erst blond, als du ein halbes Jahr alt warst."

Andi beugte sich nach unten und küsste das Baby auf den Kopf. „Hast du gehört, was deine Oma gesagt hat?" Sie flüsterte diese Worte zärtlich an sein Gesicht. „Du bist perfekt, kleiner Mann. Einfach perfekt."

Ihr Vater machte einige Fotos, auch wenn er sie nicht stören wollte. Nur einige Schnappschüsse, wie sie das Kind in den Armen hielt und es auf die Wange küsste. Dann machte er noch ein Foto aus einem anderen Winkel, bei dem das Baby das ganze Bild ausfüllte. Die Minuten verstrichen. Andi wollte, dass auch ihre Mutter ihren Sohn halten würde. Deshalb hielt sie ihn vorsichtig hoch und reichte ihn ihr. Erst jetzt, als sie ihn losließ, ahnte sie den Schmerz, der bald kommen würde. Das war ihr Baby, ihr Sohn. Ihr Blut und das Blut ihrer Eltern flossen durch seine Adern. Plötzlich erschien es ihr als eine Wahnsinnsidee, ihn wegzugeben, und sie fragte sich, ob sie diese Entscheidung für den Rest ihres Lebens bereuen würde.

Als diese Gedanken kamen, regte sich eine neue Panik in ihr, ein kräftiger Adrenalinstoß ging durch ihre Adern. Stand sie im Begriff, einen großen Fehler zu begehen? Sie schaute zu, wie ihre Mutter ihren kleinen Jungen auf den Armen hielt, die Wange an seine Schläfe drückte und ihn dann, als sie den Schmerz nicht länger aushalten konnte, Andis Vater gab.

Sein Gesichtsausdruck war beherrschter als der ihrer Mutter, aber als er das Baby auf den Armen hatte, war seine Liebe zu ihm unübersehbar. Er hielt ihn auch nicht lange auf den Armen. Was hier geschah, war nicht zu übersehen: Niemand wollte sich in ein Kind verlieben, das sie in ein paar Minuten weggeben mussten.

Das Baby wollte weinen, beruhigte sich dann aber wieder.

Andi traf eine Erkenntnis, mit der sie nicht gerechnet hatte: Sie kannte schon seine Stimme. Wie ein unauslöschlicher Abdruck hatten sich seine Töne und seine Stimme schon tief in ihr Herz eingeprägt. Sie war sicher, dass sie seine Stimme nie vergessen würde, solange sie lebte, selbst wenn sie hundert Jahre alt werden würde und dieser Junge achtzig wäre.

Noch mehr Tränen traten ihr in die Augen, aber sie wollte nicht weinen, sie wollte diesen Gefühlen nicht nachgeben. Stattdessen nahm sie ihren kleinen Sohn von ihrem Vater zurück und hielt ihn vor sich. Seine Füße traten gegen ihren Bauch. Es war ein ganz vertrautes Gefühl. Vor einer Stunde noch hatte er von innen gegen ihre Bauchdecke getreten. Sie lächelte ihn an und nahm sich vor, sich jede Kleinigkeit zu merken, seine Augen, den weichen Flaum auf seinen Wangen und seinen süßen Babygeruch. Sie berührte vorsichtig seine winzige Handfläche. Sofort ergriff er ihren Finger und sie fühlte eine tiefe Bindung zu ihm. „Süßes Baby." Sie hielt ihn hoch und küsste wieder seine Wange. Sie verstand jetzt, warum manche Mütter auf diese Erfahrung lieber verzichteten. Die Zeit mit ihrem Sohn würde den unausweichlichen Abschied zweifellos noch schwerer machen. Fast unmöglich.

Aber während sie ihn festhielt, während sie über seine dunklen Haare strich, verschwand die Panik wieder. Sie liebte dieses Baby und würde es für ewig lieben. Aber sie konnte ihm ihre Liebe am besten zeigen, wenn sie ihn losließ. Sie war noch nicht bereit, Mutter zu sein. Luke und Reagan Baxter dagegen waren bereit, ihrem Sohn Eltern zu sein. Andi lächelte ihn an. *Hasse mich nicht, wenn du älter bist. Ich tue das Beste, was ich für dich tun kann. Es ist richtig.* Sie würde ihn nie vergessen. Aber er gehörte ihr nicht. Fast hätte sie dieses Kind abgetrieben. Wieder sah sie im Geiste die Familie Kunzmann und Clarence, den liebevollen älteren Mann, der sie damals von einer Abtreibung abgehalten hatte.

Gottes Pläne für dieses Baby sahen vor, dass sie ihn zur Welt brachte und die Baxters ihm eine Familie waren. Sie merkte, wie die Zeit verging und die Uhr sie ermahnte, dass sie ihr Baby lange genug gehabt hatte. Der Junge musste seine Mama und seinen Papa kennenlernen, seinen Bruder und seine Schwester und den Rest seiner neuen Familie.

„Okay, kleiner Mann, ich muss dich jetzt gehen lassen." Andis Tränen flossen stärker, aber ihre Stimme war ruhig. Sie war beherrscht und lächelte. Falls sich ein Neugeborenes überhaupt später an etwas erinnern konnte, sollte ihr Sohn sie mit einem Lächeln im Gedächtnis behalten. Sie drückte ihn ein letztes Mal zärtlich an sich und berührte seine Wange. Ihren geliebten erstgeborenen Sohn.

„Mama, Papa." Sie schaute ihre Eltern an. „Kommt näher. Lasst uns für ihn beten."

Ihre Mutter weinte leise, aber ihr Vater war immer noch stark. „Soll ich beten, Schatz?"

„Es geht schon." Sie schaute ihren Sohn wieder an. „Ich bete für ihn." Sie schniefte und wischte sich wieder mit der Schulter die Wange ab. „Himmlischer Vater, du wirkst Wunder. Du hast diesen kostbaren kleinen Jungen geschaffen und jetzt … jetzt können die Pläne, die du für ihn hast, beginnen. Gute Pläne, ihm eine Hoffnung und eine Zukunft zu geben und ihn nicht zu Schaden kommen zu lassen."

Sie wandte den Blick nicht von ihm ab, während sie betete, und sprach mit sanfter und ruhiger Stimme weiter. „Ich bitte dich, dass du bei diesem Jungen bist und ihn dazu erziehst, dir zu dienen. Ich bete, dass sein Leben ein helles Licht für die Welt um ihn herum sein wird, dass er Menschen zu dir führen wird." Es kostete sie übermenschliche

Kraft, sich zu beherrschen und ihre tiefe Traurigkeit nicht zu zeigen. „Sei bei seinen neuen Eltern, bei seiner neuen Familie, und wenn er später an mich denkt, dann zeig ihm, dass ich ihn nur weggegeben habe, weil ich ihn zu sehr liebe, um ihn zu behalten. In Jesu Namen, amen."

Ihre Mutter schaute ihren Vater an. Die beiden umarmten sich und ließen Andi noch einen Moment Zeit, um sich zu verabschieden. Sie beugte sich ein letztes Mal vor und drückte die Wange an seine. Dann sagte sie in einem so leisen Flüstern, dass nur sie und ihr Sohn es hören konnten: „Ich werde dich nie vergessen."

Sie küsste ihr Baby noch einmal und reichte es dann ihrem Vater. Als er den Kleinen nahm und das Gewicht seines Körpers von ihren Armen auf seine überging, fühlte sie, wie ihr das Herz brach. „Geh, Papa. Es ist okay." Sie drehte sich um, um ihre Eltern ansehen zu können. „Bitte geht."

* * *

Das Letzte, was Andi von ihrem Sohn sah, als ihre Eltern ihn aus dem Zimmer trugen, war seine kleine Hand, die er mit ausgestreckten Fingern über der weichen Decke hochhielt. Für sie und ihre Eltern ginge das Leben weiter. Gott hatte in den Monaten und Jahren, die vor ihnen lagen, viel vor, das ihnen helfen würde, die Lücke, die in diesem Moment in ihrem Herzen gerissen wurde, zu schließen. Aber sie gab ihren Sohn in eine Adoptivfamilie, nicht in eine Pflegefamilie. Er würde nicht abwechselnd bei seiner Adoptivfamilie und bei ihr sein, sondern er würde voll und ganz zur Familie Baxter gehören. Vielleicht würde Andi ihn eines Tages kennenlernen, falls er das wollte. Aber vielleicht wollte er das auch nicht. Andi musste damit rechnen, dass sie ihn nie wiedersehen würde.

Jetzt konnte sie ihr Schluchzen nicht länger zurückhalten. Es schüttelte ihren ganzen Körper und erstickte sie fast. Sie hielt sich die Hände vors Gesicht und ließ die letzten zehn Minuten Revue passieren: wie sich das Kind in ihren Armen angefühlt hatte, wie er sie angesehen hatte, wie sein Weinen geklungen hatte. Die Zeit würde diese Wunde heilen. Auch jetzt, wo ihr Herz vor Trauer brach, war Andi überzeugt, dass sie die richtige Entscheidung getroffen hatte. Sie hoffte, dass sie daran nie wieder zweifeln würde. Ihr Sohn würde das beste Leben haben, das man sich wünschen konnte. Davon war sie fest überzeugt. Aber in diesem Moment war der Schmerz in ihrem Herzen sehr groß. Gottes Wort sagte das am besten – und trotz ihres Weinens konnte sie ihren Vater hören, wie er den Menschen in Indonesien aus dem Buch Prediger vorgelesen hatte: *Alles auf der Welt hat seine Zeit: Lachen und Tanzen. Aber auch Weinen und Trauern.* Das war in Ordnung.

Jetzt war Zeit zu weinen.

* * *

Es war der längste Weg in Keiths Leben. Der längste und gleichzeitig der kürzeste. Die hundert Schritte von Andis Bett in das Zimmer, in dem die Baxters warteten, waren die einzige Wegstrecke, die er mit seinem Enkel hatte. Deshalb ging er langsam, schaute das Baby an und genoss jede Sekunde. Trotzdem war der Weg schneller zu Ende, als ihm lieb war.

Eine Krankenschwester ging voraus. Als sie vor dem Wartezimmer ankamen, zögerte er, bevor er die Tür öffnete. „Können meine Frau und ich noch eine Minute mit dem Baby haben?"

Die Schwester nickte lächelnd. „Natürlich. Wenn Sie so weit sind, können Sie hineingehen. Die Adoptivfamilie wartet hier in diesem Zimmer."

Keith dankte ihr. Als die Frau auf dem Flur verschwunden war, lächelte er den kleinen Jungen in seinen Armen an. Lisa trat neben ihn und legte den Arm auf seinen Rücken. Sie beugte sich hinab und küsste das Baby auf die Stirn. „Er hat so viel Ähnlichkeit mit Andi."

„Das stimmt." Keith dachte an alles, was er diesem Kind so gern sagen würde, an die ganzen Ratschläge, die er ihm gern geben würde, an die Geschichten von Jesus, die er ihm erzählen würde, wenn er könnte. Aber noch während er an alles dachte, was er vermissen würde, fühlte er, wie Gott ihm die richtigen Worte gab. „Ich wäre gern dein Opa, kleiner Mann. Ich würde das genießen." Zum ersten Mal traten ihm Tränen in die Augen. „Aber weißt du was? John Baxter wird dein Opa sein. Das ist perfekt, kleiner Mann. Der beste Opa, den es geben kann. Alles, was ich dir sagen würde, und alles, was wir miteinander unternehmen würden, wirst du mit ihm erleben. Deshalb kann ich dich loslassen.“ Er zwinkerte dem Jungen zu. „Wir sehen uns eines Tages im Himmel, ja?“

Bevor ihn die Kraft verließ, öffnete er die Tür. Ein leises Keuchen kam von mehreren Erwachsenen. Luke und Reagan standen auf und kamen ihm entgegen.

Keith sah die Liebe und den Zusammenhalt, die diesen Raum erfüllten. Dieses Baby würde sein Leben lang geliebt werden. Es bekam die beste Unterstützung, die es geben konnte, die beste Familie, die Keith je kennengelernt hatte. Wenn er sich für sein geliebtes Enkelkind eine Familie hätte aussuchen können, dann wären es diese Menschen gewesen.

Die Baxters.

Keith wandte sich an Luke und Reagan. „Er ist wunderschön. 3400 Gramm. 56 Zentimeter.“ Er lächelte, obwohl ihm Tränen in den Augen standen. „Er sieht genauso aus wie Andi.“

Reagan hatte es nicht eilig, das Kind zu nehmen. Stattdessen schaute sie Keith und dann Lisa lange an. „Das muss für euch beide und für Andi sehr schwer sein.“

Keith nickte und schaute seine Frau an. „Ja, es ist nicht leicht.“ Er wandte sich wieder an Luke und Reagan. „Aber es ist richtig.“ Damit übergab er das Baby Reagan. Luke legte den Arm schützend um die beiden.

„Danke.“ Luke schaute Keith an. „Wir nennen ihn Jonathan. Das heißt *Geschenk Gottes*.“ Er schaute seinen Vater, John Baxter, an, der mit seiner Frau in der Ecke saß. „Er bekommt den Namen des großartigsten Mannes, den ich kenne.“ Die beiden schauten sich vielsagend an, aber der ernste Moment wurde unterbrochen, als Tommy aufsprang.

„Er heißt zwar Jonathan, aber wir sagen John-John zu ihm.“ Tommy sprudelte über vor Energie. „Kann ich ihn sehen? Mama, bitte! Bitte, kann ich ihn sehen?“

Malin, Reagans und Lukes Tochter, wurde von ihrer Tante Ashley auf den Armen gehalten. Sie hatte den Daumen in den Mund gesteckt und verstand nicht ganz, was um sie herum geschah. Reagan hielt sich den Finger an die Lippen und lächelte. „Pscht.“ Dann beugte sie sich hinab, damit Tommy ihn sehen konnte. „Er ist noch sehr klein. Du kannst ihm später alles erzählen.“

„Wow!“ Tommy atmete tief ein und versuchte zu pfeifen. „So einen kleinen Bruder habe ich noch nie gesehen. Er ist ja kleiner als ein Football."

Seine Tanten und Onkel schmunzelten. Alle bestätigten, dass er perfekt aussehe und noch sehr klein sei. Keith ließ das alles auf sich wirken. Diese Familie konnte es nicht erwarten, seinen Enkel zu lieben und ihn in ihrer Mitte aufzunehmen. Der Zeitpunkt war gekommen, dass er und Lisa ihnen dafür Raum gaben.

„Er hat Hunger." Keith lächelte Reagan an. „Hat dir die Hebamme etwas für ihn zu essen gegeben?"

„Ja." Sie schaute ihn mit Tränen in den Augen an und nickte. „Es ist alles bereit."

Dayne und Katy waren auch hier, da Dayne der älteste Baxter-Sohn war. Ein paar Minuten unterhielten sie sich leise mit Keith und Lisa über ihre Pläne, nach Los Angeles umzuziehen. Trotz der Entfernung würden Dayne und Keith natürlich gemeinsam an der Nachfolgeproduktion von *Der Löwenzahnjunge* arbeiten und an allen weiteren Filmen, die Gott ihnen ermöglichen würde. Sie würden Keith erzählen, wie es John-John ging, wenn er das wissen wollte. Aber wahrscheinlich würde er sich nicht nach ihm erkundigen.

„Tut mir bitte einen Gefallen." Er legte den Arm fest um Lisas Schultern und hatte Mühe, sich zu beherrschen, als er Luke und Reagan noch einmal anschaute. „Sagt ihm, wie sehr wir ihn lieben. Wie sehr Andi ihn liebt."

Das junge Paar nickte. Luke nahm das Baby zärtlich aus den Armen seiner Frau entgegen. Er drückte den Säugling vorsichtig an seine Brust und schluckte schwer. „Ich gebe dir mein Wort darauf."

Keith nickte und schaute wieder den kleinen Jungen an. Seinen Enkel. Dann verabschiedeten Lisa und er sich schnell und verließen den Raum. Auf dem Flur begriff er schmerzlich, wie sich Andi fühlen musste. Der Schmerz war so groß, dass er fast darunter zusammenbrach. Aber er und Lisa und Andi waren Missionare, sie alle drei. Auch wenn Andi viele Fehler gemacht hatte, hatte sie den Weg zurückgefunden und wollte wieder die Welt für Jesus verändern.

Dieser Weg kostete seinen Preis. Er war mit Schmerz und Trauer und Momenten verbunden, in denen sie nur mit Jesu Kraft weitergehen konnten. Momente wie diesen. Aber Gott hatte sie auf ihrem Weg von einem Missionsfeld zum anderen immer versorgt. Das hatte er bei *Der letzte Brief* getan, bei *Der Löwenzahnjunge* und sogar bei Brandon Paul. Wenn sie nach Los Angeles zogen, würde er sie wieder versorgen.

Auf ihrem Weg hatte Gott Lisa und Keith viele kostbare Momente geschenkt. Daran würde sich nichts ändern. Sie würden weitergehen, aber die Erinnerungen an Indonesien und an ihre zwei Filme würden sie begleiten. Erinnerungen an Nordkalifornien und Bloomington, Indiana. Und jetzt noch eine ganz besondere Erinnerung, die sie für den Rest ihres Lebens in ihrem Herzen tragen würden.

Die Erinnerung an ihren Enkel – Jonathan Baxter.

Wie alles begann ...

Große Träume
Mission Hollywood – Band 1
ISBN 978-3-86827-459-2
288 Seiten, Paperback

Chase Ryan und Keith Ellison träumen davon, christliche Filme zu produzieren, die die Herzen der Zuschauer für immer verändern. Ist das in der Glitzerwelt Hollywoods überhaupt möglich? Mit großem Gottvertrauen beginnen sie ihr erstes Werk, doch das Projekt steht von Anfang an kurz vor dem Aus …

Keiths Tochter Andi hat ganz andere Sorgen. Als Missionarstochter im Dschungel aufgewachsen, genießt sie jetzt das aufregende Studentenleben. Die Zweifel an ihrem einst so tiefen Glauben an Jesus wachsen immer mehr. Kann ihre Freundin Bailey Flanigan sie überzeugen, wie gefährlich das Spiel mit dem Feuer ist, auf das Andi sich eingelassen hat?

Auf der Welle des Erfolgs
Mission Hollywood – Band 2
ISBN 978-3-86827-489-9
272 Seiten, Paperback

Ihr Traum ist zum Greifen nah: Durch die Investitionen eines einflussreichen Finanzmoguls stehen Chase und Keith in Hollywood alle Türen offen. Doch kann man sich im Showbiz auf Zusagen verlassen? Als zudem Chases Ehe in Gefahr gerät, stellt sich den Freunden immer dringlicher die Frage, wohin diese Welle des Erfolgs sie letztlich tragen wird.

Währenddessen sucht sich Keiths Tochter Andi ihren eigenen Weg zum Erfolg. Die Hauptrolle in einem Studentenfilm soll ihr zum großen Durchbruch verhelfen. Dass sie der erhofften Karriere ihren Glauben und ihre Werte opfert, scheint für Andi kein Problem zu sein, doch ihre Eltern und ihre Freundin Bailey machen sich große Sorgen ...

Leben nach Drehbuch
Mission Hollywood – Band 3
ISBN 978-3-86827-521-6
285 Seiten, Paperback

Die Premiere ihres Films ist ein voller Erfolg. Ist das der Durchbruch für Chase und Keith in Hollywood? Oder womöglich der Anfang vom Ende? Chase erkennt, was auf dem Spiel steht, und zieht unerwartete Konsequenzen. Keith ist fassungslos. Was hat Gott mit ihm und mit seinem Lebenstraum vor?

Auch die Träume von Andi liegen in Trümmern: ausgenutzt, alleingelassen – und schwanger. Sie sieht nur einen Ausweg ...

Für Bailey dagegen scheinen sich endlich alle Träume zu erfüllen: nicht nur im Studium, sondern auch privat.

Mehr von Karen Kingsbury

Neuanfang
Momente der Liebe – Band 1
ISBN 978-3-86827-299-4
304 Seiten, Paperback

Katy und Dayne sind endlich am Ziel ihrer Sehnsucht angekommen, ihre Hochzeit steht unmittelbar bevor! Doch noch gilt es, einige Hürden zu überwinden, bevor sie in ihr neues Leben starten können. Auch in John Baxters Beziehung zu Elaine kommt Bewegung hinein: Er beginnt, tiefere Gefühle für sie zu entwickeln, als er sich selbst eingestehen will.

Und bei Familie Flanigan zeichnen sich erstaunliche Entwicklungen am Horizont ab: Nach einem lebensbedrohlichen Zwischenfall, der Cody bis ins Mark erschüttert, beginnt er endlich, sich Gott und seiner Pflegefamilie zu öffnen.

Unterdessen macht Bailey, unbemerkt vom Rest der Familie, enttäuschende Erfahrungen mit ihrer ersten Liebe.

Wird der Glaube an Gott und das Vertrauen auf ihn den Baxters und Flanigans helfen, einen Neuanfang zu wagen und Schritte in eine gute Zukunft zu gehen?

Sommerstürme
Momente der Liebe – Band 2
ISBN 978-3-86827-331-1
336 Seiten, Paperback

Nach der Hochzeit von Katy und Dayne liegt die Zukunft wie ein strahlender Sommertag vor ihnen und der ganzen Baxter-Familie. Doch schon bald ziehen neue dunkle Wolken am Horizont auf: Die Ehe von Dayne und Katy sieht sich heftigen Stürmen ausgesetzt. Kann ihre Liebe dem trotzen? Ashley und Landon erhalten eine niederschmetternde Diagnose für ihr Baby, die die Familie zu spalten droht. Wird ihr Glaube sie durch diese unglaublichen Herausforderungen hindurchtragen? Und nicht nur für die Baxters ist es ein stürmischer Sommer, sondern auch für das christliche Kindertheater und die Familie Flanigan. Bald fragen sich alle: Wie lange wird es noch dauern, bis das Sturmtief vorübergezogen ist? Und werden sie alle es heil überstehen?

Zukunftsklänge
Momente der Liebe – Band 3
ISBN 978-3-86827-367-0
304 Seiten, Paperback

Nach dem Tod ihrer Tochter müssen Ashley und Landon mühsam den Weg zurück ins Leben finden. Doch sie erkennen, dass Gott auch aus der größten Tragödie Segen wirken kann: Brooke, die durch die Geburt und den Tod ihrer Nichte tief berührt wurde, setzt sich mit aller Kraft dafür ein, die Schwangerschaftsberatung wieder ins Leben zu rufen.

Ihre Brüder kämpfen unterdessen an ganz anderen Fronten. Luke schnuppert als Daynes Anwalt Hollywood-Luft. Gegen besseres Wissen trifft er Entscheidungen, die seinen Glauben und seine Beziehung zu Reagan aufs Spiel setzen. Und auch Dayne muss weiter um seine Ehe kämpfen: Die Paparazzi tun alles dafür, um einen Keil zwischen ihn und Katy zu treiben … haben sie überhaupt noch eine Zukunft?

Sommerstürme
Momente der Liebe – Band 4
ISBN 978-3-86827-394-6
304 Seiten, Paperback

Nach der Hochzeit von Katy und Dayne liegt die Zukunft wie ein strahlender Sommertag vor ihnen und der ganzen Baxter-Familie. Doch schon bald ziehen neue dunkle Wolken am Horizont auf: Die Ehe von Dayne und Katy sieht sich heftigen Stürmen ausgesetzt. Kann ihre Liebe dem trotzen? Ashley und Landon erhalten eine niederschmetternde Diagnose für ihr Baby, die die Familie zu spalten droht. Wird ihr Glaube sie durch diese unglaublichen Herausforderungen hindurchtragen? Und nicht nur für die Baxters ist es ein stürmischer Sommer, sondern auch für das christliche Kindertheater und die Familie Flanigan. Bald fragen sich alle: Wie lange wird es noch dauern, bis das Sturmtief vorübergezogen ist? Und werden sie alle es heil überstehen?

Starke Romane bei FRANCKE

Dani Pettrey
Wilde Wasser
ISBN 978-3-86827-484-4
336 Seiten, Paperback

Alaska

Bailey Craig hat sich geschworen, niemals nach Yancey zurückzukehren. Doch ein mysteriöser Flugzeugabsturz lässt der erfolgreichen Hochschuldozentin keine andere Wahl: Sie muss sich den Schatten der Vergangenheit stellen …

Cole McKenna hat keine Angst vor gefährlichen Rettungsmissionen. Auch der Verdacht, dass ein Mörder in seiner Heimatstadt sein Unwesen treiben könnte, versetzt den passionierten Tiefseetaucher nicht in Panik. Doch das Zusammentreffen mit seiner Jugendliebe Bailey Craig lässt das Blut in seinen Adern stocken.

Gut, dass Cole den ganzen McKenna-Clan an seiner Seite weiß. Zusammen mit seinen Geschwistern und dem Polizisten Landon versucht er Licht in die rätselhaften Vorfälle in Yancey zu bringen … nicht ahnend, dass er sich damit in wilde Wasser begibt – und Bailey gleich mit.

Dani Pettrey
Dünnes Eis
ISBN 978-3-86827-520-9
393 Seiten, Paperback

Piper McKenna ist überglücklich. Endlich ist ihr Bruder Reef, der Profi-Snowboarder, wieder in Yancey. Doch dann steht er blutüberströmt vor ihr – und das Blut ist nicht sein eigenes. Trotzdem zweifelt Piper nicht eine Sekunde an seiner Unschuld. Als er verhaftet wird, ist sie fest entschlossen, herauszufinden, wer wirklich hinter dem Mord an der Wettkampfkollegin ihres Bruders steckt.

Deputy Landon Grainger steht ihr dabei zur Seite. Er ist nicht ganz so überzeugt von Reefs Unschuld wie Piper. Trotzdem macht er sich gemeinsam mit ihr auf die Suche nach der Wahrheit – und setzt damit seine Karriere aufs Spiel. Doch was würde er nicht alles für Piper tun …

Dani Pettrey
Verschollen
ISBN 978-3-86827-557-5
316 Seiten, Paperback

Eigentlich hatte sich Darcy St. James geschworen, mit den Undercover-Recherchen aufzuhören. Doch um ihrer Journalisten-Kollegin Abby zu helfen, lässt sie sich auf einen letzten Fall ein. Dieser führt sie an Bord eines Kreuzfahrtschiffes. Als sie dort eintrifft, ist ihre Freundin Abby jedoch spurlos verschwunden.

Dafür begegnet Darcy erneut dem streitlustigen Gage McKenna und seinen Geschwistern. Und ehe sie sichs versieht, steckt Darcy mittendrin – in einer unglaublichen Story, die für sie und Abby lebensgefährlich wird, und in einem Wirrwarr von Gefühlen. Denn obwohl die Funken sprühen, scheint es, als könnte es für Darcy und Gage keine gemeinsame Zukunft geben …

Denise Hunter
Barfuß am See
ISBN 978-3-86827-516-2
304 Seiten, Paperback

Madison McKinley kennt in diesem Sommer nur ein Ziel: Die junge Tierärztin will die örtliche Segelregatta gewinnen. Dabei hat sie panische Angst vor dem Wasser. Doch der Regattasieg war der große Traum ihres verstorbenen Zwillingsbruders und Madison ist fest entschlossen, diesen Traum Wirklichkeit werden zu lassen. Für Michael – und für sich. Damit sie endlich Frieden findet. Aber wird diese Rechnung aufgehen?

Es verspricht ein spannender Sommer zu werden: nicht nur in sportlicher, sondern auch in beruflicher Hinsicht … und völlig unerwartet sogar in Sachen Liebe.

Kristen Heitzmann
Das Schweigen der Nacht
ISBN 978-3-86827-021-1
450 Seiten, Paperback

Jill und Morgan hatten kaum ihren Schulabschluss in der Tasche, als das Leben – und ihre Eltern – die Teenager auf grausame Weise auseinanderrissen. Inzwischen sind sie erwachsen, doch die Wunden der Vergangenheit sind nie wirklich geheilt.

Morgan ist ein erfolgreicher Geschäftsmann. Er hat wie kein Zweiter die Gabe, Probleme zu erkennen und zu lösen. Doch sein eigenes Leben bekommt er nicht in den Griff. Zu tief hat der Verlust seiner Jugendliebe ihn verletzt.

Jill ist Lehrerin und schenkt ihren Schülern all ihre Liebe. Insgeheim sehnt sie sich jedoch nach einem anderen Leben. Als ein unerwarteter Brief Jills geregeltes Leben ins Wanken bringt, bleibt ihr keine andere Wahl: Sie muss sich Morgan stellen und ihm gestehen, was vor all diesen Jahren wirklich geschah. Doch wie wird er reagieren, wenn er erfährt, dass sie sein Kind geboren und weggegeben hat?

Ein wunderbarer Roman über zwei gebrochene Herzen, die sich nach Heilung sehnen. Und die lange brauchen, um zu erkennen, dass Gott Gutes für sie bereithält – trotz all ihrer Fehler.

Kristen Heitzmann
Im frühen Morgenlicht
ISBN 978-3-86827-488-2
496 Seiten, Paperback

Morgan Spencer, der erfolgreich große Firmen saniert und für jedes Problem eine Lösung findet, fühlt sich seit dem Tod seiner Frau wie betäubt. Wenn seine kleine Tochter Livie nicht wäre, hätte sein Leben allen Sinn verloren.

Doch dann trifft er Quinn Reilly und plötzlich überstürzen sich die Ereignisse. Denn Quinn wird verfolgt – und Morgan springt ihr heldenhaft zur Seite. Er ahnt nicht, dass diese Entscheidung sein Leben für immer verändern wird.